巨变

姚立发 张礼庆 张书云 著

作家出版社

《巨变》是关于苏北一个乡镇——桃镇发生巨变的故事。改革开放以来，桃镇从较为落后的小村庄变成远近闻名的世外桃源，农业实现规模化经营，传统苏绣成了中外交流的特色产业，乡镇建设焕然一新，现代化的农村村落结构已经形成，一派宜居宜业的和美景象。以曹工为代表的现代知识青年，大胆创新，勇于改革，和村霸恶势力进行了不屈不挠的斗争，他们将进城打工积累的资本和经验技术带回家乡，为家乡做出了新的贡献。

作品里特别注重科技进步和经贸合作。高等院校和科研院所在桃园镇受到特别的尊重，其科研成果在桃园镇广泛应用。桃园镇以多种方式加强与国内国际的合作，特色产业刺绣畅销国内外，大农业机械化带动了农林牧副渔多行业发展。新型供销合作社，大型民宿和农产品试验田成了市民旅游和休假的世外桃源。

《巨变》揭示了人们不断追求、自古相传的夙愿和愿景，也是我们世世代代为之奋斗的筑梦目标。

——丁茂战　中央党校报刊社原总编辑

长篇小说《巨变》以改革开放四十多年来的发展历程为背景，为我们展示了社会主义新农村建设的个案。小说的时间跨度从二十世纪七十年代末至今，内容涉及我国半个世纪的发展历程，以一个苏北乡镇的发展变迁，生动再现中国风云跌宕的时代转折，字里行间处处可见作者审视中国改革开放与"中国大变量"的匠心思考。

小说作者对农村生活和建设有着深刻的体会、思考与实践，可谓一部由专家型作者撰写的具有鲜明政策导向的长篇小说。作者有明确意识地针对我国新农村建设中的重点问题，如保护耕地、粮食种植、环境保护、循环经济、人才引进等矛盾冲突大的棘手问题，根据国家和群众所关注的热点问题巧妙地设置小说情节，融入他们对农村重点问题的有效解决方案。这部小说成为一部新农村建设的生动教材和范本。

小说带着命题探讨农村发展问题，形象而深刻地诠释了中国发展模式，可谓一部社会主义新农村建设集大成的示范样板。小说充分体现出桃镇因地制宜、活学活用"苏南模式"的改革之举，细致描绘了具有自身特色的耕地集中村集体、集中居住、兴办企业发展三产解决富余劳动力、机械化种植、科技兴农等一系列面向大农业的改革与发展，集中了其他多种经济发展模式的大成，对于科学推进"三农"和实现共同富裕具有借鉴意义。

小说以现实解构，刻画极尽写实，给生活于同时代的读者带来共鸣，可谓一部反映当代中国社会的百科全书。《巨变》真实再现改革开放前后中国乡镇社会发展状况，内容包括了传统文化、产业经济、精神文明建设等各个方面。小说内容写实、叙事宏大，具有很强的学理性和考据性，情节与现实中的时代背景相对应，发展脉络清晰可见，可谓一部当代中国乡村发展史，读来有着很强的共鸣感，体现出类似纪实小说的现实意义。

小说以人物群像进行宏大叙事，迸发出强大的精神力量，可谓巨变的时代一群返乡青年以奋斗致青春的实践场。曹家兄弟和一群乡镇干部、返乡创业青年身上，涌现出奋斗拼搏、开拓创新的新时代精神。时代造就青年，盛世成就青年。《巨变》可以说是一群知识青年以青春奋斗来的巨变，小说也告诉我们，情义无价，奋斗无悔，只有进行了顽强拼搏的青春，只有为人民作出了奉献的青春，才会留下充实、温暖、持久、无悔的青春回忆。小说《巨变》让我们倾听到奋斗和励志的时代最强音，以一种有温度、有情韵的方式让我们相遇新时代的桃花源，相遇一个时代，也与梦想中的自我相逢，引领我们向善、向美。

——段世文　新华网客户端总编辑

内容简介

　　本书讲述的故事发生在苏北地区一个典型的水乡——桃镇。二十世纪八十年代初期，桃镇人仍沿袭着日出而作、日落而息的传统农耕生活，农业生产落后，乡镇企业几乎没有，危旧房屋很多，老百姓面临着供电难、取暖难的实际困难，生活停留在温饱水平。

　　主人公曹家爷爷曹仁杰是抗美援朝战争中立下战功的英雄，二十世纪五十年代转业后在省委部门工作，和几位幸存的战友立下"血盟书"，以救济牺牲战友的家庭，却无法顾及自己在农村艰难度日的儿孙们的生活。八十年代后期，曹仁杰离休后放弃留在省城养老，回到桃镇服务乡村建设并培养五个孙子女读书成长。

　　在爷爷曹仁杰的影响下，九十年代后期，老大曹工研究生毕业后主动回乡发展；老二曹农在读博士期间，带着光电项目回乡创业；老三曹商、老四曹学、老五曹兵，也都以自身的努力为家乡发展添砖加瓦。在镇长谭成仁和曹工大力推行村级和镇级集体经济的改革中，发展中的桃镇吸引了一批知识青年创业，大家紧紧抓住国家的方针政策，发扬穷则思变、苦干实干、大胆创新的精神，凭借自己的知识、智慧和胆识，开拓思路谋发展，通过与科研院校合作、和兄弟乡镇集体化联合发展，最终使桃园镇形成了大农业的发展格局，并以刺绣工艺的传承与创新带动乡镇农文旅一体化的特色产业，使一方土地初步实现了种植集体化、农业规模化、乡民知识化、乡村现代化、经济国际化的转型，昔日的农村成为人人向往的世外桃源，迭代更新的桃园镇实现了华丽的巨变。

　　小说人物塑造角度多样化，个性鲜明，故事情节曲折生动，以桃镇发展变迁的宏大叙事，生动再现中国风云跌宕的时代转折，凝聚了主笔作者、建设部老领导姚兵同志几十年工作中的研究思考与丰富实践，字里行间处处可见作者审视中国改革开放与"中国大变量"的匠心思考。小说可谓一部跨越近半个世纪的中国乡村振兴史、一个社会主义新农村建设的示范样板、一位老领导倾注毕生心血的报国呈献、一群返乡青年以奋斗致青春的实践场，带着命题探讨中国农村的发展问题，具有鲜明的政策导向，对实现党的二十大提出的"实现全体人民共同富裕"的新时代奋斗目标，具有借鉴和指导意义。

主要人物简介

曹仁杰　抗美援朝战斗英雄，省委部门离休干部

曹援朝　曹仁杰儿子、王翠兰之夫、曹工兄弟的父亲

王翠兰　曹仁杰儿媳、曹援朝之妻、曹工兄弟的母亲

曹　工　曹家老大，桃镇镇长、书记，后升为桃州市发改委主任

曹　农　曹家老二，博士，光电科技公司总经理

曹　商　曹家老三，桃园建筑公司总经理

曹　学　曹家老四，未来家装潢公司总经理

曹　兵　曹家老五，未来家样板营总经理

谭成仁　桃镇镇长、书记，后升为副县长

郑　旺　省建筑大学教授，曹工岳父

梁玉红　省中医院主任医师，郑旺妻子

郑晓煜　暖洋洋供暖设备厂厂长，郑旺之女，曹工之妻

武亲农　明星能源设备公司总经理，曹农义兄

武亲松　明星光电设备公司总经理，武亲农弟弟，曹学之夫

谭　强　桃镇谭家村主任，谭成仁堂兄，谭家和之父

王　牡　王氏服装店老板，曹农之妻

王　丹　桃园镇中心幼儿园园长，王牡二妹，薛平山之妻

王　花　非遗刺绣工艺传承人，王牡三妹，曹兵之妻

罗　民　暖洋洋供暖设备厂副厂长兼总工程师

谭　军　军梅门窗厂厂长，谭成仁弟弟，薛梅之夫

薛　梅　军梅门窗厂总工，谭军之妻

程　石　省委研究室副主任，后调任省体育局局长

王为民　桃州市市长，后升为市委书记

刘　权　桃州市委组织部副部长，后升为部长

周长富　桃镇周家楼村集体总经理，后任桃园镇镇长

李家祥　桃园镇党委副书记，原华阳镇党委书记

张伟忠　桃园镇党委副书记，原万花镇党委书记

谭家和　养牛合作社社长，后任桃园镇副镇长，谭成仁侄子、谭强儿子

谭家顺　桃园镇智慧农业负责人，谭家和弟弟

赵富仁　油田总经理

陆成全　义市市长

林晓棠　设计学院硕士，桃园海归

刘永祥　光伏建筑一体化专家，晨光新能源股份公司董事长，曹农师兄

茅京申　桃州安居科技公司董事长

周成勇　北京方大模块科技有限公司创始人

孙俊成　建设传媒董事长

朱清福　桃园建筑公司优势分包商

薛平山　桃园镇降解制品厂研究中心负责人

胡　立　桃镇副镇长，后因破坏选举等罪被判刑

胡小利　桃镇胡家村主任，胡立侄子，后因破坏选举、强奸等罪被判刑

周伟同　原临海镇党委书记，副县长，后因受贿被捕

韦钟心　蚯蚓贩子，因违法被行政拘留

刘家福　桃园镇常务副镇长，原临海镇镇长，后因违纪被免职

赖昌盛　五星造纸厂厂长，后因环境污染和贿赂被捕

目　录

第一章　三拜传承树乡风 ………………………………… 001

　　桃镇有三处地方在人们心中举足轻重，分别是新四军烈士陵园、孔子庙、百家祠堂。这三处胜地留下多少崇德向善的佳话？

第二章　风雨磨砺少年志 ………………………………… 012

　　一向重视孩子教育的曹援朝家为何要让老三曹商辍学？老三得知父母的打算后，一气之下离家出走，全家出动寻找，结果会如何？

第三章　英雄回乡育五孙 ………………………………… 024

　　曹仁杰是抗美援朝英雄，从省级机关离休后，为何放弃省城优厚的生活待遇，回到老家？他是如何挑起了一个苦难的家？

第四章　一片丹心报桑梓 ………………………………… 036

　　曹工在省城读研究生时，与导师郑旺的女儿相恋，但曹工决心毕业后回乡建设桃镇回报乡亲。郑旺全家将如何抉择？

第五章　保粮护耕寻良方 ··· 048

桃镇召开保粮护耕会议，却遭到副镇长胡立等种植经济作物的利益团体的反对，工作一时陷入僵局。镇长谭成仁如何寻求改革良方？

第六章　各领风骚皆风采 ··· 055

曹家五个孙子女都已长大成人，老五曹兵没上大学，他们如何在各自不同的领域步入事业正轨，成为佼佼者？

第七章　屋漏偏逢连夜雨 ··· 063

一场风暴导致村民房屋倒塌，由此引发镇里有关危房改造的计划，他们如何齐头并进推动保粮护耕和古镇建设？

第八章　比翼双飞同回乡 ··· 069

曹工快毕业了，郑晓煜读研一，郑母则希望曹工把老家发展好再让女儿过去。郑旺全家如何同意随曹工一起回桃镇过春节？

第九章　家国相依绘蓝图 ··· 076

除夕夜，郑旺全家与曹家爷孙大团圆，镇长谭成仁的到来，激发起全家关于土地集中耕作的讨论，他们对家乡这项改革有何设想？

第十章　龙腾虎跃过大年 ··· 089

桃镇的春节传统而现代，热烈而喜庆，来自城里的准孙媳郑晓煜如何适应乡风民俗？一出舞龙灯又为何使曹工浮想联翩、热泪盈眶？

第十一章　走马上任挑重担 ······················· 097

曹工毕业后从省城回到桃镇，他新官上任面对棘手难题，如何配合镇长谭成仁实施耕地集中的改革？

第十二章　雄关漫道真如铁 ······················· 106

桃镇正式召开耕地集中村集体会议，会上引发争论。曹工第一次真正感受到农村工作的复杂艰巨和肩上的责任，他又会如何做？

第十三章　安得广厦千万间 ······················· 113

桃镇农民的耕地集中起来了，住宅集中的同时解决了危房问题，对于农村富余劳动力的就业这一难题，他们如何缓解？

第十四章　踏破铁鞋无觅处 ······················· 124

桃镇土地确权，一向唱反调的胡家村反应如何？正当曹工为供暖问题绞尽脑汁时，家中来了一位神秘的客人，轻松化解这个长期的"老大难"。

第十五章　集体经济新引擎 ······················· 133

村集体总经理竞选演讲，桃镇回乡大学生周长富脱颖而出。各村集体干得红火，谭家和、胡小利他们这些非种粮集体会怎么做？

第十六章　妙手生花各千秋 ······················· 143

桃镇有户王家，前辈属名门望族，王家奶奶有个绝活儿——双面绣，并一手抚养三个孙女长大。这三个孙女如何心灵手巧，各有千秋？

第十七章　文旅古镇开新花 ·································· 150

桃镇危房改造时，曹兵办起了建材总汇商场，后来直接建成"未来家样板营"民宿。对于镇文旅街的建设和招商，聪明的曹兵会如何做？

第十八章　栽下梧桐引凤来 ·································· 157

一个个优秀人才被吸引到桃镇，并都在这里落户，他们在建设桃镇这个大家园的同时，又是如何在这里筑起自己的爱巢？

第十九章　吹尽狂沙始到金 ·································· 170

桃镇土地集中三周年总结会上，市长王为民为何突然到来？曹工在会上总结时，为何发出倡议摘下"农民"的帽子？

第二十章　选举风波浪潮起 ·································· 179

在镇新一届镇长的选举中，为何代理镇长曹工意外落选了，而副镇长胡立却赢得了多数选票？选举将何去何从？

第二十一章　正义逆转除邪恶 ································ 185

出了什么事，让曹工、曹商、曹兵分别被上级纪委和派出所带走查问？为何曹老爷子对此却并不担心？结果又会如何？

第二十二章　四喜临门结良缘 ································ 193

曹农与王牡准备举行婚礼，为何原本作为伴郎、伴娘的曹兵与王花也一起举行了婚礼？这其中又演绎了怎样一出人间悲喜剧？

第二十三章 殚精竭虑结硕果 ················· 200

谭家和负责的桃镇盐碱地改良，小蚯蚓发挥了大作用，使荒地变废为宝。然而一场蹊跷事发生了，结果会如何？

第二十四章 幡然悔悟树新风 ················· 212

桃镇人渐渐富起来，有些麻将场也冠冕堂皇开起来，曹商被几个工程分包头夜夜追捧玩麻将。一场家庭聚会上，曹老爷子将如何规劝？

第二十五章 未雨绸缪保平安 ················· 228

长江下游一带遭遇了一场特大洪水，其他乡镇纷纷转移居民，桃镇为何在洪灾中损失最小，在抗洪中，他们都经历了什么？

第二十六章 迭代更新共担责 ················· 241

洪灾后，桃镇与另三个受灾严重的邻镇合并为桃园镇，面对倒塌的房屋、淹渍的农田，作为新任镇党委书记的曹工如何力挽狂澜？

第二十七章 为民解忧扬正气 ················· 249

新官上任的曹工在一次暗访中发现了原临海镇一家给当地环境造成严重污染的造纸厂，这一事件如何牵出一起贪腐案？

第二十八章 沧海桑田潮起落 ················· 262

桃园新开了降解制品厂，以玉米、秸秆为原材料，实现循环经济，然而好事多磨，他们如何面对一场将自身推到风口浪尖的网暴？

第二十九章 智慧时代踏浪来 ············· 275

为适应智能生活需求，桃园主动申请作为全省"智慧城市"样板，他们如何从一张白纸绘就农业、商贸、居住等生活的全智慧化蓝图？

第三十章 春风得意马蹄疾 ············· 286

新上任省体育局局长的程石来桃园考察，看一场因万亩花海长廊和十里桃花大道带来的"马拉松比赛"，将会给桃园的发展带来怎样的改变？

第三十一章 金秋红叶谱新篇 ············· 296

当社会进入老龄化时代，桃园如何建设养老的乐土？义市代表团慕名来访，陆市长与桃园又有着怎样刻骨铭心的缘分？

第三十二章 锦绣世界针线牵 ············· 311

桃州农产品订货会上，一幅百米刺绣版桃园"清明上河图"引起一位意大利小伙的关注，从而如何开启一段跨国姻缘，促进异国两地大农业的发展交融？

第三十三章 而今迈步从头越 ············· 328

桃园镇的大农业发展迎来了国际化合作，而在此时，桃州市委一项新的任命将曹工调离了桃园镇。曹工如何迎接更大的挑战和更重要的责任？

后 记 ············· 332

第一章　三拜传承树乡风

这个冬天来得有点早。傍晚晴空突转阴沉，北风呼啸，夹着雨点猛烈地袭击着苏北沿海的桃镇。树叶尚未凋零的树木甩动着一身的枝叶，浮摇在风雨的"浪涡"里。秋收后翻耕整地的人们冻得瑟瑟发抖，都早早收工。曹援朝夫妇从田里回来，麻利地把猪食分舀到猪槽里，把鸡赶回鸡窝，正好孩子们也放学了，一家人关上门生火做饭，红彤彤的灶火，热气缭绕的蒸锅，暖融融，香喷喷。家，简陋贫寒，总归是一个安宁的避风港。

全家人围着方桌喝着热腾腾的玉米糁粥，浑身暖和起来。晚饭后，曹援朝编起笋筐，妻子王翠兰拾掇家务，刚上初中的老大曹工、老二曹农开始在煤灯下写作业，上小学的老三曹商和老四曹学一起趴着看借来的小人书，老五曹兵拿着小木枪自个儿玩耍，一家子其乐融融的。

突然，传来"砰砰砰"急促的拍门声："曹家大哥，翠兰，快开门，我儿媳妇要生了！"曹援朝立刻停下手里的活，开门瞬间，一阵风雨袭来，带着寒气，差点吹灭了油灯。东边邻舍的周大婶浑身湿漉漉地站在门口，看到曹援朝就一把拉住他往外走；王翠兰急忙放下家务活，边穿雨衣边交代曹工照顾好弟弟妹妹，随手拿上一件雨衣赶紧追了上去。

东舍周家平时就婆媳俩在家，儿子长年跑船。这不，媳妇预产期要到了，说儿子这几天要回来，不巧的是，媳妇提前临产又碰上这风雨天。

跟着周大婶进了房间，曹援朝夫妇看到周家媳妇疼得身躯蜷缩着发抖，额头上出着细密的汗，孱弱地说："肚子好疼，我好像是要生了。"

"快送去镇卫生所！"曹援朝急中生智，套上妻子递来的雨衣，冲到自家屋后，拖出一辆前几天拉肥的板车，王翠兰眼疾手快铺上稻草覆上被子，又给周家媳妇套上大雨衣，三个人小心地把她抬到板车上。周大婶拿出包袱和手电筒准备出发。曹援朝迟疑了一下，说："大婶，这晚上黑灯瞎火的，路上坑坑洼洼，你若有个闪失会耽误时间，不如这些都给翠兰，你就留在家里，顺便帮我们照看着孩子，这边有我们呢！"周大婶激动得泪水在眼眶里打转，连声道谢。顾不上多说话，曹援朝在前面拉起板车，王翠兰把周大婶的包袱放到板车上让周家媳妇枕着，一手拿着手电筒，一手扶着周家媳妇往卫生所赶。

"等等，我们也来了。"

曹援朝转过头，看到老大曹工、老二曹农气喘吁吁赶了上来。

"叫你们在家照顾弟弟妹妹，这生孩子可不是小事，凑什么热闹，快回去。"王翠兰呵斥道。

"家里有老三照看呢，我们也来帮个忙。"老大曹工说着在后面推起板车。

"算了，让他们跟着吧，我们快走！"两个儿子在后面使劲推，曹援朝一下子感觉板车轻快了许多。

寒风裹挟着雨点打到脸上阵阵刺痛，强风密雨下，眼睛难以睁开，借着手电筒的一束微光，几个人行走在伸手不见五指的茫茫风雨之夜。村子离桃镇卫生所足足有六七里远，风雨交加，冰冷刺骨，路上坑洼泥泞，曹援朝夫妇和两个儿子，他们仿佛不是用脚去跋涉，而是用生命去奔跑，与时间赛跑，要在黑暗中掘出生命之光。

远远地看到了卫生所的灯光，曹援朝的心头敞亮起来，用劲拉着板车，曹工、曹农也愈发使劲推，一路小跑起来。到了医院，值班的妇产科女医生见状也毫不懈怠，忙着给周家媳妇检查，发现羊水破了，宫口也已经开了五指，赶紧让扶到产房。周家媳妇进了产房，曹援朝夫妇总算松了口气，王翠兰去办手续交钱，曹家父子三人摊开身子，坐在产房外的长椅上等着。

产房里，周家媳妇疼痛剧烈，有医生帮助接生，心情也放松下来，配合女医生的手法使劲。过了二十来分钟，眼见小孩的头要出来了，就在这千钧一发之际，突然停电了！

产房内外，一片黑暗。曹援朝夫妇和两个儿子的心提到了嗓子眼，在外干着急。产房里也一阵忙乱，护士赶紧去点蜡烛。女医生则靠着经验，一边让周家媳妇继续使劲，一边摩挲着继续接生，周家媳妇变得紧张，分娩时撕心裂肺的叫声听得人焦灼不安。

曹援朝夫妇也跟着急得像热锅上的蚂蚁，不知所措。

就在心急如焚时，产房里传来响亮的婴儿啼哭声……此时，蜡烛也点好了，产房内外一片欢呼声。

火红的烛光映照在孩子粉红的脸庞上，好像冲破长夜初升的朝阳。医生一看还是个男孩，告诉产房外等候的曹援朝夫妇，可把他们乐坏了。过了一会儿，周家媳妇被护士推了出来，转移到了病房。看着身边的孩子，周家媳妇微笑着对女医生轻声说："女先生，请给孩子起个名吧，今天要不是您医术高超，我们母子指不定会出什么情况。"

说实在的，在农村的医院，可能其他科的医生水平不一定高，但是有经验的产科医生的医术一定是高的，所以很多人都称呼医生为"先生"，以示尊敬。二十世纪八十年代，农村产妇生孩子都是到卫生所，很少会到县医院的，产科医生干得多，而且没什么先进医疗设备，主要靠医生自己的经验。所以，这位产科医生也自然成为接生高手。女医生也没有谦虚，想了想，说："如果真让我来起这个名字，我就推荐用'迎光'，因为孩子出生时正好是蜡烛点亮的时候，而且又是晚上生的，正好是黑暗中迎接光明的时刻，叫'迎光'是不是正好应景啊！"

周家媳妇一听连声说"好"，曹援朝夫妇也一个劲地点头说："周迎光，很好的名字！"

民间说，孩子的命大，或许就会有好的运气，这孩子后来还真考上了大学，而且干的就是与光、电有关的工作，也许是命，也许是人的引导。成长中的风雨必定让人刻骨铭心，就在这场风雨之夜，受到洗礼的还有曹家两兄弟，少年的心灵在风雨泥泞中，在看得见的生死角逐下，在倔强生存的潜意识里，埋下种子、绽放光芒、辉映未来。当然这些都是后话。

话回到这片叫桃镇的苏北水乡。这是一个离县城约三十公里的古镇，约有一万多户人家繁衍生息，过着自给自足的农耕生活，春种秋收，看天吃饭，日子再苦再累也还过得去。

桃镇可谓苏北的江南水乡，清亮秀雅，充满灵秀之气。小镇中间有两条河，一条由西北向东南流入大海，一条由东北向西南汇入大运河。这两条河把小镇分为镇北、镇西、镇南、镇东四块，两条河交汇处形成的一个弧形半岛就成了小镇的中心，处于镇东，所以镇上的人主要就住在这里。历史上运盐的商人和帮派都是乘船从这两条大河来到桃镇，他们建成的会馆驿站成了今天这里的古建筑，有些古建筑毁于战争，也有些保留了下来，从中可以一窥江淮贩盐船只往来河上的古风遗迹，感受到这里的历史文化韵味。

一方水土养一方人，桃镇虽然地方不大，却有三处特殊的地方在人们心目中占据特殊的位置，分别是新四军烈士陵园、孔子庙、百家祠堂。

新四军烈士陵园位于镇北，坐北朝南。那个地方高，建设者想着烈士们能福佑整个桃镇。那里的每条河流上都有两三座小桥，颇有"小桥流水人家"的田园野趣。也有在外的学者回乡，途经此处，百感千愁涌上心头，不禁吟诗："竹溪村道小桥斜，先祖遗风传百家。"

二十世纪上半叶的桃镇并不安宁和乐，和其他地方一样，笼罩于民族救亡的战火硝烟中。抗日战争时期，镇上家家户户都送儿郎参军。新四军紧紧依靠人民打游击战，几场伏击战把日军和伪军打得落荒而逃，后来，吓得日本鬼子到了桃镇就绕道走。日本投降后，国民党又想趁机抢占新四军建立起来的根据地，桃镇的很多年轻人加入了新的保卫战，在惊心动魄的淮海战役中奋力拼杀。在炮火洗礼下，桃镇成长起一批军官，同时也有许多桃镇儿女壮烈牺牲。几乎每家都有血洒战场、以身殉国的烈士。曹援朝的父亲曹仁杰就是打日本鬼子时参的军，后一路参加了解放战争和抗美援朝的战斗，立了功，转业后在省委部门工作。

中华人民共和国成立后，桃镇这块英雄的土地上，竖起了一座高高的纪念碑。每年清明之际，这古朴的小镇人山人海，热闹却又悲壮。大半个县城的男女老少纷纷前来烈士陵园拜谒。全县一半以上的学生都要前往，一些邻镇学校的专车停在镇口，学生们排着整齐的长队步行而来，很多他们的先辈就埋葬在这里。许多机关企事业单位的人集体组织起来，面向党旗，举行入党宣誓仪式。还有远道辗转而来的烈士后代，一路风尘仆仆，手捧鲜花，当地人一眼就能看出来，总会热情地指路。

每到这时，烈士陵园周边人流如潮却井然有序。与别的地方悲悲戚戚的氛围不同的是，桃镇的清明节仿佛是一场庄严肃穆的盛会，充满了令人振奋的生命力。一块块水泥墓碑整齐地立在生养它们碑主的水乡大地上，一如它们的碑主生前那般勇武。桃镇因红色革命历史而声名远扬，大多时候，外地人可能并不知道苏北有个桃镇，只知道有一个新四军烈士陵园，埋葬着为国捐躯的先烈。

除拜谒陵园祭祀烈士外，桃镇还有一件大事，就是祭拜孔子庙。每年进入六月，值中考、高考前夕，四周七里八乡的人们带着孩子向这里涌来。说来也怪，人们都说桃镇风水好，到这里祭拜能助人事兴旺，可令后代富贵显达。

孔子庙建在镇西，里面有座孔子塑像，两边站着栩栩如生的彩塑书童像。受益于两千多年的儒家文化，这里也是香火不断。二十世纪六十年代，突然闯来一帮红卫兵喊着"破四旧"，要砸孔子庙。桃镇的老人们冒着危险，偷偷把孔子像和两个书童像搬走，藏在镇西以西的一个抗日战争遗留下来的土堡里，外边用土封得严严实实的，前面还栽上了两排白杨树。也许是受孔老夫子的庇护，白杨树长得枝繁叶茂、生机勃勃，根本不像是新栽的。为了防备被搜查，老人们说新四军打日本鬼子的地方，很多先烈就战死在土堡这里，不允许外人来惊扰他们的魂魄，所以这些从外面来的红卫兵才没敢进去。在这方水土的滋润下，白杨树高大挺拔，在空中摇曳，微风吹过，叶子哗哗作响，倒像是白杨树得了新四军先烈们的嘱咐来庇佑孔老夫子了。

受先烈们庇护的还有孩子们，他们在桃镇的田间、沟河、树头、草丛雀跃，度过了与泥、与水在一起的快乐的乡野童年。镇中的两条大河边上栽了一路杨柳树，初春的时候，杨柳冒出嫩黄色的小芽，渐渐一点点变绿，好一派"九陌云初霁，皇衢柳已新。不同天苑景，先得日边春"的诗意。

有时候孩子们会折下柳条编织成帽箍戴在头上，好似电影里面的新四军战士埋伏伪装的装扮。柳树间隙还有几棵桑树，暮春时节，孩子们常常爬上去摘桑葚，把小嘴吃得黑里透红。长得最大最熟的桑葚往往都在高高的枝头上，孩子们一般都摘不到，经常是被小鸟抢着吃了，能摘到那些桑葚的往往能成为孩子王，所以会有调皮且灵活的孩子冒险往树梢爬，当然也有从树上掉下来摔得很惨的，回家还得挨父母一顿打。孩子们偶尔能掏个鸟窝，抓几个鸟蛋，心里甭提多快活了。

孩子们更大的乐趣是到河边玩甲鱼。他们用小青蛙做诱饵，到河边去总能钓得几只一斤左右重的甲鱼，这些都是孩子们的战利品！钓甲鱼就是为了玩，拿根树枝捅甲鱼的头，看着甲鱼缩头躲回壳里，孩子们则一起大笑，接着用树枝捅缩进去的甲鱼头。当然，也有勇猛的甲鱼咬住树枝，孩子们就会提起树枝拎起甲鱼，晃来晃去，甲鱼则会紧紧咬住，仿佛也知道如果松口肯定会摔得很惨。有时孩子们把甲鱼翻过来，看它肚子朝上，看着甲鱼笨拙地翻身，往往这个过程很漫长，但孩子们乐此不疲，在一旁观察着、说笑着。快乐的时光就这样在水波荡漾的嬉闹中匆匆度过，回想起来却也历历在目。

二十世纪八十年代初期，镇上的老人修缮庙宇，又把孔老夫子像请了回来，重新上漆，装扮一新。孔子庙有了香火，老人就对孩童们管得严了，七岁上学，六岁就要识一百个字，否则到时跟不上、学不好，被老师用板子打手心。

桃镇偏居苏北东部，但这里船只南来北往，信息倒也不闭塞。战争年代从这里走出去出人头地的大有人在，现在家家都把走出去的希望寄托在孩子身上，都想通过读书跳出"农"门，光宗耀祖、改变命运。镇上只有一所中学，很多成绩好的学生考到县里读高中，也有几个拔尖的学生考到市重点中学。通常每个村一个小学，因为教师特别少，所以经常是一间教室里坐着两个年级的学生，也就是复式班。学生们面向不同方向的黑板，一个年级上语文课时，另外一个年级就自习，或者上数学课，老师布置一黑板的数学作业让学生自己先做。在这样艰苦的条件下，孩子们轮流学，有些聪明的孩子还能实现两边都学，一学年下来就跳级。曹援朝家老大曹工、老二曹农就在一个复式班里上课，到三年级时，聪明的曹农已跟哥哥同步学习了。老人们每年要家里的孩子跪在孔夫子像前表决心，希望他们不负众望，一定要学好云云。这就是桃镇的第二拜。

第三拜是在百家祠堂，这也是桃镇的一个特殊地方。当年很多老百姓在抗日战争的战火中牺牲，基本各家都有，尸体堆积如山，分不清是哪家的，就统一埋葬了。所以新中国成立后，镇上就在新四军烈士陵园不远的地方建了一个百家祠堂，供各家祭奠先人，也将各家的家谱都请进百家祠堂了，各家生了儿子的都要去祠堂在家谱上续上。这些年老百姓的日子过得好点了，大家又出资将百家祠堂修葺一新，这也是桃镇重要的祭拜场所。当然拜祭自家祖先是各家自己的事情，只有过年的时候才最热闹，家家户户都来拜祖先。

这就是桃镇的"三拜三继承"：一拜老祖宗，不忘家风家德，做个孝顺的孩子；二拜新四军烈士陵园，继承先烈遗志，爱国爱民，做个大英雄；三拜孔夫子，要刻苦读书，修身齐家，带着家族的希望走向更广阔的天地。

这几年，桃镇开始得到桃州市的关注，跟这里最大的古建筑东岳庙有关。东岳庙的建成与明朝隆庆年间的"状元宰相"李春芳有着一段神奇佳话。

李春芳是兴化人，嘉靖二十六年（1547 年），时年三十六岁的举人李春芳进京赶考，一路上乘坐自家的木船悠然自得。第一天还算新鲜，第二天憋闷感就来了，正好下午行至靠近桃镇的大集镇上。集镇商铺酒楼、商贾云集，小曲、叫卖之声不绝于耳，但这些对于心怀天下的读书人李春芳而言诱惑不大，他在闹市中转了转，就让船工沿着河道找了一处清静之地泊下。夜晚，抚卷温习后，李春芳正准备就寝，忽闻岸上传来少年的哭叫声，本来他不想理会，但哭叫声此起彼伏，弄得李春芳难以入眠。于是他起身离船上岸，循声来到一户人家，那是一户老旧的普通民宅，大门推开，只见昏黄的油灯下，一位老妇人正手持戒尺，训斥跪在地上的少年。老妇人见到生人，倒也没有吃惊，遂问李春芳因何事上门。李春芳说："听少年哭叫声不能入睡，遂上岸探究，不知为何训斥？"老妇人说："小子愚钝，一个很简单的下联'麦黄麸赤粉如霜'，这都三天了也没有对出上联，所以我才用戒尺训斥。扰到公子休息，实在不好意思。"李春芳初一听，心想这下联简单明了，也就是一物三形三色，于是好言相劝老妇人说少年不日应该能对，无须着急，便返回船中。李春芳回去躺下，想着这下联竟也久久不得上联，辗转反侧中，迷迷糊糊进入梦乡。待醒来之时天已大亮，李春芳急忙上岸造访老妇人以求上联，不料，昨夜的那户人家已然不见，只有一个供着碧霞仙子的庵堂。李春芳朝碧霞仙子拜了拜就启程北上了。一路上脑海中时不时浮现那晚的场景和那一直没有对上来的下联。来到京城不久就开考。李春芳进入考场，打开试卷，发现卷中的填联题的上联竟然是"炭黑火红灰似雪"，这一个月来在脑中不断出现的下联浮现眼前，于是信手填上"麦黄麸赤粉如霜"。

这一年，李春芳高中状元，金榜题名之时，李春芳跪向那集镇方向发誓，要在泊船之地建庙，以感谢点化他的神仙老妇人。后来，李春芳任首辅，拨出银两并派员选址。但当时那个集镇已经有不少庙宇，而泊船之地又在镇外，李春芳就按照"紫气东来"的说法在东北向不远的桃镇选址建庙，并亲自题书"东岳庙"，同时在其内设"碧霞宫"，供奉着他心中感激的神仙老妇人——碧霞仙子。

在东岳庙的影响下，明清时期的盐商和运盐的帮派在桃镇建各种会馆，形成不少气派建筑。几经战火，其他古建筑受损严重，但这东岳庙一直没受太大影响，后来政府出资整修，修葺后，东岳庙和这些古建筑也就成了桃镇比较有影响的旅游点。再加上新四军烈士陵园对外的影响力，桃州市领导都喜欢抓桃镇这个典型。特别是近几年来，市里重视农村建设，副市长王为民在市报上发表署名文章介绍桃镇的历史风土人情，他来桃镇有时一住就是三五天，镇里老人都认识他。其实他根底也是桃镇的王家人。

说桃镇的风光往事，三天也说不完，但对于这个普通的乡村来说，也有着贫困地区一样的难题，最突出的是两大难处：天黑难和过冬难。曹援朝一家送临产的周家媳妇摸黑去医院，又遭停电惊心动魄的一幕，便是其中一个实例。桃镇大多时候天黑了是没有电的，在外面靠摸黑走夜路，在家里靠油灯、蜡烛点个亮。老百姓们也都盼着能过上广播里面说的"楼上楼下，电灯电话"的好日子。

市里其实有个发电厂，那是"大跃进"年代建的，可惜实在太陈旧了，加上煤供应紧张，发电厂的发电量满足不了现在经济发展的需要。改革开放后，市里、县里乃至镇上都在搞经济建设，建了不少工厂，都需要电力供应，所以有时候为了保生产，只能把民用的电给掐了。晚上最需要照明的时候，经常断电，到晚上十点之后才来电。其他镇有的工业办得好，政府就会购买柴油发电机发电保生产，但桃镇没有什么工业，也就没有这个待遇了。对于这一老大难问题，市长、镇长都知道，但一时还无从解决，只能慰问而已。

此外，冬天是桃镇的人们最难熬的季节。苏北平原地区的冬天，北方冷空气一旦袭来，就寒风呼啸，无遮无挡，气温骤然下降，和着潮湿的空气，相比其他区域，同等气温之下就更为冷得刺骨。

一年冬天，桃镇这一带气温低到零下十多摄氏度，屋里没有阳光的照射，比屋外还冷。晚上睡觉都是抱团取暖，孩子钻到妈妈怀里，冻得哭个不停，妈妈只好吓唬孩子："不要哭了，眼泪鼻涕会把脸冻成冰块的。再过一个月立春就好了。"

有户姓王的人家，平时为了老人睡觉有个暖被窝，一直让家里的男孩儿跟爷爷一起睡觉。这年天太冷，爷爷就在屋子里生起了煤炭炉，白天用炉子生火烧开水，有时还给孙子用铜炉盖反架在火炉上烤蚕豆，听到"嘎嘣嘎嘣"的声音时，孙子高兴得直拍手，因为每声"嘎嘣"就意味着一个蚕豆烤好了，可以吃了。爷爷便用筷子夹出烤好的蚕豆放到一边让孙子趁热吃，热的吃得香。晚上老人都要将煤炭炉门封好，免得第二天还得再生火，天这么冷，正好放到屋里也可挡挡寒气。虽然老人并不知道煤炭不充分燃烧会产生一氧化碳毒气致死这样的知识，但凭着经验，老人知道这炉子在屋里空气会不好，严重的会死人的，需要将房门开点缝隙，透点新鲜的空气进来才行。于是，房门留好缝后，老人就带着孩子踏实睡觉了。

天气太冷，孩子的父亲因为担心老人和孩子，晚上十点多钟过来看看，发现老人和孩子都睡得挺香，也就放心走了。不过他进门的时候看到门留着点缝，所以屋子里面虽然有炉子，也不是太暖和，心想：这天这么冷，老头子毕竟年龄大了，怎么没有把门关好，这晚上寒风透进去会受冻的。孩子的父亲走的时候特意把门关好，免得把屋里的祖孙俩给冻着，毕竟这几天桃镇就有老人被冻死的。

第二天，本来平时起床早的孩子就会到父母的屋里玩闹，这都该吃早饭了，老爷子和孩子都没有过来。孩子的父亲担心是不是昨天因为门开着，老人和孩子都冻着了，发烧了。于是赶紧到后屋开门看看，发现老人和孩子还在床上躺着，叫却没有应声，一看面色潮红，还以为是感冒了，伸手一摸，不发烧，但气息微弱，赶紧叫来老婆一起背着老人和孩子直接往镇上的卫生所跑。到了卫生所，医生一看情况就直接说是一氧化碳中毒，立刻安排吸氧。

忙完老人和孩子，医生就开始数落孩子的父母说："你们怎么连这点常识都没有，是不是在卧室放煤炭炉子睡觉了，也没有注意通风，这几天都好多个这样一氧化碳中毒的了，如果晚一点发现，会死人的。"

医生这么说，孩子的父亲就一个劲儿地懊悔啊，他现在才知道老爷子把门透那么点缝隙是为了透进去新鲜空气，这样才不至于一氧化碳中毒啊。只怪自己读书少，这辈子一定要让孩子多读书，考上大学，别像自己这样受没文化的苦。

好在孩子和老人都没事，吸氧缓和一段时间就都醒了。孩子醒时，直叫肚子饿，孩子父亲一直自责，没想到快中午了，一大家子还没有吃早饭，于是自己背着孩子，让老婆搀着老人赶紧回家做饭吃。

回到家，男人还是自责，老爷子安慰儿子说："我这是将死之人，没事也是万幸。主要是孙子，他还小，不能让他再走我们的老路，要好好供他上学，有了文化知识，将来才能改变我们的生活环境。"老人转而又跟孙子语重心长说道："当年红军爬雪山过草地，有女红军把脚趾冻掉了，却感觉不到疼痛，还继续走完了二万五千里长征，打了胜仗。小宝啊，你要用红军长征的精神好好读书啊，将来用你的知识给我们苏北农村人的屋里也弄个暖气，像城里人一样生活就好了！"

王家孩子似懂非懂地点点头，孩子父亲在心中暗下决心，不能让儿子像自己一样，将来要让他读大学，当工程师，改变农村的落后状况，让大家冬天都能住上有暖气的房子，这样才对得起今天这爷孙俩逃过的这道鬼门关啊！

说起这两难，要说的故事太多了，几乎家家都有过这些方面的难处。村民们因走夜路摔伤，因冬天取暖被热水烫伤、被火烧伤也是常有的事，镇上有一户徐家，祖传接骨，七里八乡的人找上门，骨折后不需要打石膏、做手术，贴上膏药就好；还有一户刘家，专治烧烫伤，就是传统的地榆炭粉加蜂蜜熬制的土方，涂抹在烫伤部位，痊愈后皮肤恢复如旧，没有疤痕，也没有变色。这里经济不发达，人们信奉传统的中医，仍会沿用老方子，却也往往效果神奇。

对这两难问题，桃镇的老人们也找过领导，领导一时解决不了，老人们是在"自力更生，艰苦奋斗"的国家建设号召下一路走来的，也总跟下一代讲"靠天靠地不如靠自己"的道理，深知自己是受没文化知识的苦，希望孙辈们好好读书，改变镇上贫穷落后的面貌。这就使得桃镇人更加重视教育，家家户户下决心，砸锅卖铁也要供孩子读书。身处困境的农村孩子，自小就在心灵深处埋下了一颗种子，在寒冷的冬天与烛光中的夜晚积蓄力量，慢慢发芽，立志要通过读书改变自己的命运，也改变桃镇的命运。种子在内在驱动力的酝酿下，终有破土而出的一天。苍天不负有心人，这几年高考，桃镇总有几个上榜，考上了好大学，这极大提振了桃镇人的信心，别人能做到的，他们也能实现，他们的祖辈曾改变了这里的过去，他们相信，他们也有着创造未来的力量，能不能过上更好的生活，取决于现在所做的选择和脚下正在走的路。

第二章　风雨磨砺少年志

"曹商……曹商……你在哪儿……快回家……"

"老三……老三……快出来，回家吧……"

六月的桃镇迎来了梅雨季，天空像漏了底的砂锅，雨连续十几天下个不停，河水涨满了河道，整个小镇清清亮亮水汪汪一片，又值学生暑假，这些天不时传来有哪家孩子溺水身亡的消息，听得大人们都战战兢兢，吓唬自家孩子，说河里有水猴子，再大力气的人在水里也斗不过它，会被淹死，千万不要到河里去游泳。

这天，天气闷得像一个不透风的罐子，让人喘不过气来。云幕低垂，似乎随时酝酿着一场暴雨的来临。从一早上，曹援朝夫妇和老大曹工、老二曹农就分头在村子里的角角落落呼喊，寻找老三曹商。从前一天中午老三赌气跑出来，就一直没回家，这是从没有过的事，可把全家人急坏了。

到下午仍没找到曹商。王翠兰联想到近来孩子溺水的事多，越想越害怕，坐在河岸边大哭："三啊，你回来啊，爸爸妈妈继续让你上学，只要你回来……"

原来，曹商的出走源于曹援朝夫妇不得已的一个取舍。

曹家三代同堂，爷爷曹仁杰一个人远在省城上班，奶奶早年就去世了，家里的主要劳力就是曹援朝夫妇二人。曹家有五个孩子，如今老大、老二都在镇上学校读初二；老三曹商在村里念小学五年级，暑假后就准备到镇上读初中；老四曹学开学升村小三年级；而老五曹兵也到了上学的年纪，准备上一年级。二十世纪八十年代的中国，一个普通的农村家庭要供五个孩子上学何其艰辛！种田的收成微薄，平日里王翠兰就靠养十几只鸡，到镇上卖几个鸡蛋给孩子们换来铅笔、本子。为节约用纸，曹工有一个"诀窍"，先用铅笔在本子的正反面密密麻麻写上小字，全部写完后，再以钢笔写字，或用作草稿本，这样把本子再用一遍，家里的弟弟妹妹也都跟着学这一节纸"绝招"。逢年过节，人家小孩都穿新衣戴新帽，而曹家是新老大旧老二，缝缝补补给老三。老四曹学是女孩，所以王翠兰夹杂着给做点新衣。而对老五曹兵这个小儿子，曹援朝夫妇有着明显的偏爱，王翠兰会给老五缝几件白罩衣，胸口处绣上简单的小图案，罩衣后面扎一根带子，既耐脏又好看，让家里的哥哥姐姐和村里的小伙伴很是羡慕。说来也怪，曹家前四个孩子都遗传了曹援朝夫妇的双眼皮、大眼睛，就最小的孩子曹兵是单眼皮，不过也不难看，细长的丹凤眼透出聪明机灵劲。有村里人说老五是曹家夫妇领养的，但哪家对领养的孩子这么好，后来传言也就自然没人说了。

三个稍大一点的孩子都已能跟着爸妈下地干活了，特别是老大和老二，有时干农活顶得上一个大人了。但曹家夫妇俩坚决不让孩子们这样干，要他们好好读书，夫妇俩忙忙碌碌、寒耕热耘。这些年，村里有的人家用牛耕地，有的几户人家合养一头牛，几亩地都靠这头牛耕作了。而曹援朝家所有的收入都供孩子上学了，养不起牛，犁地时，或是曹援朝在前面拉，王翠兰在后面扶，或是夫妇俩调个位置，轮换着干。夫妇俩几乎一年到头面朝黄土背朝天地辛苦劳作，年复一年不停歇，即便如此，他们的收入还是很微薄。屋漏偏逢连夜雨。曹援朝自小不在父亲身边，主动承担了家里很多体力活儿，落下病根，而今因过度劳累，旧病未去又添新疾，经常咳嗽气喘，体力愈发衰弱。

贫寒人家谋生之苦，个中滋味，冷暖自知。老大、老二还是主动下地干活，栽秧薅草样样都抢着干。前些天，从不向生活低头的王翠兰跟丈夫商量："老五曹兵已到了上学的年纪，让老三曹商停学一年，这样就可以让老五上学了。待家里情况稍好转就让曹商读镇上的初中。"曹援朝摇头，他自然不愿让孩子辍学。

王翠兰又给他分析："老大和老二成绩好，一年后如考上个中师中专，上学国家有补贴，家里开销就会少很多；老四曹学是家中唯一的女孩，女孩不能不读书，而且要读得更高，将来才能嫁得好；只有先让老三曹商暂停学一年，让老五上学；等明年家里负担轻了，再让老三读初中，这样长远考虑，孩子们都不耽误。"曹援朝眼见着自己身体大不如前，已干不动了，觉得妻子说得也有道理，为能让老五上学，姑且先这样考虑了。

然而正是这个决定，在曹家掀起了轩然大波。

在家里五个孩子中，老三曹商长得虎头虎脑，性情忠厚，从不给父母惹麻烦，话少，心里却跟明镜似的，干活也有韧劲。这天午饭后，王翠兰把老三叫到一旁，抚摸着他的头，轻言细语地说了让他停学一年的想法。她以为一向乖顺的老三会接受。只见老三瞪圆的眼睛里渐渐噙满了泪，黝黑的脸庞涨得通红，大声吼道："不行，我要上学！为什么爸爸妈妈总是偏心弟弟，最好的总是给他。我要上学……"说完大哭着冲了出去。

待王翠兰跑出去，已不见老三的踪影。本以为这孩子晚上就会回来，可天黑了，迟迟不见人影。曹家人都紧张起来，老五曹兵哭着问妈妈："三哥会不会被水猴子拖走了？"曹援朝夫妇和两个大孩子分头到村里各路道找，又到曹商的学校、同学家也问遍了，都没找到。曹援朝说："过了明天，再找不到，就到派出所报案。"王翠兰一夜都没合眼，懊悔不已，想想老三一向敦厚勤快懂事，自己怎能伤这孩子的心呢？越想越害怕，眼泪打湿了枕巾。

老大曹工也是辗转反侧难以入眠，老三水性好，他不担心三弟会溺水，他担心的是被拐。村西头有户人家，丈夫是瘸子，妻子跟他妈年龄差不多大，眉清目秀，可惜是个疯子，见到孩子就会追赶，吓得村里孩子都不敢靠近。曹工小时候每天上下学都要经过她家，这疯女人见到曹工倒是不追，一个劲地傻笑，招手，嘴里喊："东东，快回家。"曹工每次走到她家门前心跳就会怦怦加快，拉着一起上学的曹农就跑，生怕被追上。后来，从妈妈口中得知，这个疯女人早年和丈夫一起在外打工，带孩子回家过年，在火车站候车，转身的工夫，三岁的儿子被人贩子拐了，找了几年都没下落，女人经不起打击就疯了。丈夫后来受了工伤，就一起回到了村里。疯女人的故事让曹工不禁心生怜悯，不再害怕她了，但对人贩子的憎恨和恐惧堆积成他整个童年、少年时期巨大的心理阴影。三弟出走一夜未回，他不由得冒出这一可怕的念头，他不敢往下深想，更不敢说，担心万一说了就成真了，更担心父母会伤心。这一巨大的焦虑使作为家中长子的曹工，小小少年内心却深藏着无比的压抑和痛苦。

第二天直到中午，还没见到老三的身影。看着妻子坐在涨水的河岸边悔恨大哭，曹援朝也落下了泪："就拼了我这把骨头，也一定要让老三继续上学。"他宽慰妻子："这孩子水性好，应该没落水，这两天河道上也没传出坏消息。我们回家再想想办法，看他能去哪儿。"

曹援朝夫妇互相搀扶着回家。快到家时，远远地看到老五曹兵跑过来，挥舞手臂，大声喊道："爸爸妈妈，三哥回来了……三哥回来了……"

王翠兰霎时喜出望外，赶紧跑回家。曹商独自坐在房间里，满身尘土，低着头。王翠兰一把抱住曹商大哭起来："你这孩子，上哪去了，你要有个三长两短，叫我和你爸怎么活啊！"

曹商抬起头，眼含泪水看着妈妈问道："妈妈，我是不是你们领养的？"

"你这孩子，瞎说啥呢，你是妈妈生的，邻居周奶奶可以作证，生你时就是她请村卫生室的人接生的！"

曹商抹了一把眼泪，语气坚定："妈妈，我想好了，答应你们，停学一年，我去了镇上的建筑工地，昨晚跟看门的老爷爷住在一起，我给他们搬砖头，来挣我上初中的学费。弟弟不能不上学。"

老三这话，让曹援朝夫妇都潸然泪下，孩子太懂事了，但他们不能让才十三岁的儿子去干搬运的苦力活啊。

这时，还在外面寻找的老大曹工和老二曹农得知消息也都兴奋地跑回家。

"我和老二商量好了，家里的新米，我们自己挑到镇上去卖，这样能多挣点钱，让老三继续上学。"曹工跟爸爸妈妈商量道。

"爸爸不中用了，让孩子们受苦。你们试试吧，在外面不要跟人争执。"曹援朝疼惜地把三个儿子拥抱在一起，眼泪唰唰地流下来。

桃镇水网密布，盛产水稻，有"鱼米之乡"之称。改革开放初期，这里的耕作条件有所改善，但农民们还是主要靠人力种地，庄稼种了收、收了种，从秧田开始，然后犁地，犁完地插秧苗，待秧苗长大一些就要去薅草，薅完杂草，稻子就慢慢长熟了，后再收割、脱粒、收仓，这一过程就要四五个月的时间。家家收割的新米脱壳的那段时间，就会有粮贩子天天开船进村里来收米，但价格都会压得很低。眼下正是新稻出米之时，粮贩子们直接到村里挨家挨户上门收，也趁机集体压价。当晚，曹工和曹农商量着明早挑到镇上的集市去卖。

翌日天不亮，王翠兰熬好粥，蒸了馒头，曹工、曹农兄弟俩喝了一大碗粥，拿吊水瓶子装了些水，又带上两个馒头。曹援朝把新米小心地装进帆布袋里，放进了箩筐，绳子穿上扁担，整理好担子，兄弟俩一前一后挑着出发了。曹农挑着扁担在前面，曹工走在后面有意把扁担上的绳子朝自己这边挪了许多。村子离镇上的集市有十里路，好在清晨天气算是凉爽，空气里渗透出清新湿润的香味。天色虽未亮，还能看得见，且越走天越亮，即将升起的朝阳在东边的天空投射出红色的微光，看这天色便知今天又是烈日高照的炎热天气。兄弟俩加快了步伐，穿过纵横的乡间小路，跨过几座水泥桥，上了镇村公路，又走了两公里，到了镇上。此时，天已大亮，太阳由大变小，却像个大火球悬挂在东边，热气迅速传导到大地。街道两边早已摆满了摊点，兄弟俩看到有块空摊位，赶紧放下担子占了地方，拿出杆秤，松开米袋口，露出雪白的大米，这才松了劲，汗水早已湿透了后衣背。

不一会儿，有个中年矮胖子过来，捞起一把米看了看就问价格。

"一毛八一斤。"曹工回应。

"人家都卖一毛二。"矮胖子瞥了一眼，说。

"我家是新米。"曹工又说道。他在家里也跟爸爸妈妈了解到，粮贩子进村收新米，也就是一毛二一斤，而且都统一口径压价，村民们也只好应了他们。

"这么高的价，小鬼，太阳把你烤干了，你也卖不出，赶紧低点卖吧。"矮胖子斜眼看着曹工。

"不卖！"曹工一脸严肃应道。

"小屁孩，不懂规矩！"矮胖子没好气地踢了一下地上的扁担，摇晃着走开。

集市上人多了起来，不时有人凑过来看米、问价，跟矮胖子的开价都一样。

曹农有些疑惑，小声跟曹工说："我们是不是价高了？"

"你发现了吗，这几个人总在集市上来来回回转悠，咬定一毛二一斤轮番问我们价格，一看就是一伙的粮贩子。不要理他们，我们不卖给粮贩子。"曹工眼睛盯着那几个晃悠的粮贩子小声说着。

曹农点点头，对着曹工耳朵说："那我们不能等，要叫卖，让人家知道我们是自家种的新米上市，这样才能吸引真正要米的人家买啊。"

"好，那咱们编个广告语吧。"曹工想了想，说，"自家种的新大米，不用菜也可以干三碗，快来买啊！"

"我看行！"曹农向曹工竖了个大拇指，开始叫卖起来，"自家种的新大米，不用菜也可以干三碗，快来买啊！"

曹工也跟着大声叫卖开来，兄弟俩的叫卖声此起彼伏，声音稚嫩却清亮，引来了几位家庭主妇、老头、老太驻足看米。"小伙子，为什么你家种的米做饭不用菜也能干三碗啊？"一个家庭主妇问道。

"我们家的新米油性足，煮粥是漂一层米油，做饭是满屋飘香，吃起来都不用搭菜。"曹工回答道，这话确实也是曹工自己吃饭的实际感受。

"这米是不错，价格也适中，上次有粮贩子新米卖到两毛钱以上了。"一位满头白发的老奶奶跟旁边人说道。这下，老奶奶和身边一连三个人都买了米。曹工舀米装袋称秤，曹工故意把秤抬得高高的，买米的个个都很满意。曹农负责收钱，不到一小时，挑来的一百斤米全部售完了。兄弟俩高高兴兴地收摊了，矮胖子瞪了一眼，骂道："臭小子，有你好看的！"

没想到卖米结束得特别早，还没到中午。兄弟俩商量，到新华书店去看看。曹工特别喜欢读历史，还在上小学时，爷爷曹仁杰从省城寄回一台收音机，这神秘的宝匣成了曹工汲取知识的宝库。从收音机里听到的刘兰芳的历史评书《岳飞传》《杨家将》、抗战小说连播《夜幕下的哈尔滨》，以及《人生》《骆驼祥子》《简·爱》等许多中外优秀广播剧，拓展了这个偏居苏北乡村少年的生活半径，使他迈入一个别样的广阔世界，在浩瀚的历史时空里遨游，在取之不尽的知识甘霖下成长。曹农则喜欢科学，很小的时候跟着爸爸和哥哥在河里游泳，他对自己能在水里浮起来很是惊喜，也充满了疑惑，上小学后知道了水有浮力。上初中后，知道了更多的科学名人和科学原理，使曹农对学习更加着迷，尤其对数理化几乎过目不忘，老师们都说他将来能考大学。

兄弟俩一进新华书店就被琳琅满目的图书深深吸引住了，放下扁担和箩筐，让售货员拿了本《春秋战国故事》，站在柜台前津津有味地看起来。这本书里面讲述了春秋战国时期诸子百家治国及战争的故事，书中还有很多插图，正对曹工的口味，他爱不释手。售货员看这两个孩子要了书站着看，也不买，就问到底买不买书。曹工看了看书的价格，还是恋恋不舍地放下了。最后，曹工从旧书柜台花五分钱买了本《小兵张嘎》小人书装进书包，说是带给小弟弟曹兵，他最喜欢看小人书。兄弟俩便高高兴兴往家赶。

到家正赶上吃中饭。兄弟俩捧着饭碗大口大口嚼起来，曹工把早上卖米的情况绘声绘色地讲了一通，弟弟妹妹也学着叫卖："自家种的新大米，不用菜也可以干三碗，快来买啊！"看得曹援朝夫妇哈哈大笑，王翠兰笑出了眼泪，说："明天再去卖，除留点口粮，把家里的新米都卖掉，这下咱们老三就能到镇上读初中了。"

"明早我也想跟大哥二哥一起去卖米！"老三曹商用请求的眼神看着妈妈。

"好啊，老三，你去给哥哥们打打下手。"王翠兰高兴地答应了。

"其他我都答应，就是你们兄弟仨在外不能跟人起争执，外面复杂，你们要小心，遇事多商量。"曹援朝不无担忧地提醒道。

"放心吧爸爸，《孙子兵法》中'三十六计走为上策'，有事我们就跑，这叫审时度势。就像咱老三，跑得比谁都快，让我们找了两天都找不到啊。"曹工一通打趣引得全家哈哈大笑，老三曹商挠了挠头，也跟着羞涩地笑起来。

第二天，曹家人起得更早，兄弟仨也都早早准备好一起上路了。只是天气有些闷热、阴沉，预报说今天午后会有雨。曹工说，不要紧，反正米卖得快，会早早到家的。到了镇集市，空余的摊位还有不少，曹工选了一个中间位置的。三兄弟一起摊开扁担，放上杆秤，松开米袋拾掇好，曹工一边给两个弟弟讲起司马迁忍辱发奋写《史记》的故事，一边等着集市的人多起来。

曹工娓娓道来："在众人皆谴责李陵、一边倒的时候，只有司马迁说了意见相反的看法，认为李陵此次投降是出于无奈，他日后肯定是还要寻找机会报答汉朝的。这番话惹怒了汉武帝，处以司马迁宫刑。司马迁化悲愤为动力，忍辱负重活了下来，历时十三年，写成了时间跨度达三千多年的《史记》……"两个弟弟听得全神贯注。

这时曹工停住了，他看到昨天那个粮贩子矮胖子来集市了。矮胖子朝这边瞥了一眼，大摇大摆走来，只是没有在摊前停下，也没有再问价，背着手，昂着头，装作没看见曹工他们。曹工又继续讲了起来："鲁迅先生曾高度赞誉《史记》为'史家之绝唱，无韵之离骚'。这部书里记载了许多我们经常听到的经典典故和常用的警句名言，如'飞鸟尽，良弓藏，狡兔死，走狗烹''治天下终不以私乱公'……等家里有钱了，我真想买一本《史记》的原著，好好读一读。"

"我也想读。"曹商渴望地看着大哥说道。

"会读到的。"曹工摸了摸三弟的头，用像大人般的语气说道："书是无声无息的老师，也是朋友，教给我们许多做人的道理，我们一定要读好书。"集市上往来的人多了起来，曹工跟曹农说："二弟，我们开始叫卖吧，今天看上去像要下雨，卖完我们早点回家。"

"自家种的新大米，不用菜也可以干三碗，快来买啊！"三兄弟一起对着人流大声叫卖起来，声音清透明朗，甚至悠扬婉转动听。很快，摊前围了一圈人，"这米不错"，人群里传来啧啧称赞声，有人开始准备袋子装米。三兄弟手脚麻利地招呼着，配合起来舀米称秤。

"走开走开，都停下停下！"突然一高一矮两个戴大盖帽、穿着制服的人拨开人群，大声呵斥，跨步来到摊位前。三兄弟和围着的人们都被这突如其来的阵势给镇住了，大家都停住了手。一个高大威猛、满脸疙瘩的"大盖帽"冲着曹工呵斥道："看你像为首的，你们这是扰乱市场经营，自己定价，也不交摊位费，有没有规矩，不准再卖了！"

"再卖就全部没收！"一旁尖嘴猴腮长得像猴精的"大盖帽"厉声帮腔。

围着的人见状也都散开，摊位前一下子没了人。

曹工强压住怒气，跟"大盖帽"说理："我们没有卖高价，市场上那些人都卖到了两毛多一斤，我们才一毛八，而且是不打农药的新米，市场正常价就是一毛八一斤。"

曹农也毫不示弱："这集市是路摊，是公共的自由买卖市场，凭什么跟我们收摊位费！"

"别那么多废话，再不走大米就全部没收。"猴精"大盖帽"说着上前就要拖大米。曹商眼疾手快冲上去抓住他的手就咬，疼得那人立刻松开手，猛地把曹商推倒在地。

"你们凭什么打小孩！"曹工赶紧扶起弟弟搂在怀里，大声呵斥道。周围看热闹的人围成了一圈议论纷纷："种大米不容易，哪能说没收就没收。""欺负孩子不应该。""人家在这儿卖犯谁了？"两个"大盖帽"见围观者指责，有些尴尬，还在强词夺理。

"这样啊，我来圆个场。"矮胖子粮贩子不知什么时候已来到米摊前，对"大盖帽"说："小孩子不懂规矩，你们也别没收了，种大米不容易，我这一毛钱一斤给他们收了好吗？"

满脸疙瘩"大盖帽"似乎一脸不高兴："今天就给你这个面子，让他们以后不要再来扰乱市场了。"

曹工一看矮胖子粮贩子出来收米，瞬间明白了，这粮贩子和"大盖帽"是一伙的，一唱一和，演的是双簧戏，不能入他们的套。于是大声对围观群众说："米是我家辛辛苦苦种，我们辛辛苦苦挑来卖的，既然这里不让卖，那我们再挑回家，我们也不卖这米了。"人群中有大爷说："是的，这里不给卖，人家孩子也不愿被收，那就给人家再挑回去吧。"

"呸！给脸不要脸。"矮胖子粮贩子朝曹工兄弟唾了一口唾沫，走了。

"那现在就走，以后不许再来卖！"猴精"大盖帽"催着曹工收摊。

曹工二话不说，和两个弟弟一起收摊，与曹农一前一后挑着担子离开了集市。曹商拿着杆秤，背着包快步跟着。

三兄弟心里都憋着气，一路上没有再说笑。曹工把扁担上米箩筐的绳子又往自己这边使劲挪了些，他感到了巨大的压力，这压力更来自心头，他想起老师课堂上所讲的明朝一代名相张居正的一句话："治政之要在于安民，安民之道在于察其疾苦。"父母希望他好好读书，读书的目的是什么？他从来没有像今天这样明晰，心里发誓：我将来要做一个为老百姓着想、为贫困群众谋福利的人！

下了镇村公路，走在农田间的小路上，远处天空突然聚集了大块大块的乌云，随着隆隆雷声，黄豆般大的雨点砸下来了，曹工赶紧脱下衬衫护住米袋，又用一张大薄膜在外面裹了一层，三兄弟加快了步伐往家赶。临近家时，雨越下越大，田间小路周围无处遮雨，大雨毫不留情地打在他们的脸上，他们的睫毛上都滴着水，地上顷刻间只剩下水汪汪一片，分不清哪里是路、哪里是田。曹工感到肩上的担子在剧烈摇晃，腿也在发抖，三兄弟顾不上畏惧，奋力跋涉在风雨中。

到家时，三兄弟都已精疲力竭，浑身湿透，头发、裤管里都往下滴水，但箩筐中的米却被护得很好。曹援朝看米又挑回来了，并没问什么，把米从箩筐里拿出，放到家里干爽通风处；王翠兰赶紧拿来毛巾帮孩子们擦身子，换衣服，又烧了热腾腾的姜茶给他们都喝上。当晚，曹工因在雨中只穿了背心受风寒发烧了，躺在家里两天才好转。这次卖米的经过，曹农和曹商也都告诉了父母。

王翠兰端着汤药来到孩子们的房间，坐在床前，心疼地把手抚在曹工发烫的额头上测温，叹息道："我们种田的没权没势，在外面就容易被人欺负，都是吃的没上学、不识字的苦。你们现在正是读书的年纪，又在长身体，干重活儿会落下病根的。你爸就是小的时候，爷爷不在身边，很多体力活儿都是你爸抢在你奶奶前面干，这就落下病根，到现在经常咳嗽气喘。所以你们还是得听话，好好读书，将来才能让爷爷给你们找个好工作。"

"妈妈，我能考上中专就好了，这样能早点帮助爸妈一起供弟弟妹妹上学。爷爷在省城做大官也不管我们，我们要靠自己，不会让他帮忙找工作的。"曹工倔强地说。

曹援朝在一旁听了，神色严厉："不许这样说你爷爷。"转而语气缓和，缓缓说道："我小的时候，曾经也不理解，为什么你爷爷不带着我和你奶奶一起在城里享福，还是让我在农村当农民。但后来我结婚的时候，你爷爷拿出了与战友们的血盟书，把自己珍藏的那块在朝鲜战场上缴获的瑞士手表，亲手送给你妈作为结婚礼品，我就知道了你爷爷是多么爱我们、爱这个家。"

"血盟书是什么？"曹工不解地问。

"当时你爷爷和战友们有个约定，谁战斗到最后，谁就担负起牺牲兄弟们的家小抚养。"曹援朝面色沉重，语气凝重，"他那些战友也都有家小要养，但是男人牺牲在战场上了，谁帮助照顾他们的家啊？你爷爷的钱，都拿去和其他同志一起抚养战友遗孤了，他的负担比我们还重呢。要不然闹饥荒那些年，你爷爷怎么会没钱接济我们呢，最后你奶奶就在那个时候饿死了……"曹援朝说到这里，有些哽咽："你奶奶走的时候，你知道你爷爷哭得多么伤心吗？可是他心里的苦和难有谁知道和理解啊？我当时心里也埋怨你爷爷，觉得他是一个人在省城享福，不顾及我们。"

王翠兰接着丈夫的话说道："那块手表是你爷爷最重要的念想，我肯定不能收。我尽管不识字，但我能理解你爷爷内心的痛，他们这些人能活下来，哪个不是其他战友用生命换来的？所以，他们更要为死去的战友而活着，照顾好他们的家，不能让战友泉下不安。我知道这些，当时什么都没要就嫁给你爸爸了，过着在农村种地的生活。这块手表到现在还在你爷爷手腕上戴着。"

提起这些往事，曹援朝禁不住内心的感慨，继续说道："你妈都能做到这样，我当然也就释怀了。从那个时候起，我再也没有埋怨过你爷爷，我希望你们也能理解爷爷，不要指望着靠爷爷去发展，要通过自己的努力来改变命运。爷爷当年没能供爸爸上好学有他的苦衷，我和你妈现在还有这点能力供养你们，你们就好好读书，别辜负了我们的期望！"

父亲一番话，让曹工、曹农对爷爷的埋怨都烟消云散了，敬仰之情油然而生。曹工的身体很快恢复了，又跟老二一起下地干活儿，晚上点着煤油灯一起复习功课，兄弟俩从不让父母亲操心，曹援朝夫妇心里很是欣慰。

转眼，孩子们开学了。老五曹兵上小学了，老三曹商也进了镇里的初中，孩子们一如往常上学。曹援朝夫妇的生活忙得像陀螺，丝毫不敢停歇，重压和生活的焦虑之下，曹援朝身体愈发虚弱，有几次咳出了血，却不肯去医院，说家里不能再为他花钱了。这些，孩子们也都看在眼里。

一次下雨天，曹工、曹农两兄弟没有去学校上学，而是在通往河里的大沟里捕鱼，两个人把书用衣服包着，腾出书包装满了鱼回来。老二曹农进门大声喊道："妈，妈，快拿盆来，我们捞了好多鲫鱼，你给我爸做鲫鱼汤喝补补身体！"

看到上学的时间，老大、老二却拎着两书包鱼回来，也没有见到书，曹援朝怒火冲了上来，操起扁担照着两个儿子的屁股就是一阵猛打。两兄弟一脸蒙，莫名其妙挨了打，看着又挥过来的扁担，赶紧跑，一边还嚷嚷着叫妈，王翠兰赶紧上来，拉住已经气喘吁吁的丈夫，说道："孩子们不也是为了你的身体好吗？别再打他们了，刚才那一扁担不知道伤着他们了没有？"

看到父亲停下手，兄弟二人才感觉到屁股上的疼痛，在一旁呻吟起来。曹援朝叹了口气，说道："让你们好好读书，你们倒好，居然旷课捕鱼。我要你们考虑我的身体干吗？你们只有好好读书才对得起我。以后如果再敢旷课，看我不打烂你们的屁股！你们的书上哪里去了？"

"在衣服里面包着呢！"曹工憨憨一笑，说道，"我们怎么可能把书扔了，放心吧！"

于是，两兄弟趁母亲拉走父亲的时候，赶紧找来盆子把鱼倒进去，然后把书包一翻，用另外一面装着书就往学校跑，临走还不忘叮嘱母亲："妈，赶紧把鱼弄好给我爸炖鱼汤喝！"

曹家少年们在风雨中成长、在磨砺中坚强，苏北水乡那特殊的人生课堂，注定会留下他们深刻的成长印记，积淀为他们弥足珍贵的精神财富。

第三章　英雄回乡育五孙

这几天，省委机关党报上一篇题为《一份隐藏三十多年的英雄血盟书》的新闻通讯重磅推出；不久，这份"血盟书"事件的原委吸引了各大媒体争相报道，一时间传得沸沸扬扬，家喻户晓。

隐藏三十多年，何以一朝托出？这事就因在省委部门工作的曹家爷爷曹仁杰离休申请回家养老而起。

1954 年，曹仁杰从部队团长转业到省委，安排的是处级岗位，由于没有上过学，知识上满足不了更高的升职要求，就在处长的位置上一直干到了六十岁离休。本来省委是安排他在省城离休的，但他本人要求回农村养老，他说："我不是什么高风亮节，我是要回去还我的债！我的家乡是新四军的根据地，我在那里入伍，也有不少战友长眠在那里，我要回去陪他们。另外，我多年在外，对放在老家的儿子和他的一家子都没有管过，儿子自小身体亏，落下病根，现在身体也不好，我不能一个人在省城享清福，我要回去还这个债。"

省委负责离退休的领导感觉没有照顾到曹仁杰，就问他有没有什么需要组织上解决的事情。曹仁杰什么要求都没有提，只是拿出了一份血盟书，跟负责的领导说："本来这个是我们战友间的私事，所以一直都没有跟组织上讲过，如今我离休了，也没有足够的能力再照顾这些战友的家了，这些战友有些家庭已经脱离了困难，也不需要我再帮助了。但是有两户因孩子多，身体弱，一直没有好起来，希望组织上能有所照顾。"

离退休办的领导了解到事情的原委后，二话没说，就直接答应了下来。事后把曹仁杰的情况向省委领导单独做了汇报，省委领导也特别感动，特意在曹仁杰离休时举办了一个仪式。省委书记到现场参加，还将与曹仁杰共同血盟的、在省里的另两位战友也请了过来。省委书记感谢他们这么多年来对组织的默默奉献，向他们承诺，组织上将出面继续完成他们的诺言，也让他们得以安心颐养天年。听到省委书记的话，三位老战友百感交集，抱在一起痛哭流涕。在枪林弹雨的战场上，他们没有这样哭泣，一个个战友离去，他们也挺了过来，如今省委书记的表态倒使得他们放下所有包袱，把埋藏在心里的所有情感一起随着泪水宣泄了出来，有对牺牲战友的告慰，也有对无法顾家的愧疚，更有对人生几十年的悲喜交集。他们的哭声触动了会场上所有人，众人也跟着一起默默流泪……

曹仁杰现在要离休到老家农村，省委负责离退休干部的领导之前就给市里打电话交代好，要办理好离休干部的养老服务工作。市里领导本来还想请曹仁杰在市里帮忙为经济建设出谋划策，做个顾问，但他坚决不同意，说道："我也不给市里工作添麻烦了，我要回我的家乡落户，一是我老伴儿当年因为缺粮食，在家乡饿死了，我亏待了她，我要回去，死了以后和她做伴；二是在我家乡有个新四军的烈士陵园，那里有我的战友，我以后也要去陪他们；三是我现在身体还好，我生在农村，应该为农村做点贡献，让老百姓过上好日子，这也是我们革命的初衷。"

市里接受了他的想法，了解他家情况后，特意给他在桃镇盖了前后两进共六间大瓦房的院子。那天，市里领导带队送曹仁杰回桃镇，到镇上时已是下午三点多，副市长王为民带着市民政局局长、财政局局长等一大帮人一直将他送到桃镇，镇政府专门布置了欢迎会场，党委王书记和谭镇长领一帮人在政府大院敲锣打鼓欢迎英雄归来。曹仁杰胸戴大红花，边向乡亲们挥手，边说："早也盼晚也盼，今天终于盼回来了，我回来干什么？种田，要把打日本鬼子的猛劲儿用到田头上，用到农村经济发展上，让大家过上好日子。"人们一片雀跃欢呼。

人群中有位大爷惊喜地叫出曹仁杰的小名，走上前问道："大仁子，你还记得我吗？"曹仁杰端详着好久，老人说"我是水生"，曹仁杰激动地拉住他："记得记得，当年是我们几个娃引开了日本鬼子，又一个猛子扎进水里藏起来，新四军战士把敌人打了个稀巴烂！"人群中顿时爆出一片笑声。

曹工、曹农等曹家五个孩子从人群中跑到爷爷面前，他们仰头看着爷爷，好奇、欣喜又有几分怯生生的。曹工站在曹仁杰旁边，个头已快赶上爷爷了，身体看起来像一根竹竿，平时爸爸跟他讲爷爷的故事最多，爷爷就是他心中的英雄和榜样，站在爷爷身旁感觉格外自豪。此时鬼精灵的曹兵钻过来，兴奋地拉着爷爷的手："爷爷，真的是您吗？您真的回来了？"曹仁杰慈爱地看着、抚摸着黑瘦的曹兵，再看看几个孙子女簇拥在身边，眼里泛起泪光，把他们一个个拢在身边，激动地连声说："回来了，回来了，爷爷再也不走了！爷爷要好好照顾你们！"

副市长王为民一行把曹仁杰送回家安顿好，已是黄昏。临行，王为民紧握住曹仁杰的双手说："有什么事尽管找我们，您把我们当成您的兵，一起为发展农业经济冲锋。"

傍晚的桃镇分外迷人，太阳虽然快要落山了，但喷薄的光芒依然耀眼，天空被染成一片橙红色，没有高楼大厦的阻挡，天地开阔一览无余。王为民一行的吉普车远去消失在火红的天际，走在回家的小路上，曹仁杰放眼望那一轮西坠的红日，心中蓦然生起一份温情、一股豪情。他离休回到老家农村，要开启他新的使命征程。

天色渐渐暗下来，前来看望的乡亲们也陆续离开，周围的环境恢复了宁静，偶尔传来几声邻家的犬吠声。曹仁杰在新建的屋里坐下来，没看到儿子、儿媳，连忙问曹工、曹农："老大、老二，你们的爸妈呢？"

曹工低头不语，看似心情沉重。曹农哭着说："妈在田里晕倒了，说是心脏病，现在医院抢救，爸爸在医院照顾她，但爸爸身体也不好，听说是患了肺癌。"

曹仁杰听后脸色沉郁，沉默了好长时间。他知道，儿子小时候得过肺结核，医治后总算捡回来一条命，但没有营养品滋补，身体虚弱，本来那时想接到身边抚养，但考虑到自己一个人在省城，也没有人照顾孩子，老家好歹有兄弟们帮忙照顾，反而比在城里跟着自己更好。

曹仁杰叹息道："我回来对了，我不回来，你们这五个孩子谁管啊？"

老四曹学、老五曹兵在宽敞明亮的新房子里高兴得手舞足蹈。曹兵告诉爷爷："我们住的那个屋子老漏雨，爸爸经常上屋顶修，但还是不能完全修好，这下好了，我们跟爷爷一起住了。"曹仁杰疼爱地轻轻抚摸孙子、孙女的头，心中泛起一阵酸楚：原本想打完胜仗后，让老百姓过上幸福生活，没想到农村生活还是很苦啊。

第二天一早吃过饭，曹仁杰带着五个孩子到百家祠堂祭拜。面对着如丛林般放置的牌坊，他拱手抬头，神色凝重，语调低沉而有力，说道："我们祖祖辈辈务农，始终打的是持久战，到现在也未能获全胜。不过列祖列宗放心，他们这一代青年人可能会改变天下，把农村搞兴旺起来。"

随后他们来到新四军烈士陵园，松柏无言，墓碑肃立，新四军先烈长眠于此。看着墓碑上那些熟悉的战友的名字，曹仁杰终于无法克制自己压抑的感情，扑通跪下，老泪纵横地说道："我太想你们了！你们高兴吧，我们胜了，我们全胜了。现在不打仗了，和平建设了，但建设也不比打仗容易啊。你们安息吧，待我把农村建设好，让老百姓过上好日子再来看你们啊。"受爷爷情绪的感染，几个孩子也都跟着一起落泪。

最后曹仁杰带着五个孩子来到了孔子庙。他问曹工、曹农："听说你们很快要中考了，准备考哪个高中啊？"

曹工说："我准备考中专，这样能早点脱离农村，早点工作帮助家里，也有了城镇户口过上城里人的生活。"曹农说："我就考中师了，将来当个老师，教孩子们好好学习。"

孩子们满以为会得到爷爷一通夸奖，没想到曹老爷子脸色突然沉下，厉声呵斥道："你们这帮混球，这么早就想着舒服，不想想怎么去读好的高中，将来继续深造考上大学，用丰富的知识和更强的能力来回报社会，回报生养我们的农村，让更多的农民过上好日子。我在部队枪林弹雨中都不忘学习，你们倒好，这样鼠目寸光，对得起你们爸妈付出的辛苦吗？"

曹农在后面嘟囔道："上高中还要好多钱啊，我们家哪有钱啊？我们上中专、中师就能赚钱了，能早点供弟弟妹妹们读书。"

孙子的话让曹老爷子十分惭愧，他把孩子们拉到身边，慈祥的目光里满是心疼，说道："你们以后不要考虑上学学费的事情了，我这不是回来了吗，我会负责你们今后的学费，你们只要专心读好书，都好好考高中，好好考大学。"他转身面向孔子像，语气变得坚定："你们都要跪下发誓！"五个孩子也都被爷爷的话所激励，齐刷刷地跪在孔子像前向爷爷承诺一定好好学习。

从孔子庙出来已到晌午，阳光洒在平静的湖面上，微风吹来，波光粼粼，小镇像一幅水彩画，色调柔和而又明快。家家户户的炊烟袅袅升起，空气里夹杂着饭香和田间草木的清香。

曹老爷子牵着最小的两个孩子曹学和曹兵，三个大孩子在后面跟着，走在狭窄的乡间土路上，他意味深长地对孩子们说："你们的爸妈和你们都吃苦了，吃得苦中苦，方为人上人啊。我之前的钱都给那些牺牲的战友家了，现在组织上也已经帮他们解决后顾之忧了，我的养老钱够你们上学的，你们不用再担心没钱读书了。"

曹老爷子这么一说，曹工、曹农都有了信心，孩子们的脚步变得轻快起来，一路上蹦蹦跳跳，欢声笑语飘荡在田野间，银铃般的笑声惊动了树梢上的鸟儿，它们也在枝头兴奋地飞来飞去……

心中有了阳光，成长便有了力量。中考时，曹工考上了县重点中学，曹农以更加优异的成绩考进了市重点中学，兄弟俩首次分开上学了。

日子转眼在桃镇人的朝起夕落、春种秋收中一晃而过，一晃三年匆匆而过，到了曹工、曹农两兄弟的高考季。

曹农和同学们开玩笑说："我叫曹农，现在就是个务农的。我可以不用考大学了！"

同学们说："有农业大学啊。"

曹农神秘地说："我才不上农业大学呢，现在我务农水平也不低，如果要考大学，我就报个你们不知道的大学。"

"是什么大学？"同学问。

"到时你们就知道了！"曹农诡秘一笑，闭口不谈。

同学们以为他纯属开玩笑，以他的成绩，清华北大可以冲刺一把，这些学校的名声尽人皆知，曹农会报考什么大学呢？

也有同学出主意，说："你肯定能考上，考试前让你妈给你准备一样东西吃就行。"

曹农问道："是什么？"

那位同学说："是粽子。"其他同学也跟着起哄："对了，就是粽子，粽子就是中举，你就会高中的。"说得几个同学笑成一团。

曹农倒无所谓，他想着和哥哥曹工如果都考上大学，对于家里的压力肯定不小。如果冲刺进了清华北大，有可能是自己不满意的专业，在北京的花销也大，离家又远，照顾不到生病的爸妈、年迈的爷爷，以及三个上学的弟弟妹妹；也有可能差几分而与清华北大失之交臂，更因此考不到自己满意的大学。拮据的家境不会给他任何回头的机会，所以一定要十拿九稳，而且只有选择了自己喜欢的专业，将来才更能帮助自己实现理想。他没有把想法告诉哥哥曹工，因为曹工一直把学暖通专业将来回乡改变冬天供暖状况作为目标，哥哥也从来没有问过他想报考哪个大学。

兄弟两人各有心事。曹工知道曹农凭成绩是能冲刺清华北大的，但是家里的情况大家都清楚，作为老大的曹工想挑起家里的担子，好让曹农毫无顾忌放手一搏，他把话藏在心里，知道说了曹农反而会不安心。

兄弟俩高考后，就把录取的事都抛到一边了。七月间，正值早稻开花进入抽穗期，此时需要灌深水护苗，不能断水，防止高温干旱造成的空秕粒增多、结实率降低。值桃镇梅雨季，丰沛的雨水正是水稻生长所需的，兄弟俩全力投注于水稻护苗的劳动中。苏北梅雨季雨水充沛，但不下雨的时候会湿热难耐，溽热的天气下，曹工、曹农兄弟俩跟父母商量养了一百多只鹅，为即将上大学攒生活费。

兄弟两个各有分工，鹅养在水塘边，白天要放出去吃草，晚上要有人值班防止黄鼠狼或人来偷，兄弟俩也都轮班值守。鹅吃草要夹杂吃石子来促进消化，所以哥俩放鹅的时候都选择沿着马路边的水沟放，这样路边的草和小石子成了鹅的美食，水沟成了鹅欢乐的戏水塘。当然，水沟那边就是水稻田，田边还有刚长出来的黄豆苗，嫩嫩的黄豆叶正是鹅们喜欢的大餐，但这会影响别人家黄豆的收成，所以兄弟俩需要特别小心，时刻注意鹅的动态。

虽然在放鹅，兄弟俩还是忙里偷闲看书。有一次曹农看书入神，忽然听到有人叫骂，赶紧一看，自己放的鹅正在吃人家的豆苗，于是赶紧跑过去把鹅赶了出来，连忙给人家赔不是。人家正在地里给水稻打农药，顺手给豆苗也打了，跟曹农说："曹老二啊，你别光顾着看书，一定要看好你家的鹅，我这个豆苗可都打了农药，不能再让鹅吃到豆苗了。"曹农心里有愧，连忙说"好好好"，于是将鹅赶紧赶到其他地方放去了，回来之后竟忘记告诉曹工这个事情。

了解到城里人喜欢光脚走鹅卵石路面按摩脚，说是对身体好，于是兄弟俩在放鹅的时候也都学着光着脚走路，有泥路，有石子路，有时还得走到水田里赶鹅。刚开始走石子路很硌脚，经过一段时间的磨炼，兄弟俩在石子路上都能欢快地跑起来了。

鹅吃豆苗后的第三天，曹工放鹅时走的是曹农那天走的路线，三天工夫，这沟边的小草都长出了嫩叶，正是鹅最爱吃的。曹工沿着沟边放着鹅，也看起书来，看到鹅吃了沟那边的豆苗，赶紧上前赶走了鹅，继续往前走着。不一会儿，曹工看到有五六只鹅走路有点七倒八歪的，再一看有的口吐黏液，曹工感觉不好，怕是鹅中毒了，连忙抓住这几只鹅的脚，又赶紧把剩余的鹅往鹅窝赶，请路过的人到他家叫人来帮忙。曹援朝夫妇听到报信赶紧赶了过来，看到曹工两手拎着五六只鹅，一边焦急地赶着鹅，汗流浃背。曹援朝连忙接过鹅，赶到鹅塘，叫上曹农，弄上肥皂水往那中毒严重的鹅嘴里灌。曹农赶紧检查其他鹅的情况，看到还有几只也有轻微的中毒迹象，也都抓过来灌肥皂水。不一会儿，曹商、曹学、曹兵都过来帮忙了，最后，那中毒严重的五只鹅不行了，其他的鹅都抢救了过来。

曹工看着死了的五只鹅一个劲地自责，王翠兰则骂着打农药的不讲理，也不告诉一声。曹农问走的是哪个路线，曹工说后，曹农懊悔不已，让母亲不要再骂别人了，人家说了，都怪自己回来没有告诉哥哥。一家人看着死掉的五只鹅伤心，曹援朝则让王翠兰一起拎回家，赶紧放血，用开水把毛煺掉，打理干净，然后开膛把内脏全部清理掉埋在树下，一来给树施，二来不让其他动物吃了中毒。

王翠兰生火做了一大锅红烧鹅，尽管这鹅是中毒的，但是经过这样处理后应该没有什么毒性了，而且一大锅鹅肉闻起来特别香。曹援朝也是想减轻两个孩子的心理负担，真要是直接将这五只鹅扔了，这两个孩子肯定要自责很久。曹援朝领着孩子们坐到饭桌旁，看到四个孩子都有点犹豫，就带头夹了一只鹅大腿往自己碗里放，又给王翠兰夹了一只鹅大腿。曹仁杰也主动夹了一块鹅肉，带头吃了起来，说："本来想等到大一点再吃的，没想到这小鹅肉还真嫩。鹅死都死了，不吃就真浪费了，这么多鹅，也算是给我们家改善一下伙食吧。"

王翠兰夹了一只鹅大腿放在曹兵碗里："老五，你不是喜欢吃肉嘛，赶紧吃啊，身体棒棒的，学习才能扛得住。"又招呼其他几个孩子："你们也都放心吃吧，吃完看谁给老二送去，他还在鹅塘那边看鹅呢。"

曹学接过话说："我先不吃了，我带着红烧鹅跟二哥一起吃。"于是曹学到厨房拿了一个大饭盆盛满红烧鹅，又用保温盒装了一盒饭，带上两个人的碗筷，放到篮子里就拎着走了。

走到鹅塘边的小棚里，曹学看到二哥正在流眼泪，便宽慰说道："二哥，今天的红烧鹅多，全家人正享受着美味大餐呢，我这一路拎着吃到这边。你就不馋吗？"说着拿出大饭盆放在曹农的鼻子下。

曹农破涕为笑，和曹学一起把饭盒里的饭分到各自的碗里，夹起一块肉大口嚼了起来。曹学看到二哥如释重负，一边吃着一边打趣道："说实在的，要不是死了这么多鹅，我们家还真不能像这样敞开吃肉啊！"

曹农听后，用筷子轻轻打了一下曹学手里的碗，有些哭笑不得："就你是馋猫！这次家里有不少损失，以后我们一定会细心，养好这些鹅来弥补。"

后面这段日子，兄弟俩看鹅更细心了，再没出过差错。经过这事，曹工心生念头，假如农作物不用这些农药，就不会出现放养的鹅被毒死的情况，说不定水田里还能养上鱼。当然，那时曹工的这一想法也只是一闪而过，因为没法实现这一愿望。

兄弟俩养着鹅，并没有像其他孩子那样焦急地等待大学录取通知书，似乎全然忘记刚刚经过了人生的一次大考，新的未来正奔向他们。

八月初的桃镇，烈日下的打谷场，正是早稻收获的最后时刻。这天傍晚，曹家的早稻已经颗粒归仓，曹工也已经将鹅赶到鹅塘。曹家人正在院子里面张罗晚饭，邮递员边骑车边大声喊："曹老爷子，老爷子，你家孙子中了，中了，大学录取通知书！"

这下，曹农所说的"你们不知道的大学"终于见分晓了，他接到了电力大学的录取通知书。原来老二是想改变农村天黑之后没有电，黑灯瞎火的状况。曹仁杰笑得合不拢嘴，而曹援朝夫妇还有点不明白，只知道市里的电厂老旧，也没有进人的需求，老二将来工作肯定要离家远了，要不就进镇上的变电站，那也是不错的，因为经常停电，有些领导或有钱人家办大事的时候都会找变电站的人协调供电，这工作挺风光的。

没过几天，曹工也收到省建筑大学的录取通知书，一家人才全都高兴起来。母亲王翠兰立即张罗着杀鸡，鹅还没有长大，也就舍不得再杀了。又让老三曹商到市场买鱼、买肉，让老五曹兵把周边亲戚叫上，还特意让老四曹学去把他们的舅舅叫来，一大家人在院子里面摆了两桌，热闹了一番。这是曹老爷子回来之后曹家最热闹的时刻，一扫大家对曹援朝夫妇身体不好忧心的阴霾。

曹老爷子更是高兴，感觉自己算是对得起先人，虽然没有机会培养儿子，但是好在孙子们争气，现在老大老二都考上了大学，曹家终于要脱胎换骨了！曹老爷子拿出了刚回来那年王副市长送的一箱好酒，招呼着亲戚们好好喝。

亲戚们平时也没少走动，但今天这顿饭对整个家族来说都是头等大喜事，所以大家也都开怀畅饮，有的也带来了自己家珍藏的好酒，这几种酒一混，把曹仁杰喝得晕晕乎乎，老英雄竟然现场唱起了《中国人民志愿军战歌》。

"雄赳赳，气昂昂，跨过鸭绿江。保和平，为祖国，就是保家乡。中国好儿女，齐心团结紧。抗美援朝，打败美帝野心狼……"曹老爷子已经很久没有这么开心了。

大家都是为曹工和曹农庆祝的，所以这兄弟俩也是第一次被允许喝酒。为了感谢大家的帮助和支持，也为了让自己放松，哥俩都喝多了，最后曹农都吐了，曹工相对好一点，但也是跌跌撞撞。家里照顾好两兄弟后，在院子里和亲戚们又是好一通畅聊，其乐融融、灯火可亲。

曹老爷子更是把老三、老四、老五叫到身边来，带着喝高的兴奋劲儿，带着两个孙子考上大学的荣耀，也带着对这个家多年的愧疚，高声说道："你们仨要记住，都要好好上学，学习你们两个哥哥，考上大学，上学的费用你们不用愁，不用像你们的哥哥那样辛苦养鹅，爷爷有！记住了没有？"

三个小的连连点头，一边扶着爷爷，害怕爷爷喝高了摔倒。

街坊四邻都不断上门道贺，家里热闹了好几天。一年有两个孩子考进大学，这在二十世纪九十年代初的中国农村家庭，是极为令人羡慕的事。曹老爷子喜出望外，也暗自庆幸："亏得我回来了，我不回来，孩子的前途就要被耽误了。"

老大、老二上大学后，家里还有三个孩子，他们一边学习，一边悄悄帮爸妈分忧干起农活。

然而，就在曹工和曹农上大学的第二年，妈妈王翠兰因长年积劳成疾，在市医院医治无效撒手人寰。王翠兰的死对于患肺癌中晚期的曹援朝来说无疑是雪上加霜。灵堂守夜，亲戚和孩子们都劝他去休息，他执意不肯离开，他要陪伴着与自己相濡以沫、被自己拖累的苦难的爱人度过她在人世间的最后一个漫漫长夜。透过灯光和烧纸的烟雾，望着灵堂上悬挂着的照片，妻子笑颜如初。二十多年寒来暑往，妻子与他风雨与共撑起这个苦难的家，这些年他病情加重不能干重活，妻子羸弱的肩头扛起了家庭重担，哪怕再精疲力竭，带给他和孩子们的也始终是笑容。那笑容是暗夜的光，是寒冬的火，照亮和温暖着全家，带来光明和希望。再看如今妻子已静静地躺在床板上，盖着白布，形销骨立，面容消瘦，他不禁潸然泪下：她怎么就这样悄无声息地离开了自己和孩子们，自此无法再见，阴阳两相隔！对妻子的愧疚，使他陷入深深的自责，他恸哭着，哪怕把自己的生命余温全部给妻子，让她多一天的生命也甘心。作为五个孩子的父亲，他从来坚忍克制，可此刻，他为自己、为自己最愧对的爱人痛哭一场，周围人上前扶他、拉他、抬他走，他跪在妻子的遗体前，如巨石般岿然不动。周围人也无不感伤落泪。凌晨，曹援朝一阵急喘，忽然又陷入寂静，他身体里最后一丝精气被抽走了，静静地依偎在妻子身边。

第二天太阳升起的时候，曹援朝却没能起来，带着对妻子深深的眷念，追她而去了……

世间最痛白发送黑发。看着被长期的病魔和艰辛的生活折磨得骨瘦形销的儿媳和儿子相继离世，曹老爷子这位曾冲锋战场多次负伤的英雄铁汉，再也无法控制自己，失声痛哭。多年来，他为了帮助战友家庭而无法顾及自己的家，纵使家中一贫如洗，可儿子儿媳通情达理从未埋怨过他，他以为儿子还年轻，他回来了还有时间弥补对儿子、对这个家的亏欠。可岁月不待人，儿子和儿媳还没有过上好日子，就这样眼睁睁地走了。他恨岁月无情，愧对儿子，他情愿拿自己的生命去换回儿子，可纵使在心里千呼万唤，儿子也永远不会醒来了，他真的走了……男儿有泪不轻弹，只因未到伤心处。曹老爷子号啕痛哭，几次哭得晕倒。孩子们也一起跟着哭得撕心裂肺，在场的亲戚们也都一起哭成了泪人。可是当看到跪在儿子儿媳灵前的五个孩子，一个声音在曹仁杰内心深处响起，他强撑着，他告诉自己不能在这个时候倒下，要把对儿子儿媳的亏欠弥补到孙子孙女身上，替他们照顾孩子，培养好孩子！

儿子儿媳离去的双重打击，使曹老爷子身心受到重创。市里领导本来是要把老爷子和孙子孙女一起接到市招待所，让大夫、护士陪护，以免他出什么意外。但是曹仁杰谢绝了领导们的好意，他要带头振作起来，曹工和曹农还要上大学，曹商还要参加高考，如果自己这个时候倒下，这个家就可能倒下了，他必须振作起来。他在安排好儿子、儿媳的骨灰盒进百家祠堂后就让曹工和曹农到省城上学，不要耽误了学业，又安抚曹商尽快调整好，好好复习应对高考。

曹工和曹农自进入大学后，学习很刻苦，希望学成后服务社会，让父母过上好日子。而现在，他们的心愿还未达成，父母亲却先走了。子欲养而亲不待，撕心的痛苦，让兄弟俩一下子变得深沉、成熟起来，他们深知父母亲一辈子的希望就是让他们读好书，将来有出息。此刻，他们不能沉陷于失去双亲的痛苦中。尤其是曹工，作为家中的长子，他深感，此刻他必须坚强，早点能撑起家，回报社会，才能告慰父母的在天之灵……

日子就这样一天天过去。世间人生有百态，有人砥砺奋进，也有人总想不劳而获。镇里有个坏小子胡三，因为父亲赌博上瘾，母亲一气之下离婚，把胡三也扔给了不着家的父亲。胡三无人管教，玩世不恭，还经常在镇里偷鸡摸狗，与人打架斗殴。以前胡三每次惹了事，都是曹工、曹农教训他，他最怕这曹家老大、老二。现在曹家两兄弟去省城上大学了，他就想方设法报复曹家其他孩子。

老三曹商高考时由于没发挥好未考中大学，高中毕业后离开了桃镇，去了市一建的建筑工地干活。家里只剩下老四曹学、老五曹兵。曹学是女孩，胆子小。胡三就瞄准时机，常常抓虫子扔进曹学的衣服里，吓得她见到胡三就躲。老五曹兵在地里干活儿，胡三就抓了一大把蚂蟥放进老五的脸盆子里，曹兵很是恼怒，但又打不过他，没办法只能去找爷爷。曹老爷子在镇上有很高的威望，只要老爷子出面，那些小混混都会吓得屁滚尿流，只是爷爷年纪也大了，曹学、曹兵都不想让爷爷烦心。

有一次，曹兵看见胡三偷邻居王大娘的粮食，就暗暗跟踪胡三，看到他把偷来的粮食藏到了他们家旁边的一个小破房里面，并不引人注意。曹兵打探好消息后，也摸索出胡三的作案规律，于是立即报告了镇派出所。正好这段时间有好多人报失窃，都还没有破案。于是派出所立即派人跟着曹兵到那个小破房，他们没有直接先进去，而是埋伏在旁边。惯窃的胡三觉得多次盗窃没有被发现，作案频率越来越高，警察在小破房旁边埋伏不到一个小时，这胡三就又带着赃物到小破房里面。这时蹲守的警察围住小破房，两个警察破门而入，胡三被抓了，人赃并获，无法狡辩。警察连夜审他，胡三招认了多次偷盗行为，从他的家中也抄出一些赃物，加上小破房里查获的，堆得派出所满屋都是。最后胡三被公安人员押到市劳教所。

事后曹兵把这件事告诉曹老爷子，曹老爷子就到镇政府，建议镇里成立联防队，像当年民兵一样，要夜间巡逻，保一方平安。镇里采纳了老爷子的建议，全镇上下皆称好。联防队不仅防盗，还防火，防所有的安全事故，保全镇平安。胡三被抓后，镇上太平了许多。

曹家的几个孩子虽然早早就失去了父母，但有爷爷曹仁杰的引导，又有老大曹工做榜样，都成为明事理、知善恶的好苗子，他们心怀父母的夙愿，勤奋、踏实，努力不负改革开放新时代赋予的良机。

第四章　一片丹心报桑梓

七月初的桃镇，树绿水美，稻谷金黄。随着早稻成熟，夏粮收购也正式拉开帷幕。

这天，曹工、曹农大学放暑假回到家中才几天。家里现在种粮少了，但还是有些农活，兄弟俩一早就到院子旁跟爷爷一起整玉米地。这时路上传来争吵声，曹家爷孙三人转头看去，一群人往曹家这边而来，王家儿子跟一个人踉踉跄跄推搡着。

曹仁杰停下活儿，曹工也跟着爷爷一起往家走。

老英雄曹仁杰自回到桃镇后，处处为桃镇的发展着想，依照城里的情况协助镇上出台了一系列关系民生的新规，人们称他是"不是镇长的镇长"。而曹家周边的村民们遇到什么矛盾纠葛，大到诉讼官司，小到夫妻吵架，都会去找曹老爷子评个理。曹仁杰总是不厌其烦，出谋划策，对琐碎的家务事也会循循善诱，不偏不倚点到问题要害，让村民们心服口服，高高兴兴而回。老大曹工看爷爷都六十五岁了，要考虑镇上的事务，处理邻里纠纷，还忙着植树、除草等农活儿，觉得自己不能一心只读圣贤书，在上大一暑假时，就协助爷爷和镇长谭成仁起草过镇上的一些管理文书，深得谭镇长的赏识。

王家儿子揪着一个矮胖子，一进曹家院门就大声喊："老爷子，这粮贩子太黑心肠了，您老人家给评评理。"

"种粮本来就不挣钱，卖粮还被克扣，真太不像话了……"其他几个村民也都你一言我一语地数落这个穿着格子短袖衫，腰间别着一个"大哥大"的中年矮胖子。

曹工一看，这不正是五年前他们兄弟三人在镇集市上遭遇的那个矮胖粮贩子？一股怒火涌上来，真是冤家路窄，他今天又到这里坑人了。但他很快冷静下来，村民们是找爷爷评理的，此刻他可不能做"大仇未报身先死"的暴躁张飞，不能意气用事，必须不动声色，以理服人，如果对方违法，那也该由法律制裁。

矮胖的粮贩子显然已完全认不出当年那个在镇集市上被他欺负的卖米少年，满脸无辜状，说："老爷子，您的威望我们镇上人都知道，别听他们说啊，我辛辛苦苦上门收粮，给他们带来方便还给出高价，反过来却被他们中伤，真是好心当作驴肝肺啊！"

"你这家伙是打疼了的疯狗，还反咬我们一口，我看你是欠揍！"王家儿子说着就要挥拳上去。

"别动手，有话好好说！"曹老爷子喝道，招呼曹工拿凳子让大家坐下。

王家儿子的拳头停在半空，转而慢慢放下，与粮贩子怒目相向，向曹老爷子道出了原委，"今天在村部前晒谷场收米，我家在去年的时候卖了一万六千斤大米，今年种了同样的亩数，还有增产了，可这家伙才给称了一万零六十斤。我也看了地磅显示器上显示的重量，但怎么也搞不清怎么就能少了五千多斤的粮食。我知道这其中肯定有猫腻，所以在搞清楚问题之前，就招呼其他村民一起先不让他走，到您这儿评理。请您看看该怎么办？"

曹仁杰对粮贩子收粮时的"明扣、暗扣"的招式早有耳闻。卖粮是农民最高兴的时刻了，人在高兴的时候就容易得意忘形，容易出差错，粮贩子趁其不备做手脚，短斤少两已不是秘密。农民的粮食来之不易，他们一年到头在田间辛苦劳作就指望这些粮食换点钱做家用。对于无良粮贩子赚黑心钱，曹仁杰是深恶痛绝。但眼下只是王家儿子的推测，并没有证据证明这个粮贩子做了手脚。

"你也看了地磅显示器上显示的重量并没有错，你们有谁看到他做手脚了吗？"曹仁杰问在场的村民。

众人面面相觑，支支吾吾，都答不上来。

"是啊，他们一伙人凭空捏造说我克扣，拿出证据啊！"矮胖粮贩子露出得意的笑，那副嘴脸让曹工想到当年在摊点前他的狡诈、傲慢样，明知这人暗里使坏，却无可奈何，不得不咽下屈辱。"事出反常必有妖，这次绝不能放走他，但需要智斗，才能对他如小缸里抓王八——手到擒来。"曹工心里想着。

王家儿子此时是哑巴吃黄连——有苦说不出，气得一拳捶在墙上，一层白石灰掉落下来。

"爷爷，我有个建议，报警，如果调查不出问题，那王家大哥心里也就没疙瘩了，你们也就让这位收米的大哥走，你们看好吗？"曹工一句话打破了僵局，看似给粮贩子解围。

曹仁杰想了想，说："只有这样了，化解嫌疑，这样对大家都公平。"

村民们也都同意报警，曹仁杰拨通了派出所电话。矮胖粮贩子露出满不在乎的神情，说着风凉话："我是站着身子正，不怕影儿斜，看你们有什么话再说。"

几十分钟后，镇上派出所两个民警到了。民警翻来覆去仔细检查了大米地磅，并没发现有什么问题，百思不得其解。一个老民警绕着村部踱着步子上下查看，细细思量着，然后跟另一个民警和村长商量了一会儿。这么一勘查发现了端倪，老民警让年轻的民警把车重新开到地磅上的时候，地磅上有两块长条板，一边轮子下一个，猫腻就出在车轮下的条板上，矮胖男耍了一个小聪明，货车的轮子轧在条板上，条板一部分在地磅上、一部分在水泥路上，这样一部分重量就分流到路板上了，造成地磅显示的重量大大减少了，五千斤粮食也就不翼而飞了！

矮胖粮贩子万万没想到，行骗江湖十多年，这次就真的在阴沟里翻船了。当晚，经派出所民警审问，这家伙供认不讳，并交代了与镇上工商所市场执法人员的利益勾当，警方从而一举打掉了镇上一个违法犯罪团伙。

王家儿子和村民们欢天喜地，然而对于曹仁杰而言，他觉得此事并未画上句号，他琢磨着如何从制度上遏制这种坑农行为。因为他发现，市场放开后的这些年，多数农民为了省事省时会将粮食卖给贩子，而很少会到粮站进行出售，收购价完全由贩子说了算。村民辛苦一年，收成了上万斤粮食，本想能卖个好价钱，结果被收购商压了几毛钱，一万斤下来，就被压了几千元。也有些村民舍不得卖，一直囤在手里，原本以为这样就能倒逼贩子抬价，结果粮食直接囤到了第二年，卖价更低了。村民们陷入了两难：卖了，挣不到钱；不卖，一分钱也拿不到。作为"鱼米之乡"的桃镇种了这么多年的粮食，村民们却还是在贫困线上挣扎。曹仁杰想，必须改变市场乱象，规范粮食收购渠道，才能真正维护农民的利益。

曹仁杰想到了曹工，把孙子叫到身边商量："没有调查研究就没有发言权。大家都知道粮贩子坑农，但我们需要翔实的事实、数据、农民的需求，以及解决问题的对策。老大，你这个暑假对桃镇的这个情况好好做一份调查报告。"曹仁杰很清楚，身在象牙塔的大学生要有所作为，必须脱离本本主义，到社会实际生活中脚踏实地进行科学分析和综合研究。

"老大，你可能也听说过'旧社会的中国农民比牛还苦'的说法吧，你知道这话出自哪里？"曹仁杰问曹工。

曹工挠了挠头，看着爷爷没说话。

曹仁杰接着说："这个结论出自毛泽东同志1926年所做的农村调查报告《中国佃农生活举例》，在这份调查中，毛泽东以一组细致翔实的数据记录了湖南一位普通佃农的真实生存状况。正是第一手的调查，使他得出了'中国之佃农比牛还苦，因牛每年尚有休息，人则全无'的结论，从而也为中国共产党建立农村包围城市的中国革命道路积累了思想基础。"

曹工认真地听着。曹仁杰语重心长地说："毛泽东主席就是我们学习的楷模，他对调查研究的作用和意义认识得最早最深刻。中国改革开放的发展，没有现成的模式，我希望你永远将调查研究作为自己学习、工作和生活的信条，要能够深刻、冷静地看待问题。"

曹工诺诺地点了点头。

半个月后，曹工向镇长谭成仁交上了一份《"鱼米之乡"桃镇调查：李鬼挤掉"李逵"，粮食产销渠道亟待规范》的调查报告。

很快，在曹仁杰、曹工的共同参与下，镇里出台了《关于规范粮食购销市场经营行为的规定》。其中规定，加大监管力度，对于各种坑害农民的行为进行严查；同时粮食部门按保护价敞开收购农民余粮，不拒收、不限收、不停收、不打"白条",以切实保护农民的利益。

调查报告取得的成效给了曹工极大的鼓舞,他就跟谭镇长说了大学一毕业就回乡的想法。谭镇长也认为这小子是个好帮手,跟曹仁杰商量,曹仁杰回家后把曹工批评了一番,曹仁杰说:"我当年是个文盲,只能在部队一边打仗一边学习文化,还是觉得文化水平低,有些工作适应不了。我要是有高中文凭就可能成为将军!改革开放的中国、桃镇的发展要靠你们这一代,没有更高的思维能力和扎实的文化能行吗?好好珍惜能安心读书的年龄,考上研究生,将来以更开阔的眼界、丰富的知识去改变镇上的'两难'问题,这才对得起你泉下的父母!"

爷爷的教导鞭策着曹工,他本科毕业后又如愿考上了省建筑大学的建筑环境与能源应用工程研究生。由于在大学本科阶段就是第一批加入共产党的学生党员,所以研究生第一学期,曹工通过竞选担任了学生会主席,协助学校团委带领全校学生参加社会实践活动,积极融入社会,不做读死书的大学生。因具有优异的专业成绩和出色的学生工作组织能力,大学党委任命曹工担任大学团委副书记,他成为第一个学生时期就担此重任的新星。很多同学觉得,曹工将来一定会走政工之路,而且会走上较高的位置。

曹工反复思考,虽然自己当了学生会主席,现在又当上了大学团委副书记,但是其实内心还是想在专业技术上有所成就,他的内心,挥之不去的是对桃镇那方水土的眷恋和深情,从浸润河浜的童年、田间磨砺的少年,到踏遍沟沟坎坎调研的青年,他感到,他的生命和理想已刻入家乡土地的肌理,他现在所做的一切,都是为这片土地而准备。

在研究方向上,他最喜欢研究建筑的供暖通风工程,因为家乡无供暖的冬天,冷得让他刻骨铭心。头一学期,他致力于将来当个暖通科学家,因为他的导师郑旺教授就是暖通科学技术领域的专家。郑教授特别欣赏曹工,在专业上也对他寄予厚望,经常跟他说,暖通设备是提高人们生活质量和居住环境的重要工具,暖通系统的设计更是个高技术含量的工作,技术人员除了需要懂得很多 HVAC(供暖通风与空气调节的英文缩写)方面的专业知识,还需要拥有丰富的工程施工经验。工欲善其事,必先利其器,而优秀的暖通设计就是企业的利器与核心竞争力。另外,暖通工程技术关乎建筑的节能水平，建筑节能和建筑的围护结构有关，但是跟暖通工程技术关系更直接，也自然最能给建筑节约能源，给社会节约能源。

老师讲得深刻，曹工学得认真，成了学生中的楷模。郑教授的女儿郑晓煜是曹工同专业的学妹，还在上大三，是郑教授的掌上明珠。在专业上有些不懂的地方，她不请教她的教授爸爸，而是请教师兄曹工，她从心底里欣赏曹工。曹工在周日常常去她家，跟郑教授学习，探讨专业问题，郑晓煜总是凑过来听，而且经常给曹工备些茶水瓜果，心里就只有师兄一个人，有时把她爸也给忘了。

郑教授夫妇看在眼里，喜在心里，认为这是老天送给他们家的好姑爷，不过从来没有在孩子面前提过。其实，曹工与郑晓煜也早已心生情愫，只是谁都没有捅破这层窗户纸。更主要的是曹工自己心有顾虑，他一直惦记着家乡的发展，想帮助爷爷一起解决桃镇的"两难"问题，这些都必然要回老家完成，但郑晓煜是在省城长大的姑娘，出身知识分子家庭，人长得也漂亮，是他们学校的校花，追求她的小伙子都排成了长队，人家能跟他回家乡发展吗？！而且，曹工念及自己父母已去世，还有弟弟妹妹需要关照，不能总是靠爷爷的离休工资，要尽快能挑起这个家的担子，他舍不得让这么好的姑娘跟着自己受苦。曹工既是真心喜欢郑晓煜，又怕耽误人家，他觉得一旦恋爱了，就要对人家负责，面对与郑晓煜似乎不相及的未来，他不敢全身心投入，他只有把那份爱，或者叫好感，深埋心底，任凭缘分去留随意。所以深沉内敛的曹工对郑晓煜的情感，更多的是克制，一直不敢往前多迈一步。

有一天，他们在校园的天台上看风景，郑晓煜突然双臂搂住曹工，羞涩地问："曹哥哥，你爱我吗？"

"那还用说！"曹工一激动说出了口，但是他又立刻后悔了，那沉重的顾虑让他欲言又止。

郑晓煜没有等到心上人的进一步表示，而且对方还显得有些犹豫。"你，是不是心里还有别人？"郑晓煜认真而微恼地问道。

"怎么会？！"曹工赶紧解释道，"我现在接触得最多的姑娘只有你！"

"那是我不漂亮？"

"在我眼里，你就是仙女！谁敢说你不漂亮！"面对郑晓煜的激将，曹工有点急了。

"那……你亲我一下……"郑晓煜调皮地说，脸唰地更红了。

曹工愣了一下，一时间支支吾吾，不知所措。转而，他轻轻地移开郑晓煜的手，双手扶着她的肩，看着郑晓煜粉红如花的脸庞，眼神诚恳真挚，缓缓说道："我是觉得，我配不上你！你可能对我的情况不完全了解，我父母已经去世，家里还有四个弟弟妹妹，现在我们上学都是靠我爷爷供着，我作为老大，肯定要撑起养家的担子。当然，我更希望用我所学改变家乡的现状，你可能想象不到，寒冷的大冬天没有暖气，我和乡亲们是怎么熬过来的。所以我只有改变了家乡贫困的面貌，让乡亲们生活得更好，实现了我爷爷他们当初的愿望，才会心安。但是，我不想你跟我受苦……"

这番话令郑晓煜有些意外，她没想到自己热情的表白会被曹工婉拒，有些气恼，也冷静了许多，定定地看着曹工说："我怎么也没有想到，像你这么优秀的人才居然想回乡发展，这未免太冒险、太理想主义了，以你现在的条件留校或在省城找个好工作没有任何问题，即使有困难，还可以找我爸帮忙啊！"

曹工放下手，认真地对郑晓煜说："我知道这可能对于我们满脑子新思潮的大学生是有些理想主义，但是中国共产党能带领人民解放全中国，不正是因为这份坚定的理想主义？！尽管留在省城工作也是为国家作贡献，但我生长在农村，我知道农村的苦，知道农村更需要我回去。以所学的专业去解决农村的难题，改善乡亲们的生活，这才是我上大学的意义。"

"那你能不能为了我留在省城发展？"郑晓煜用充满爱意并带着几分乞求的眼神看着曹工说。

"请原谅我，晓煜，我不能这样自私。"曹工侧过脸看着远方，轻言慢语，"人的生长环境不一样，我们每个人内心深处都会有一个结，我的父母因为农村贫困的生活条件积劳成疾早早去世，我的爷爷离休后放弃在省城的优厚生活回到老家，既是为了照顾我们一家，也是希望用自己的绵薄之力为农村发展加把力。改变农村落后现状，让乡亲们过上幸福的生活，是爷爷，也是我心中的结，若不了结这个心愿，我在城里也于心不安。请你理解我。"

听曹工这么说，郑晓煜心中已没有了气，这个一直在甜水中成长的快乐单纯的女孩，也突然变得心事沉重起来，她不得不面对现实的抉择，虽然她爱曹工，但作为独生女儿，也不能就这样抛下父母去农村生活。他们的专业在省城大有用武之地，回乡下能有什么发展？

郑晓煜没有接话，她怕把话说得没有退路，也希望回去之后再问问父母，让他们出出主意，更希望她爸能出面做做曹工的思想工作，她还是觉得自己的心上人的想法是一种理想主义，经不起现实的打磨，他会改变想法的。

窗户纸虽然捅破了，但是两个人各有顾虑，一时关系有些别扭，不过两人彼此的内心都更加坦诚了。曹工把小时候在桃镇的经历一股脑告诉了郑晓煜。听曹工讲家乡的故事，讲他爷爷的故事，郑晓煜依然搂着曹工，只是已变得落落大方，不知不觉中，她对恋人与自己全然不同的生活环境有了几分好奇，她想走进去看看，她不想失去这么优秀的男生。

晚上，郑晓煜回到家，立即把父母拉到沙发上，把曹工家里的情况和他想要回乡发展的事情一五一十告诉了父母。郑晓煜的母亲梁玉红听了立即犹豫起来，梁玉红在省中医院从事临床工作，她起先是学的西医，毕业时值省里成立中医院需要人，被分配进了中医院，她自己转学了中医。她从事临床工作二十余年，积累了丰富的临床经验，已成为主任医师。一家三口在省城生活优渥，让自己精心培养的心肝宝贝到农村去生活，她当然不乐意了。

"曹工这么优秀的孩子，在省城发展不是很好吗？再说，我就这么一个女儿，放着舒适的环境不要，到苏北农村去，我们老两口怎么可能安心啊！我闺女从小没有受过什么苦，那边冬天那么冷，还没有暖气，怎么受得了！"梁玉红有点焦虑地看着丈夫，"老郑，你给出出主意，要不你找曹工做做工作？"

郑旺没有说话，脸上反而露出了笑容，他觉得曹工这个孩子有前途、有抱负，将来必成大器。于是他反过来对母女二人说："我倒是觉得曹工的选择没有错。以曹工现在的情况，在省城不用我出面他就能找到一个好工作，而且学校还想让他留校工作呢！但是，他既然有坚定的决心回家乡发展，用他学的暖通专业知识改变家乡的供暖问题，这多好啊！这样既让自己的所学有用武之地，也能磨炼他吃苦耐劳的品性，他将来必然有更大的发展。"

郑旺说得有点兴奋，从沙发上站起身来，到书柜里翻找着东西，一会儿拿出了两样东西放到母女俩面前，一张旧报纸和一张旧照片。母女俩有点蒙，这节骨眼上拿这两样东西干吗？

郑旺说："刚刚听晓煜讲曹工爷爷的事情，我想起来几年前报纸上宣传过的一位离休的转业军官，刚刚翻找一看，还真就是这个曹仁杰，也就是曹工的爷爷。你们看看这个报纸报道的详细情况，你们也会对曹老爷子肃然起敬的。当然，有这样的爷爷，自然能有曹工这样有点理想主义的孙子！我也对曹工有了更新的认识！"

郑旺拿起旧照片，指了指照片上的人说："这就是我，当年我被下放到苏北农村改造，这个地方就是桃镇。当时让我们放下'臭老九'的架子，学习新四军的精神，向贫下中农学习。我在桃镇那年冬天真是冷啊，但是我们也得干活，人家农民也干活，很多人手上都有冻疮，我也有冻疮。刚开始的时候因为冻疮不想上工，管理人员就说你们这些城里的'臭老九'哪那么娇气，看看我们这儿有几个没有冻疮的，不都一样干活！"

郑教授伸出了自己的手背，让母女俩看看，指着几个疤痕告诉她们："这个就是当时在桃镇留下的冻疮疤疤。这冻疮开始的时候是一个红疙瘩，慢慢地，有的会长成水疱，痒痒的，再冰一下才能缓解一下痒，但再冰一下可能就直接破了，然后就是不断结痂干裂，而且往往和手套粘在一起，撕开了就钻心地疼。等天暖和了，真正结痂，慢慢好了，最后长新皮的时候又是特别痒，有时就会抓破皮，就要继续带着伤口干活，那种感觉别提多难受了。"

"啊，真是太不容易了。"郑晓煜显然已经听入迷了，"后来呢？"

郑教授感慨地说："当时我就想以后要永远离开这个地方，从来没有像曹工这样去想怎么用我的知识改变这个地方。所以我现在对曹工的勇气和精神特别敬佩，虽然他是我的学生，但我得向他学习，这一点我真的不如他，将来他回乡我一定要帮他。当然，这个不管他是不是我的女婿。不过我倒是真希望这么优秀的学生能成为我的女婿。"

"叫你出主意，你还真不顾你女儿的未来啊？！"梁玉红有点生气地责怪道，"曹工这孩子是优秀，我也打心里喜欢，但是咱们的女儿怎么能到农村去发展呢？也不能让他们结婚了还两地分居啊！"

郑晓煜嘟着小嘴，佯作生气地摇着她妈胳膊说："这八字还没一撇呢，就什么结婚啊、两地分居啊的，像什么啊？"说完脸都红了。

梁玉红扶着女儿的手打趣道："那要不咱们就算了，再找一个优秀的男孩子，追你的男生不是很多吗，还愁找不到好的？"

郑晓煜又佯作生气地推开她妈胳膊，撒娇地对着她爸说："郑大教授，你也不管管你老婆，有这么帮人家出主意的吗？"

郑旺笑着说："好好好，我来管管我老婆。不过我可不想像你妈说的那样，我倒是认定了曹工这个女婿了！"

郑旺说到这，郑晓煜又是一阵脸红，没再说话。郑旺接着说道："既然曹工有这个抱负，那我们不能拖后腿，要全力支持他。但是也不能让我们宝贝女儿受太多苦，我们得好好计划一下，我是这么想的。"

说着，郑旺又坐回沙发，对着母女俩说道："曹工明年就研究生毕业了，在毕业前我会让他到企业多实践实践，让他增加点经验，将来到农村不至于两眼一抹黑，要能直接上手干。另外，晓煜啊，你明年研究生要考好，这样将来辅助曹工的能力也才能更强。"他喝了口水继续说道："这样，曹工先在老家干起来，你在学校继续深造。曹工那边干两三年自然能有些成绩，也就能给你去创造更好的条件，甚至可能创造的空间比城里还好，毕竟还有你老爸我在后面帮忙不是。我们支持曹工回家乡发展，也要给他创造更好的发展条件，这才是帮他，进而成全你们俩。"

听到这里，郑晓煜的脸上露出了灿烂的笑容。

第二天，郑晓煜找到曹工，把她爸说的方案和盘托出，说："这样你放心了吧，我将来也跟你一起去建设你的家乡。而且我爸也会大力支持你，因为桃镇还是他下放过的地方，他被你回乡发展的精神感动得自己也要奉献一把哩！"

听到郑晓煜这么说，曹工的心扉大开，一扫心中阴霾，拉着心上人的手，直接在她脸颊上亲了一口。曹工这猛地一亲，郑晓煜倒是吃了一惊，一直期待，而当幸福降临时，又觉得有些突然，她愣了一下，似乎不敢相信，而当恍过神来，一股幸福的暖意涌上心头，和曹工紧紧拥抱在一起。虽然恋爱了，为了不给各自学习带来影响，也为了将来能更好地服务于桃镇的发展，两个人更加用功了，当然，曹工也更理所当然地成为郑晓煜的"辅导老师"了。

作为暖通专家的郑旺教授不仅指导督促学生们学习，自己也在不断研究新技术。这些年市场上开始出现多种供暖产品，也有商家为促销夸大产品的性能大做广告。郑旺发现地暖的散热方式是自下而上，符合传统保健理论，满足寒头暖足，对老年人和儿童尤为适用，对关节炎、老寒腿等疾病也有防治功效。但是，地暖会造成地面的灰尘受热搅动升到空气中，会污染空气。另外，如果是木地板的话，由于有些地板里面含有甲醛，受热之后会释放更多甲醛出来，空气进一步受到污染，甲醛可能会超标。所以，经研究实验，郑旺感到相比起来，暖气片供暖这种传统供暖方式是辐射散热加对流散热，独特的优点是制热快，即开即用，热度均匀，节能高效，健康舒适，安全放心，更适合现代家庭选用。从市场上看，供暖产品一旦应用往往都是大批量的，一个小区，甚至一个城市都在推广应用，所以郑旺觉得有必要将这些供暖新产品的优劣做一个普及，以促进城市理性选择，以免短期效应造成大量的浪费。

有一天，郑旺教授应邀到省行政学院为各地市长们讲供暖系统知识，他客观分析了水暖系统中地暖供暖和暖气片供暖这两种产品的优劣，以及城市应用供暖设备的选择方向，激起台下阵阵掌声。鼓掌最起劲的就是桃州市市长王为民。课后，王为民专门请郑旺一起用餐，郑教授提议再带两个人参加，王市长开心地连连说好。

晚上，郑旺带着郑晓煜和曹工一起参加，郑旺就是想让曹工认识一下桃州的市长，将来回去也好推动工作。王为民的本意是想邀请郑教授到桃州市蹲点指导农村建设工作，尤其是桃州的城乡供暖问题，以解决他这个市长的心头大事。

就这样，四个人一边用餐，一边叙谈，提到桃州，郑教授自我解嘲说了他下放在桃镇两年的生活："那两个冬天确实使我这个'反动学术权威'脱胎换骨，夜间钻进两条被子的被窝还不停打寒战，农民兄弟不易啊！"说完，郑旺特意介绍了曹工，谈了曹工在学校的突出表现，并说了曹工想研究生毕业后回桃州发展的愿望。

王为民听后大喜，说："有这样优秀的人才到桃州来辅助我，那我们桃州的城乡供暖有出路了！欢迎啊！"

曹工接过话说:"那是我的家乡,我研究生毕业后决心回家乡参与建设,不是到桃州市里,我是要回我们桃镇去,去改变家乡的落后面貌。"

王为民紧接着就问:"那你们桃镇有个新四军、抗美援朝战斗英雄曹仁杰老爷子,认识吧?"

曹工马上接话说:"那是我爷爷。其实我几年前见过您,是您送我爷爷回家乡的,当时您是副市长,带着好多领导,我对您印象特别深。刚才我不想先说,是怕您认为我要沾我爷爷的光,我其实就是受我爷爷影响,想把家乡建设好。您看看我适合做什么,就请直接吩咐吧!"

曹工的话使王为民顿感释然,因为就在前年,曹仁杰老爷子还到市里向他提议派人去桃镇,想为桃镇安上暖气。此事一直盘桓在他心中,他也一直在想办法,今天遇见郑教授和这两位年轻人真是太巧了。王为民朗声说道:"那太好了,你想为家乡干实事,这是我们桃州市的福分,我代表桃州五百万人欢迎你。现在我们鼓励大学生回乡就业,促进基层发展,像你这样的研究生,可以从副镇长干起来,回去我就和相关领导研究,到时给你下个聘书,等一毕业就直接到桃镇去,好好把桃镇建设好!"王为民说到此,站起身向曹工伸出右手,曹工也赶紧站起身,双手紧握住王为民的手。王为民继续说道:"其实桃镇也是我的家乡,我根上是桃镇王家的。另外,我们还要聘请郑教授作为我们的荣誉市长。"

郑教授连忙也站起身,说:"不妥啊,这荣誉市长可不敢当,还是当个荣誉市民吧。"说完,大家哈哈大笑。

虽是风华正茂的年轻人,曹工平日里却没有太多的娱乐,他投入时间最多的是读自己感兴趣的哲学、历史类书籍和自己的专业。他心里清楚,在最难的时候,是桃镇的乡亲们给了他们家关心帮助;在最需要支持时,是导师郑旺鼓励他,站在了他一边。他要加强自己的内功,让自己真正强大起来,将来才能做出成绩,改变家乡落后面貌,来回报给予他帮助和鼓励的人。

第五章　保粮护耕寻良方

古语有言："乾天称父，坤地称母，本天亲上，本地亲下，故立本者也。"桃镇就像一个被地母喂养大的孩子，贫瘠的年份也能够存活下来，就依赖于这片水土，勤劳耕作的人们在这里世世代代繁衍生息。在和平发展的年代，这里却遇到了新的危机，这可不是联防队、治安队能够解决的，而是出现了关乎桃镇民本——土地的问题。

先是副镇长胡立带头将承包地种上了茶树，说是种茶树比种稻子合适多了，三年后茶叶能卖出大的价钱，然后就有不少人家纷纷效仿，不在承包地上种粮食，而种来钱快的果树、茶树，还有的种上了药材……这股风愈发厉害，作为鱼米之乡的桃镇，种粮的耕地大幅锐减，当地农民的口粮也要高价买外地产的，老百姓开始担心大家吃什么。

这件事镇长谭成仁看在眼里，急在心头。他跑到曹仁杰老爷子家里商量说："我们桃镇一直以农业为主，每年除了自己种粮外，还向国家交一部分粮食，也算是作贡献吧。现在倒好，要到外地去买粮食，这像什么话！"

曹老爷子听了也很惊讶，胡镇长怎么能这么干呢？随即，曹老爷子和谭成仁去镇里找胡立谈话，话不投机半句多，胡副镇长根本听不进去，并说："你曹老爷子是离休干部，你有离休工资，我们有啥？现在有钱才是大爷，我们不能老挨穷，也不能让老百姓老挨穷啊。"

曹老爷子说："即便如此，把饭碗端在自己手里才是重要的，坚持耕地保护不放弃，在给定耕地的情况下，产量不断增长，使保障基础生活的农产品的生产得到保证，才是最重要的。不要光图挣钱，不想粮食。"

谭成仁说："胡镇长，你可不能这么做。我们镇基本上是责任田，是有种粮任务的。"

胡副镇长不听，反而说："我是副镇长，我说了不算。我只对我自己家人负责。当然，我也要把愿意跟着我干的桃镇人口袋里装满钱，不能老是贫困受苦。你是镇长，你这样不让老百姓种这些赚钱的作物，不让他们赚钱，你要是能说动所有的老百姓跟着你种粮食，我胡立作为副镇长当然不会跟你唱反调，我自然就让家里把茶树砍了种粮食！"

胡副镇长当然知道不能跟谭镇长硬杠，开始扳起手指算账说："你们知道吗，农民一样在种田，种粮食的，一年下来一亩地赚不到二百块钱。我们镇人均两亩地不到，一家平均十亩地，也就是一户如果就种粮食，一年能赚两千块钱。年年如此。不让他们种点赚钱的经济作物能行吗？哪家不有个孩子要上学，现在上学费用一点也不低，孩子还要买补习的资料，否则我们苏北农村的孩子怎么能考上大学？另外，现在哪家敢得病啊，不像城里人有医保，农村人一得病，到了医院，攒了一年的钱就都没有了，遇到大病，这一家之前赚的钱就都没有了，有的还要东借西凑，借了哪个不用还啊？你说不让他们种这些赚钱的，他们不种了，谁来补这个窟窿啊？你们不能站着说话不腰疼！"

胡立的一连几问让曹仁杰和谭成仁也哑口无言。看着两个人愣在那里，胡立又一声长叹："没办法啊！"转而昂着头走开了。

回过神来的曹老爷子对谭成仁说："看来要想解决这个事情不是这么简单的，就算你跟农民说不能忘本也没用。要想办法增加农民的种粮收益才行，不是说'手中没把米，叫鸡鸡不来'嘛！"

谭镇长一脸的忧心，说道："是的，现在有的人连经济作物也不种了，直接到城里去打工做买卖了，田就在家里撂荒，那更不好。看来我们还是得组织镇里相关部门和村主任一起商量一下对策，否则不单是粮食问题，人口流失、土地撂荒等都会成为问题！我们组织好会议，到时请您老到会指导。"

曹老爷子欣然答应了。

第二天，谭成仁先组织了镇里对口的办事人员到各个村调研，掌握一下具体的情况。几天之后，调查结果是，这几年土地撂荒的有百分之十，另外有百分之二十的种经济作物，还有的直接挖塘养鱼，甚至有的长满了草，就是为了养牛养羊，当然这些都是少数。于是谭镇长跟镇党委书记张苏淮汇报了调研回来的情况，张书记也感觉形势严峻。他是外乡调过来的，才干了一年多时间，对于桃镇的一些情况也没有深入了解，听到谭镇长的汇报，觉得很有必要组织镇党委会研究这个问题，于是让谭镇长立即组织镇党委会。

镇党委会召开的当天，考虑到才是第一次会议，谭镇长并没有邀请曹仁杰参加，但开会的时候他便后悔了。党委会上，当谭镇长说出那些触目惊心的数据时，大家的反应并没有想象中那么激烈，这其中除了张书记是外乡人，其余都是本乡的，他们早已见怪不怪了。

尤其是胡立，他带头就向张苏淮说："张书记，您是外地的，您不知道我们这边的情况，我们这边就是种植经济作物晚了，如果早几年就开始大面积种植，我们这边老百姓的收益会多很多。我看现在我们要加大经济作物的种植，这样才能让更多老百姓过上好日子！"说着还特意站起来，转向谭镇长，有点不屑地说："如果我当这个镇长，我肯定不会让老百姓受这个穷的。反正我们家带头种的茶树，光去年一年的收入就抵前面种粮食四五年的收入，你说干吗不带着老百姓都种啊？！"胡立说完，会场居然有人带头鼓起掌来，这让谭镇长很是难堪。

张书记立刻双手抬起，示意大家安静下来，然后对谭成仁说："谭镇长，你看，胡镇长表达的估计也是不少老百姓这样想的，这种思想有了，这种甜头吃了，想直接掐灭了重回原来的状态不现实，但是肯定不能任由这个事态发展下去。"张书记说着又转向胡立说道："另外，胡镇长，你刚才说的表达了老百姓中一部分人的想法，但是国家的粮食安全问题我们还是要考虑的，作为镇领导，在保障粮食种植方面还是要起到带头作用的。"张书记面向大家，语气坚定有力地继续说道："当然，我们不反对那些能带着老百姓致富的干部，但是也不能有违国家的大政方针，保障国家粮食的安全就是国家农业方面的大政方针，这点不容否定！"张书记说这话可谓旁敲侧击有所指，说完用食指点了桌子三下。

胡立听了，本来得意的脸上闪出不乐意的表情。他内心本就对这个外来的张书记不屑，心想：你姓张的现在还和姓谭的穿一条裤子，拿那些大道理压我，我胡立也不是软柿子。于是他假意笑着说："张书记您说得是，那您给我们支支招，看看怎么让老百姓把种的那些赚钱的'摇钱树'给砍了，把那些挖好的鱼塘给填了？反正我可不敢砍我们家茶树，我们家我老婆说了算，否则她跟我要钱，我拿什么给啊？就我们在镇上的这点工资，只够她进城买一次东西的。您是外乡人，您砍完树可以又到其他地方高升，不怕受桃镇人的挤对，我可不行，弄不好我回家还得跪我老婆的搓衣板哩！"

这话引起会场里一阵哄堂大笑，其他几个党委委员因为家里也多少种了些经济作物，所以也都附和着胡镇长，弄得张书记脸上也挂不住了，夹着笔记本就往外走。谭镇长只好匆匆说了声："散会！"就这样，第一次会议草草收场，还弄得有些人在他走后，冲着胡立起哄说："老胡啊，您赶紧当镇长啊！"说完，大家又是一阵哄笑。

离开会场，谭成仁是一肚子火，本来想让张书记出面一起商量如何解决问题，最后弄得张书记反而受到讥讽。当年王书记也是被他们这群"本土帮"给排挤走的，谭成仁知道，自己要不是桃镇本地人，说不定也早就被他们挤对走了。他没有去安慰张书记，而是直接到曹仁杰家找老爷子商量对策去了。

自曹老爷子上次在镇上受了胡立一通风凉话后，回到家里，他也在想，该如何从根本上调动农民的种粮积极性，要让农民们心甘情愿种粮，而不能通过强制措施。他想到了在省委工作的时候到苏南考察的情况，还在苏北搞土地联产承包制的时候，苏南一些农村没有把土地分开，而是将人员分开，一部分人继续从事农业种植，一部分人搞工业生产，所以苏南地区的乡镇企业搞得很好，后来再由工业贴补农业，大家的收益就都好了。农村的耕地集中了，就可以进行大面积的种植，机械化播种面积占绝大多数，而且主要种的就是粮食。农民种粮有钱挣、得实惠，地方的种粮任务也就解决了。

这天，已近中午，见谭成仁悻悻地来了，曹老爷子心里已猜了个八九不离十。听他讲了整个过程后，曹老爷子气不打一处来："这帮兔崽子，就知道欺负人家外乡人，拉帮结派，不想把粮食种植的事情解决好，一心还只想当领导！"

生气归生气，曹老爷子还是静下心来分析道："如果我们光想着让老百姓种植粮食，但是没有办法让他们多赚钱，那没有几个人愿意跟着我们走，最后只会有更多人跟着胡立他们走的，那就更糟了。"曹老爷子顿了顿，便把他在苏南考察所了解的集中耕地机械化种粮食，对农民进行产业化分工的方法详细做了介绍，谈到了苏南地区粮食以外的经济作物的种植："他们把剩余的一部分耕地进行经济作物种植，尤其建设了不少大棚，把蔬菜种进大棚，一年四季都可以生产，而且冬天蔬菜品种少的时候，大棚里面的反季节蔬菜就有比较好的价格，农民的收益也就高了。"

谭成仁听得入神，之前他也听说苏南经济比较好，主要的还是听说他们的乡镇企业发展比较好，这还是头一次听说在农业方面他们也做得很好，所以就一直没有打断曹老爷子的话。

曹仁杰喝了口茶，让谭成仁也喝。谭成仁则说："您讲得真好，我不渴，您讲的这些才是我的解渴良方。"

曹仁杰哈哈一笑，继续讲道："苏南那边，农民种地的肥料刚开始需要买，后来他们集体自己就上了化肥厂，生产的化肥免费供应给农业生产，但是要求农民主要种植粮食。由于减少了农民的支出，而且化肥还提高了粮食的产量，农民的收益高了，自然就愿意继续种植粮食。更主要的是，他们种粮食的地方主要实行机械化种植和收割，所以农民种粮既轻松，人均收入还不低。"

"看来，要让农民种粮，就要给农民补贴，让他们有钱赚、有好处，让他们的生活富足。"曹老爷子的介绍让谭成仁很受触动，接话道。

"还有一点很重要，就是要提高农业科技的含金量。"曹老爷子继续侃侃而谈，"镇上还与大学合作，将从事农业生产的人送到大学定向委培，让农民掌握更多的农业专业知识。一些有经验的农民还跟大学教授一起研究农业上的种子问题、解决病虫害等问题，提高了产量，有的还采取有机种植，粮食价格也得到了很大提升，农民的收入自然就高了。听说还吸引了很多苏北和安徽的农民到那边种田，这就是让老百姓主动种植粮食。"

听曹老爷子讲了这么多，谭镇长有点兴奋，但是他也有点担心，毕竟桃镇和苏南情况不同，现在土地还都分散在各家各户，而且家家的作物大多不同。土地有的是撂荒了，其中有被邻居或者亲戚家拿过去种的，要收农业税，也需要接手种地的人家给缴，收农业税的时候就比较难收上来。如果没有人愿意接，撂荒也就撂荒了。这些人家多数到城里打工了，所以也不缴农业税，土地就荒在那里。如何打破这个僵局，看来桃镇要好好跟苏南学习学习了。

谭成仁继续跟曹老爷子探讨道："老爷子，看来还得请您到镇党委会上把苏南的经验跟大家介绍一下，让大家有信心了，才会有更多人跟着咱们一起干。这次我也先把这个情况跟张书记汇报好，推动这个事情离不开他这个党委书记的支持，尽管他是外乡人，但也是一个想做事的人。"

"好！"曹老爷子一口答应，但也提出一个要求："我想你们这个会要扩大一下，开一个镇党委扩大会议，让每个村的村支书和村主任都参加，这样才能获得更多的支持，让基层的管理者都知道我们将来要做的是什么，能带来什么样的变化，这才能获得他们的支持，回去动员老百姓们一起干。"

曹老爷子站起身，背着手，在屋里踱了几步，考虑着，转而朝谭成仁说："这个会议也不能着急开，一定要做好方案。我们不单是介绍苏南的情况，我们还要有一套自己的方案，这套方案制订要结合我们现在的情况，可以有更好的突破，也可以和大家一起探讨，最主要是多吸收一些专家的观点，也要考虑大多数人家的实际利益，这样才能推动起来。"

种粮食的地要保障，但是老百姓的收益也要有保障，怎么能让桃镇学好苏南的发展模式，这让谭成仁异常兴奋，他开始翻阅杂志，看报纸。桃镇订阅的杂志和报纸比较少，于是他利用周末到市图书馆去查阅，更主要的是到市里的农学院找专家请教，既探讨桃镇如何开展新的农业生产方式，又为将来和高校合作打下基础，毕竟农业的大发展还是需要专业的知识和人才。

经过一段时间的恶补及向专家的讨教，谭成仁心里越来越有目标，越来越有底了。但是，他知道要在镇党委会推动这件事单凭自己肯定不行，哪怕已经得到了张书记的支持也还不够，这时他想到了桃镇高考走出去的大学生，尤其惦记着之前帮自己打理镇务的曹工，正好他研究生也要毕业了。不过谭成仁知道曹工在省城见过大世面，又正是追梦的年纪，估计他不会回来，也只能在心里想想罢了。

真所谓想什么来什么！谭成仁这么想着，市长秘书就打来电话，说市长王为民提议引进省城研究生到桃镇工作，充实镇党委的知识人才力量，来推动桃镇经济往新的方向发展。王市长也想听听他和张书记的意思。谭成仁正愁他缺少改革同盟者，当即表态欢迎，并感谢市领导对桃镇人才发展的关心。谭镇长想到，自己本人就读了个中专，张书记也就是个大专生，现在如果来一个研究生，比胡立他们这些初高中毕业、土生土长的镇领导那自然是好太多，而且对未来推动镇校合作肯定也大有裨益。谭成仁一边继续完善他的方案，一边等着即将成为同僚的研究生。

没有工业的桃镇，光靠农业富不起来。看起来家家户户承包的土地收成都不错，但总体收益却不高。曹老爷子白天黑夜在田地里干活，在日光和月光里切换着忙碌，他前所未有地想念在省城读书的曹工和曹农，恨不得他们早日学成归来。曹工、曹农两兄弟自从考取研究生之后很久没有回来了，即便是寒暑假，他们也在省城实习赚学费、攒人脉。农村电话费用高，虽然市里给曹家安装了电话，但是曹老爷子也没有给孙子们打过，只是偶尔接到孙子们来报个平安的电话。无数个夜晚，老爷子抬起头，仰望桃镇的明月，那月色也在照亮着省城，寄托他遥远的思念，他感受到心头袭来的孤独，盼着孙子们回来，但都说"儿大不由娘"，两个孙子毕业后究竟是留在省城，还是回到桃镇，他并不知道。

人有悲欢离合，月有阴晴圆缺，世间的圆满总是稍纵即逝，曹老爷子现在已并不奢求他的子孙个个都那么圆满，就像他自己，一位退伍的老战士，此刻在孤独地望月，有过光荣时刻，也有遗憾与后悔。他不强求事事如愿，能做的，只有尊重各自的选择，哪怕是他悉心培养的孙辈，他们也都该有他们自己的人生。

第六章　各领风骚皆风采

　　曹农进了大学就不一般，学习成绩也一直领先。到大三下学期，他常常到离学校不远的一个明星能源设备公司去实习。

　　他在这个公司有了几位熟人，再加上他在学校每每学到新知识都会去跟大家探讨，大家都很喜欢他。明星能源设备公司很大，占地面积快赶上电力大学了，明星能源设备公司的老板叫武亲农，他主动要求跟曹农结为弟兄，别人还以为两人的名字都有个"农"字，他们以农为荣，所以结拜兄弟的。

　　曹农在大学三年级放暑假时，从老家为明星能源设备公司招来八个小伙子，到明星能源设备公司打工。这八个小伙子都是高中毕业，都还比较机灵，曹农跟武亲农半开玩笑说："您是大哥，我给您送来八个小伙子，都是好样的，您要好好教他们技术，他们学成后是要归我调遣的。"

　　武亲农说："老弟这是什么话，我的就是你的，整个公司都给你经营我都乐意！"

　　为什么呢？这要从去年冬天说起了。

　　寒假里，曹农没有回家而选择留在学校，因为学校有设备、有实验室，更方便学习和做科研。一天，曹农到离学校不远的一条河边抓鱼玩，他和三个同学在河面冰上打开一个缺口，把鱼食放到水里，很快就感受到鱼钩下有东西在拉扯——一条大鱼，曹农他们于是赶紧收钩，大家高兴得笑出声来。从他们左边经过、想过河的一个人听到他们的笑声，想看看他们钓上来的鱼，突然只听"咯吱"一声，河冰破裂，那个人完全掉进了冰窟窿，两只手向上伸着，够着点冰，冰就破了，怎么也抓不牢，一看就是不会游泳的。那个人在冰水里挣扎着，大喊救命，眼看人就要沉下去了。

这时曹农扔下鱼竿飞跑过去，他一边跑一边脱掉上身的棉衣，冰面上传来一阵阵破裂的咔咔声，好在曹农人瘦体轻速度快，跑的过程中没有掉进去，到了那个人身边，他想都未想就跳进冰水里，他的几个同学吓坏了，也不敢跟着他跑，直接绕到岸上跑到那个冰窟窿旁边，眼看着曹农在用头顶着那个人推向岸边，好在岸边水浅，但是由于那人身上衣服穿得多，都泡着水，比较沉，大家一起才把他们拉了上来。曹农没大事，只脸上被冰划了一道口子，而那个人已经不省人事。曹农蹲在地上，按照农村里的土方法，让同伴把落水的男人扶着趴上他的背，同时拍打那人的背部。曹农颠了一会儿，那男人喷出好几口水，就有了点意识，但他身子冻僵了，两个同学拦住了一辆小车，把他送进了医院。因为不知道这个人是谁，也不知道后期医疗费是多少，医院让他们先交上押金，并且得派人守着，曹农和三个同学凑了些钱，安排每次两个同学轮流守在医院，这样两个同学还能聊聊天。

第二天，那个人才终于能开口说话。"发生了什么？"那人有些虚弱地问。

"前天你掉冰窟窿里了，"曹农说，"你还有印象吗？"

没等那人答话，曹农的同学就开玩笑说："要不是我们曹农拼命跑过去，跳到冰水里托起你，估计你就玩完了。那中间水深，我们几个可不敢下去，还好曹农是水边长大的，水性好。他棉衣都丢了，也没有顾上，冻得抖抖地把你送到医院，这医院可倒好，还非得先交押金才救你。好在当时我们几个兜里有点钱先垫上，否则这医院还真会见死不救啊！"

"好啦好啦！"曹农笑着打岔，"人家这才刚刚醒来。"

那人没有说什么，说了一个电话号码给曹农，让他帮忙打电话，告诉电话那头的人，就说是武亲农让他带着钱赶紧到医院来。

曹农随即下楼给那个号码打了电话，一会儿来了一大帮人。武亲农先让人把曹农他们押在医院的钱给还了，并且根据同学们照顾的人数，按照押在医院的钱加倍补给各人，几乎是再给四倍的押金。曹农推辞说："把我们押在医院的钱给我们就行，这多给的钱我们就不要了，您好好休息，没事了我们就先回学校。"

两天后，大学党委副书记朱常宝让辅导员把他们四个参与救人的同学叫到会议室，他们进去一看，武亲农正带着一帮人坐在会议室，看到曹农他们几个人到了之后，武亲农立即站起来，快步迎了上去，并且招手让人把做好的锦旗拿了过来，请朱副书记和自己一起给曹农他们几个献上锦旗。曹农他们四个也有点摸不着头脑，木讷地接过锦旗，然后是一通照相。

朱副书记特意把曹农他们几个喊到一边，说道："你们救的这个人叫武亲农，他是明星能源设备公司的总经理，他们公司也是我们大学的紧密合作机构，每年都对我们学校的研究有支持。另外，武总刚刚跟我商量说，要让学校给你们几个授予见义勇为奖，奖金由他个人来出。同时，你们几个后面在大学的学费都由他们公司包了，不管你们是读到硕士还是博士，这些费用都由公司出，也希望你们毕业之后可以优先考虑到他们公司任职。这是很好的机会，祝贺你们！"

几人蒙圈还是蒙圈，但是高兴也是高兴，尤其是曹农，不用为以后的学费发愁了，而且等于自己已经有工作了，更重要的是这个公司还不错。

最后，朱副书记还特意跟武亲农说："武总，因为现在是放寒假，学校没有多少学生，等到开学后，我们再在全校大会上对他们几个进行表彰。至于见义勇为奖的事情，我们不但要在学校里面设这个奖，而且还要将曹农他们几个的事迹向市里和省教育厅汇报，争取得到上级的嘉奖。我们学校也为有这样的好学生而高兴啊！"

一阵热闹之后，武亲农特意请曹农带着三位同学一起到公司考察一下，也算是看看大家未来可能就业的公司，了解一下具体情况。曹农几个欣然答应，就跟着武亲农坐上公司的车直接到了公司。

令曹农他们四个没有想到的是，公司大门十分气派，更令他们感觉有点受宠若惊的是，大门打开后，后面站着两排员工，鼓掌欢迎他们四人，公司大楼上还挂着两幅大红的条幅，上面写着：

"热烈欢迎电力大学未来工程师莅临指导，认真学习青年才俊见义勇为者高尚品格。"

看到这些，曹农他们几个都有点不好意思了，对武亲农说："武总，您搞这么大阵势我们有点受不住，这让我们在这里坐立不安啊！"

武亲农说："你们当得起，我这也是希望公司的员工向你们学习，学习见义勇为和舍己救人的品质，其实就是勇担时代使命和社会责任的体现，这也是一个集体应有的积极向上的精神面貌。这些都不用管了，我带你们好好参观参观，未来只要你们看得上这里，这可就是你们的公司了。"

于是武亲农带着曹农他们四人把公司的各个车间和办公楼都转了一下，最后带他们到了公司最重要的地方——研究室。

各种精密仪器映入眼帘，有些是学校里都不曾见过的。武亲农告诉曹农："这个地方可是我们的宝贝诞生的地方，我们的新产品都需要通过这边的研究和试验，最后出产品。这也是我们公司跟你们学校合作最紧密的地方，将来也是要靠你们一起研究新产品，为我们国家的能源事业走向世界作贡献的。"

明星能源设备公司是靠做柴油发电机组起家的，二十世纪九十年代前，包括九十年代初期，国家很多地方缺电，城市供电也得不到保障，农村用电更是一大难题，所以明星能源设备公司的设备很畅销。然而，武亲农很快感到，公司仅凭一个个发电机组，总体效率还不够稳定，未来肯定会被淘汰，所以公司和省电力大学合作开展科研工作，瞄准了光伏发电这个先进的科技方向。公司之所以花重金研究这一技术，也因为武亲农发现了一个问题：欧美已经搞了几年光伏发电技术，现在开始往中国销售昂贵的设备。而有些中国公司从欧美直接引进技术、引进设备，再把生产的产品卖给欧美，因为价格高，国家给的补贴也高，企业发展得也比较大，但是真正能留给国家的钱很少。并且从技术上来讲，目前光伏组件的生产，不管是多晶硅还是单晶硅都会对环境造成大的影响，生产过程也不够环保，中国的公司看似生产的清洁能源，但是生产过程中也耗费了太多的能源。如果不研发出更具有经济和环保效果的产品，只是跟在西方发达国家的屁股后面走，到最后肯定不会有好果子吃。所以，他这几年一直考虑着，公司如何在科研上寻求突破，赶超世界水平。

这时，武亲农走到一台发电机前面，十分珍爱地摩挲着机身，对曹农他们说："现在我们国家的很多光伏设备都是从欧美引进的，光伏的成本很高，光引进的这些设备就占用了大部分资金，并且还要给人家专利费，如果我们一味地引进外国的设备，那将来我们会一直被动。"

武亲农身旁的公司高管补充道："武总提出的问题是我们需要重视的！所以我们要尽快消化吸收人家的技术，并且研发出自己的产品，否则将会被别的国家卡一辈子脖子。"

武亲农继续说："是的。西方国家的资本不会为我们国家的发展奉献的，我们只有自己广泛学习，埋头研究，将知识转化为能引领国际的产品。我希望未来你们几个能帮助我一起把这个事业做大做强，这才对得起父母和国家对你们的培养。这是我们这些人应该肩负的责任。"武亲农的一席话说得曹农他们四人热血沸腾，巴不得能早点踏上工作岗位。

晚上，武亲农设宴款待他们四人。宴席开始前，武亲农拉着曹农，对大家说："曹农是我的救命恩人，当然他们三个也是。不过，我和曹农两个人名字里面都有个'农'字，而且我是'亲农'，所以我们两个应该说有特别的缘分。那天曹农不顾自己的安危，直接跳到冰窟窿里面救我，后来我为感谢他们给钱做补偿，他们居然都不要！这勇气、这善良让我非常感动。我想跟曹农结拜兄弟，不知道曹农兄弟是否愿意？"

武亲农说得很动情，说完满怀期待地看着曹农。曹农有点不知所措，按说这是一个好事情，他觉得自己救人，人家感谢一下就行了。至于结拜兄弟，这可是一件大事，这哪担当得起啊。而且人家是这么大公司的总经理，要是结为兄弟，别人会以为自己是巴结他。

武亲农看出曹农的犹豫，他更欣赏曹农了，于是用激将法说道："怎么，曹农兄弟觉得我这个人不配跟您大才子结拜兄弟？"

这话一说，弄得曹农连忙摇头说道："不是，不是！武总，如果跟您结拜当然是我高攀，我正愁别人会说我闲话呢，您还说您不配，这不是折杀我了。既然您都这么说了，我也就不能再推辞了，一切听您的。"

"好！"武亲农拍手叫好，面向大家说道："你们在座的都是见证人，我们今天就在这个地方结拜兄弟，我武亲农大曹农十几岁，作为兄，曹农作为弟，今天两人一起起誓，结为生死兄弟，一起共创事业，我的就是曹农的。我们两个以桌上的酒，一起干三杯，请大家见证，绝不反悔。"说完让人赶紧倒好酒,与曹农碰杯。

曹农端起酒杯,激动地对武亲农说:"承蒙兄长抬爱,今天也是我曹农有幸,往后就听大哥安排,上刀山下火海在所不辞!"说完,两人把杯中酒一饮而尽,又连续干了两杯,大家跟着一片掌声。

这时候武亲农才开始安排座位,把曹农就拉在自己的身边,并且让公司其他人员好好陪着其他三人。大家最后都喝得很欢,喝得很忘我。三个同学也真心为曹农高兴。

有了这层关系,加上曹农本身对于电力事业的热心,他就经常往明星能源设备公司去,他去不是找他大哥武亲农,而是直接扎到研究室去,跟大家一起探讨技术,交流知识,而且还经常下车间,了解具体生产。有时也根据具体情况给武亲农提一些具体意见,武亲农特别开心,感觉自己真是捡了一块宝。

转眼将近本科毕业,曹农获得了"国家级优秀毕业生"的荣誉,并以优异的成绩顺利考上了研究生,继续在电力大学攻读,一边到武亲农那边搞研究。曹农的学费都是明星能源设备公司出的,武亲农按照曹农到公司研究室的时间也给他折算成工资,曹农也欣然接受。其实他知道,这是武亲农资助自己,但是却用了这样一个保护他自尊心的方式支持他,所以心里特别感激,学习和研究上更加用功了。他不仅拿到了国家级奖学金,还带领团队参加全国大学生挑战者杯竞赛,获得了一等奖……学习和发展的势头已经超过了大哥曹工。

每个人都有属于自己的机缘,抓住了就能更上一层楼。而机缘总是给做好准备的人,曹家的老大和老二凭着自身的勤奋努力成为同龄人中的佼佼者,这给下面三个弟妹增强了各自塑造属于自己的人生的信心。

再说老三曹商,高考时因父母去世的影响,发挥失常。为了不增加家里的负担,高中毕业后,曹商直接去了市一建公司,从最苦最累最让人瞧不上的活儿干起。当哥哥们走在生机勃勃的大学校园,坐在宽敞明亮的教室谈经论典时,三弟曹商正在工地上苦干。一开始干瓦工活,后来又干木工活、混凝土浇筑活等,他不怕吃苦,又特别要强,什么都缠着师傅学,还自学工民建大专课程,后来直接又续了本科。平时,他不懂就向公司副总工文军民请教，干了一年当上了小队长，四年就考取了项目经理证书，现在能独立指挥项目施工了。虽然高考失利让曹商走了几年的"弯路"，但殊途同归，他最终也得到了自己想要的。而且，正是因为在工地和公司苦干的那几年，使他积累了建筑工程实践方面的丰富经验，这是在大学课堂上学不到的。

老四曹学，是曹家第三代中唯一的女孩，从小就和兄弟们一起打闹玩耍，性格外向而爽朗。她通过高考考进了市建工学院，学习工程造价专业，在学校的时候就经常跟三哥曹商请教工程上的实际问题，也使得她在读书时就接触到了很多课本上没有的知识。假期的时候，曹商更是把她介绍到项目上实习，既能领一部分工资，又能有师傅带着干，这样将来毕业就能直接上岗了。经过几年的锻炼，曹商觉得妹妹是建筑工程项目上难得的帮手，两人配合得很好。

老五曹兵，自幼就最受宠，父母和哥哥姐姐有好吃的、好玩的都会想着他，对他也没什么学习要求，他的性格更活泼调皮。也应了那句谚语"老小是个马屁精"，曹兵从小说话讨巧，长得也聪明可爱，村里人都喜欢他，学习成绩没有追上哥哥们，但他也不伤心，认为是金子到哪里都会发光。

这个小子头脑灵、嘴又巧，对做生意感兴趣，也非常能折腾。他先是在桃镇镇西的沼泽地建成了一大片精致的民宿房，又带人把民宿房附近的二十多亩荒地翻耕成一大片菜地，然后把地划分成一百多块，租给市里的城里人。经过这么一改造，原本无人问津的荒地变成了田园风情的"农家乐"，沼泽地成了小湿地公园，城里人每逢周末节假日就预订这里的民宿，同时还能租地种田，体验农耕之乐。有人种蔬菜，有人种瓜果，还有的种花草，总之干啥的都有，男女老少一起干，干得特别起劲。那些出生在城里的人，尤其喜欢这种"归隐田园"的生活方式，看着自己种的芽儿越长越高，客人们的成就感自是不必说。他们都觉得乡下比城里好，回城都带回不少瓜果蔬菜，够吃一周的，有的还送人。这个小民俗村成了桃镇的一个旅游景点，还有些外国人也来看，曹兵趁机开了家餐馆，生意也不错，特别是节假日忙得很，除了民宿、菜地、餐馆外，镇里的人还需要购买各种建材，如玻璃、水泥、钢筋、瓷砖、五金等，于是曹兵借机又开了一家建材综合商店，生意也挺好。镇里一帮小伙子都成了他的打工仔，他成了名副其实的小老板，整天都乐呵呵的，大家都夸他有出息。追求他的姑娘也不少，他总说："不急，恋爱好比大型的连连看游戏，先立业后成家，真爱来了挡都挡不住。"实际上曹兵是表面嘻哈，内心深情，要找一个心仪的姑娘，就死心塌地对她好，不去过多消耗感情。

看着五个孙子女都已长大成人，在不同的领域都已步入事业正轨，尤其是老五曹兵虽未上大学，但发展得比较好，曹老爷子非常欣慰，对他们说，三百六十行，行行出状元，人不可能都走一条路，会有很多种选择，但每一次选择，就意味着要放弃另外的很多种可能，不要因为错过的那些可能性而遗憾，认准了眼前这一条路，那就全力以赴往前走，不要回头，相信自己，一定会走到目的地。

第七章　屋漏偏逢连夜雨

桃镇处于苏北平原沿海地区，这里靠近黄海，一马平川，到了立冬后，气温就开始骤然下降。这些天，受北方强冷空气南下的影响，气温陡降，寒风呼啸，细雨夹小雪连续下了几天。

这天傍晚，村头巷尾早没有了人影，人们早早关上门准备休息，屋外不时传来风卷着雨雪拍打门窗的"哐哐"声。突然间，听到"轰"的一声巨响，村民们连忙开门出来看，是一栋农房倒塌了，邻居们都吓坏了，以为地震来了，一看是周大爷家的房子倒了，大家都在喊："房子倒了，快救人啊！"

这时周大爷的儿子周长兴，正从曹兵的蔬菜大棚里买完新鲜水果回家，准备明天去县里医院看女儿。他们家女儿才十岁，小孩患了梦游症，昨天夜里太冷，女孩睡觉的时候梦游出去走路，衣服穿得单薄，把腿肚子冻伤了，回来被送去县里医院住院治疗，周长兴的妻子在医院陪护。真是屋漏偏逢连夜雨，最近几天小雨小雪不停，谁想到房子又塌了。听到村民们的喊声，周长兴拎着水果就往家跑，远远地看到大家正帮着清理。

周长兴大喊道："快救我爸啊，他还在东厢房里边！"

大家拥到倒塌的东厢房，几个壮劳力一起把房梁抬了起来，看到了倒在废墟中的周大爷，十几个人上去抬的抬，捡的捡，把周围杂物挪开，把周大爷抬了出来。还好周大爷的头没有受伤，腿被房梁压折了。镇上卫生所来了一辆救护车，众人把周老爷子抬上去，周长兴跟着救护车往县医院飞驰而去。

此时，镇长谭成仁接到曹兵的电话就迅速赶到房屋倒塌现场，指挥清理。这倒塌的是一栋老旧房屋，"大跃进"时期建的，房基不牢，房柱子早已向北倾斜，可能是连日雨雪的浸润，房顶的茅草太重了把厢房给压垮了，还好主屋没有倒塌，但也有点受损，成了危房。清理到半夜，才把现场收拾好，木板堆在一边，砖头瓦块堆在一边，家具东西放在一端，并找来了一块帆布盖上了，大家这才离去。乡亲们唏嘘不已。多好的一家子，小日子过得和和睦睦，现在一老一小进了医院，房子也倒了，真是祸不单行，这日子以后怎么过啊。

看到周大爷受伤的样子，曹兵想到了自己的爷爷。曹老爷子离得较远，政府把他的房子建在了镇上。第二天快中午时，曹兵回去看爷爷，爷爷正在拾掇他送的几盆盆景。曹兵凑过去夸道："爷爷，您真厉害，这盆景在我那边就普普通通，到您手上就蓬勃生长，这老树开花，枯木逢春，爷爷您是老骥伏枥，壮心不已，您养花就好比公子娶小姐——两相配啊！"

曹老爷子被曹兵夸得心里乐开了花，看着小孙子，脸上洋溢着笑容说："养花种草都得用心，你的心思都在做生意上了，当然没有心思好好照顾它们。不过你生意做得不错，术业有专攻嘛。"

曹兵把昨天晚上周家房子倒塌的事情跟曹老爷子说了一通，老爷子一听脸色陡变，扔下手中挖土的铲子骂道："非要出人命才重视，我早说了，镇上老旧房屋太多，不少都是危房了，要普查一下。我下午就找谭镇长去。"

曹兵轻轻拍着爷爷的后背，赶忙安抚说："昨天晚上谭镇长也在现场，我们一起忙到后半夜哩，这事情也不急于一时，还是要从长计议，您老别着急！下午我跟谭镇长先商量一下这事怎么办，您先别轻易出马，您出马，镇领导都紧张。"

曹老爷子情绪缓和了下来，走到堂屋的沙发上坐下，对曹兵说："老五啊，你是怎么想的？"

曹兵给爷爷倒上水，挨着坐下来说："我是这么想的，镇上得先组织力量帮周家把主屋赶快修好，这里面可能周家得出一点，政府想办法补贴点，如果还不够就发动乡亲们也捐点，这大冬天的，让人家怎么过啊？那么，在修好之前，如果周家老人和孩子回来了，可以到我那个民宿住几天，救个急。

保证不收他们费用，我会赠马赠笼头——好事做到底。"

曹老爷子满意地点点头，对曹兵说："那我就先不去找谭镇长了，你小子想得周到，也免得人家烦我什么事情都管。但是关于危房普查的事情我得找个时间说说，这个事情等你大哥回来的时候我跟他也说说，算给他派个任务，这都几年不回来了，回来就得抓他个差，让他多干点。他在省城，到时看看国家或者省里有没有什么政策，这不也是减轻镇上的负担吗！"

曹兵听了，又是对老爷子一通夸："爷爷您不愧在省委干过，做事是铁勺子捞面条——滴水不漏；要么不做，要么就是半夜敲钟——一鸣惊人。调查研究这事，就得让大哥这样的文人去办，我是史进认师父——甘拜下风，还是好好经营我的民宿和建材超市吧。"

说话间到了饭点，曹兵的肚子咕噜咕噜叫起来，到厨房看了看，发现锅里还炖着骨头汤，于是说："爷爷，我今天是兔子出窝碰上打猎的——正巧啊，看您这锅里炖着骨头汤，我炒两个拿手菜，再把我给您泡的何首乌酒拿出来，咱爷孙俩喝几杯，那可真是哑巴捡金子——高兴得没法说了！"

只要曹兵一开口，曹老爷子的脸上就没了愁容，他开心地说："就等着你回来喝呢，我这平时就一个人，你哥哥姐姐他们几个都在外地，你小子忙生意也不常回来，我哪有劲头喝酒啊。这骨头汤给我补补钙，何首乌酒给我补补身，要不了多久，我估计我得长回满头黑发，返老还童了！这还可以再干它个五十年！"说完，爷孙俩一起笑得前仰后合。

下午，曹兵到镇里找到谭成仁，说了自己安置周家的想法。谭镇长说："还是你想得周到，只是这样要让你个人损失点房租了！不过这些镇上都会记住的，老百姓也会记住你曹兵的好的。你们家几个哥哥姐姐都不在桃镇，幸亏你这个老小陪着你爷爷，也为我们镇上分担照顾老英雄了。我们桃镇现在想办现代化农业，想建设现代化农村，之前的架桥筑路，我们桃镇人没少出力，为市里分担了不少，现在需要市里帮帮我们了，到时还得请曹老爷子跟市里说说，连着这危房普查一起，免得老麻烦市长。"谭成仁对曹兵赞扬了一番。

不过，谭成仁心里压着一块石头，眼下镇里耕地集中的变革方案更为迫切，上次会议被胡立搅得不欢而散，此事总不能悬而不决。为此，他这段时间没少学习，到市图书馆翻阅了不少资料，但发现很多研究是纸上谈兵，有些专家并不了解农村的实际情况。前段时间听曹老爷子讲了苏南农村的发展情况，深受启发，这些天他又到农学院找了一些专家请教，渐渐形成了一些思路。

谭成仁对曹家的情况很熟，曹兵尽管没上大学，但这几年在桃镇农村建设中发挥了积极的作用，农旅结合的创新之举他都看在眼里，对曹家这个老小很是欣赏，他话锋一转，说道："市长秘书前段时间打来电话说市长要往我们镇上派一个研究生来，到时跟市里对接的很多工作就有专人了。本来和你爷爷商量着召开一个镇党委扩大会议，讨论一下怎么保护耕地，怎么让农民有种粮积极性，我也等着呢。"

谭成仁边说边站起身给曹兵倒茶，接着说道："曹兵啊，我正好也跟你讨教讨教，你头脑灵活，做生意也做得很好，帮我一起策划策划。"

曹兵立即谦虚地说道："镇长您客气了，在我们家就我学历最低，最不争气，您跟我讨教，那是太高看我了！不过您有用得着我的地方，我曹兵一定是老牛不怕狼咬——豁出去了！"

谭镇长接过话来说："你这是说哪里的话，我要是跟你说客气话，那就直接叫你曹总了。旧的'两难'问题还没解决，我们现在又面临新的'两难'问题。农民要种经济作物，提高收入，这无可非议，但是耕地都用来种经济作物了，那粮食从哪里来？可是现在我们种粮食的农业产出又太低了，老百姓的收益得不到保障。尤其是现在我们桃镇有胡镇长他们一帮干部带头种经济作物，老百姓跟着他们的不少，我作为镇长，这个工作不好做啊！所以这才向你这样务实的企业家请教，把我的想法先征求征求你的意见，看看可行不可行。"

曹兵立即说："镇长，自古以来就是'人随王法草随风'，您请讲，我一定竹筒倒豆子——不藏不掖！"

谭镇长接着说："我想学苏南，把我们镇上的主要耕地都集中起来，镇上成立一个农业合作社，如果觉得这个有点大了，可以由村里成立农业合作社，然后整体再组合到镇上。土地集中了，就可以机械化生产了，以前那些田埂，中间的沟渠都拉平，让一些农业生产能手承包，大家组织到一起，这样效率就会高了。而且原来那些撂荒的土地就都不用再荒着了，种地的那些农业生产能手收益就会高了。原来谁家多少地，按照现在的土地生产情况给他们相应的收入，也不用他们再种地就给他们。你看这样那些农民会把手里的地都拿出来吗？"

曹兵想了想，说："镇长，您对农民，那就是六月里穿毛衣——一片热心。您这个想法挺好的，农民的收益也有保障。我考虑了几个方面，您就当后脑勺留胡子——随辫（随便谐音）听。"

谭成仁被曹兵的幽默逗乐了，笑着拿起笔打开本子，开始记录。

曹兵接着说："第一，农民会考虑，如果我原来承包的地给了其他人，那将来这些人如果不种了怎么办，我怎么拿回来？而且地之间用来做分界线的田埂都拉平了。第二，您说的种田能手是怎么选出来的，将来如果真比较赚钱，其他人也想整个承包过来怎么办？第三，这土地承包的钱就按照现在的收益给让出地的人，那现在有的种经济作物的，他们的收益高，而种粮食的收益低，怎么平衡？还是都'一刀切'？第四，您怎么保证这些人承包了这些耕地都用来种粮食？如果他们也种经济作物怎么办？毕竟到时人家要考虑收益的。第五，如果种粮食收益不错，物价也会涨，那到时这些租的地价格涨不涨？如果涨，怎么涨？第六，地被种田能手承包了，很多人不种田了，他们做什么？我们镇上没什么工业，吸收不了那么多富余的劳动力，到时这么多劳力没有工作，治安就会成问题。第七，耕地都这样集中了，那么中间的河道怎么处理？我们桃镇两条大河，这中间横竖还有很多小河道和河塘啊，这些对于农民来说都可以有收益的，这个不考虑好也容易出乱子。我目前想到的就这些，班门弄斧，镇长您凑合着听。"曹兵一边扳着手指，一边跟谭成仁讲得眉飞色舞。

听曹兵一口气说了这么多问题，谭成仁激动地站了起来，高兴地说道："你这个曹兵不简单啊，好多问题我都没有深入地想，看来如果要推进这个计划，还有很多工作要考虑。尤其是现在没有现成的模子给我们套用，我们只能结合桃镇的实际情况具体对待了。"

谭成仁给曹兵面前的茶杯添了点热水，继续说道："你提出的这些问题，我要好好考虑一下如何解决好。你回去之后也帮我继续考虑，你脑袋灵光，或许就被你给想周全了。再说，你们家还有几个高人，可以等他们回来一起探讨探讨。你大哥二哥不是研究生就要毕业了吗，听你爷爷说，你大哥还找了一个省城的姑娘，估计马上就要在省城工作了，怎么也得带着女朋友回来见见你爷爷吧！"说完哈哈大笑。

曹兵接茬道："也是，听他们打电话给爷爷说快回家了。研究生毕业具体到哪里工作，我这里还是泥牛入海，没有他们的消息，不过我二哥是已经考上了博士继续读，等回来正好问问我大哥的情况。等他们回来，请您到我们家一起喝酒神聊啊！"

从谭成仁的话里，曹兵敏锐地感受到，一场巨变正在桃镇悄然酝酿，这个古老的小镇即将拉开未来的帷幕。时代的机遇，对每个人都是公平的，机遇总是垂青于有准备之人。面对桃镇即将推开的改革，曹兵也思考如何把握住这个机会，勇立潮头，建设家乡，也实现自我价值。

第八章　比翼双飞同回乡

《诗经·小雅》有言：如月之恒，如日之升。这是对青年的描述，更是对知识青年的希望。知识青年作为青年一代的"佼佼者"，更应该成为国家发展的中流砥柱。历史上一次次的波涛汹涌，也无不把青年推向了时代的潮头。二十世纪末的中国，在改革开放向纵深推进这一中华民族发展史上的伟大变革中，给乡镇干部的知识结构改善、专业能力提升提出了新的要求，时代的发展呼唤新一代知识青年为基层的发展注入新活力。

曹工毕业这年，正值这股发展的浪潮，只是和二十世纪中叶的知识青年上山下乡不同，现在国家是希望更多知识青年积极主动到农村去，不是为了参与农业生产，也不是为了向农民老大哥学习，而是希望他们用所学的知识去快速改变农村的现状，为农村更快更好地发展增添动力，也希望通过这样的锻炼培养一批后备干部，整体提升基层干部的知识结构。

此时，大学生村官作为一项新的探索已在江苏农村施行了一段时间，这一政策与曹工的愿望正相一致。在桃州市长王为民的申请下，省委组织部同意把曹工作为选调生派往桃镇，并特意说明了曹工是战斗英雄曹仁杰的孙子，毕业之后就是想回报家乡，用自己所学为社会主义新农村建设作贡献，市委也是想为农村地区输送新鲜血液，让知识青年为基层发展注入新的力量。

省委组织部的人对曹仁杰一点也不陌生，尽管已经过去十年了，但是当时曹仁杰的事迹传遍整个省委大院，省委书记还组织大家学习曹仁杰的事迹，所以办事人员不但快速地给办了，还特意跟领导请示，结合曹工在校学习与实践成果，把他树为这批选调生的标兵。省委组织部举办了半个月的首期选调生学习班，曹工是班长。

此时的曹工，与学习班上其他选调生一样，有着天之骄子的热血豪情和意气风发，急于施展抱负，大干一番。然而，在第一天的学习中，省委政策研究室副主任程石出的三道题着实给大家泼了一盆冷水。

这三道题是：你为什么要去农村工作？你打算拿什么去工作？你对农村了解多少？这三道题看似简单，可答卷批阅的结果没有一个合格的。

程石四十开外，却已满头灰白发，是省里有名的政策研究专家。在学习班的课堂上，他结合这三个问题，毫不留情地批评了这些"天之骄子"们："从你们的答卷看，我要纠正你们三个主要认识误区。一、当官不是生计、不是职业，而是一项使命。如果你们把当村镇干部作为'稻粱谋'或打自己的'小九九'，种自己的'自留地'，那你势必走上不归路。你们要做的是事业，甚至生命，要敬畏肩上的使命。二、学历和专业不代表能力，农村工作需要综合能力。在座的学员在大学里大多专业成绩突出，但不能唯学历、唯专业，你们将在农村搞脱贫攻坚战，你们自己就要是'带头人'和'主力军'，自身要政治觉悟高、致富本领强、处理问题活，总之要有超强的综合能力。三、大学生村镇干部，要有人脉资源，更要有调查研究精神。谈到发展，你们都知道要广结人脉、招商引资，而作为新一代大学生村镇干部最重要的是要以治学的精神去研究地方经济发展，你们自己本身就要成为经济和社会发展的专家。对照这些看看，你们有多少人合格，你们能否担当党和政府的重托，承担人民群众的期望？"

课堂上鸦雀无声。曹工心里也不由得发怵，学习班报到后，大家都在结人脉、拉圈子，他这个班长也不例外，考虑着为以后工作多结识点关系。在大学里，曹工也一向重视专业的学习，而对政经类论著看得很少，作为新时代的农村干部，他从未有过地感到了自身的差距。

课间休息时，曹工主动向程石主任谈了自己的学习体会。程主任赞许地看着这个儒雅沉稳的年轻人，攀谈起来："我也是桃州人，我中师毕业工作了几年后，先后被调到区委、市委工作，三年内跑遍了桃州市所有的重点镇村，写了上百篇调研文章，有些涉及政策研究并被国家部委采纳。后来到了省委工作，我又跑遍全省农村，写成《省当代农村工作调查》。我没有博士头衔和名牌大学学历，但我有最好的老师，那就是新中国的缔造者之一毛泽东主席，他就是我调查研究的老师；我上了最好的大学，那就是广阔的农村大学，二十多年来，上百万字的农村调查报告就是我的博士论文。我不抵触学历教育，但我更倡导农村干部脚踏实地，要从根本上解决问题，到乡镇工作后才是你社会大学的开始，要向身边的同志和农民多学习。"

程石的话让曹工突然很感动，他被这位满头灰白发的中年政策研究学者的真诚所打动，他务实求真，不图虚名，他那一头灰白发就是岁月奖赏给这位励精图治笔耕者的一顶银制的桂冠。

曹工恭敬地向程石深鞠一躬，说："程主任，我要向您学习，拜您为师，以后还请您到桃镇去指导工作。"

"我们当前也在调研制定农村脱贫改革发展规划，桃州是我的家乡，我熟悉，一定会去的。"程石爽快地答应了，转而又交代曹工，"这几天在学习班，我们交流方便，你可以读一读一九三〇年五月毛泽东同志撰写的八万多字的《寻乌调查》一文。这是一篇体现实事求是精神的光辉著作，也是学习如何进行调查研究的经典教科书，时至今日，对于我们如何做好调查研究工作仍然具有重要指导意义。农村干部蛮干的多，造成我们的农村发展慢，我希望你能做脚踏实地的研究型干部。"

曹工点头，语气坚定："我一定铭记您的教诲。我自小也酷爱读史，工作后更要多读书，以史鉴今，向史而新。"

这一两年，社会上"读书无用论"的说法甚嚣尘上，在曹工即将步入社会的关头，程石的话像是指引迷失航线的船只的指灯，启发他深刻思考农村工作的意义和方法，指引他在变化莫测的人生十字路口走向大道。

曹工快毕业了，郑晓煜也已经读研一了，郑旺夫妇从内心希望两个孩子能早日走到一起，但是母亲梁玉红还是希望曹工把老家那边发展好了再让女儿过去，免得女儿到农村受苦。当妈的都是这个心，对于自己的宝贝女儿是捧在手里怕摔了，含在口里怕化了。郑旺不是这样想的，他希望女儿毕业后即到曹工身边帮他，两人互相照顾，也是让女儿去农村吃点苦，将来才能一起撑起自己的小家。

曹工跟郑晓煜恋爱快两年了，一直没有带回去给爷爷看看，为了打工赚生活费，也为了学习更多的知识和铺垫人脉，他自己也已三年没有回去了，所以他特意跟郑晓煜商量，想今年带她回去过年，见见爷爷，也跟一大家子人认识一下。郑晓煜早有这个心，面对曹工发出的邀请她当然乐意，不过她还是跟曹工说："曹哥哥，这个事情我是很乐意的，但是我还得跟我爸妈说一下，要得到他们的允许，毕竟大过年的，我一走就留下他们两个人了，怪冷清的。"曹工立即说："这个事情我看还是由我亲自跟老师和师母说，这样也显得正式一点。那就不等了，趁着这周周六师母也在家，我到你家说去。"

转天周六，曹工一手拎着水果，一手拎着营养品就往郑晓煜家赶。这条路很熟悉，但是平时去的时候曹工都是空着手，刚开始曹工还总想带点什么，后来郑旺坚决不允许他带，否则不让他上门。再后来和郑晓煜恋爱了，曹工不但不带东西，而且是每次上门都成了改善伙食了，每次都是梁玉红在厨房忙得不亦乐乎，他们三个则在书房或者院子里谈专业领域的问题。

偶尔曹工也会到厨房帮忙，因为他做鱼的水平不错，毕竟从小生活在水边，没少抓鱼做鱼，恰巧这活儿梁玉红不敢弄。

起初，郑晓煜知道曹工喜欢吃鱼，特意叮嘱她爸到菜市场的时候要买条大鱼回来，说我们家都没有在家吃过鱼。郑旺把鱼买回来，和其他食材都放在厨房，也没有说什么。正好曹工过来了，他们就到书房里谈事。正谈得兴起，突然从厨房传出了梁玉红的尖叫声，三个人立即奔向厨房，只见梁玉红一手举着刀，另一只手也举过头，一脸惊恐地踮着脚尖躲在厨房一角，地上一条大鲤鱼正活蹦乱跳地扑腾着。曹工赶紧上去一把扣住鱼鳃拎起就往洗菜池里放，郑旺一手接过梁玉红手里的刀递给了曹工，只见曹工拿着刀往鱼头上一拍，鱼就晕过去了。郑晓煜立即拿起抹布把地上擦干净，这时梁玉红才缓过神来，对着郑旺就是一顿小拳头："你个死老郑，你不知道我怕活鱼啊！"郑旺连忙赔罪道："不好意思，不好意思，你宝贝闺女说曹工喜欢吃鱼，我就把这事儿给忘记了，真不是成心的。"郑晓煜在一旁偷笑道："还有我妈怕的啊！哈哈哈！"梁玉红一把想把女儿揪过来，没想女儿刺溜躲到曹工身后，梁玉红微蹙眉头说道："你也笑话你妈！"

这个时候曹工连忙赔不是："都是因为我，让师母受惊了，不好意思。不过做鱼我最拿手了，要不今天这条鱼就由我来做，我先把鱼打理好，免得师母还担心。而且这鱼要趁新鲜的时候烧，这样做出的鱼才鲜美。"于是这一家三口围在曹工身边，看着曹工熟练地收拾起鲤鱼。

眼见着曹工刮鳞破肚去内脏和鱼鳃后，在鱼身上划上两刀，再用手指掐住一个白头，慢慢地一点点给拖出一根细线来，曹工拎着细线说："这个是腥线，不抽出来的话，做出的鱼会有股腥味。"说完后又麻利地将另外一面的腥线给抽了出来。"怪不得外面有些地方做的鱼就是有股腥味，原来是这个原因啊！"郑晓煜跟着说道。曹工打理完鱼，又切好生姜和小葱，起火，等到锅热了再往锅里倒上油，待油热了之后把切的姜末和小葱煸炒一下就把鱼往锅里一放，只听"哧"一声，鱼在热油锅里蹦了几下溅起油"啪啪"作响。曹工麻利地往锅里倒了些白酒，这鱼又扑腾一下，正好翻了个个儿，而且锅里立即就起了一团蓝色的火，吓得郑晓煜往后一退，只见曹工不紧不慢地端着锅把，等到火灭了之后就往鱼身上浇了些酱油，稍后又加了点水，盖上锅盖，待锅里沸腾把火拧小慢炖。这还没完，又加了一大碗水，没过了鱼背，加上盐、糖和醋就又盖上锅盖。转身对大家说，这样再炖一会儿等汤收了就好了。大概过了二十分钟，曹工打开锅盖，一股热气带着鱼香味儿涌出锅，扑鼻的香味迎面扑来，香气满屋。再看锅里烧得"哧哧"地正响，汤汁已变成浓稠的酱红色，曹工拿着锅铲小心地铲动着锅底的鱼身，免得粘锅，撒了点胡椒粉起锅。鱼盛到了大盘子里，真正是色美味香，这才一声"好喽——"端上了桌子。本来曹工还想在鱼上撒上青蒜花，但是看郑教授也没有买青蒜，就算了。只说了句"如果撒上蒜花就更香了"。

曹工这一顿操作，让梁玉红喜上心头，原来一直担心女儿跟了曹工会受苦，今天从这鱼的烹制着实看出曹工的生活能力，而且还颇为讲究，一般人做鱼也就将生姜切成片，谁还切成姜末啊，而且还想着最后撒上蒜花增添香味。这鱼烧得比一般饭店做的还要鲜美。郑旺也十分开心，他知道老婆的担心，现在看到曹工这操作，心中暗暗高兴，甚至有些得意。而且他认为，治大国若烹小鲜，从烹饪的细节看，曹工做事考究，未来在工作上也会精益求精，一定会有一番成就，女儿的未来当然也会更幸福。

话说回来，今天，梁玉红看到这次曹工拎着这么多东西上门，这肯定有什么想法啊，现在谈结婚还有点早，她不动声色地在心里盘算着。郑旺则在一旁责怪道："不是不让你买东西过来的吗，怎么这么不听话，而且还买这么多。这些营养品我们哪用得着啊，都是洋盘货，我和你师母还年轻着呢！"

郑晓煜一手接过曹工手上的水果，一手拉着曹工就进了家门，说道："难得他有这个心，这不快毕业了，也领了一笔奖学金，就算是大家都沾沾光啊！"还故意说道："怎么没有我的啊？"曹工没有明白郑晓煜的意思，还以为郑晓煜真的希望他给她买点礼物，赶忙说道："哎哟，忘记了，回头就给你买。"郑晓煜拉着曹工的手紧了一下，小声地说道："真是个实心的傻子。"这反而弄得曹工有点蒙了，不过也没有追问。

郑晓煜领着曹工坐到沙发上，不是直接去书房，郑旺也就坐到沙发上了。梁玉红一边给曹工沏上茶，一边心想，这肯定有什么事情。于是也坐到沙发上，挨着郑旺，想听听到底是什么事情。

曹工也没有怎么铺垫，直截了当地说："老师、师母，是这样的，我这就要毕业了，工作也基本确定了，这个你们也都知道。我跟晓煜谈了两年恋爱了，一直也没有带她回去见过我爷爷，我家什么情况都不知道，一直都是我说的。我想这次带她回我们家过年，正好见见我爷爷，也感受一下我们农村过年的热闹。您二位看看好不好？"

郑旺立即说："好，这没有什么，这丑媳妇总得见公婆，况且我们家晓煜还是个大美女，总是要拜会你爷爷的，这个事情我们没有意见，你说呢？"郑旺说着把头转向梁玉红。

梁玉红听曹工说完，心也踏实了，只是去老家过年，不是要结婚啊，那还好。只是这闺女走了，留下我们两个在这屋子里面过年，怪冷清的。这心里这想，话可不会这么说的，她接过郑旺的话说："是的，我们没有什么意见，总是应该拜会你爷爷的，而且回去跟一大帮兄弟姐妹们认识熟悉一下比较好。虽然在这里见过你二弟，但是跟大家都熟悉一下还是好的。只是你们都回去怎么住啊？而且苏北也没有暖气，过年的时候天正冷，晓煜没有受过那个冻，能行吗？"

曹工立即说："这个没有问题，晓煜过去跟我妹妹住一起，她俩年龄差不多，会有共同语言的。"郑晓煜这个时候说："没事，我过去正好感受一下那边的冷，看看将来能不能适应在那边的生活。就是我有点舍不得你们俩，我这还是第一次要和你们分开过年，我走了之后，你们过年就冷清了。"

曹工听出了郑晓煜的担心，也看出师母还有些犹豫，于是接着郑晓煜的话说道："老师、师母，你们看看这样是否可以，我五弟在我们家那边开了民宿，现在过年一般没有多少人去，你们如果能去，就住在那边，跟我们一起在桃镇过年怎么样？这样你们也认认我们家门，也不用跟晓煜分开过年了。而且我们农村过年比城里热闹多了，你们也可以去感受一下。只是按道理我们家长辈应该先过来拜访你们的，我父母已经走了几年了，家里就爷爷一个长辈，这还没有来得及请爷爷过来拜访你们，就让你们先到桃镇了，有点……"

曹工没有说完，郑旺就打断了，说："咱们不讲究那么多规矩，你爷爷是老英雄，我们过去拜会他老人家也是应该的，如果我们过去过年对你们家没有什么打扰，那干脆今年我们一家三口都到桃镇过年了，玉红好吧？！"梁玉红没有说什么，她也想过去看看，毕竟将来女儿要嫁过去，见一下也踏实，于是爽快地答应了，然后高兴地站起身说："我忙饭去，你们聊你们的。"

就这样，一家三口在后面几天就想着带什么东西过去，反正开车去，带东西也方便。临走前几天母女俩没有少逛商场，主要是买新衣服，郑晓煜也给曹工买了身羊毛的西服，还配了条红领带，尽管曹工刚刚过了本命年，但是郑晓煜就是觉得红色的喜庆，没有跟曹工商量就都给他准备了。到准备出发去桃镇的时候，后备厢和车座下都被塞满了，一家人开开心心直接向桃镇开去。

郑晓煜与父母及心上人坐在一辆车上，窗外变幻的风景着实让她着迷，她突然感悟到，生活中，原本有许多美妙的东西，只是在快速发展的城市，人们步履匆匆，已无法静心品味寻常人家亲情的美好。其实，当放慢脚步，用一颗平常心去欣赏生活、感受生活，就会发现质朴的乡村那些生活背后的情趣。正如前几天她和母亲一起为到桃镇过年所做的准备，尤其是给曹工挑选过年新衣时内心的兴奋和激动，这是一种奔向幸福的感觉。

第九章　家国相依绘蓝图

由于曹农不愁学费，加上学习成绩优异，而且经常到明星能源设备公司搞研究，也搞出一些对路的产品，得到了市场积极的反馈，武亲农更感觉这个兄弟结拜得值。如今没了经济压力，曹农索性就直接攻读博士，这点得到了武亲农的大力支持，也得到他爷爷的肯定，放寒假了也不急于回去，一头扎进研究室探究起新技术。武亲农是看在眼里，喜在心头，不过看着这弟弟也老大不小的了，对谈恋爱居然一点也不上心，那也是着急，一直帮着张罗着介绍女朋友，曹农居然都说没空。

这不快过年了，都几年没有回家了，怎么也得回去跟爷爷和兄弟们一起团圆，这次接着读博士，更该让家里人跟着一起高兴高兴。最后还是武亲农给曹农准备了年货，放假的时候，让公司派一辆依维柯，连着曹农招过来的八个小伙子一起送回桃镇。

曹学现在大四了，寒假直接到曹商的项目上做起了预算员，年底工人工资结算的事情比较多，曹学正好是一个不错的帮手，加上哥哥刚刚当上项目经理，做妹妹的更得帮他好好把这个关了。

曹商虽然没有上大学，但是自学的课程都考过关了，也拿到了自学本科文凭，更主要的是他现在还准备报一个工商管理硕士，也就是比较热的MBA。他听说那里面上课的人不是老板就是官员，自己过去不但能学到知识，而且说不定直接能接上几个工程，那收获就太大了。他想上MBA班的事情市一建的总经理不怎么支持，单位不承担昂贵的学费，总经理想，你一个自学的本科还读什么 MBA 啊，在我们公司主要就是跟泥瓦匠打交道，用不着。但是总经理也没有反对，说别耽误项目进度就行，让曹商自己安排好。于是曹商也正想多了解 MBA 的事情，知道两个在省城的哥哥今年回来过年，正好到时问问他们。

　　工地上的工人们很多是农村的，一年忙到头很少回家，所以工地年底收工早，让工人们早点回家忙过年，关键也是带着一年赚的钱回家置办年货。把工人工资都安排妥当，安排好值班人员，检查了安全隐患，一切妥当之后，曹商带着曹学在市里买了些过年用的东西，就打了个车直接回桃镇了。

　　曹商带着曹学第一个从市里赶回桃镇。一到家门口，曹学就大声叫爷爷，曹老爷子乐颠颠地从屋里跑了出来迎接孙女，曹学一把抱住爷爷说："爷爷，可想死您了！您身体还好吧？"曹老爷子高兴地说："硬朗着呢！"见到曹商大包小包地往屋里拿东西，催曹学："还不赶紧帮你哥一起拿东西。"曹老爷子也过来一边拿，一边说："买这么多东西干吗，家里都有，老五准备了好多东西呢！吃不完，节后你们一人拿点带走。"

　　知道三哥和四姐回来了，曹兵开着小车赶紧往家赶。到家之后就跟三哥曹商说起危房加固的事情，主要是上次周家房子倒塌，他要跟谭镇长汇报看看后续如何开展。曹商听了说："不急不急，等大哥回来我们一起商量。"曹商说到这儿，曹兵立即说："好的，听大哥说，今年他把咱们未来的嫂子也带回来过年，而且嫂子的父母也过来，我民宿那边都收拾好了，现在是诸葛亮爬高楼，万事俱备，只欠他们回来了！"

　　两天后，曹农带着八个小伙子也回来了，而且车上还有好几大包武亲农给他准备的年货，小伙子们帮助把年货卸下。曹兵客气着让司机和小伙子们都进屋喝口热水再走，但是小伙子们个个归心似箭，司机要把他们一个个送到家再赶回省城，所以大伙儿都没有停留就把车开走了。

　　回来最迟的是曹工一行四人。郑旺开着车，一路从省城过来，道路变宽，也通畅了，不像以前的路那么磕磕绊绊难走，现在公路直接连到了镇上。郑旺不停地感慨："桃镇变化大了！"

　　车进了桃镇后直接开到了曹家家门口，老爷子带着孙子孙女早就在门口迎接了。郑旺停好车，赶忙带着老婆和闺女下来迎上去跟曹老爷子握手，一个劲儿地说："这大冷天的，让您在外边等我们，这是罪过啊！"

曹老爷子高兴地说："这是说哪里话，你们大老远地把曹工送回家，还到我们农村挨冻过年，我们才过意不去。再说了，我们在外边正好晒晒太阳，暖和着呢！"众人笑声一片。曹工来不及一个个介绍，先忙着把车上的东西大包小包往家里拿。兄弟四个也都帮着拿，曹学则领着郑晓煜往院子里面走，两个人一见如故，拉着手有说有笑的。曹学连声夸郑晓煜漂亮，这手真滑嫩，说得初次上门的郑晓煜羞红了脸，更加娇媚动人。

拿好东西，锁好车，曹工赶紧到堂屋，把家里人一一介绍给郑旺夫妇，重点向家人们介绍了郑旺夫妇："这是我的导师郑旺教授和我师母梁玉红，我在省城这几年，老师和师母对我的照顾无微不至，所以才让爷爷您省心不少。这两年春节都没有回来过年陪您老人家，实在是不孝啊！"

曹工说着就要往曹老爷子面前跪下，老爷子连忙扶起心爱的大孙子："老大啊，你的孝心我是知道的，能学好知识回报社会，尤其是回桃镇来，帮助我们建设好桃镇，这就是最大的孝心。你回来的事情，王市长已经给我打过电话了，怕你回到桃镇耽误发展，特意征求了我的意见，本来还说想把你留在桃州市区的，我直接就说让你到桃镇来，从基层做起，把自己的家乡先建设好，那时再考虑组织的其他需要。"

曹老爷子一席话让初次会面的郑旺连连点头，啧啧称赞："曹老爷子果然名不虚传！"心中也暗喜自己的眼光没错，选了曹工这样家风纯正的优秀青年做得意门生，他还将成为自己的女婿。

话题这一扯，唯独还没有介绍郑晓煜。曹兵在一旁打趣："大哥，这位是谁啊？怎么也不给我们介绍介绍？"一边指着郑晓煜，一边乐了起来。

曹工被曹兵这一玩笑反而不好意思介绍了，脸唰地红了。因为他刚刚介绍郑旺夫妇的时候只说是导师和师母，没有说是未来岳父母。作为老大的曹工小时候在家也没少教训顽皮的小弟弟，此时，不由得流露出大哥派头，对着曹兵说："老五，你别捣乱。"郑晓煜深知曹工对事认真、不苟言笑的性格，微笑着走到曹工和郑旺夫妇的中间，大方地说道："还是我自己来介绍吧，我是曹工的师妹，也就是这两位的女儿，我同时还是曹工的女朋友，这么好的男朋友我可不会放手。"说罢伸手拉住曹工的手，众人被郑晓煜的热情大方逗笑了，曹工也没有了刚才的尴尬，跟着笑起来。

"我刚才是口吃菠萝问酸甜——明知故问啊，嫂子，我这厢有礼了！"曹兵继续起哄，对郑晓煜嬉笑地作了一个长揖，引得大家又一阵哈哈大笑，一时间，欢乐的氛围迅速将两个家庭融为了一体。

曹老爷子领着郑旺夫妇上桌喝了顿早茶，吃了点点心，因为就快中午了，所以就先让曹兵带着他们把东西安顿到民宿，然后就直接回来吃中饭。吃完中饭，曹老爷子领着五个孙子女，带着郑旺一家到新四军烈士陵园、孔子庙和百家祠堂完成了三拜。一路上，曹工心中百转千回，想到了爷爷第一次带他们"三拜"的情形。那还是在爷爷刚离休回乡那年，一晃已有十年，这十年，曹家发生了太大的变化，斯人已乘黄鹤去，缘来如电又如风，历经磨难，苦尽甘来。这十年，中国大地也发生了翻天覆地的变化，人民生活水平有所提升，城乡面貌大为改观。今天，因为自己，郑旺一家三口春节来共团圆，他看到了爷爷许久没有的兴奋，有一种老骥伏枥、志在千里的快感；他自己也感到有股强大的力量涌来，那是一个全新的时代赋予知识青年的力量，推动着他想要欢呼、奔跑……

这"三拜"也让郑旺夫妇更放心将女儿交给曹工了，因为这"三拜"里面有对国家的奉献和担当，有对家族的责任，有对知识的尊重，接受这样文化教育的家庭出来的孩子肯定错不了。

曹工带着郑旺一家子回来的消息传到谭成仁耳里，还没等曹兵打电话通知，傍晚，谭成仁就拎着好酒来了，还特意买了镇上最有名的"谭记酱牛肉"。刚一进院子，曹兵赶紧迎上去说："镇长，我正准备给您打电话，您这就到了，还带着东西，太客气了。"

谭成仁说："这不是给你们的，是给郑教授一家尝尝的，我估计你们就没有准备这个。"说完把手上的东西转给了曹兵，直接往后面堂屋走去。曹兵跟在后面，屋里人也听到了门口的动静，曹工赶紧迎了出来，郑旺一家则从沙发上站起身，曹老爷子在一旁介绍："这是我们镇的谭镇长，也是一个做实事的好后生。"

谭镇长进屋就直朝郑旺跨步而来，一边说"能得到您曹老的认可，我们基层工作者很是欣慰啊",一边上前紧紧握住郑旺的手说道:"郑教授,感谢您为我们桃镇培养了这么好的人才,我代表桃镇人民感谢您啊!"转身又对着曹工说:"你小子,回家乡发展的事情也不告诉我,要不是市委组织部刚刚通知我们,我还不知道,原来市长引进到桃镇当副镇长的研究生就是你啊!这样更好了,你能回来帮助我们,桃镇的发展就更快了。"

曹工赶忙说道:"组织上还没有通知我报到的时间,我也就不好跟您先说了,这不反正也得过年后,我得先到省委组织部报到听安排,才能准确地知道。您既然得到市委组织部的通知了,那这个事情就应该是确定下来了,我可以好好跟您一起搞桃镇的发展规划了。"

谭成仁环顾了一下大家,接过曹工的话说道:"今天这么多能人,那我就抓住机会,咱们先就我之前做的规划讨论讨论,正好你们帮助一起完善完善。"

曹工也是一个实干家,业余时间除了打打球,并没什么娱乐活动,说是怕浪费时间,为此郑晓煜笑话他是"工作机器",可还是被他认真踏实的劲儿所吸引。这不,谭镇长刚说完,曹工就安排一大家子围坐着方桌和谭镇长探讨起来。就在这个冬日,曹家这个看似寻常的人家和国家的发展、农村百姓的生活紧紧相连,一种老当益壮、后来居上的前赴后继的力量,一股忧国忧民、家国相依的暖流温暖着苏北这座小镇的冬天。

谭镇长大致表达了自己的构想,也概括了曹兵上次那些疑问,想看看大家能给出什么解决的办法。

曹工边听边在本子上迅速记录着,谭镇长说完,屋子里一片安静,显然大家都陷入了思考。曹工轻轻闭上眼睛,片刻工夫,他拿起笔飞快地写了几行字,放下笔。见大家还在考虑,曹工打破了宁静,说道:"谭镇长的这个想法很好啊!我前一阶段读了毛主席在一九三〇年五月红四军攻克寻乌县城后所作的《寻乌调查》,这个调查报告涉及的方面相当全面,比如毛主席对社会人群并不是简单划为地主和农民,而是根据调查的翔实情况作了细分,把农民就分为富农、中农、贫农、雇农,这样做扭转了土地革命中出现的阶级成分划分'左'的偏差,扩大了依靠和团结对象,也为土地革命及开辟'农村包围城市'道路奠定了基础。《寻乌调查》体现了一种精神和实事求是的态度，启发我们做老百姓的工作调查要细、谋事要实、考虑问题要周全，对谭镇长您当下所思考的桃镇是否搞土地集中，同样有借鉴意义。在学校的时候我也特意关注了这些，了解了一些农村发展的模式，那么，我就先表达几点想法，抛砖引玉啊！"

大家也都凝神专注看着曹工，想听听他有什么好想法。曹工十指交叉放在桌上，说道："我觉得桃镇还是要搞大农业，就如谭镇长说的，要把土地集中起来。我看杂志上介绍，在浙江和福建就出现了农民土地入股的方式集中土地，我们可以参考，正好结合现在国家确定农民的土地承包权延长三十年，那我们先固定好农民的这个权属，这样大家就不怕失去土地了，因为即使土地不是自己种，但是承包权还是在农民手上的，推动起来就会容易得多。曹兵说的第一个问题就是老百姓担心的权属问题就得到解决了。"

听大哥提到自己，曹兵调皮地发出淮剧的腔调："别听我的，我这是算命先生断祸福，胡说——"引得大家哄堂大笑，屋内气氛变得轻松起来。

曹工喝了一口茶，继续说道："第二，我觉得我们不是选择种田能手，一个种田能手能种多少田啊？我们要组织村级集体经济组织，让村里的土地由集体选择承包经营的主体。如果村里不好组织的，可以由镇里统一组织，这样抗击风险的能力也会加强。我们用集体的方式，形成生产的分工，这样才能不光搞生产，还能把我们的产品卖好；我们不光考虑种植粮食，而且要把粮食种成高品质；我们不但要有种田大户，还要引进学农的大学生，在农田上搞研究，把我们的品种、品质和产量都提高上去，这样才能提高整体农业收益。"

"对！这就是产学研一体化。"郑旺兴奋地插话，"我也早有此想法，要把大学课堂搬到城乡建设的实践中去。曹工，你继续说。"

"第三，我们要让种田的这部分人员收入提高起来，还要设定一定的方式，把土地增值的部分让给拥有承包权的农民。我们首先学习人家，把土地按照之前的权属，按照一定的系数，设定成股份。这里系数不是按照现在种的什么来设定，而是按照土地肥瘦性质来定。"

曹工说到此，曹农接过大哥的话说："这一点很重要，因地而异，我们这边有不少盐碱地，那系数自然要低，而那些有机肥足的地，系数自然要高一点，这样公平，况且生产的时候优质的土地资源投入上也会比别的地少。"

"老二说得对！我再说第四点。"曹工接着讲，"由于这些集体经济组织有党组织，有一定的种粮责任感，种粮食初期收益增长会比较慢，但当品种、品质和产量都提高了，品牌知名度也就打响了，那时的收益就会比较高。日本种植水稻的很多收益都比较高，那个时候就不会有人老想着种其他东西了。"

"这其中，有一点很重要，就是正确引导。"显然，曹老爷子认同大孙子的话，话匣子也跟着打开，"新中国成立初期所实行的农业合作社初衷是好的，只是在后期人民公社里一些非理性的形式影响了发展，几十年的土地扭转历程告诉我们，集体经济组织要最终取得收益，在正确的引导下，才不会跑偏。目前政府考虑较多的是引导种粮，其实，即便经济作物也需要组织成一个集体组织，现在很多地方蜂拥而至种植一种作物，但是毕竟不是粮食，总体的需求还是有限的，在没有形成品牌的时候，等到风险堆积到一定程度，受到的冲击必然比较大，如果不做好谋划，不形成集体，还是散兵游勇，必然难以抗击大的风险。所以，我们的集体经济组织里要有研究人员，不仅需要农业生产专家，还要有经济专家、市场调研和推广专家，引导大家往正确的导向和更高收益的方向发展。原来搞经济作物的，我们现在也不能'一刀切'强划进来种粮，当他们看到种粮收益高了，自然就会主动回归到集体组织中来的。"

"爷爷看问题很深刻，而且很理解农民的心理。"曹工接过曹老爷子的话说道，"这就是我要提的第五点，要提高种粮百姓的积极性。把搞粮食生产的集体经济组织收益的每年增长值的一半拿来计算土地股份增值，最终反馈到收益上，就是入股的土地每年都有增长，老百姓就不会有什么意见。而因为是增长值的一半计算进来，不是全部，让种粮的百姓获得的收益更高，给他们留下一定的余量，他们增值的动力就会更强。"

"第六点，也是目前我们镇上的弱项，没有什么工业。"曹工继续说道，"当然，在集体经济组织发展起来的时候，我们种植的粮食可以不直接出售，而是在我们农村先进行深加工，这就会形成一些农产品加工企业，不但能带动富余劳动力就业，而且能增加一些农业附加值留在农村，提高老百姓的收益。那么还会有一部分富余劳动力，我们要想办法开办一些对口的工厂，就地转化这一部分富余劳动力。"

曹工边说边转向郑旺继续道："我也请我的老师帮忙对接了省里的暖气片厂，在这儿先开设分厂，生产一些适合我们这边的暖气片，就地就能销售，这样不但解决了一部分当地的富余劳动力，而且能改变我们这边冬天太冷的现状，让老百姓的日子过得更舒服，冬天的生产效率也提高一些。对于劳动力，根据市场的专业缺口也要培训好，以提升劳动力的素质，适合更高的生产需求。"

曹工还没说完，老三曹商就接话："是的，我们现在缺建筑工人，这个活又脏又累，城里的人现在都不愿意干了，只有农民工干了。如果组织好培训，让农民工上岗前就掌握相关专业技能，这不但能提高他们的工资，也能提高现场的生产效率，到时会有更多地方要我们的建筑队伍的。这个事情我们市一建就有不少需求，我可以来组织，到时请郑教授看看是否有合适的师资团队来给我们这些农民培训一下。"

郑旺接话道："这个没有问题，我来帮你们找师资团队培训。另外，刚才曹工说的暖气片厂的事情，我想这边虽然是分厂，未来等我们研发出好的产品的时候，我们的生产能力也培养起来了，那时就可以开办自己的工厂，创造自己的品牌，那才会办得更有特色。现在供暖技术不断翻新，我们正好有这个先决条件，只要把握住机会，我们就能获得更快的发展。"郑教授的一席话让在座的人更有了信心，也获得了一片掌声。

这时，曹农接过话来说："我这边也做了一些储备，我之前介绍了八个桃镇的小伙子到明星能源设备公司打工，更主要的也是让他们学习好技术，将来能到桃镇开办工厂，让他们在桃镇带着家乡的老百姓一起干。目前我要继续攻读博士，但是我回去跟公司总经理武亲农说一下，恰好公司现在新研究生产的太阳能光伏发电组件需要找地方投产并扩大销售市场，我想办法引进到桃镇来。而且这光电事业未来空间很大，技术还在不断发展，这些技术会把我们这边缺电的问题彻底解决。我博士研究的方向就是光伏建筑一体化，未来我们住的房子都会发电，那各家各户就不用那么担心缺电了。"

全家人都知道曹农聪明，但还不知道曹农和武亲农是结拜兄弟，曹农也想靠自己的本事获得尊重，所以一直没有告诉家里人。现在为了让大家对于在桃镇开办明星能源设备公司的分公司更有信心，便把他和武亲农结拜兄弟的事告诉了大家。

曹工用力拍了曹农一把，说："老二，你不早说，有这么好的关系，我们这边就不愁这个公司办不起来了。"接着又打趣道："老二，你现在读博士了，又有这么个厉害的大哥，不把我这个亲大哥放在眼里了吧?!"

"大哥，你这是说哪里话，我什么时候不尊重你了?"曹农赶紧说道，"你要是这样，我就把你小时的糗事告诉嫂子了。"

曹农这么一说，郑晓煜赶紧接话说："什么糗事，你赶紧告诉我。不过现在人多，还是私下再告诉我吧。"

曹工则威胁道："老二你敢!给我在晓煜面前留点好印象。"屋子里又是一阵哄笑。

待屋里气氛平息下来，谭镇长说道："咱们言归正传，刚才大家提供的建议都很好，曹工提了六点，我再补充第七点，关于集体经济组织，我也想了，正好也可以把河道交给集体经济组织一起经营，这样综合起来考虑，效果会更好。"

谭镇长这话正中曹兵的兴趣："对对对，河道是个宝，只是没用好。河道清淤、河泥灌溉，两相好。河道两岸桃树栽，春来遍是花香飘。丝丝杨柳垂水面，桃红柳绿影儿娇。水面莲藕、菱角、鸡头米，水下鱼儿、蟹儿、龙须草。谁家姑娘船头俏，省城来的郑晓煜。"这小子脱口秀的段子引得大家哈哈大笑，郑晓煜更是羞红了脸，笑靥如花绽放。曹兵继续说道："城里人来桃镇旅游度假，我的民宿生意也会更好，我再多招些服务员，发展文旅经济、解决农民就业，一举两得啊!"

应着曹兵这段诗意脱口秀，郑晓煜吟诵起司马相如《上林赋》中的诗句："于是乎周览泛观，缤纷轧芴，芒芒恍忽。视之无端，察之无涯，日出东沼，入乎西陂。其南则隆冬生长，涌水跃波。其兽则㺎旄貘獏，沈牛麈麋，赤首圜题，穷奇象犀。其北则盛夏含冻裂地，涉冰揭河。其兽则麒麟角端，騊駼橐驼，蛩蛩驒骡，駃騠驴骡。"曹学也跟着吟诵，两个女孩的诵读声给这个简朴之家平添了书卷气，为大家徐徐拉开梦想中的桃镇画卷，这画卷属于桃镇的未来，也是人类诗意栖居的永恒的梦想。

大家讨论得尽兴，不觉已夜幕降临，曹家人赶紧忙活起晚饭来。谭成仁则陪着郑旺一家继续聊天，曹老爷子和曹工也都在陪着。

曹老爷子对谭镇长说："你们刚才描绘得都挺好，不过眼前有个事情你们还得抓紧落实。"曹老爷子话题直奔眼下最让他揪心的事："就是农村危房的事情要做好普查，要对后面如何处理拿出方案来，需要市里的支持你们不方便说的，我到时跟王市长汇报，让他对桃镇倾斜一点，或者拿桃镇做一个试点，这样能让老百姓尽快过上安心日子，免得整天提心吊胆的。"

这话也说到郑旺的心坎上，他接话道："曹老说得是，我们要让老百姓过上好日子，在农村首先就是这些危房问题要解决。目前党中央和国务院也在考虑这个问题，责成建设部做好调研工作，我也参与了一些，知道一些具体情况，将来可能会考虑给农民的危房补贴改造。不过我倒认为，正如您刚才说的，如果想做试点，我们就要做得大胆一点，我有一个想法，未来曹工你和谭镇长可以考虑看看是否在桃镇做个试点。"

曹工把凳子往郑旺这里挪了挪，坐直身子，听得更认真了。郑旺说道："我想，我们正是因为考虑到危房，有些根本就不住人了，我们改造了也可能不会住人，那么我们补贴老百姓来改造就会造成浪费，不但是资金上的浪费，还是宅基地的浪费。刚才你们已经描绘了桃镇想搞大动作，做大农业，那么就没有那么多老百姓要住到田间地头，那我们是不是也应该将不种田的老百姓集中住到镇上，如果镇上有点远，是不是在村上找好地方先集中居住，这样市政配套才能方便做到位，我们不但要供暖，还要让老百姓都用上自来水，用好电以及各种家电设备。"

郑旺讲着，思路也愈发开阔："另外，在集中居住点建学校，小孩上学也就方便了，农村孩子也就不用跑上几公里上学了，更集中精力学习。还有医疗，一直是农村老大难问题，如果在集中居住点附近建医院，可以让老百姓的医疗条件更好些，真有个急的病，救护车还能快速到达，救治的效果当然就会更好。我想，就着你们想做的大农业，我们可以试点搞五个集中。"

听到此，谭镇长和曹工都开始在本子上认真记录起来。郑旺不愧是省里享誉业界的资深教授，谋篇布局，逻辑严密，可谓致广大而尽精微，他接著说：

"一是耕地集中。入股也好，其他可行的形式也好，先把耕地集中起来，让农业机械化在桃镇能做起来，这样效率提高，收益也就能提高。

"二是宅基地集中，或者说是居住集中。让老百姓主动到镇、村中心地集中居住，开发现代化的小区，农民放弃自己原来的宅基地的，可以在这个小区里比较便宜地买到住房，具体可以便宜的面积要根据他们的居住人口和目前宅基地的占用情况来确定，反正要做到公平公正。那些不交出宅基地的老百姓要购买的就需要根据市场价来购买，也给开发公司点收益。

"三是工厂集中。现在我们的工业企业还不多，划定一个工业园区，把想引进的企业都安排到那个里面，方便将来的交通、给水排水、电力、暖气等公共配套设施的建设和供应，而且不要离集中居住区太近，也别太远，既要考虑对生活可能形成的影响，也要考虑上班的职工到达的方便。

"四是人员集中。从事农业的集中到农业集体经济组织，农民们一边可以根据耕地入股情况获得租金和分红，另一边作为农业产业工人获得相关岗位的工资和奖金。其余富余的劳动力可以根据情况分流到本地的工厂；或者从事服务业，比如说曹兵那边；或者经过培训输送到其他公司，比如曹商说的他们市一建；有的女同志则可以由镇上成立家政公司，集中组织培训，然后统一派遣到城市提供家政服务，现在这个方面也是一大缺口，需求量比较大，收益也不错。当然还有一些有自己专长的人可以自己创业，各展所长。这样就能将大部分人给解决好，有了工作就有了收益，也就稳定了。

"五是配套集中。桃镇毕竟是个镇，想各种资源都配置得很好现在还不现实，那就要把好钢用到刀刃上，把最好的资源用到一处，比如医院、幼儿园、中小学、商场和文化设施等，集中这些资源的时候考虑好与居住集中的统一，尽量方便绝大多数老百姓。

"另外，交出的宅基地上的建筑我也不建议都'一刀切'地给拆了，还是要根据建筑的情况，一个是质量，一个是环境，还有就是有没有文物价值要综合考虑。首先是有文物价值的单独列出来保护性开发；其次是质量和环境好的可以保留下来做乡村旅游和养老；最后是那些没有价值的直接推倒复垦，这样我们的耕地面积还会有不少增加，也能提高农业机械化的效率。

086

"当然，质量和环境好的那些房子用来做乡村旅游和养老的也是要由集体经济组织统一经营，获得的收益中一部分分给房屋所有权人，这样在宅基地转化到集中的现代化小区的时候就不需要补贴给他们房屋建筑成本了。因为如果原来的质量和环境好，将来经营的收益就会高，分给他们的自然就多，这样也就会减少因为不同房屋质量'一刀切'地交出宅基地来而造成的不公平。

"有了这些政策，把桃镇的环境建设好了，你们还愁引不来企业投资建设啊！就像曹兵刚刚说的，那个时候肯定会有好多城里人要羡慕你们了！"

郑旺有条有理地一口气讲完，大家都没有插话。听了郑旺这一番规划，梁玉红有点激动了，接着郑旺的话说："这样我也要来这边养老了，有暖气，有新鲜蔬菜和空气，还有你们这一大家子的和和气气，不要太舒服哟！"梁玉红的一句话把大家都说笑了。

谭镇长兴奋地说："您的话让我们更有信心了，连省城的知识分子都愿意到我们未来的桃镇养老，我们就更要做好了。更关键的是，郑教授的一席话不但把大家之前说的那些想法串了起来，而且他总结的'五个集中'更到位、更系统，为我们策划桃镇的试点工作提供了理论支撑啊。感谢教授你们一家子，不但帮我们桃镇培养了曹工这样的优秀专业青年，而且还帮我们做了具体的规划蓝图，实在感谢！今天晚上我要好好敬敬你们一家！"

说话间，一大桌子菜已经准备好，曹老爷子邀请郑旺夫妇到上座，郑旺连忙推辞，说道："您老德高望重，在这边不但年龄最大，而且辈分最高，最主要的是您的贡献还是最大的。不但是抗美援朝的战斗英雄，而且培养了这么能干和懂事的五个孙子女，您得坐上位。"曹老爷子又让道："您远来是客，而且把我们家老大培养得不错，又不嫌弃我们家这个情况，把您宝贝闺女送到我们家，怎么也得坐这个上位。"

两个人这样互相推让着，大家也不好落座，这个时候谭镇长说话了，他站到两个人旁边，拉着二位的手说道："要不今天我们改改规矩，我今天坐这个中间的位置，作为桃镇的父母官，算是主陪。老爷子德高望重，又是长辈，坐右边。郑教授夫妇作为我们桃镇的重要客人，也是咱曹家的恩人，坐左边。曹工坐在对面做副陪。这样我也好给你们两边夹菜敬酒。其余大家按顺序两边坐开，你们五个负责把今天的气氛搞起来，这样安排是否可以？"见谭镇长这有条理的安排，大家也就不再相互推了，各自就座。还特意把郑晓煜安排在曹老爷子旁边，下边由曹学陪着；梁玉红这边由曹农陪着，毕竟曹农也是从省城回来的，跟梁玉红应该能扯上话。

谭镇长举起酒杯说："我今天有幸坐在这边做主陪，主要是欢迎郑教授一家到我们桃镇，帮助我们桃镇发展，当然，也是来会亲家的，我们一桌正好十个人，十全十美，祝曹郑两家和和美美，也祝我们桃镇的未来十全十美，大家干杯！"

谭镇长的一番话，大家听了都开心，举起酒杯一饮而尽。

这席间杯来菜去的，好不热闹，更主要的是大家对这个新年有了更多的期待，对桃镇的未来有了更多的期待，就感觉这个新年就是桃镇的新生。生活的美好，往往就是这样在不经意的时候盛装莅临，只要你愿意努力，生活就会给你惊喜。也许努力的结果不都是甜蜜的，但曹家人以积极的姿态，汇入社会变革大潮，努力在改变的时代改变自己。

第十章　龙腾虎跃过大年

　　正如曹家一样，这些年桃镇的青年大多走出家或在外上学，或在城里工作，平日里镇上的青年人愈发少了，每到春节前夕，在外的桃镇人纷纷回来过年，镇上便也热闹起来。市里宣传部门还开展了"送戏下乡"活动，文化局组织专业演员过年期间在各镇下村巡回演出，有家乡的传统淮剧，有现代小品、相声、歌舞等，形式多样，传承传统文化、丰富节日老百姓的文化生活的同时，开展国家政策法规、移风易俗的宣传。具有浓郁水乡文化特色的春节，让郑旺一家感受到桃镇古朴的历史、纯正的民风和人们对美好生活热烈的向往。

　　除夕，桃镇有守岁的习俗，一家人围坐一起嗑瓜子、吃糖果、看电视，谈笑风生，等待新年的到来。除夕时，过年的氛围也愈发浓烈，各家的礼花和鞭炮声此起彼伏，几乎响彻一夜，本来就兴奋的郑晓煜更是无法入睡，和曹学两个人一边看电视，一边聊到凌晨四点才入睡。

　　曹工躺在床上看书，当十二点的钟声敲响，室外的街道上鞭炮声大作，满天震响，他的心头也不由得一震：钟表，可以回到起点，却已不是昨天；日历，撕下一页简单，把握一天很难。一年中经历了很多事，也遇见了很多人，懂得珍惜，才能永远。对于郑晓煜这份爱，他的内心满是感激，对于即将在桃镇开展的工作，他想给郑晓煜一个交代；他踌躇满志、心潮澎湃，也感到了肩上沉甸甸的担子，慢慢在礼炮声中进入梦乡。

大年初一早上，太阳格外明艳，这对于多阴雨天气的苏北小镇来说，着实是最令人兴奋的好兆头。曹学和郑晓煜两人睡得正香，只听曹工敲门，在门外喊道："两位大小姐，该高升了！"郑晓煜听出是曹工的声音，但是也不知道这"高升"是啥意思，这个是什么仪式吗？于是推醒旁边的曹学，问："你哥在外面叫，说什么该高升了，这是要做什么仪式啊？"

曹学迷迷糊糊，听郑晓煜这么一说，扑哧笑了，说道："哪是什么仪式啊！这是我们这里避讳'起'字，怕冬天冷，手脚起冻疮，夏天怕起疖子，所以用'高升'来代替'起床'，也是讨个吉利话，希望被叫的人能'高升'。这是叫咱们起床呢！"曹学一看床头的闹钟，才七点多钟，心里嘟囔着这大哥也太心急了。

虽然还有困意，但是郑晓煜还是利索地起床了，她还惦记着要跟曹工早早地去民宿给她爸妈拜年，接爸妈过来吃早茶。曹学也赶紧起床梳洗，家里毕竟有客人，而且今年大哥二哥回来过年，肯定会有不少他们的同学、朋友到家里拜年，总不能让外人看到自己这蓬头垢面的，多不好啊。

郑晓煜梳洗后，曹工一见面，作了一个揖，然后说道："恭喜晓煜同学新年学业有成，越来越漂亮！"郑晓煜先是一愣，看着曹工穿着她给买的那身新西服，再加上那条显眼的红领带，特别精神，满心喜欢。刚刚曹工的话她后来一想，昨天曹工还特意跟自己说，新年见面都要恭喜，说吉祥话，于是赶紧微屈膝行了一个万福礼，说道："恭喜曹哥哥步步高升，实现理想抱负，早点为我们未来的日子铺平道路！而且要越来越帅，但是不能花心，只能对我郑晓煜一个人好！"说完立起身和曹工哈哈大笑起来。曹工又领着郑晓煜给爷爷拜了年。

这见面礼还只是一般的问候，真正的拜大年是要给长辈们行跪拜礼的。因为这次郑晓煜一家来过年，所以曹老爷子特意关照孙子孙女，咱们今年也移风易俗，把拜年的跪拜大礼给省了。给爷爷拜年祝福后，曹工带着郑晓煜就去给她爸妈拜年了。

两人来到民宿，郑旺夫妇早就在外边等他们了，远远看到他们来的身影，郑旺又先回房间了，梁玉红一个人在外面迎接。看到女儿和未来女婿手牵手走过来，梁玉红眼睛一红，眼泪盈满眼眶，赶紧回过身把眼泪擦掉。这一幕被已经进屋的郑旺看在眼里，也跟着感慨了一下，心下自我安慰：毕竟女儿总要有自己的家庭，离开我们只是早晚的事情。

快到梁玉红身边的时候，郑晓煜松开曹工的手，跑到她妈妈面前，直接一个拥抱，嗲嗲地说道："妈，这个晚上可想死你们了！"

"这说什么不吉利的话啊！大过年的。"梁玉红听后立即制止女儿，可是她心里何尝不是这样想女儿的啊。这还是第一次除夕女儿没有和我们夫妻两个待在一起跨年，看来这以后还得适应啊，如果是我们两个在省城，她在桃镇，那得想成什么样啊？！两人到民宿简单给郑旺夫妇俩拜年后就直接带着郑旺夫妇一起回去吃早茶。

曹家的新年早茶准备得相当丰盛，这些事情还是曹兵给张罗的。曹老爷子一起陪坐着。先是一碗红枣茶，习俗是一个碗里放六个红枣，取意六六大顺；也有放十个红枣的，取意十全十美。曹兵给他们四个都是放的十个红枣，就是想着他大哥和未来的大嫂十全十美，曹兵虽然是老小，但心思也是最细的，红枣用的是金丝无核小枣，这样免得客人吐枣核。红枣茶也是除夕晚上煮得差不多了，再放到封好的煤炭炉上，早上的时候火候正好，这样也不用大年初一早上才开始煮。

枣茶上来的时候，桌子上已经放了六盘糕点，有大京果、桃酥、阜宁大糕、芝麻糖、花生糖、大冈脆饼。喝红枣茶的时候，郑晓煜本来也吃不了那么多枣，但是她毕竟第一次到曹工家过年，怕剩下被说浪费，所以一个个枣往嘴里夹，而且这红枣茶还是加冰糖煮的，好喝。眼看快没有了，曹工赶紧拽了一下她的衣服，小声地说："留点红枣，别都吃完了。"郑晓煜问："为什么啊？"曹工说："剩一两个枣，表示年年有余！"曹工的话，郑旺夫妇俩也听见了，于是也在碗里剩下几个红枣。曹工接着介绍道："我们过年准备枣茶，是祝愿喝枣茶的人新的一年出门能找（枣）到贵人，而且加上糖也是希望日子能过得甜甜美美的。"

曹老爷子接过话来说："这不，你小子不就遇到你老师和师母这样的贵人了。晓煜别听他的，把红枣都吃了，锅里还有。"看到郑晓煜没有继续吃红枣，一旁准备早茶的曹兵开玩笑道："嫂子，吃啊，吃完早（枣）生贵子啊！"

"爷爷，您看，曹兵尽欺负我，您也不管管！"郑晓煜没有跟曹工说，而是跟曹老爷子撒娇，这气氛一下就轻松多了，毕竟现在自己没有和曹工结婚，而且自己的父母也在场，这个事情只有向爷爷撒娇最合适。

曹老爷子立即对曹兵说："老五啊，别贫嘴了，赶紧上下一道。""好嘞，遵命！"曹兵立即招呼着，开始上水煮荷包蛋，每个人碗里盛了四个，上面一抹猪油，点上虾子酱油，再撒上胡椒粉，加上嫩嫩的蒜花，闻着就有一股香味。这个鸡蛋是自己家散养的柴鸡生的，个小，连郑晓煜都能一口一个给吃下去，而且味道还特别香。

大家吃的同时，曹兵他们继续上菜，一大碗煮干丝，八屉扬州富春茶社的包子，这包子还是武亲农给曹农准备的年货里面的，比较丰富，有三丁包、五丁包、鲜肉包、萝卜丝肉包、豆沙包、青菜包、千层糕和翡翠烧卖。

"这哪吃得完啊，这么多，吃完我晚饭都别想吃了！"郑晓煜看着上来的这么多包子，看看碗里还剩下的两个鸡蛋，一下子好像就完全饱了，手不自觉地就摸了摸自己的肚子。

曹老爷子说："不要紧，能吃多少吃多少。吃不了明天早上再吃，这才是年年有余！"一边跟郑旺夫妇解释道："农村原来都吃不饱，尤其是解放前，那就更不用说了，所以每到过年为了预示新的一年丰衣足食，都希望孩子们在大年初一开始就吃得饱饱的。这不就有好多孩子大年初一中午就开始犯年饱，后面几天问都说不饿的，就是第一顿给吃顶着了。咱们不吃那么多，吃好就行，各种味道都尝尝，后面几天天天有。"

老爷子又慈爱地看着未来的孙媳妇，叮嘱道："晓煜，你可留着肚子，中午还有好多好吃的呢！爷爷让曹兵早早地就腌了不少咸货，昨天晚上都给煮好了，今天咱们就慢慢吃、慢慢尝，我们桃镇还有好多特色呢！"晓煜乖巧地点点头，赶紧说："爷爷您别光顾着照顾我们，您老人家也吃啊！"

吃完早茶，曹老爷子又带着五个孙子女和郑旺一家到新四军烈士陵园、孔子庙和百家祠堂拜祭，曹老爷子说："咱们桃镇人大年初一拜'三拜'，就是要让桃镇的子孙做到'三不忘'：不忘先烈，我们的好日子是烈士们用鲜血换来的；不忘读书，读书让生活更美好，让国家更强盛；不忘祖先，文明是祖先创造的，我们要传承并开拓未来。"

春节拜"三拜"的人流多了起来，这也是桃镇过新年最热闹的场所。尤其是孔子庙，很多家有孩子要参加中考、高考的，也都过来争上第一炷香。当曹工和曹农出现在孔子庙，好多家长指着他们勉励孩子说："看看，那两个哥哥都很厉害，都读研究生了，你们要向他们看齐，好好读书，将来也考个研究生！"

曹学在一旁打趣道："还好他们不知道二哥已经考上博士了，要是知道，还不指望咱们桃镇的孩子一个个都读博士啊，那到时我们桃镇不就是博士镇了！"曹学一说，大家都乐了，曹老爷子接过话说："也不是谁都要读博士，我就是希望你们一个个都能有出息，都能干出点名堂来，不要像我吃没有文化的亏。老五虽然没有上大学，但人聪明、勤快，而且嘴甜，能把生意做好也很不错啊。"曹仁杰说这话的时候有一种豁然的舒心，像一块大石头压在心头突然放下一样。曹兵没能上大学是他的心病，看到曹兵现在的成就，他感到无名的畅快。

郑旺接着说："还真是的，你们家这五个孩子各有各的好，尤其这曹兵，我在民宿住了几天，已经感觉很不错了，听说到了春天，这里周末都是一房难求啊，这就说明三百六十行，行行出状元啊！只要用心干，认真干，农村的未来肯定会越来越好，肯定会让我们这些城里人羡慕的。到时候我们老两口养老就到桃镇来，来陪您老。曹工啊，你要带着大家把桃镇建设好，要让我们到时住得更舒服、更舒心啊！"

曹工赶紧接话说："我一定全心把桃镇建设好，先给晓煜创造好来这边的条件。不过，我在这边搞建设，肯定还得您大力支持，到时您得空跟师母一起过来，边指导，边散心，桃镇的未来离不开你们！"

一行人开开心心走回了家，刚进院子，就听见一阵敲锣打鼓声，来了一队人马，举着一条用绸布绘成的长龙就过来了，龙衣上绘着龙鳞及肚纹，缝着圆形亮片，在阳光下闪烁亮丽。到了曹家大院的门口就开始舞弄起来。曹兵介绍："这是镇上的舞龙队啊，知道今年我们家大团圆，到我们家舞龙灯来了。"说完拽着曹商就往屋里去，拿了一些鞭炮就在院门外放了起来。

曹老爷子跟郑旺一家解释道："这也叫接龙灯，我们这边的风俗，只有这家人家放鞭炮了，才表示人家接受了，舞龙灯的才可以到人家院子里面接着舞。舞龙灯就是为了讨个彩头，希望主家的人成人中龙凤，飞黄腾达！而且有个说法，是一接要接三年，三年都要来舞，所以才比较谨慎。这不曹工回来工作了，所以曹兵他们才接龙的。我刚回来的时候都没有让他们进去舞。我倒是希望我的孙子们个个都是一条龙啊！"

说话间舞龙队已经进了院子。为首的是一位五十开外的汉子，身材敦实健硕，目光炯炯有神。只见他高高举起一个有十来斤重的金黄色的龙珠把杆，龙珠四周垂挂着流苏和铃铛，微风吹起铃铛发出清脆悦耳的碰撞声。一位四十多岁的壮汉举着有二十多斤重的龙头，后面的龙身由十几个青年举着。伴随着锣鼓声，领头的汉子举起龙珠前后左右四周灵活摇摆；举龙头的壮汉随龙珠引领穿插而动，后面举着龙身的十几个青年跟着不断展示着扭、挥、仰、跪、跳、摇等多种姿势。眼见着龙珠光彩夺目，流苏上的铃铛发出"叮叮"碰撞声；龙头硕大而威严，龙须飘动，目光如炬；龙身上下翻飞，在激越的鼓点中，时而闪展腾挪，时而翻转如云；龙尾由一个健壮的青年舞着，来回跑动，最是辛苦。舞龙的鼓点声和着院里院外观众的拍手叫好声，如同卷起欢腾的浪潮，阵阵涌来。

曹工在人群中看着金色巨龙辗转盘旋，他的眼前仿佛出现了幻象：父母拼命带着年幼的他们在土地上奋力挣扎，爷爷扛起家庭重担培养他们成人，那段不忍回首的岁月往事一下子浮现在眼前。苦难的民族，苦难的家，铸就水乡人不屈的性格。艰苦的学习、艰辛的劳作，乃至父母去世，他都咬牙挺着没掉过泪，因为他知道他是家中的老大，他得撑着，和爷爷一起把家扛起来。而眼前这欢庆的场景，当看到为首的壮汉满头汗水举着龙头在鼓点中大步迈进，带领后生们掀起阵阵龙的浪潮，他不由得触景生情，心头一酸，一层泪水模糊了视线。但很快，他的意识变得清醒，爷爷老了，他是家中的长孙，现在又是一个女孩的依靠，还将是一方人民的寄托，他不能被感伤的情绪所主导，必须将感情深埋心底，以清醒的头脑和实干的精神去解决问题，去面对未来的一切风雨。

在一阵密集的锣鼓点后，锣声一紧，鼓声戛然而止，掌声四起，舞龙队完美谢幕。为首的汉子将龙珠的把杆底端戳在地上，用手扶着把中，而那个舞龙头的壮汉更是大喘着气和十几个后生一起向观众鞠躬。曹兵把准备好的一条苏烟给带队的，带队的回手就把烟放到托盘上，招呼一队人马出门，继续往下家去了。曹兵和曹商又给来院子里看舞龙的邻居的孩子们发糖，给成年人发烟，乡邻们也纷纷给曹老爷子拜年，老爷子不停地拱手作揖回应。邻居们寒暄了几句，看到曹家有客人就不多打扰，大家客气后也就走了，只有几个小孩还在院子里面玩耍。曹学进去拿了大袋的瓜子花生和糖果，把每个孩子的小口袋装满，孩子们个个高高兴兴、蹦蹦跳跳地也都离开了。

按桃镇这一带的风俗，初一中午的饭菜在除夕晚饭后就准备好了，因为讲究初一不动刀，所以各种凉菜一大堆，其他的热菜以炖的和红烧的为主，还有几个炒菜也都是之前切好配好，所以不一会儿工夫，菜就上了一大桌。

梁玉红仔细地看了，比他们刚来的那天还要丰盛，光冷盘就十二样，有腊鸡、腊鱼、腊肉、腊肠、腊猪耳朵和腊口条放到一个盘子里了，酱牛肉、醉泥螺、醉蟹、生炝条虾、姜汁松花蛋、油炸花生米、开心果。紧接着第一道热菜是"全家福"，在省城也叫"头道菜"，预示全家团聚共享幸福，其他热菜有：炒三鲜、百叶炒水芹、咸肉烧河蚌、萝卜红烧肉、红烧老鹅、麻虾狮子头、牛肉炒青菜、蚬子烧茶干、红烧鳊鱼、鸭羹汤、老鸭汤。这十二道热菜有些桃州地方特色，其他也和省城的差不了多少，看得出曹家着实费了不少心。

最后，在厨房热菜的曹兵和曹学也坐上桌了，曹兵指着那盘猪耳朵和猪口条在一起的凉菜问郑晓煜："嫂子，你知道这个菜叫什么吗？"

郑晓煜思考了一会儿，一旁曹工悄悄地对着她耳朵刚想说，曹兵就指着曹工说："你看，就是我大哥现在的行为，这就叫'说悄悄话'。"

这话一说，曹学偷偷一笑，过了一会儿郑晓煜才缓过神来。"好啊，你居然敢说我们两个是猪！"郑晓煜假装生气地说道。

"我可没有说你俩是猪，是你自己说的！"曹兵狡黠地一笑。

"不过我给这个菜起个名字叫'言听计从'，你们看看是不是更好？"郑晓煜得意地说道。

"这名字不错！"曹学接过话道，"大哥，以后嫂子的话你要言听计从啊！"曹学说完，大家哈哈大笑。

好菜配好酒，曹老爷子特意吩咐曹兵要拿泡的何首乌酒，这个酒补身体，正好冬天喝着身体也暖和些。这不说没有什么感觉，肚子饿的时候才感觉到桃镇的冬天真的冷，上来的热菜一会儿就有点凉了，尤其是汤上面一层油已经结皮。

曹老爷子举起手中的酒杯说道："郑教授、梁主任啊，还有晓煜，感谢你们一家不嫌弃我们家曹工，而且大冷天的到我们桃镇来过年，曹工被你们培养得这么好，我感到十分欣慰，也特别感谢你们能看上我们家曹工，他在省城，你们照顾得比较多，你们就晓煜一个闺女，你们就把曹工当儿子看，他要是有什么对不住晓煜的，我找他算账，你们就放心地把晓煜嫁到我们家吧！这冬天桃镇冷，现在曹工回来了，让他赶紧把桃镇的这一大难给解决了，明年过年你们还来，到时就比现在舒服多了。我话也不多说了，祝新年我们两家成一家，先干了这一杯。"

老爷子说完，大家都举杯干了，不管是酒还是桃州的藕汁，大家都喝得开开心心。桌上的热菜是凉了热、热了凉，大家喝着酒和藕汁饮料，慢慢聊着，把之前大家对桃镇的未来发展规划又是一番勾画，大家都憧憬着未来！

这次春节在家乡，两家最爱的人在一起畅谈发展大计，这温馨的喜庆氛围让曹工真切感到，心怀理想也可谋生谋爱两相宜，他憧憬这样美好的生活，将人间烟火过成诗意而浪漫的生活。诗意的栖居，不正是千百年来中国人追求的生活美学！要让桃镇成为名副其实的现代桃花源，梦想的实现仿佛就在眼前，曹工心中生起从未有过的信心和暖意。

第十一章　走马上任挑重担

郑旺一家三口开开心心地在桃镇过了个大年，曹工也陪着他们正好把桃镇转了个遍，这让曹工对于桃镇的情况心里更有底了，也使郑旺夫妇对于女儿将来到桃镇生活增添了信心。

春节期间，谭成仁没有少往曹家跑，一是就着曹家人多好做做未来的规划，二是趁着郑教授在也好好请教一些问题，毕竟郑教授是省城的大专家，请都难得来。郑旺对桃镇有情结，所以谭成仁的问题他是知无不言、献计献策，也是希望将来曹工在桃镇能一炮打响。

年过完了，曹工跟着郑旺一家回省城，参加省委组织部举办的选调生考察学习活动。此次考察由省委政策研究室副主任程石带队，到被称为"天下第一村"的无锡市华村实地参观。

程石在桃州市委工作时，就曾陪同领导到华村参观，调到省委工作后，与华村的接触就更多了，写过多篇调研文章解读华村发展的奥秘，并由此对中国农村城镇化发展路径作出思考，在全国范围内引起了更广泛的关注。华村的干部们与程石都很熟，为此次考察学员们能进村入户参观提供了很大的方便。

参观中，曹工被眼前的发展景象深深撼动着：华村全村两百九十多户全部住的是统一建的楼房或别墅，"楼上楼下，电灯电话"这个很多农村人的梦想，在这里已成现实，而且家家都有电视机、电风扇、电冰箱等，设施齐全，村民们生活富裕。

村里农副工业全面发展，比如村民们要修理电视机，不出村，村里就有由村民们学成后开的家电修理门市。一座五百米长、上下两层的巨龙建筑让学员们看得瞠目结舌，进入参观才发现是一个服务于村民的综合生活区，上层长廊内有剧场舞厅、陈列馆、餐厅和商场，下层是汽车道，就在这里的长廊餐厅，村民们可以自行接待来宾和亲友团聚，王安石诗中"草草杯盘共笑语，昏昏灯火话平生"的其乐融融的人间景象扑面而来。陪同参观的华村的干部笑着说"华村是共同富裕，没有贫困户，也没有暴发户，家家都是万元户"，学员们啧啧称赞：真是名副其实的"天下第一村"！

参观的最后一天，程石请正忙于筹备集团 A 股在深圳上市的华村领头人村党支部书记高仁宝与学员们见面交流，这可把大家激动坏了，都提早准备了问题，大多学员问了华村目前的发展项目，希望到各地工作后能有机会与华村展开合作。

而曹工并没有太多关注华村具体做什么项目，他推崇东汉《吴越春秋·阖闾内传》中所言："夫筑城郭，立仓库，因地制宜，岂有天气之数以威邻国者乎？"参观的整个过程，他为华村的发展而惊叹，他感到难以置信，在风雨如晦的二十世纪六七十年代，华村何以能不顾风险办厂兴业；在全国轰轰烈烈推进由分田到户肇始的改革开放时，华村又何以能坚持走集体经济之路；华村的村民们为何能听从高仁宝的整体部署，起早贪黑地干？曹工在前年协助爷爷和谭镇长处理桃镇的事务中深感镇干部之间、干群之间、群众之间思想观念矛盾冲突大，"人心齐，泰山移"，转变人的观念、凝心聚力是最难、最重要的。于是便向高仁宝表达了自己这一顾虑。

对曹工的问题，高仁宝赞许点头，说："你这个小同志，看问题准啊！早在兴办五金厂前，我就因为全村统一核算实际收入和每人的工分，被人告到江苏省革命委员会。好在上级考察后，认为华村没有违背政策，不予追究。开始时，我们的村民不是没有疑虑。在我们的小五金厂开工同期，黑龙江有个村支书因为开设地下工厂，以'走资本主义道路'的罪名被枪毙了。我也怕，但我相信在保障农业的情况下发展工业是一条适合华村的道路，所以我特意从无锡请来了资深老师傅，在给村民反复做通思想工作后，厂子终于办了起来。五金厂虽然购买了机器，但螺丝钉、螺丝帽仍然需要手工制作。我为厂子选了二十多名村民，大多数是三十五岁以上的女同志，干活细心，且很有热情，大家起早贪黑，没有基础，就慢慢学，动作越来越快。日后的事实，证明了当年冒险的价值，小五金厂的产品销路很好，才有了我们村的第一桶金。"

华村创业如此艰辛，出乎学员们意料，有人开始小声议论。高仁宝接着说："当然事物的发展不是一成不变的，对政策的执行也要因地制宜。一九七八年十二月，实行家庭联产承包责任制的风潮席卷全国，大批村庄开始'分田到户'。而我们却在这股改革的潮流中停住了脚步。因为我们的村集体已经家大业大，只能统，不适合分。好在中央文件中规定'宜统则统、宜分则分'，我反复向村民解释，靠这么多年来切实的发展赢得的村民们的信任，我们华村守住了集体经济道路。不过，为了尊重个别村民的意愿，我也留了一个口子。"

"为什么要留口子，一竿子到底不更好？"有学员问。

高仁宝喝了口水，缓缓说道："做群众工作，不能一言堂，要以理服人。我们虽留下了这个口子，但选择个体经济的没几户人家，因为个体搞得不好，风险和压力更大。我们也制定了《村规民约》，脱离集体经济者，村里将向相关村民收回十年的福利待遇，别墅、汽车等都需交回，每年多则十几万的股金收入也需放弃。有了这一激励与制约并存的措施，村民们当然会选择集体经营。"

"走集体道路是否与市场经营相悖？"又有学员问。

"这个问题问得好。"面对这群好学的年轻人，高仁宝话匣子打开，"我们独走集体道路，但并未远离正在兴起的市场经济。我动员村民以钱入股，投资村集体，形成了集体控股、个人入股的新型股份制集体经济制度。但为了这笔钱，村民们也质疑过、反对过。可为了跟上大家的节奏，许多没有现钱的家庭不惜向亲友借钱，最终还是入了股。用村里的集体资金和村民的入股资金，我们村陆续创办了几十个厂，现在，我们村与企业形成双轨发展模式，村集团已拥有钢铁、毛纺、化工、铝型材、钢型材、带管等四十五家企业，完成产值近十亿元，村民们人均年收入超十万元。"

高仁宝的介绍激起学员们热烈的掌声。掌声平息，程石又补充道："此外，华村又通过派干部、带资金、带技术、带项目，远赴宁夏、黑龙江援建了两个'省外华村'。'七十年代造田'，成为农业样板村；'八十年代造厂'，实现农村工业化；'九十年代造城'，实现农村城镇化，高书记带领华村实现了从农业样板村到农村工业化、农村城镇化再到农村现代化的一次次跨越，走出了一条农村资源整合、优势互补、合作双赢、共同富裕的发展新路。希望大家也都在各自的岗位上，学习华村精神，大展宏图，建设美好农村！"

此次到华村参观学习，给了曹工极大鼓舞和动力。他已强烈意识到，改革开放的中国已进入大变革的时代，农村的建设和改造是最重要的环节，农村中存在的问题，也只有通过发展来解决。虽说高仁宝的眼光和胆识、华村的发展变迁，令曹工不能望其项背，但眼前这面飘扬的旗帜却令他满怀激荡，心中涌出"长风破浪会有时，直挂云帆济沧海"的建设美好桃镇的志向豪情。

再说曹家另几个弟妹，也都在积极准备。曹农没有急着回省城，他跟着谭镇长把可能建厂的地方作了踏勘，毕竟建厂也不是小事，把情况弄清楚好回去跟武亲农详细汇报。曹商那边的工人们都要过了正月十五才会返回项目上，他就领着曹学跟着曹兵一起在镇上转转，看看将来在哪个地方建小区合适，而且不管是曹工引进的供暖设备厂，还是曹农引进的光电设备厂，都需要建设，得抢个先手，毕竟他擅长搞建设，造价上则请妹妹曹学把关。曹兵则考虑未来他的建材综合超市建在哪里，同时他们也大致把镇上的危旧老房摸了个底，做到心里有数。

谭成仁这个春节在曹家获得的信息太过丰富，连日兴奋难眠，心里盘桓着整体规划。他并没有跟镇党委书记张苏淮汇报，一是他觉得还没有整体弄好，二是他也想一炮打响，毕竟他在这个镇长的位置上也做了多年，之前招商也一直没有特别大的成绩，趁着曹工回来，可以一起好好做点事情。事情是需要张书记的支持，但是他也不希望书记管太多，否则可能会干得缩手缩脚的。

曹工如期而至，市委组织部特意派了一位副部长领着曹工到桃镇报到，张书记看这阵势，知道曹工将来肯定有前途，市委组织部都这么器重的人才，看来我这书记也得好好配合。张书记对曹工不熟悉，跟曹仁杰曹老爷子见过好几次，但也不算很熟，他对曹老爷子主要还是尊重，没有深入沟通，平时也是谭镇长跟曹老爷子对接得多，他也正好落一个清闲，他认为离休干部事情多，一个伺候不好，还得被教训一番。现在一了解，原来市长给引进的研究生就是曹仁杰的孙子，所以还是有点后悔平时没有跟曹老爷子多请教。

为欢迎曹工的到来，镇上特意召开了镇党委会。会上，市委组织部副部长刘权给大家介绍了曹工的情况，并特意说明道："曹工同志是市长王为民特意跟省委组织部引进的人才，在大学的时候品学兼优，连年获得奖学金和优秀学生干部荣誉，而且是校学生会主席，也是学校唯一的学生团委副书记，研究生毕业，在省城是抢手的人才，省委组织部都想把他留下来。王市长特意申请希望能把这么优秀的人才引进到我们桃州市，本来还想留在市里的，曹工同志主动要求到基层，并且他的老家就是桃镇的，想首先为家乡做点事情，把家乡先建设好再为市里做更大贡献，所以经组织研究，特任命曹工同志为中共桃镇党委副书记，并提名为副镇长候选人。"

刘权的话刚一讲完，与会的各位都热烈地鼓掌，张苏淮首先表示："感谢王市长和市委组织部对我们桃镇的关心，帮我们引进这么优秀的人才，给桃镇的班子增加新鲜血液。也感谢曹工同志愿意放弃省城那么好的条件到家乡发展，带着家乡人一起建设好我们桃镇，我作为镇党委书记在这边跟市委表态，我本人一定会尽全力帮助曹工同志尽快适应岗位需要，为曹工同志创造锻炼的条件，我相信我们班子成员也会和我一样欢迎曹工同志，一起为桃镇的快速发展贡献力量！"

曹工忙站起来表示："感谢市委、市政府给我机会到桃镇来为自己的家乡贡献微薄之力，尤其是刘部长还亲自带我过来，我有些诚惶诚恐。但我希望这成为我的动力，将来在桃镇的发展上鞭策自己，不遗余力地为桃镇的未来抛洒我们当代青年的热血。也感谢张书记及众位前辈的欢迎，我必将用自己所学和真心跟大家一起为桃镇的未来倾力奉献。"说完，曹工向大家鞠了一躬。

然后会场上众人都有简短的欢迎发言，本来张书记要留刘权一行在桃镇用餐的，刘权则说："今天我回市里还有事情，但桃镇的这个饭我是要吃的，我要等到曹工在这边出了好的成绩，我们来喝庆功酒！到时这顿酒得你曹工自己掏腰包请我们，可以吧？"

"当然，没有问题，请刘部长放心，我会尽快在张书记的带领下和班子成员一起在桃镇做出成绩，到时请刘部长一行再来指导。"曹工接话道。

临行，刘权特意把曹工拉到一旁，说道："这次匆忙，你爷爷那边我们就不过去拜会了，你回头跟你爷爷说一声，替我和王市长带声好，到时喝你庆功酒的时候再请老英雄一起好好喝！"说完，一行人在与大家握手挥手中快速离开。

大家重新回到会场，张书记又重新将班子成员给曹工详细介绍了一下，曹工对大家只是有所了解，多年在外上学，也不是很熟悉，只对谭成仁比较熟，不过会场上就不做表示了。会后张苏淮特意把曹工带到为他准备的办公室，跟镇党委办公室主任交代后又把曹工请到自己的办公室，跟曹工做了一些沟通。无非也是想了解了解曹工背后有没有更多的力量。当然，正好也是做一些分工上的安排，然后把谭镇长也一起叫了过来，三个人先商量着下一步工作安排。

张苏淮先说道："客气话我们就不多说了，我想组织上把你引进到桃镇来也是为了用你的所学来解决桃镇的问题，对于你自己的情况你肯定比我们两个清楚，所以我还是想先看看你自己是怎么想的。你说是吧，谭镇长？"说完望向谭镇长。

谭成仁接话道："是的，一是曹工对自己比较了解，二是他也是桃镇走出去的，对于桃镇的情况也比较熟悉，能更好地将在外边学到的东西用到桃镇。"曹工赶紧接话说："您二位都是太客气了，我到桃镇来就是接受组织安排，听从您二位的领导，你们说我该干什么我就干什么，如果能把我的所学用到桃镇的建设上那当然更好。我本来也想用我所学的暖通专业知识来改变桃镇冬天的取暖问题，但是经过我的了解，目前直接改造还欠缺条件，我想还是系统地解决桃镇发展的问题，这个取暖的问题在过程中就能解决。"

曹工之前跟张苏淮并没打过交道，但张苏淮作为镇一把手，自己以后的工作首先要得到张书记的支持，正所谓"老大难，老大重视就不难"，于是，曹工又对张书记笑语道："张书记，因为您调过来的时候我都没有回过桃镇，今年过年期间才回来，所以跟您还不熟悉，但是您别对我太客气了，不管怎么说，我首先是桃镇人，为家乡发展作贡献都是应该的。之前上大学的时候我跟谭镇长后面学习，做过一些镇务工作，但那也就是属于假期社会实践，如今到镇上任职了，我感觉还有很多要学的，所以还请您和谭镇长多多指导！"

谭成仁在一旁说道："我也没有想到曹工会到桃镇来，本来以为你读研究生，在学校又是那么优秀，怎么也会在省城发展的，没想到还真就回桃镇来了。既然这样，我们跟张书记也不多铺垫了，我们过年期间策划的东西终究还是要得到张书记的鼎力支持才能做好的，我们不如今天就请张书记帮我们一起把把关。"

张苏淮说："什么好事情，赶紧说啊！"心里却在想：这两个人早已经在谋划大事情了，我还是要加紧介入，否则我在桃镇可就两边都没基础了。

谭成仁于是就把之前策划的大农业以促进保护耕地的构想跟张苏淮和曹工整体说了一遍，曹工感觉比之前策划的时候更系统了，看得出谭镇长没少下功夫。谭镇长介绍的过程中，张书记一个劲儿点头，看来他对这个方案还是比较满意的。曹工在听的过程中，也在关注着张苏淮的反应，他想这个方案如果在张苏淮这边有阻力，那推动的时候就会有问题，那就需要想好相应的对策来解决这些阻力，不过从现在张苏淮的反应看，这个事情在他这边应该没有阻力了，后面自己想实施的工作就可以大胆地加进来，然后让方案能比较好地落实下去。

谭成仁说完之后，张苏淮立即鼓起掌来，虽然只有他们三个在，但这鼓掌说明他对这个方案是高度赞同的，而且应该说是欣赏的，张苏淮兴奋地说："太好了，谭镇长不简单啊，没有想到你跟曹工一起规划了这么个大事情，我全力支持，这个试验田我们桃镇来做，相信依靠你们一起带着桃镇人民能够干好！曹工你看看，你还有什么补充的。"

曹工之前从程石主任那里得到了一些新政策的消息，省里将要被作为第一批农业税减免试点省份，主要是针对粮食种植的农业税减免百分之三，那么未来这一政策的贯彻，对于耕地用于种粮食就有一定的促进作用，而且未来还要有计划地免除农业税，这对提高农民的粮食种植积极性会有很大的促进。培训课上，专家说，主要是农业税本来也没有多少，征收也比较困难，有些撂荒的地根本收不上来农业税，征收的成本还高，与其这样，还不如探索不收农业税，提高农田流转的可能性，把撂荒的土地能盘活起来，这个意义才是上面最想看到的。而且，曹工在社会实践中对桃镇调研时也了解到，镇上有些学农业的大学生这些年都没有回桃镇发展，因为桃镇的小农业对他们来讲无用武之地，他们很多人学了农业却不能在农村发挥作用，这样既浪费了教育资源，也造成了桃镇的本土人才流失。当然这种现象不仅仅在桃镇，在我国不少地区都存在。

见张书记征求他意见，曹工便首先肯定了谭镇长的规划，并介绍了自己所了解的国家将要实施的农业税减免试点的政策，也表达了自己的想法，他分析道："为了减少我们推行的阻力，还是先从村集中开始，让耕地先集中到村级集体经济组织中，但是一定要把承包土地的确权工作做好，否则老百姓的担心还是有的，那推行的难度就大了。耕地集中到村后，这种田的团队就得选择好，或者是要组建好。我们村级土地集中，大约也有一万亩地了，希望能吸引部分大学生回来从事农业，他们思路新、懂技术，有他们参与的团队或许才能把我们的农业搞好。如果推行顺利，我们再进一步实现镇集中，这样我们才能在整个镇域实现大农业，村的集中只是一个基础，未来镇域的大集中才能有更高效率，才能进一步发挥学习农业的大学生的作用，让他们有用武之地。现在正好是大学生找工作的时候，如果我们有这样的规划，或许桃镇那些学农的大学生就会回来干了，这就有助于我们实现科学种田了。"

张书记听完，立即说："这个事情既然你们有这么好的规划了，我们就先召开镇党委扩大会议，把各个村的支书和主任都叫到一起，同时把你爷爷曹老英雄也请来，让他也给我们把把关。"年前的那次会议吃了胡镇长的瘪，张书记还有心理阴影，有曹老爷子坐镇，想他们这帮本地干部也不会翻什么浪，老爷子肯定会支持他孙子的。

谭镇长觉得正合心意，所以就答应加紧组织这个会议，大事情总得有更广泛的支持才行。

土地集中之事，自谋划以来颇有周折，作为有经验的基层干部，谭成仁知道，这些困难都很正常。发展就是解决问题、克服困难的过程，要做成事，就要有不向困难屈服、不向艰险低头、不为磨难所吓倒的勇气和措施。曹工也愈发坚定了革故鼎新的信念，生活的理想是为了理想的生活，何况现在做的事情是为桃镇人谋福利谋发展，再大的困难也不能退却，所有的曲折都是为了更加美好的未来。

第十二章　雄关漫道真如铁

　　这天，曹工早早到了镇政府办公室，上午九点将举行镇党委扩大会议，这是他上任后第一次在全镇公开会议上与各村干部们见面，更重要的是，他和谭镇长调研筹划已久的农民土地入股村集体的计划将在今天的会上首次公布。虽是配合谭镇长实施，但对于自己上任后的第一项工作，而且是非同寻常的大事，他既感到风云不测，更希望能进展顺利。

　　这次的镇党委扩大会议是谭成仁亲自紧锣密鼓筹备的，开会前半个小时，八个村的支部书记和主任都已到会场，镇党委委员和副镇长们也都提前到了，曹仁杰老爷子也被邀请到现场，此外还有镇上的一部分党员代表。大家一看，这个会议看来比较重要啊，还没有这么召开过扩大会议呢，不会是为了欢迎曹家老大的吧？有人在底下议论，胡立听了也不爽，因为毕竟曹工研究生才毕业，就跟自己平起平坐了，而且职位排序还在他前面，上次市委组织部副部长来宣布的时候心里就不爽，今天还这么多人搞欢迎仪式，心中那憋屈自然就不用说了，但是看到曹老爷子在，也就没作过多不满的表示。

　　会议由谭成仁主持，并请张苏淮首先发言。张苏淮坐在主席台上，用手扶住话筒，敲了两下，听到回音，语气沉缓而有力地说道："今天在这里召开桃镇党委扩大会议，一是欢迎曹工同志研究生毕业回到家乡，为家乡发展作贡献，市委组织部特别任命曹工同志为中共桃镇党委副书记兼副镇长，当然副镇长的手续后面由我们镇人大来完善。曹工同志是桃镇的优秀人才，这个大家应该比我这个外乡人熟悉，所以我也就不多介绍了，大家表示欢迎！"会场上一片掌声，当然嗤之以鼻、不满的也不少，但是碍于曹仁杰老爷子在场，大家还是配合着做了样子。张苏淮之所以要先这样介绍，也是给曹老爷子卖个人情，毕竟他知道老爷子在王市长那边说话还是很有分量的。

张苏淮话音刚落，曹工站起身，朝会场的几个方向深深鞠躬，之后坐下，没有说任何话，透出良好的教养和沉稳的气质。

掌声平息，张苏淮继续说道："第二个事情，也是今天会议最重要的事情，就是桃镇的未来发展问题，尤其是桃镇的耕地保护和产业发展问题，这个谭镇长和曹副书记他们做了一个规划，下面由谭镇长做详细的报告。"

谭成仁从座位上站了起来，鞠了个躬，坐下对着话筒说道："感谢各位到场，我下面做具体汇报。关于桃镇耕地保护发展和产业发展的规划，具体内容请大家看一下手里的材料，我现在重点说明几点。一、首先对我们镇上农民承包的土地进行确权，按照之前权属关系，确定好各家拥有土地的情况，如有之前撂荒的，本次也先按照原来的权属进行确认。按照国家政策，一次确定三十年土地承包权。二、在确权后，以土地入股的方式将农民之前承包的土地集中到村级集体经济组织，我们就叫村集体吧，这个名字我们也好久不用了，这个村集体我们要单独成立，以后这些土地的收益要进入到这个组织并且要给老百姓按入股比例分红。当然，这个入股我们目前是以自愿的方式来进行。土地由村集体建立生产团队负责生产经营，这些土地的经营收益先支出入股土地的租金，然后日常支出生产团队的工资和各项成本，最后还会有一部分收益作为分红。这分红又分两部分，一部分按照村民入股比例来分；一部分给生产团队作为奖金的方式发放，具体按照岗位和贡献来分。三、村集体在农业生产上会安排一部分人，这个也要双向选择，愿意继续从事农业的，村级集体经济组织根据个人情况确定是否录用。比如那些种粮能手，组织肯定会需要，但是人家是否愿意来，这个就由个人决定了，这个按照市场的方式来。四、除了在村集体从事农业生产的人之外，就会有大量的劳力空出来，我们也不能让这些人闲着，闲着就容易出问题，而且土地上那些分红也不能使老百姓过上幸福的生活啊。那我们就要建立工厂来吸纳这些人，在经过培训并考核合格后，由工厂招用。目前我们计划开建供暖设备厂和光电设备厂，具体的工作后面再一步步落实。我们计划在镇北靠近主干道的地方设立工业园区，将来招商来的工厂就都集中到那边。也欢迎大家引进愿意落户桃镇的企业，我们将给予优厚的条件，对于招商成功的个人，镇上也将给予奖励。五、由于耕地集中入股到村集体了，那么大家就没有必要住到田间地头，在镇中心往镇北方向靠近的地方我们拿出一块地，大家需要建房的统一建到这个地方，而且我们在村里面也将不再批宅基地了。这样，考虑到将来建厂了，需要工人比较多，大家集中到镇上住也方便，我们将在这里建几栋六层高的楼房，并且安装上暖气，让大家过上冬天不再冷的日子。"谭成仁话没说完，下面有些人听到这儿不由自主鼓起掌来，看来大家对于有暖气的冬天实在迫不及待啊！

谭成仁接着说道："当然，在镇上建房和将来买楼房都需要将宅基地拿出来置换，这样才能用成本价购买。否则第一批没有，将来要买也是按照市场价来算的。"会场下有人开始小声议论。"下面我接着说第六点。"谭成仁接着宣布，"我们建设的楼房将由市一建来建设，由于我们目前工厂还没有那么多，还有一些富余的劳动力由市一建组织老师给大家培训，考试合格后就可以到市一建做建筑工人。剩下的部分女性劳动力，我们也将根据大家的意愿，由镇里组织成立家政公司，统一培训，然后将大家输送到城里从事家政服务。现在城里有大量的缺口，而且工资还都不错，我们首先就能组织大家培训好后往桃州市区和省城安排，或者到苏南和上海去。这样就能消化我们桃镇绝大部分劳动力了，大家有活儿干、有钱拿，才能培养好下一代，才能过上更好的生活。"

谭镇长讲完，下面的掌声反而没有刚才讲暖气的时候那么热烈。张苏淮看了看这个情况，估计各自还有想法，既然开扩大会议了，那就要让大家发表一下自己的意见，但是他并不想让大家随意发言，于是指着一个村主任说："谭主任，你看看，刚才谭镇长说的那些，你对这规划还有什么想说的？"

这个村主任谭强就是谭镇长的堂兄，也是一个种粮能手，张苏淮指名让他发言，也是考虑到他和谭镇长的关系，不至于不支持。而且土地集中对于这样的种粮能手当然是好事啦。

谭强接过来说："书记、镇长，我听完是热血沸腾啊，我是个种地的，就我们家本来那些地根本不够我种的，这不把我们家周边几个亲戚不想种的地也都接过来了，就这样我一年下来也没有赚多少钱，如果我们村的土地能集中了，那得一万多亩地，我谭强能力再强一家也干不了。那么我就需要组建队伍，看看谁愿意，谁又有能力和我一起干，我们可以集体购买农业机械，大面积种植，自然能有更好的收益。而且就不用像现在这样苦苦地盯着这三四十亩地了，没有人愿意跟着我干，就连我儿子他们也不愿意再种地了。所以，现在这个方案我举双手赞同！"

不过有好几个村支书和村主任听完谭镇长的报告，感觉这个村集体和以前人民公社的时候差不多，之前从地主手上分来的土地都归了公社集体，公社下面分大队，大队下面分生产队，大家按照所属到各自的生产队挣工分，吃大锅饭。好不容易又搞联产承包责任制了，现在又要集中，这不是又搞大集体吗？

于是有个村主任站起来发问："谭镇长，你这个搞的不又是大集体吗？那个时候生产效率不高，大家吃大锅饭，磨洋工的，你不是不知道。现在怎么又要倒回去了？"

谭成仁接过话来解释说："我们这次虽然还是集体，但是这个集体跟那个大集体已经不同了，我们是按照岗位需要来确定团队的，农业生产的团队用不了那么多，现在从事粮食生产的人，可能十分之一都用不了。我们要把集中起来的土地搞机械化种植，我们还要让学农业的大学生加入我们的团队中来，用他们的知识和能力来提高团队的收益，按照市场经济的方式来组织生产，不再是计划经济模式了，更不是原来那个大集体了。"

谭成仁讲完，胡立坐不住了，他没有自己直接说，他给他的大侄子胡小利使了个眼色，让他也发表一下意见。这胡小利在他叔的扶持下也当上了村主任，而且跟着他叔种了不少茶树，更多的时候胡立家的茶园还是胡小利帮助打理的，因为这炒好的茶叶主要还是靠胡立给卖出去的。这个时候如果大家的土地集中到村集体种粮食，那对于他们来说当然不合适。于是胡小利站了起来，大声说："我有个疑问想问问张书记和谭镇长，你们愿意回答吗？"

谭成仁说："胡主任，请讲！"

胡小利说："我们家现在主要是种的茶树，这要是把我们家土地集中了种粮食，谁来保障我们家的收益啊，我们家可指望这几十亩茶园养活。"

胡小利这样的问题也早在谭成仁和曹工前期调研商讨的预案之中。见胡小利咄咄逼人地质疑，谭成仁慢条斯理回答道："目前，我们第一步都是采取自愿的方式，当然也只有自愿将自己的土地入股到村集体的才能在村集体工作。目前我省将试点种植粮食的农业税减免的政策，国家鼓励大家种植粮食，但是倒没有强迫大家种植。因为粮食生产涉及我们国家的粮食安全问题，所以在种粮技术研究上国家近些年支持比较多，也更能实现机械化大生产，才能将大部分人从土地上解放出来。我们镇上有不少种植经济作物的，如果将来收益不合适了，不妨到时再考虑入股。但是由于现在好多地方出现一窝蜂地种植某些经济作物，而出现产量大增、产品滞销的事情，最后是得不偿失，所以希望你们这些种植经济作物的农户也要加强风险意识，注意市场风险，免得到时血本无归。"

听谭成仁这样说，胡立倒没有理由再发难，反而有点乐得自在。他心里在琢磨怎么才能当上镇长，那样才可以光明正大地做个规划，让更多人跟自己种茶树，让大家跟着自己发家致富，才会有更多人知道自己能干而跟着自己干，听他的话。

对于会上谭镇长宣布的这一新规划，参会的不少人是始料未及，有人起初窃窃私语，胡小利刁钻的发问也给有些村主任壮了胆子，又有一个村主任发问提出："村集体的成立会削弱我们这些村主任的管理，那时村民们到底该听谁的呢，我们讲话还有用吗？"也有个村主任添油加醋地说："有本事你来做村集体经济组织的头啊，收益高，还有那么多人给你打下手，何乐而不为啊！"会场下一阵骚动，大家的讨论声也大了起来。

台上，张苏淮看着台下大家的讨论一时也不会有个结果，没有忘记让曹仁杰老爷子发挥作用，于是敲了敲话筒，提高嗓门说道："我们今天特意请曹仁杰老英雄到我们会议上来，也是因为老英雄原来在省委做过领导，对全省的经济有比较多的了解，下面请老英雄给我们讲讲！"说完带头鼓起掌来，一阵掌声后，会场安静了下来。

曹仁杰坐在会场里，刚刚大家对新规划的反应他都看在眼里，现在的桃镇相比起他离休回来的时候虽有所发展，但他觉得还远远不够。现在正逢农业发展最好的时候，每年中央一号文件都关注"三农"问题，但却没有看到桃镇有大的发展。他深感，桃镇人还没有吃透中央的精神，也没有一股子当年打日本鬼子和抗美援朝时候敢闯敢拼的精神，桃镇干部需要有一股把"不可能"变成"都干成"的精神，才能从根本上解决农村的问题。

所以，曹老爷子也没有客气，他确实心里有话要说，也想把这个事情好好推动推动，于是接话说："谢谢张书记，不谈什么老英雄了，那都是过去的了，还是讲讲现在。不管是抗日战争、解放战争，还是抗美援朝，我们打仗就是要建设我们这个社会主义国家，让老百姓过上好日子。在这个过程中，我们的思想要与时俱进，不能因循守旧。我在省委工作的时候到苏南农村调研过，那个时候人家就没有将土地分下去，而是少部分人种地，大部分到工厂做工人。当然，我们桃镇现在还没有那么多工业，但是我们要把工业做起来，那我们就要有足够的人手。只有把土地集中了，由少部分人搞机械化种植，那才能解放出大量的劳动力，大量的劳动力就需要更多工厂和企业来创造就业机会。现在我国已经加入世界贸易组织，将会有更广阔的国际市场，我们就需要提早准备，吸引投资，建设工厂，带动桃镇人真正富起来，而不是现在小富即安的样子。"

"刚刚听了谭镇长的规划，我也是跟着热血沸腾啊，就有了当时在抗美援朝战场上的那股子劲头，勇往直前，先干起来，你不往前冲就永远不知道前面有什么问题，只有干起来了，才会发现一个个问题，也才能在解决问题的过程中实现发展的目标。张书记和谭镇长他们在制定规划的时候已经想了一些对策，这已经很好了，如果一味等到万无一失的时候，那就没有机会了。我老头子举双手赞成，而且我也会让我的孙子们都回来支持桃镇的发展。我的大孙子曹工回到桃镇发展不是要沾我这个老头子的光，他是要回报家乡，为我这个老头子把家乡发展好以对得起我那些躺在烈士陵园的兄弟们，为了我将来到下面去跟他们报到的时候能告诉他们桃镇被我们建设好了，这才对得起他们那时抛洒的热血！"

曹老爷子一席话讲完，张苏淮带头站起来鼓掌，全场掌声雷动。在场的人都肃然起敬，包括胡立。老英雄七十多岁的人了，本是可以在城里颐养天年，却以这股子劲头回农村发展，就是为了那份初心，要让老百姓过上好日子，而不是只顾自己和家人。

通过会场上大家的反应，曹工真正意识到农村工作的艰巨和肩上的责任，他终于理解高仁宝当年冒险偷办小五金厂，找资深老师傅反复做村民的思想工作，以及后来为了守住集体经济道路，尊重个别村民的意愿，留了一个口子的做法。他也终于领会了一九二七年一月，毛泽东用三十二天时间深入湘潭、湘乡、衡山、醴陵、长沙五县农村，走过七百多公里的乡村道路，从而完成的两万多字的《湖南农民运动考察报告》的精神。在报告中，毛泽东指出："革命不是请客吃饭……农民若不用极大的力量，决不能推翻几千年根深蒂固的地主权力"。事实正如此，曹工感到，眼下他们推行的农村土地集中，若不能把农民都发动起来，这项跨时代意义的改革就无法实现。做农村工作不能有半点含糊，不是靠纸上谈兵，一个规划在具体实施中也许会出现成百上千种情况，也会触及少数有违改革者的利益，这就要从广大群众的利益出发，做足预案，从而解决思想根子的问题，做出实际成效。

会议召开得还算成功，然而这一规划真正实施起来可是千头万绪，要有一着不慎，就不那么顺畅了，而且只有做了才会发现很多意想不到的问题。连日到村里接触实际工作，让曹工愈发体会到农村工作的复杂性和艰巨性，很多村民，甚至村干部的思想封闭落后的程度让他难以置信。但他告诫自己不能急，因为站在不同的角度就有不同的答案，他要学会换位思考，站在村民的角度想一想，等一等，再将心比心地考虑解决的方法，很多麻烦就会化解。对于桃镇的未来，他满怀信心，但也看到风风雨雨，既然已回到这里，他就要做好扎根的准备，一步一个脚印地去解决困难。

第十三章　安得广厦千万间

农民土地入股村集体的规划在镇扩大会议公开后，这一关涉老百姓切身利益的消息如野火春风迅速传遍桃镇各村，镇里要成立村级集体经济组织，大家的土地要重新集中起来，一时间成了桃镇田间地头大家谈论的热点，也可谓是有人欢喜有人愁。

就说去年冬天房屋倒塌的周长兴家，后来在曹兵和村民们的支持下，重新盖了房子，虽是瓦房，但周长兴考虑到家里种田收入少，尚未脱贫，房子盖得很小，勉强够一家老小居住。现在镇上让农民土地入股，并可以统一在镇周边建房，这一规划让周长兴喜出望外。他家那点地种粮收入很少，把孩子送到镇上的学校读书是想都不敢想的，路程也太远。现在如果把家里的地入股到村集体，把房子建到镇上，增加了收入，改善了居住环境，还解决了孩子到镇上学校上学的问题，可谓一举多得。有周长兴这种想法的有不少人，自己交点钱在镇上买块地建房不是更好嘛！而且集中到一起，集体供暖、供电、供水，多好啊！

这个世界上永远存在各种声音，有人支持，就有人反对。每个村都有这么几户人家，这些年在外打工挣了钱，首先就是翻盖旧宅，光宗耀祖，有些盖起了两三层高独门独院的小楼。这些人家一般在村里还很有鼓动力。这不，搞运输的汪大这几天就没闲着，他知道自己一个人反对，形不成气候，村民们不懂政策，随波逐流，于是把附近村民召集到自己家里，散布言论："自古

'何须向外求宝，身田自有明珠'。城里人吃啥都要用钱买，而我们农村人地里长的就能吃，不用花钱，田你们千万不能放手，房子更不能换了宅基地，现在放了容易，以后想收就难了！"村民们想想汪大说得确有道理，甚至对汪大为他们着想而心存感激，纷纷表示，不管怎样，都站在汪大这一边，一起守住自己的田和房子。

对于各村出现的这一苗头，谭成仁和曹工当然听说了。他们知道，老百姓根本不会吃"画饼"这一套，必须让老百姓得到实实在在的好处，民生工程更要做得周全，一丝不苟，否则反容易被别有用心者所诟病。曹工新官上任，担子可谓不轻，在执行规划时就得制定多种应对措施，尤其是建设方面，毕竟自己是省建筑大学毕业的，这个重担他还是主动担了下来。

谭成仁已经做了快两届镇长了，现在要搞成这样的大事，成败在此一举，他感到自己的规划总体可以，但实际情况千变万化，他需要进一步摸清楚农民们的真实需求，制定具体措施。

谭成仁决定先到他自己老家所在的谭家村，跟堂哥谭强好好聊一聊。正好他在镇上当干部后，家里的田都是堂哥代种的，农业税是堂哥帮忙交，收成方面他也不要。谭强偶尔把一些打好的稻子加工成米送到他家，说是后期没打农药的；有时也送点自己家榨的菜籽油，在谭强看来也是为吃得放心。这些都不值几个钱，也算是谭强的一点返还，谭成仁也不推辞，让谭强落得个心安。

谭成仁走进谭强家的院子，大声喊："大哥，在家吧？"一边喊着，一边往堂屋走。

谭强听到镇长弟弟的声音，赶紧往外迎来："这镇长老弟，哪阵风把您吹来了，这都多少年没有到家里来了，快往屋里请！"一边张罗着让孩子给倒茶，这不，大儿子谭家和去年高考没有考好，本来让他跟自己种地的，他不干，只好让他跟着自己养牛了。

谭成仁坐下，对着忙乎倒茶的大侄子谭家和说道："怎么，家和高考没考好就在家帮忙了，有过重读的想法吗？"

谭家和一边倒茶一边说道："叔，我上学的时候就没有学好，估计重读也是一样，我弟家顺学习好，将来我们家指望他上大学，我就在家帮我爸养些肉牛。这种地没有多少钱，但是养肉牛能赚不少，正好咱们谭记牛肉的祥叔要这些牛，收入也是比较稳定的。我现在在家，我爸也把养牛场给扩大了，干这也不错！"

谭强接话说道："我也指望这小子能上大学，关键他自己在这方面不争气。本来想找您给在镇上安排个工作的，但家和这小子很倔，不让我去找您。这不正好谭祥的谭记牛肉成了招牌，生意越来越好，我之前养了些牛都给他了，他让我再多养一些。而且现在他说养牛要讲点技术，这样养得快、养得好，正好家和高中毕业，能派上用场，就把牛场扩大了五倍，所有的牛谭祥都包了，让家和按照他的方法来养就行。这也是好事，收入也不低，所以我也就不逼家和再复读了，也不用去麻烦您了。将来老二家顺估计能考上大学，到时请您再帮帮他。"

"好好好，三百六十行，行行出状元！既然养牛不错，那把牛养出好前景来不也挺好的！家顺的事情到时我帮忙没有问题，大哥你也别'您您您'地叫我，这太见外了，不把我当自家兄弟看了？"

"好的。那无事不登三宝殿，你到家里来什么事情，就直说了吧！"谭强直接问道，"是不是上次大会上你说的事情？"

其实在上次参加镇上的扩大会议后，谭强细细琢磨镇上这土地入股村集体的规划，也颇有疑虑。这地集中到村集体，那他们家的养牛场将来怎么办？养牛场的地现在用的正是他们家的责任田。另外，他是村主任，理应带领村里人一起致富，但要管好这一万多亩地，他感到自己能力有限，将来由谁接管，也得慎重，毕竟影响到一千多户人家。他感到这个问题，不仅他们一个村，每个村都会面临。于是，看到谭成仁今天上门，他也正想问个清楚，便开门见山直触主题。

"是的，大哥。"谭成仁说，"我也是想听听你的真实想法，这样这个事情才好推动啊！"

"那我就直说了，你推动的事情我举双手赞成，但是我也有疑问，你来了正好当面请教。"谭强便一五一十道出了心中几点顾虑。

"好，有问题就是要说出来。"谭成仁接话说，"大哥，我给你讲，这首先是自愿，你们家牛场的地你可以自愿入股进集体，也可以先自己用着，目前我们还没有强求。其次，我倒有个想法，和你们家一样养牛的应该还有，不如以谭记牛肉为品牌供应链整体也做一个集体经济组织，把种牧草的和养牛场的地都归到一个集体，这样更有规模了，也才能更见效益。这个事情你可以跟谭祥说一下，他可以牵这个头，需求都是他的，家和还可以跟着把这些养牛场都管理起来，这样大家会更有干劲。养牛也讲科学，我前阵子到市农学院找专家，还真遇到畜牧方面的教授，到时你们需要技术咨询，或者家和到时自学个大专本科的，我带你找人家去，这也能圆一个大学梦。"

谭家和在一旁听到叔叔这番话，连声道好："叔叔说到我心坎上去了，如果这样，我既学到了实用的养牛科学，又读了大学，真太好了！"

谭成仁继续对谭强说道："你说的另外一个问题就是我们说的，将来村级集体经济组织是一个团队，是要由专业的人来做，由有能力和有意愿的人一起来干，要想不成为原来的大锅饭，就需要订立一个好的制度，大家严格按照制度来就行。至于要制定什么样的制度才能激励大家的积极性，大哥你和家和正好帮我想想，家和你回头跟你爸商量商量，也可以问问其他人的意见，然后整理一个材料给我，你看行不行？"

"没有问题！"谭家和爽快地答应了。

谭强接着又问："还有，将来这土地农业税减免了，原来好多人家的地都撂荒了，也有像你这样把地给我家种的，现在这些地怎么处理啊？还有你说的确权，这些地怎么确权啊？"

谭成仁答道："土地农业税减免目前主要是针对种粮食的，未来如果直接免除的话可能面向绝大多数的土地。至于确权，总体上按照中央的政策走，这之前是承租给谁家的，确权就确到谁家，即使是撂荒的也是一样。之前撂荒的土地，如果将来入股到集体了，就都变成土地收益了，这样承租者也会更有积极性将撂荒的土地交给集体，自己家还能有一定的收益，何乐而不为呢！"

谭成仁说完，谭强也没有再问什么，谭成仁喝了会儿茶就离开了。谭成仁走远后，谭强就对儿子说："看来这确权之后你叔家的地肯定就入股到集体了，我们的养牛场你想怎么弄？"

谭家和实际上已被叔叔刚才的话所鼓舞，尤其对于成立养牛集体组织的设想，这样可以把更多的养牛户集中起来，跟谭祥叔签个供应收购合同，规模化养殖的效率会更高。再像叔叔说的那样，自己自学考个畜牧专业，也圆了大学梦，说不定还能继续学个 MBA，将来管理更大的牛场，带着大家一起致富。所以，对于父亲谭强不无顾虑的问话，谭家和安慰道："刚刚叔说得不错。至于我叔家的那些地，不用考虑那么多了，也没有多少钱。我们现在养一头牛能赚两三千块，你原来就养了十头牛，我们现在可是养了五十头牛，那能赚十几万，已经很多了。如果再把大家都集中起来，那不要太多哟！要不到时你跟我一起成立养牛的集体经济组织，不去种植粮食了，让别人干，不也蛮好的吗？"

谭强一听也不错，这村主任并不轻松，好多种粮大户都成农场主了，他也没有精力种那么多田，现在和儿子一起养牛，将来如果把镇上养牛的集中到一起来养，这规模就不小了，也可以赚不少钱。反正将来老大娶媳妇应该不会被人家嫌是农民了。不错！

人们常说转变观念难，那其实是对那些无路可走、无从选择的人而言，谭强属于那种靠天吃饭、靠地打粮的传统农民，然而观念的转变就在瞬间，那是因为作为村主任的他在桃镇这一变革中，也从儿子谭家和对新思维的迅速融入中，看到了农村规模化、集约化、高质量发展的时代洪流，他必须顺应潮流，顺势而行。

再说曹工，他主抓的事情也在紧锣密鼓推进着，并通过郑旺跟学校的设计院沟通，制订出镇上自建房的方案，分别向张书记和谭镇长做了详细汇报，最后将方案提交镇党委会讨论，获得一致通过。大家都对曹工的工作效率和能力给予了充分认可。

在桃镇农村，民房从来都是坐北朝南三间一字排开：一间正屋，东西两侧各一间。东侧再加一间另开门的低矮的小间作为厨房，正屋后面有一间更小的半封闭的以帘子作遮挡的茅房（厕所）。稍富有的人家正屋前有个院门，四周用砖或矮泥墙围着作为院子，仅此而已，谈不上更多的设计。

现在，曹工的规划着实让农民们大开眼界，简直是直接跨步进入现代化的新时代。就以房屋倒塌的周长兴家来说，按镇上对土地入股村集体的规定，周长兴先到周家楼村村委会，对周家宅基地情况进行了核查，村委会开出置换宅基地的证明，周长兴又到镇土管建设所提交建房申请，土管建设所让周长兴选择户型，一并提供了相应的施工用图纸和材料清单，这是周长兴活了三十多年从未享受过的尊重和服务。拿到手的图集包括立体图、平面图、结构图、水暖电气安装图、装修图，这些图主要供他装修时使用。图集中有多种户型供选择，根据桃镇目前情况，只设计了二、三层楼。按照家庭人数及人物关系设计了几种户型，户型设计还针对性地设置老人房、儿童或未成年人房、夫妻房、兄弟房、姐妹房，当然更主要的是对一楼的会客厅也做了专门设计，部分房间有些是装饰上的变化，有些则是空间上的变化，根据这些细致的考虑进行不同的组合。老百姓可以根据自身家庭情况及未来发展需要，包括家庭成员情况、希望建设层数、总体建筑面积、宅基地面积、特别功能需求（比如书房、娱乐房、客房、储物间、衣帽间等）等因素，从图集选择自己满意的户型；选择好具体户型后再选择装修等级，然后选择一个具体方案。针对各个方案也有具体的施工图纸和装修效果图，让人一目了然。周长兴没想到方案会这么丰富，决定带回家，征求一家老小的想法后再作决定。

这套标准图集就是曹工请省建筑大学设计院设计的，以保证图纸所设计房屋的结构安全、费用节约、质量保障、布局合理、用材环保、资源节约。镇政府也有规定，老百姓选择政府提供的设计图，不收任何设计费和图纸费；并且在提供这些图集的时候，涉及的具体建设和装修的材料也都由老百姓自己选择，同时提供了材料的基本量表，让老百姓可以找专业队伍根据当前市场情况计算出大体需要多少钱。如果老百姓自己另找设计师设计，图纸则必须经过审图，这样才能保证房屋设计的质量，费用由老百姓自己出，土管建设所看到有具体审图章才给批宅基地，图纸也都要在土管建设所备案。在装修设计上，老百姓如选择政府提供的设计图，装修时，设计师也会推荐具体的品牌，只是设计师并无"回扣"一说，这些品牌商在遇到桃镇的老百姓选用时，要比市场供应价格优惠百分之十，相当于让大家享受公装价。在此过程中，老百姓也可以根据提供的图纸和材料进行市场询价，总之，就是要让老百姓看到这些品牌提供的是实实在在的优惠，而不存在先抬高价再优惠的情况。镇里通过此番操作真正是要让利给老百姓。

回头说周长兴家，经过全家一个晚上的商量，第二天周长兴又去了土管建设所，递交了房屋建设申请并确定了户型，根据他家现在宅基地面积和人口情况，从长远考虑，他选择了一个二层楼的户型，家中的老父亲、小女儿和他们夫妻各一个朝阳房间，爷爷的房间在一楼，方便老人推门到院子里走动。这样，周长兴家所选择的这一户型的占地面积比原来的宅基地面积略有超标，这超标的部分会另外适当收取高一些的管理费。不过，周长兴也不担心，他已在镇上的建设公司有了工作，可以保证这笔支出。也有些村民，家中孩子大了，在外地，房屋建设申请确定的户型人均面积小，那么，缴费基数就低。镇里事先设定好按人口情况确定的梯度收费标准，从而做到公平公正，也引导老百姓合理化建房。

自建房在有标准图纸的情况下还得由合格的队伍来建设。基于桃镇的实际状况，曹工以市一建作为主要队伍，并建立起一套培训和考核机制，招聘桃镇的劳动力专门培训，所有的建筑工人都持证上岗，这样才能保证工程的施工质量。在施工过程中，土管建设所会派质量监督员到现场核查施工队伍是否按图施工，最后还要按照图纸进行验收，验收合格的才同意接入自来水和电力，以让老百姓住得放心。同时，对桃镇建筑劳动力的培训和规范化管理，也建立起桃镇的建筑队伍，不光建设桃镇，将来还能到外面参与更多城市的建设。总之，在实施村集中建房中，从图纸设计、施工建设、监督、验收等各个环节保证房屋建设的质量和安全。而镇政府的职能也完全转化为服务：服务好手续的审批、服务好建设设计图的需求、服务好检查和验收，以及服务好施工队伍的培训，确保百姓住房的质量和安全。关键是老百姓在这个过程中没有多花钱，甚至比自己建房还省钱，这一政策在桃镇实施，得到了农民的拥护和支持。

镇党委一班人也都知道，这一大好政策的制定和实施得益于曹工的深入调研和有效对接。张苏淮在党委会上特意说："这些图纸都是由省建筑大学出面让大学设计院免费设计的，主要也是想打造我们桃镇这个试点，将来桃镇推行成功了就可以在省里其他地方推动了。这项工作是由曹副书记做的，没有曹副书记做通这个工作，哪有这个好事啊，我代表桃镇人民特别感谢曹工同志！"

桃镇还有一个没有解决的事就是危房改造，自从去年冬天周长兴家的房子倒塌之后，曹老爷子和谭成仁就一直惦记着。老爷子本来是要让曹兵找人统计一下镇上危房情况的，现在曹工到桃镇了，那这个事情还是由他来张罗比较合适。曹老爷子于是就把这个想法跟谭成仁和曹工一起说了一下，谭成仁当即就对曹工说："曹工，你现在是副镇长了，而且你是建筑大学毕业的，你来组织一下，看看这个事情怎么做比较好。"

其实曹工在制定镇上新建房政策的时候就想到这个问题，他本想到后面建六层高楼的时候让危旧房屋老百姓置换到那个小区，但是那样肯定是要老百姓交相当于房子的建安成本的钱。镇上不同于村里，镇上有不少是城镇户口，他们的房子所占地方也不同于农村的宅基地上的房子，他们的地不可能复垦。如何让住危旧房的老百姓能住得起镇上小区的楼房？他也在考虑。后来，他在一次与郑旺的交流中得知，现在农村危房改造，中央有补贴，受益人再自己出一部分钱，对危旧房屋按照紧急程度逐步进行改造。这让曹工看到了希望，他想先安排人对照这个政策做一下调研，摸清楚情况，然后再提方案。

曹工一口答应谭镇长的指派，并提出了自己的顾虑："我总体上觉得对镇上这些没有历史价值的危旧房屋不能只简单地加固改造完事，将来村里的大部分村民都集中到镇上了，都住进现代化的小区，反而是镇上的人没有住进去，会有问题。"针对这种情况，曹工提出总体分三个层面来做：一是村里的农民将自己的宅基地置换到镇上集中的地方自建；二是镇上建设的现代化的小区，让村里的农民用宅基地置换，另外交上相当于建安成本的钱；三是镇上要做好整体规划，镇中心要做成有文化特色的文旅一条街，让外地人和本地老百姓也有一个逛街的好地方。

尤其对于把危旧房屋改造与桃镇文旅街建设结合起来，曹工这位建筑大学的高才生更像一位艺术家，他是要在桃镇勾画一个属于历史和未来的永恒的杰作。桃镇中心的老建筑主要是大建设时期建的，有部分是解放战争之前保留下来的有历史价值的建筑，那些现在是不错的旅游点。所以，围绕文化做文章，对有历史价值的建筑保留并修葺，对大建设时期建的质量不高的建筑，已经成危房的不如拆了，按照农民待遇一起到小区去，让大家都尽快住上有暖气的房子。这样一步到位，也是一举两得，既提升老百姓幸福指数，又提升桃镇的整体形象。

然而，对于以传统农业为主体的桃镇，有什么办法可以解决老百姓手上的钱，以满足他们的购房需求？谭成仁提出了这一棘手的问题。

对此，曹工也已考虑在先了，他之前在思考这一障碍时就想到，城里人买商品房很多都是按揭贷款，而桃镇因为以前没有房地产市场，还没有市场认可的房价，这次建的房子也主要是满足老百姓的宅基地置换，房屋的市场价不好确定。但是如果能让桃州农村信用联社以桃镇的建设规划来评估一个基准价，并用这个基准价来给老百姓提供贷款，那可能会解决资金上的问题。于是，曹工跟谭镇长讲了这一设想，并说："这资金方面，请爷爷看能不能找王市长，请他协调一下，看看桃州农村信用联社能否特事特办，为未来农村的房地产发展蹚出一条路来？"

曹老爷子听后爽快地答应道："好的，这个事情我来找王市长，如果涉及我个人的事情还真跟王市长开不了这个口，但是为了桃镇的建设、为了桃镇老百姓能尽快过上好日子，住进现代化的小区，我去找他。"

曹工接着说："这危旧房屋方面我们还是要先做一个统计，更主要的是问问老百姓的意愿，既然是办好事，那就做到位。正好到时让曹商他们市一建的队伍给评估一下，如果加固改造大概要花多少钱；如果把这些钱节约下来，老百姓到现代化小区去买房整体上要花多少钱，这样我们镇上心里有数，老百姓自己心里也有数，爷爷到市里找王市长的时候也好讲清楚到底要多少资金的支持。"

曹老爷子赞许地点点头。

"谭镇长，虽然我把到镇上自建的房屋建设方案做好了，大家也比较欢迎，但是我们还是要尽量限制。"曹工接着分析道，"虽然在镇上集中自建也是节约了土地，但是因为容积率低，不如现代化的小区更节约土地，所以我们还得在政策上注意引导。比如这超标部分的管理费可以多提高一点，建的品质上要求高一点，这样进小区的部分就可以分流更多的家庭。"

"是的，从城镇的发展看，土地是不可再生资源，将来城镇人口会越来越多，社会发展愈发加快，对土地的需求也会增加。"谭成仁问曹工，"那你在小区建设相关方面有什么打算？"

"小区建设是个系统工程，对于我们镇，与小区建设相关的暖气设备厂和光电设备厂的建设也都需要加紧实施了，这样，将来建小区，我们自己的供暖和供电才有保障，也才能带动更多人集中到镇上居住和工作，才能将镇上的工业带动起来，才会有更多企业愿意来投资，从而形成城镇发展的连带效应。"曹工一口气说着，显然他对城镇发展、小区建设有着自己深入的思考。就在这些天，他已跟郑旺教授联系落实暖气设备厂落实桃镇之事；对光电设备厂的落户，明星能源设备公司的老总武亲农也已答应，并给投资桃镇的这个厂命名为"明星光电设备公司"。

谭成仁听了也非常高兴，直夸曹工办事效率高。曹工紧接着又说："希望我们桃州市能给优惠的政策，而我们桃镇则准备好充足的劳动力和土地。所以，我们工业园的建设就需要提上来，这个'三通一平'的事情我们桃镇自己现在还干不了，曹商跟市一建的领导说了，由曹商带队到桃镇来先组织人搞，钱市一建先垫上，后期工业园的建设工程要优先给市一建就行。"

谭镇长说："这个回头我们一起跟张书记汇报一下，人家市一建支持我们，我想只要是报价合理，我们桃镇应该是欢迎的。这样工业园区建起来了，农民看到有工作可以做了，就会有更多的人集中到镇上来，他们的耕地就会更愿意集中入股到村集体，那我们的大农业也能好好推进了。现在就是要将从事大农业的队伍物色好。"

曹工接话道："谭镇长，您看，就大农业的从业队伍我们采取公开招聘和竞选的方式，这样公开招聘可以更广泛地获得能人资源，竞选则能提高大家的积极性，也能保障入股老百姓的利益，您看看是否合适？"

"好，就按照你说的方式，我们也在更大范围公开招聘。不谈全省，至少在桃州市范围，这样也能提高我们桃镇的曝光度。"谭镇长有点兴奋地说，"还是你想得周到，那这个公开招聘和竞选的事情就由你来张罗了。"

次日，谭成仁和曹工又把这一系列规划向张苏淮作了汇报，张苏淮很是开心，让他们大胆去做，还说："曹老爷子找王市长的时候，我亲自开车陪着一起去，老英雄为我们桃镇人民争取资金搞建设，我得做好服务。"

一时间，桃镇的各项工作按照规划轰轰烈烈地开展起来，人们看到，镇上的工业园区，一个个厂房如火如荼在建设；镇土管建设所，提交建房申请和选户型的百姓排起了长龙，一家家早就想住到镇上的人们在规划区域开始自建。大部分老百姓还是希望住进现代化的小区，因为住楼房是大家多年的想法，而且将来都有暖气，关键是价格还不高，政府只是收个成本价，多好啊。至于汪大那些人，最终只能是一意孤行，孤掌难鸣，村民们在反复掂量后，还是选择了政府给出的土地入股村集体的方案。

耕地集中后的桃镇焕发出新的生机和活力，曹工等新一届镇领导班子的努力，使桃镇人看到干群一起努力攻坚克难奔小康的希望。就如同当年新四军在桃镇和人民一起打日本鬼子和伪军，过程是艰辛的，甚至是悲壮的，但参与这个自己翻身当主人、走向美好未来的过程却是最幸福的。

第十四章　踏破铁鞋无觅处

可谓一石激起千层浪，桃镇农民土地入股村集体的讯息，如同这个万物复苏的春天，一颗石子落进了清冽的甘泉，激起层层涟漪，荡漾着冰雪，消融大地上每一个细胞，迅速传递到这方土地的千家万户，小镇彻底热闹了起来，村民们开始跟着镇上的节奏对土地进行确权。

本来很多在城里打工的人还不在乎，但听到家里亲戚说了情况，知道这土地只要不撂荒，由集体种粮食，每家根据土地入股多少到时有分红，农业税还将减免，收益肯定比以前多。关键这次是要进行土地确权，一次将承包三十年，未来入股土地也是按照这次确权的情况来确定，这简直就是喜从天降。所以很多人趁着清明回家扫墓都把确权的事情办了，而且积极将家里的土地全部入股了村集体。

另外，原来种植经济作物的，则有点焦虑了，看到大部分人将土地入股村集体了，自己种的那些经济作物虽然相对于粮食收益多点，但是要一家人一头扎进地里才行。看到镇上已经开始动工的供暖设备厂和明星光电设备公司在招工人，到底是继续种下去，还是把土地也入股到村集体，家人们也是各执己见，因为家里年轻点的都不想种田了，不管是种粮食还是种经济作物，都没有到工厂上班体面。有部分人家去年才种上茶树的更是懊悔不已，毕竟这两年还没有收益，不过倒可以考虑先到厂里打工。

更为关键的是，如果土地入股村集体了，家里也不用种地了，那么就可以将宅基地交出去置换镇上的楼房，只要交建安成本价，还可以到桃州农村信用联社贷款，首付只要百分之二十，这对于家里有年轻人要结婚的太有诱惑力了，就是对于那些有小孩上学的也有极大的吸引力，住镇上总比住在乡下更体面和方便吧，而且都装上暖气，这是多年梦寐以求的啊。只是镇上公告说得明白，以宅基地置换镇上小区的房子第一批先给农业承包土地入股和宅基地置换的人家。这可不是说说而已，谭镇长的侄子谭家和没有能第一批拿到购房权。

土地确权进展大致还算顺利，就是这胡家村出了点状况。

胡家村的村主任胡小利因为前几年把人家外出打工不种的地都捡了种上了茶树，所以他们家现在有二百多亩地，这个面积也算是小地主了。可是现在确权，那些外出打工的人回来了，知道镇上的政策对他们有利，就找胡小利要收回土地，或者要胡小利按照村里将来入股给的钱给他们。

胡小利一听就火了，指着这些人的鼻子破口大骂："你们这些狼心狗肺的，要不是我把你们撂荒的土地捡回来种植，这些地早就被国家收走了，哪会有你们的份儿。现在我种上茶树赚钱了，你们都回来要，怎么可能？一分地也不给，一分钱也别想拿！"

有个小伙子叫刘子健，长得比较结实，所以胆子也大点，跟胡小利说："你如果不还地，也不给钱，我们就去镇上告你。这么多年，其他人家捡地的多少还给承包人些钱，你不但不给，而且还欠着农业税，我们现在如果要确权继续承包这些地，还得补交这些农业税，我们不让你补上这些农业税已经不错了。"

刘子健说完，胡小利也没有多说话，只是让他回家等着。刘子健本来还以为是胡小利要给钱弥补，没有想到，当天晚上来了五六个蒙面大汉，进家就直接把他打倒在地。刘子健爬起来抄起家伙就跟这些人打了起来，无奈双拳难敌四手，在这些人的围攻下，刘子健头被打破，身上多处受伤，家里的家具也被砸得稀里哗啦，好在这次回乡就是自己一个人，否则家人也得遭殃。打完人，这帮家伙还不忘告诫刘子健："别没事找事，如果再找主任要地或者要钱，下次就不是挂这点彩了，到时你和你的家人少点零件别后悔！"

刘子健自这次挨打之后就再也没有回胡家村，本想这点钱多少能贴补点，无奈胡小利在桃镇有他叔撑腰，落得个鸡飞蛋打。亲戚上门看望他，跟他说："孩子，咱们在胡家村是小姓，听说那姓胡的现在还有县长撑腰，胆子大着呢！你这地要不回来就不要了，免得把自己的命给搭上。我们也加紧把地入股了，好脱离这个地方，不再受他们胡家的欺负。"刘子健心里怎么不知，当初他们一家人离开胡家村到外面打工，就是为了不在胡家村受欺负。于是，就这样憋了一肚子气走了。

胡家村的土地有好多没有确权的，大致都是听到刘子健被打的消息，也没有人琢磨着找胡小利要回地了，而那些能确权的赶紧确权后都入股到胡家村的村集体，好在这个村集体是要另外选聘人来经营，如果还是胡小利当这个村集体的总经理，那肯定很多人不会入的。胡小利也没有想着要带这些人致富，所以也就没有关心村集体的建设，毕竟他认为种粮食不会有什么收益，他也不劳这个神，他把他和他叔的茶园打理好就收益不错了，而且还有村里的一条河，他也让人给霸占养鱼了，这样活得多滋润啊。

胡家村的事情镇上不是不知道，碍于胡立在，从他爸那会儿就是那个村的村长，很多人也不想惹他们。好在胡家村的土地除了一部分没有确权，大部分工作都进展顺利，而且大部分土地都入股到村集体了。那些没有确权的土地被胡小利上报成荒地，他自己占了。

由于桃镇农民土地入股村集体之事进展顺利，按照镇里的统一指导，在小麦收割后就开始大农业生产，因为小麦还是各家种的，收成还是到各家比较方便计算。谁来经营这个村集体的地，曹工按照之前的分工赶紧张罗起招聘和竞选的事情。

桃镇要走大农业的路，桃镇要实施机械化种植，桃镇的村集体公开选聘种粮的团队，村集体的总经理实现竞选……一时间，桃镇的这些新鲜事传遍桃州，很多桃镇的家长让自家学农的大学生回来竞聘，就连有些已经到外地工作的学农的大学生也都跃跃欲试，省农业大学的研究团队和市农学院的老师都有想竞聘的，毕竟这对搞农业研究的人来说是一次大机遇，原来自己不被重视的、被压抑的抱负都想通过这个试验田展示出来。桃镇这一动静自然搅动了市长王为民，他并没有插手过问，他是想看看桃镇能否将这个事情干漂亮了。

　　曹老爷子找王为民的时候，主要说的是房子贷款的事情，王为民想想这是好事，而且也有章法，可以算是探寻农村房地产金融的一个实验，可以进行。现在看到桃镇的大农业建设竞聘搞得轰轰烈烈，心中暗喜，看来农村建设还是要由大学生多参与，他们思路灵活，不受固化经验约束，发展规划也条理清晰，未来农村在他们的带领下或许真能突破各种障碍，得到快速发展。

　　曹商带人经过半个多月对全镇所有房屋建档检测，确定有五十多间需要技术加固，有十间房屋为安全起见需要拆掉重建。关于要拆掉的房屋比较麻烦，一是拆掉人家房子的善后，人家住哪里；二是拆掉的房屋是原地重建还是异地建设。

　　事先曹工也有交代，希望他们在检测的同时将老百姓的意愿都摸清楚。在调查中了解到，其中十户要拆掉重建的人家全部愿意住到镇上新建的小区，因为他们情况特殊，可以作为第一批购买的，所以大家的意愿比较强烈；那五十户需要技术加固的听说政府会补贴一部分，自己还要掏一部分，有点犹豫，主要还是要算好账，看看是不是和那十户要拆了重建的一样考虑住进新小区，毕竟这老镇上暂时不会通暖气，而新小区是要通暖气的。最后曹商他们统计来的老百姓意愿居然是这五十户中有四十五户想第一批一起住进新小区，剩下的五户主要是因为考虑自己利用家里房子在镇上做生意，所以只是要加固一下，这样能继续做生意。

　　既是这样的结果，曹工和曹商商量了一个方案，就是由曹商他们市一建帮助那五户进行加固改造，其余的危房等建完新小区，原来居住的人家都搬进新小区后再拆除，融入镇上整体规划建设，将这些房屋连着其他周边的房子门面一起按规划换新面貌，做得更有古镇风味，打造成文旅一条街。具体融资和后期招商由市一建来负责，将来的经营权也归市一建。

　　曹兵听说这个事情后，赶紧表示自己要介入，别待这个镇上的文旅一条街建好后，自己的民居生意受到大影响。他自告奋勇说："融资和建设的事情可以由市一建来进行，我想把这招商的事情承揽过来，毕竟这个方面我比你们有经验。"

　　曹商本来也觉得招商这个事情市一建也不擅长，既然曹兵有意，他跟总经理汇报后，总经理也爽快地答应了，因为总经理也是想专心做好建设的事情。由于市一建是国企，融资上也比较方便，所以关于桃镇建设方面需要的资金市一建还都能做到，于是桃镇的新小区一期很快就建设好了。

镇党委会为了桃镇第一个小区的命名还专门讨论了一次，最后大家一致同意用"桃花苑"来命名。桃镇老百姓也觉得这个名字起得非常好，和自己的镇名也贴切。读过书的人都说这个名字有诗意，和陶渊明的《桃花源记》意韵相称，看来我们桃镇人要住进世外桃源了！老百姓们也都满意，想购房的人太多，所以只好一批批来。

房子要一期期建。开始的时候曹商还比较谨慎，毕竟自己刚当项目经理时间不长，而且大部分在桃镇招收的工人是新手。曹商让曹学到他们市建工学院找相关专业的老师，这些老师以教大专生为主，也直接教一线工人。有几个老师曾在德国职业院校接受过两年的师资培训，在教学上重视动手实践，也主要以实习情况考核成绩，学生们都有一定的操作经验，所以学生虽还没有毕业已经全部被预签了，这其中，市一建就签约了不少。现在曹商又专门让这些老师来培训桃镇的工人，培训的效率就是高，一个月后，这些工人都能达到初级工的水平，而且实践时还有市一建的老师傅们带着，所以队伍的工作效率较高。加上这是为自己家乡盖房，将来自己家可能就是住的自己盖的房子，所以工人们特别认真，操作水平得到老师傅们的夸奖，一期工程干完之后老师傅们都说他们也可以带徒弟了。尽管如此，曹商还是在一期工程间隙分批安排工人们继续到市建工学院进修提高，同时继续招募桃镇的年轻小伙到市一建参加速成班学习，等他们都拿到初级证书之后就派到项目上开干。

再说工厂的建设。郑旺教授引荐投资建设的供暖设备厂是最早建成的，这个项目契合桃镇的需求，生产的产品也都是新式的，不是原来用的铸铁的，而是全钢的，外边喷塑，颜色鲜艳，有的还直接喷上了图案，有家喻户晓的中国古代"四大名著"中的人物形象，孙悟空的形象更是贴近孩子们的喜好。这些新产品都将在"桃花苑"的住宅使用，成为给首批住户送上的暖心红利。

郑教授平时也不总在桃镇，他也就一个月能来一次，每次来都会和曹工一起回去看看曹老爷子，每次都喝上点何首乌泡的酒，然后一起畅谈桃镇的未来规划。这天，郑教授来到桃镇先约了曹工，两人一见面就聊了起来。他提醒曹工，别光顾着造暖气和装暖气，将来老百姓入住了还得烧暖气，桃镇想用桃州市里热电厂的热源是不可能的，得同时解决热源的问题。

对这个问题，曹工当然也想过，他征求郑旺的意见，桃镇原来农民种粮食的秸秆都是用来在家烧火做饭的，后来隔壁县有个造纸厂过来收这些秸秆，所以大部分秸秆都被造纸厂收了。后来造纸厂升级，改用木浆了，就不再收秸秆了。现在老百姓好多家已经用上液化气罐了，都不习惯用秸秆做饭了，于是老百姓干脆直接将秸秆在地里焚烧，这秸秆的灰倒是不错的钾肥。但是现在环保要求严，不让再烧秸秆了，老百姓正在为秸秆处理发愁呢。他便想建大的沼气池，用这个秸秆和牛粪等发酵生产沼气，再用沼气来烧锅炉供暖，最后这沼肥再作为有机肥还田。这样既可以解决供暖问题，又帮现在的村集体解决秸秆和有机肥的问题，这不是一举多得吗！

"你的这个思路不错，但是你可能对沼气还不够了解。"听罢曹工的设想，郑旺分析道，"沼气如果想用来供暖可能还真不行，主要是因为产气不稳定。沼气池在夏天因为温度高，发酵效果好，产生的沼气比较足；但是到冬天气温低，发酵慢，产生的沼气就不足了，那个时候想用沼气来供暖显然不够。如果没有其他好的方案，可以在冬天以沼气加上煤炭来补充，所以还需要综合考虑。"

曹工听郑教授这么一说，想老师说的问题还是真要好好研究。希望能在冬季入住前把大家供暖的能源问题给解决了。

这天曹工和郑旺回去的时候，看到曹老爷子正在陪一个中年人说话，曹兵则在厨房里忙着。老爷子迎上来，拉着郑旺进屋，并介绍道："郑教授，这位是我战友的孩子，叫徐进军，我战友在朝鲜战场上牺牲了，留下他跟他妈在老家，后来我们几个战友一起资助了他们。他后来想参军，他妈不让，非要他上大学，这不，大学毕业之后还是参军了，当了多年团长之后转业到央企，这次是专门到桃镇看我的。"

然后对徐进军说："进军啊，这位就是我刚刚跟你说的在我们桃镇帮忙建供暖设备厂的郑教授，也是我们家老大的导师和未来岳父。"说完就哈哈大笑。徐进军和郑旺年龄相仿，两个人也没有陌生感，双方握手后就坐下了。

曹老爷子指着曹工说："这就是我家老大曹工，从郑教授这边研究生毕业后就到我们桃镇来搞建设了，主要是想帮我这个老头子完成心愿，以后还要进军你多帮助他成长啊！"

徐进军又跟曹工握了握手，说："当年要不是你爷爷和战友们的资助，我和我母亲都不知道怎么生活下去。所以你有什么事情直接跟我说，我能帮忙的一定帮忙。"

曹工连忙说："您客气了，我爷爷他们的事情我们做孙子的也很自豪。这样，你们二位在这边和我爷爷聊聊天，我到厨房帮一下我弟弟，咱们早点上桌喝酒再聊。"

曹兵是做宴席的能手，加上曹工的帮忙，很快菜就上桌了。菜一上齐，曹商刚巧进院子，洗了手赶紧坐下。曹老爷子带着两位客人一左一右就座，三个孙子在下边陪着。老爷子举起酒杯说："今天主要是感谢进军大老远从北京到我们桃镇来看我，也感谢郑教授一直以来对我们桃镇建设的帮助，我们爷孙四个敬你们二位。"说完，大家一起干了。

曹老爷子趁筷子还没有用，给两边的客人都布了些菜，两个孙子则在两边帮着客人斟酒。席间老爷子特意问曹商："今年冬天这桃花苑能建好入住吗？能供上暖气吗？"曹商接话说："这房子第一期肯定能建好，快的人家还能装修好，暖气片也都能安装好，但是这个供暖就要看我大哥了。"

曹工赶紧接话道："这不刚刚来之前我老师还问我，我之前还想着用沼气解决能源问题，但是老师说这沼气不稳定，尤其到冬天产气量不足，需要用煤炭补充。"

徐进军听罢随口问："你们这边没通天然气吗？"

"没有，没有，我们这边现在镇上做饭用的是液化气罐，村里好多还是烧柴火的灶，哪有天然气啊！"曹工介绍着，又说道，"不过我们这边倒听说有个天然气管道只专门供应桃州市区，连我们县里还没有用上。"

徐进军说："那个管线是从一个大油田铺过来，在你们镇边上通过，一般还真不会给你们镇开这个口。不过正好我就在中石油，我们现在也开始支持县上开通天然气了，我可以努力让你们镇上沾上这个光。我到时和主管这事情的人沟通一下，在给你们县里开支管线的时候一起把你们镇上的也弄好，也就十几公里长的支管线就可以了。你们到时打个申请。"

这真是"踏破铁鞋无觅处，得来全不费工夫"！曹工惊喜万分，连忙问："跟谁申请啊？"

徐进军说："找市长，让市长找我们天然气公司就行了，我回头跟我们天然气公司也说一下。"

曹工听了高兴极了，让爷爷找市长，还不是一句话的事情。关键是徐进军帮忙打招呼让管事的给桃镇开口建支线才是关键。徐进军转业之后到了中石油，还做了处长，从中周旋还是管用的。曹老爷子带着三个孙子赶紧敬酒，郑旺也跟着一起敬酒说："徐处您真是桃镇的贵人啊，我们本来想的大问题，您一下都解决了。不但是供暖的问题，连老百姓的做饭问题也都解决了！"

曹老爷子更是开心，没有想到自己资助的战友后人帮了这个大忙，这做好人还是有好报啊！

第二天，曹老、谭镇长和曹工三人一起来到了市政府，找了市长王为民，王为民爽快地答应，毕竟这个事情主要还是天然气公司那边，有他们自己人打招呼当然就更好办了。事后，桃镇和天然气公司签订了合同，天然气公司派人来帮助桃镇进行了天然气管线的设计。经过两个多月的时间，管线基本建成了，天然气总泵站也建好，天然气公司给桃镇派来了两位工程师，一位任天然气总泵站站长，实际上就是天然气公司的经理。在与总管线接头那一天，天然气公司的总工程师也到了，可以说是绝对安全地把天然气输到桃镇，桃镇上的人家就这样用上了天然气！

曹农虽然在省城继续读博士，但还是能经常回桃镇，这明星光电设备公司是他请武亲农来投资建的，武亲农还特意给了他百分之三十的股份，既是报恩，也是希望曹农能把正在研究的新技术应用到这个公司，让公司一上马就先声夺人。曹农带到省城打工的八个小伙子现在也已经是这个新公司的核心力量了，加上武亲农从明星能源设备公司派的团队，这个明星光电设备公司也迅速投产了，而且产品还不断迭代，很受市场欢迎。首先就是做了光伏路灯，解决了原先桃镇村里晚上黑灯瞎火的问题，关键还不用拉很长的电缆，节约了很大一笔投资。老百姓的夜间出行安全多了，大家都感谢曹农给大家做的好事，曹农也特别欣慰。

更令他高兴的是，他现在正在研究把光伏做到屋顶上，这样桃镇新建的房屋都可以装上，但是现在光伏板因为大点的树叶或其他遮挡物落到光伏板上，导致单块电池板电压断格，严重的还会造成火灾，所以目前直接放到房屋顶上就要注意这个问题，如果不解决，那么光伏建筑一体化的事情就不能很好地推进。曹农通过翻阅论文，查找相关研究报告，发现一个叫刘永祥的在杂志上发表了几篇这方面的文章，表示已经解决了这个难题，于是他通过杂志上的联系方式，联系到刘永祥。这不联系不知道，原来他们是校友，而且就差一级，当时曹农因见义勇为受表彰的时候，刘永祥作为师兄也很钦佩。由于两个人不在一个系，曹农并不认识刘永祥，但如今两个人电话联系上后，还是师兄弟，相关的合作意向很快也就确定了。刘永祥创立了晨光新能源股份公司，致力于用新能源解决能源和环境问题，所以和曹农相谈甚欢。在两个公司通力合作下，光伏一体化的屋顶很快就在明星光电设备公司投产了。光明是人类永恒的追求，共同的探索使曹农和刘永祥这两个素未谋面的人走到了一起，他们将合奏出一首怎样的乐章？不管怎样，因"光"而结缘，用"光"去照亮更多人的人生，这样的相遇已经成功，也注定会精彩。

第十五章　集体经济新引擎

　　进入六月的桃镇气温升高，雨水丰沛，风吹麦田千层浪，又到一年麦收时。只是今年和往年不同，六月中旬，小麦收完了，绝大部分的耕地就入股到村集体了，而且这次村集体的生产团队还是在全省范围招聘的，来了不少能人，当然这些人多少跟桃镇有点关系，否则桃镇人也不放心啊，尤其是那些种粮大户，他们还不希望一下子没自己的份儿了。

　　这天，村集体总经理竞选演讲正在镇大会堂举行。参加演讲的人员有外来的农业技术人员，也有本地的种田能手，还有从桃镇走出去的大学生，除了一个学工商管理的、一个学市场营销的，其他都是农业相关专业的大学生。

　　后生们的演讲都比较精彩，他们都请来了自己高校的技术团队做支持，一个学工商管理的大学生叫周长富，还直接和省农科院进行了合作，所以说起来感觉比学农的大学生还有底气。

　　团队竞选演讲后，由入股的老百姓代表投票，最后都有了结果，只有三个村由原来的村主任当上了副总经理，其余的都是年轻的团队。那个周长富在省农科院合作支持下也拿到了周家楼村的土地经营权，当上了总经理，而且他们给自己定的指标还是最高的，从选举结果能看出，周家楼村老百姓真的对他寄予厚望，希望跟着他长富下去。

　　这些新生力量的加入，从一开始就给村集体注入了活力。多少年来，祖祖辈辈在这方土地上辛勤劳作，都没能使他们走上富裕之路，如今老百姓们愿意把自己的土地交给这些后生们，希望他们能拓出一条新路，为自己创造效益。那些学农大学生的家长们更开心，原来一直惋惜孩子上大学白学了，在外面打工也比较辛苦，现在孩子不但回来了，而且还把自己的专业给用上了。加上各个大学的支持，桃镇人一下子像被幸福激活了，干什么都带劲。

麦子收完，按照原先的计划，各个村集体都将自己田边河里的淤泥用泥泵机连泥带水地抽到了地里，连着粉碎的小麦秸秆一起给欠肥的土地施足了有机肥，同时也是对村里的沟河进行了疏浚。耕地集中后，各村都实施机械化种植了，一个村都有一万多亩地，但是真正需要干活的时候居然用不了多少人，各村集体总经理召集种植户商量种什么品种、怎么育苗、怎么做更有品质、怎么防治虫害、怎么分配任务。

而周长富的团队却不一样。周长富大学就读于省经贸大学工商管理专业，毕业后已在省城工作六年，但都是给别人打工，这次他回来是想自己带团队大显身手一番。为此，他对市场作了深入研究，感到农产品已到了以质取胜的时代，从市场需求出发，找到省农科院合作技术，准备以独树一帜的产品获得更稳定的市场，并要掌握定价权。省农科院的专家在他描绘的蓝图之下，答应到桃镇尝试做这个试验田。

通过竞选担任周家楼村集体总经理后，周长富迅速召集村里种养殖户会商，"现在麦收之后就是夏种、夏管，要为全年粮食丰收奠定基础，这是千百年间农业耕作的规律，大家在种田上比我更内行。既然这样，还需要我干什么？我之所以参加竞选，是因有一个梦，我小时候看过一部魔幻电影，上古树神的种子只要一碰仙水，就能瞬间长成参天大树。这个梦一直在我心底，我就是要带大家实现这个梦。"

周长富话未说完，大家你一言我一语议论开了："种田要踏踏实实，哪有靠做梦庄稼就能长起来？""若真有仙水，千百年来农民犯傻要这么苦干？"还有人心里嘀咕：这小年轻没根，能带领我们干吗？

周长富朝大家压了压手，示意安静，继续说："大家静静，你们有没有想过，我们种的粮食、长的庄稼是要卖给谁吃？"

村民们有些疑惑，反正都是种粮食，一方面供给国家粮食收储，另一方面供给市场。"这还用问吗，当然是给人吃，难不成是种给猪吃？"有个中年人没好气地回了一句，大家哄笑一片。

"这个问题大家可能没有细想过，那我今天要让你们知道，我们周家楼村集体种养殖的粮食、鱼虾是要卖给追求更高生活品质的人，让他们吃得放心，也更健康，我们的产品要成为一种风向标！"周长富大声说道。

大家讨论得更激烈了，村集体的人多半是不信的。省农科院专家见状，朝大家摆了摆手："大家安静，大家要相信我们，周总经理的话都是真的，完全可以做到，只要大家按我们的方法做，我们确保大家今年的收入比其他村的村民高。"

大家这才安静下来，心想，"没有金刚钻，不揽瓷器活"，周长富这小子可能真有两下子，要不镇上领导怎么会把周家楼村这一大摊子给他做，省农科院的专家团队也跟着他。那就看看他有什么招数！

周长富他们的计划没有向外多透露，但是干着干着大家都看出来了，当然看出来也只是看个表面，真正内核的技术，这个团队是秘而不宣的，就连团队里面做工的也不全知道，他们反正只是接受工作安排。

地里下种子前，农科院的专家们先用富硒的营养液把种子浸泡了一天，然后育种的时候这苗出得就是比别的村快，而且出得还壮，也不密种，田间被挖出不少深沟，而其他村则是都种上水稻，中间没有深沟和田埂了。深沟挖好，周长富就带着团队在里面放了半大的鱼苗，主要养的就是鲫鱼，因为鲫鱼不大，在田间养殖还是比较方便的。不过这周家楼村田间养鱼的事情在桃镇传开了，其他村的人还讨论，说这周长富到底不是学农的，到时这田里一有虫害一打农药，这鱼不都得完啊！这鱼养着，中间还在开稻花前喷了两次营养液，然后稻花开的时候又喷了一次。每次喷完，周长富都交代人把用过的瓶子收好，所以外边的人还不知道他们喷的是什么。反正别人喷农药的时候，他们差不多也喷，但他们地里养的鱼还是活蹦乱跳的。这稻花开后，田里的鱼也养得差不多了，周长富就组织人把鱼分批地捞上来，都直接送到省城市场，卖了个高价，在省城直接打的是"桃镇有机富硒稻花鱼"的招牌，特意说明是省农科院养殖的，价格是一般鲫鱼的三倍，而且还供不应求。这下周家楼村集体的人才恍然大悟，暗喜幸亏跟着这小子干，还真干出名堂了。

　　稻花鱼捞得差不多了，孵鸡的炕坊也建好了，周长富领着周家楼村集体的工人在农科院专家的指导下孵化小鸡，并建了养鸡场养起了鸡。养鸡最关键的是鸡刚孵出来的四十天，容易得鸡瘟，一旦染上鸡瘟，小鸡就会大面积死亡，要不就要给小鸡喂抗生素，所以养鸡场里面的工人格外注意。但是小鸡在农科院专家配置的富硒饲料的饲养下很健康，十万羽鸡也就死了不到一百个，工人们都很高兴，这样的收成好啊。这十万羽鸡的养鸡场也是不小，不过专家们对饲养的环境要求比较高，每天早上让工人在养鸡场走一圈，一边播放着苏北民歌《采红菱》，一边把鸡都赶着飞起来，而且在高处给鸡架设了落脚的木杆，专家说过去"闻鸡起舞"，现在是直接"让鸡起舞"了。养鸡场里面的鸡个个都能飞好高，鸡平时落脚的地方都是镂空的，这鸡大了能飞之后，工人们每天都把鸡赶到高处，然后将下面的鸡粪用水冲干净。鸡粪从下面的坡道就都流到积坑里面，经过管道输送到旁边的烘干厂进行发酵烘干，最后做成有机肥卖到省城，因为在省城卖的价钱比桃州市贵多了，市民们用这些有机肥种花有很好的效果，并且还不臭。

　　等到鸡生蛋了，每天都是大货车往省城里送，都是已经订好的，一个鸡蛋就卖三块钱，就按个卖，打的招牌叫"桃镇富硒飞鸡蛋"，那口感真的很好。鸡刚刚生蛋的几天，因为蛋的数量还不稳定，周长富就送了一些给桃镇的领导，没有想到这些领导隔三岔五过来要，后来周长富直接跟领导们说："这些鸡蛋都是我们周家楼村集体的，给领导们就是尝个鲜，如果还想吃，那就要买了，不过给大家便宜，两块钱一个，我们卖到省城都是三块钱一个的。因为是集体的利益，我不能再做个人人情了，请领导们包涵！"

　　水稻收割前，周家楼的人在养鸡场旁边建了一个沼气池，还比较大，看来这烘干有机肥还是要不少能源的，用沼气来弄就省多了。他们把水稻收割后的秸秆全部粉碎了堆在沼气池旁，然后有计划地下沼气池，这样一来，炕坊的供暖和有机肥厂的烘干都用上了沼气，省了不少费用。更关键的是，专家说，这沼肥可跟一般沼肥不同，我们这个是富硒沼肥，将来都不能外流，全部要下地的，来年我们长出来的小麦也都是富硒的小麦了。

　　周长富也没有让河道闲着，他组织工人们做了十几个网箱，里面养上了青鱼。这青鱼和草鱼长得差不多，但是市面上比较常见的是草鱼，因为草鱼长得快，也就吃草和饲料，相对便宜多了。由于青鱼吃杂食，尤其吃螺蛳厉害，肉感更瓷实，做出来的味道也更好，所以价格高，不讲究的人家一般不买，但是过年的时候如果腌咸鱼，还是这青鱼更受欢迎。

周家楼村的边角地也都利用了起来，主要就是根据地的情况种的毛豆和花生，这两个是大排档必备啊！当然还有大量的各种蔬菜，都是按照富硒方式种植的。周长富负责村集体的桃镇有机富硒稻花鱼在省城火了，在桃镇更火，因为大家看到这鱼是在田里面长大的，没有农药，而且这水稻地里的各种小虫子都进了鱼的肚子里了，鱼肉更鲜美了。周家楼村集体就商量好在桃镇镇中心和周家楼都开了饭店，就以周家楼自产的有机富硒鲫鱼、富硒飞鸡蛋、富硒飞鸡、富硒毛豆、富硒花生及各种富硒蔬菜为主打，光这富硒飞鸡就有八种做法：盐水飞鸡、盐水鸡杂、毛豆米炒飞鸡、菱米红烧飞鸡、清蒸凤凰、叫花荷香童子鸡、辣炒鸡和一年后推出的富硒老母鸡汤。最后吃上一碗富硒大米饭。饭店一开张生意便是红红火火，主要是各种菜原汁原味，就是有那种之前没有施化肥长出的菜的味道，大家都很怀念。

桃镇第一批的村集体成立没有把种经济作物和养殖的算进来。看到各村集体干得不错，谭家和找到谭成仁，着急地说："叔，您上次到我家不是说我们这养牛的也可以组织成集体吗，我看他们干得都不错，我和我爸商量了，我们也想将村里养牛的都集中到一起，组成养牛合作社。这个事情我和几个养牛的都交流过了，大家基本同意。而且，我也找祥叔详细谈过，他也很支持，因为这样就不用对每家每户了，直接对我们合作社，他说他也在我们合作社入股，那我们这个事情是不是就可以干了？"

谭成仁高兴地说道："可以啊，这个事情我们主张自愿入股，你们组成合作社也属于自愿入股，这个镇上没有意见，应该说也比较支持，你们就大胆地干吧！"

说干就干，但是为了能干得更好，谭家和还特别报了省农业大学畜牧专业的自考本科。他没有按照他叔叔说的到桃州农学院，而是直接报的省农业大学，就是打听到农业大学畜牧专业是全国最好的，既然是自考，那就要找好的学校，弥补当时没有上大学的遗憾。通过自学，谭家和还真的掌握了不少养殖知识，使得他张罗大家成立养牛合作社的时候被选为社长。他受到周家楼村集体做富硒农业的启发，并且跟他们合作，在他们自己的地上种起了富硒苜蓿，用这个养牛效果好，而且产量高，经过富硒之后的苜蓿足足比原来的高了一半，产量翻了一倍，牛吃了富硒苜蓿之后长得更健壮了，也没有得过病。谭祥做的牛肉感觉比以前好吃多了，谭记牛肉的价格立即就涨了上去。当然，谭祥给养牛合作社的收购价也提了百分之五十。反正里面也有他不少股份，所以他两边都赚了。

看到养牛合作社做了起来，胡立就想着他们那个茶园能不能也组织一个合作社。于是他把胡小利叫过来商量。胡小利别看在胡家村威风，但是在他叔叔面前很是乖顺，说：“叔，您就说怎么做吧，我听您的，其他人的工作我来做。”

胡立盘算了一通，说：“这个也许是好事，别胡来。本来我每年把咱们的茶园茶叶卖出了不错的收益，很多人是给我面子买的，我现在组织这合作社就不能让他们都沾这个光啊。我想，合作社你来张罗成立，你当这个社长，合作社的茶叶我来找市场，但是得给我一个最低价，否则我干吗给其他人考虑啊！当然，我私下给你的不会少的。”

胡小利听后赶紧哈着腰说道：“叔，您这是说哪里话，我的就是您的，给不给都行。至于其他的就按照您说的，这样他们也就不用考虑出去卖了。”

说好就干，这有钱赚，胡小利的干劲也是很足的。他回到村里，把种茶的几十户人家都叫了过来，把成立茶叶合作社的事情跟他们都说了一下，大家心里是想入股到合作社的，但是因为是胡小利张罗的，心里都没底，也害怕最后土地都被他霸占了。只有十来户胡家的人立即答应了下来，其余的人都说回去商量。胡小利看加入的人不够多，接着几天就把隔壁几个村种茶叶的都挨个走了一遍，隔壁几个村的因为也都有自己家族支撑着，所以对于胡小利霸占他们土地的事情倒没有想过，不过对于这个低价收购有点犹豫，但是最后因为考虑茶叶销售最重要了，自己的门路还是不够宽，有胡镇长帮助销售，市场能稳定点，这样他们也可以一心打理茶园了，所以其他村的茶园反而比较快地就差不多都答应了。见胡家村的其他茶园一直没有动静，胡小利就派人打听，得知他们心中的顾虑后，胡小利又找胡立商量。

　　胡立出主意说："这样吧，我们这个合作社就只是按照统一要求种茶，我们收茶，地还是各家种自己的，这样大家不就没有这个担心了吗？！再说了，你已经有二百多亩地了，也不少了，就别惦记再弄别人的地了。我这边都已经听说有不少人把你告到县里了。收着点吧！"

　　胡小利其他什么都没有说，直接说："叔，都听您的！"

　　茶叶合作社也成立了，而且也做起来了，只是胡立去县里和桃州市更频繁了，也赚了不少钱。

　　各合作社也都自发组织整治种植养殖周边环境，尤其是利用机械设备全面进行河道清障工作。各条河道清淤之后，水流畅通，主河道里面往来的船也多了起来。曹工组织各村将河道两岸种上桃树，这个事情曹兵很积极，他特意从外地引进了两种桃树，一种主要是长桃花的，一种主要是长桃子的，长桃花的这个种到靠水的这面，长桃子的种到靠路那边。两年后，桃镇的春天成了粉色的世界，温馨浪漫。曹工邀请郑晓煜一家来到桃镇，郑晓煜看着这桃花源般的仙境都看傻了，她没有想到曹工会带着桃镇人制造出这么浪漫的景观，关键还很合桃镇的名字。梁玉红看到桃镇这两年的变化，她之前对女儿到桃镇发展的顾虑也全部打消了。郑旺因为经常来桃镇，所以没有什么惊讶的，不过他和曹工今天要给他们各自相爱的女人一个惊喜。

　　曹工开车带着郑旺一家来到桃花苑四期，和前三期的不一样，这里已经建起了十一层的小高层，都是电梯直接上下，一梯两户，而且都是三居室，南北通透，精装修后的房子。曹工和郑旺各自领着爱人来到最前面中间的一栋，乘电梯上了十层。出电梯后，两个男人让两个女人闭上眼睛，说要给她们惊喜。她们也都闭上眼睛，笑容中满是期待。

　　两个男人各自掏出了一串钥匙，往两边又各自打开了一个房门，同时喊道："你们睁开眼睛吧！"

　　郑晓煜和梁玉红睁开眼睛，左右看看，看到两个房门都打开了，一个里面贴在玄关上的条幅写的是"欢迎我的女神郑晓煜飞来"，另一个则写的是"欢迎女主人梁玉红回家"。两个女人激动坏了，都各自抱着自己的爱人，郑晓煜还清脆地亲了曹工一口。梁玉红兴奋地问道："这不是说只有桃镇的人才能买吗？怎么我们也有一套？"

曹工答道："师母，镇上基于老师为桃镇作了这么大的贡献，特批给你们一个指标，按照桃镇人的待遇购买。而且，我们这个房子都是成本价，所以我们买房就都没有跟你们商量，就自己做主了，老师也是想给你们一个惊喜。"

曹工说完，郑晓煜迫不及待地拉着曹工的手往自己的爱巢走去，她逐个房间欣赏，这里不仅是她的新家，还能站在高楼上看到自己心爱的人精心打造的新桃镇，这片让农村焕发新春的试验田，使她的内心对未来有了更多的期许。

郑旺则领着梁玉红到自己的家，给女主人介绍起自己的装修考虑。沉浸在这桃源新居，梁玉红对于丈夫今天送给她的这份惊喜，也有了叶落归根的踏实和安逸感，作为省中医院临床主任医师，几次来桃镇，使她感到这片无污染、原生态的水乡农村，正是天然的药材种植原产地，她憧憬着和女儿女婿全家共享天伦之乐的晚年生活，她也在这里寻到了自己济世救人事业的延伸，不由得想起孙思邈言："自古名贤治病，多用生命以济危急。"风起云涌的大时代，赋予了奋斗者无限机会，奋斗的人也将在这里寻到最好的归属和幸福。

快到谷雨时节，桃镇田头大棚清香四溢、春意盎然，放眼望去，粉色的桃花、红色的芍药花、黄色的油菜花，摇曳生姿，娇艳欲滴，美不胜收。这天，在梁玉红的引荐下，省中医院中草药采购负责人携医院专家代表一起来到桃镇勘查。

桃镇飞鹤村二十世纪八十年代中期，在一位村民的带动下，有几户大面积种植过桔梗、薄荷、菊等中药材。然而这几年因销路成了问题，村集体各合作社相继发展起来后，中药材种植并无起色，甚至因销路问题，这几户的种植面临存续问题。省中医院一行人的到来，无疑给桃镇的中药材种植带来了希望。经对周边种植环境检测，专家们对林草中药材生态种植的基本原则、种植模式、种植区选择、品种选择、关键技术、产品采收、生产管理、质量管理以及基地建设等基本要求作出具体的规定，在此基础上检测符合要求，对种植户生产的药材进行整体性收购。

趁此东风，谭成仁和曹工迅速推进飞鹤村成立中药材种植合作社，由合作社与省中医院签订了桔梗、薄荷、菊花、太子参、芦苇、百合、丹参七种中药材种植供销协议。省中医院牵线搭桥省中药饮片公司，与村集体合作社成立了中药材开发公司，由省中医院、省中医大学提供技术支持，在桃镇工业园区建立生产加工厂，专业开展中药材种植、野生药材收购、粗加工、销售，与飞鹤村的中药材种植基地直接对口加工销售。这一系列合作使桃镇一下子成为全省相关中药材种植和加工"领跑基地"，带动了地方农业产业化升级，促进了农民增收致富。

而与省中医院等单位的合作在桃镇才仅仅打开了一扇门，为加强中药材种植的监督和管理，省中医院和省中医大学在桃镇卫生院成立实验室，对中药材的临床医疗进行检测和实验，科研投入使镇卫生院的规模和专业水平不断升级，在省中医大学国家项目支持下，经过两年的努力，桃镇卫生院升级为全省首家中西医结合的镇级二甲医院，与省中医院和中医大学的交流与合作，极大提升了桃镇的医疗水平。省中医院定期派专家轮流来桃镇中西医结合医院坐诊，梁玉红成为第一批来坐诊的主任医师。

那天到医院挂号的人排成了长队，有不少来自邻县和邻镇。梁玉红从早上坐诊直到晚上八点还有病人在等叫号，晚上十点才陆陆续续结束。下班时，郑旺开着车已在桃镇中西医结合医院门口等候，看着妻子满身的疲惫，满是心疼地说："玉红，你都快退休的年纪了，以后就换年轻医生来吧。"

对老伴郑旺这话，梁玉红并不领情："老郑，我们做医生这职业的，不服老，越老越受病人信任。"转而又笑道："我今天真正有了桃镇主人的感觉，医者仁心，兼济天下，谢谢你把我带到了桃镇，使我下半辈子的人生有了一种新的动力。"

郑旺故意问："夫人不是觉得农村穷吗，现在还反对晓煜嫁到桃镇来吗？"

"死老郑，你真是麻雀的肚腹——小心眼，那都是猴年马月的话了。"梁玉红说完朝郑旺的耳朵揪了一把，和郑旺一起大笑起来。

岳母梁玉红思想的转变，以及为桃镇中药材产业升级、镇医院医疗水平的提升，所作出的贡献，曹工的内心充满感激、钦佩而又欣慰，在此过程中，他全力协助梁玉红推进诸相关项目在桃镇落地。对以前求医无门的桃镇老百姓来说，医疗条件的改善是解决百姓燃眉之急的民心工程，对于曹工，也是他对早逝的父母最痛彻心扉的一个心结。为官一任，造福一方，已不是一句口号，而就是曹工内心的一种需要，"因心得化城，随病皆与药。上启黄屋心，下除苍生缚"。他愈发感到，人生的可能性或许很多，而既然选择了做父母官，学贤吏之道，修为政之德，就是他必须坚守的信条，此生要修的最重要的"官德"课。

第十六章　妙手生花各千秋

桃镇有四个大姓，一个曹姓，一个王姓，一个谭姓，还有一个就是周姓。曹姓就是以曹仁杰这一大体系为主；谭家现在是谭成仁当了镇长，但谭家子女在外打工的也不少；姓周的人家住得比较分散，就周家楼村相对集中；但最多的就数王姓了。当地有个说法，从外地迁来的除姓曹、姓谭的渐渐成了气候，这周姓倒是本地的多，但人丁不旺，其余还有少数姓胡的、姓刘的，更有其他小姓的到了桃镇之后大多改姓王了。在旧社会里，搬到新地的小姓容易被本地的大姓欺负，所以那些人丁不旺的，即使不姓王也都改成姓王，还有些本来也姓王，但是和桃镇王家不是一个家谱的，搬过来之后很多后代起名字也就随了当地的排行，这让别人感觉就是本地王家的，能减少很多麻烦。

镇上有户王家前辈属名门望族，王家老奶奶在镇里很有名，原来也是大户人家的小姐，绣得一手好活儿，周围几个乡镇都知道王奶奶有个绝活儿——双面绣，她的双面绣能绣出两面是两幅图案，而且这两幅风格还不同，特别难得。她嫁的这户王家原来是大地主，本来她想把她的绝活儿传给她的女儿，但是桃镇闹土改的时候他们家受影响也比较大，她的女儿也在那个时候失踪了。新中国成立后，在那一阶级斗争的特殊时期，她儿子被当作地主斗，身心受到伤害，后来也走得早，走的时候最小的孙女才两岁，儿子走后，儿媳一狠心把三个女儿留下跟王奶奶过，自己离开了桃镇这个伤心地。

如今王家老奶奶已经七十岁了，三个孙女都已二十出头，貌美如花，性

143

格温和，也都独立自强，自己挣钱养家。大孙女叫王牡，从小就跟奶奶学绣活儿，后来还专门到职校学裁缝，现在她领着好几个女青年一起开了"王氏服装店"，中式的、西式的、古装的、现代的都能做，尤其是王牡做的衣服都有刺绣，精致而高档，镇内外定制的人特别多。本镇的年轻人大多会到她们店里做衣服，就连城里人来桃镇旅游或路过的，看到店里的陈列，也禁不住要专门定制衣服。

姑娘大了百家求，谭家老小谭军高中毕业后一直在南方的建筑公司打工，每年春节回来会待上几天。因谭家和王家给谭军和王牡从小定过亲，所以每年春节谭军回来都要带着礼品去拜访王奶奶，王奶奶也很高兴，但王牡不高兴，总是躲着，很少和谭军见面，即使见面也没有什么话说，她几次都叫奶奶退掉这门婚事，奶奶不乐意，还说人家也是高中毕业，人家哥哥还是个镇长，这不是挺好的吗？

王牡说："奶奶，都说他在外面挣了大钱，可也没看见他为家乡桃镇做过什么，这样的人我不喜欢。他人是不错，我可以和他成为朋友，但是处对象就需要相互喜欢，可我从来没有爱过他。"

实际上王牡说这话是心里有参照的，她喜欢上曹家老二曹农了。

曹农的明星光电设备公司开业，作为总经理，为了开业的时候能让员工精神面貌更加饱满，他带着自己招到省城的八个小伙一起到王牡的服装店做衣服。王牡看到斯斯文文的曹农，说话有章有法，对自己的下属客客气气，小伙子们对曹农却是言听计从，服服帖帖，王牡一下子被他深深地吸引住了。她本来听说曹家老二从省城带着投资到桃镇建明星光电设备公司，还跟姐妹们说"这人怎么这么想着当明星，连公司的名字都叫'明星'"，也就没有多看好曹家老二。今天一见，看到人家是个彬彬有礼的书生，还是一个待员工如兄弟的老板，就像自己对待服装店的姐妹们一样，亲如一家人，所以感觉遇到知音了。她知道曹农是个博士生，搞的又是时髦的光电，在曹农面前，王牡就像个学生，还像个小女孩，问这问那，为什么太阳光会变成电，碰了它触电怎么办，等等。曹农他们走后，姐妹们取笑王牡说："怎么不嫌弃人家想当明星了，而且还把人家当明星一样追着！"说完，大家哈哈大笑。

这下，王牡对曹农的明星光电设备公司的"明星"一点也不反感了，而且还想用自己的巧手把曹农打造成明星。所以，曹农在开业当天穿上王牡亲手做的衣服可谓光彩夺目，连武亲农看到都说手艺这么好，问衣服是在哪里做的。

曹农跟武亲农说："大哥，这就是镇上王氏服装店做的，您要是看得上，回头我也带您做一身，真的不错。您看看那八个小伙子穿上一字排开，闪亮登场，咱们明星光电设备公司是不是真成了'明星公司'了？"

武亲农又看了看小伙子们的衣服，又整体打量了曹农的衣服，然后说："我觉得那八个小伙的衣服不如你今天一个人出彩，是不是人家店老板对你有意思啊，把你打扮得这么精神，像个新郎官，我倒真要做一身衣服，你到时带我过去。"

曹农被武亲农的打趣羞红了脸，说："人家哪里对我有意思，既然大哥看得上，我就带您过去做一身，肯定不会给您跌份儿的。"

明星光电设备公司开业典礼忙完后，武亲农还真让曹农带着去王氏服装店做衣服。武亲农到了店里迎街的展示室，直接大声问道："谁是这个店的老板啊？"

王牡本来在后面忙着，闻声直接来到展示室，一看是曹农带着一个人过来，再一看还是明星光电设备公司的投资人，快步走了过来。

王牡昨天也特意到明星光电设备公司的开业典礼上去了，她就是要看看曹农穿上她专门做的衣服的感觉。远远看上去，曹农穿上她做的那套衣服后，那种精神头让王牡怦然心动，她特意绣在胸襟上的金色的龙，在阳光的照耀下闪闪发亮、蠢蠢欲动。她在会场就听到有人也像自己一样关注曹农，而且都是漂亮的小姑娘，她有了一种怕别人抢走曹农的感觉，从来没有过。今天看曹农带着武亲农过来，内心非常激动，迎上来就对武亲农说："武总，感谢您给我们家乡投资建厂，有什么需求您请讲。"

武亲农打量了一下王牡，诧异地说："您认识我？"

王牡接话说："昨天你们开业那么大场面，对于我们桃镇那是头等大事，我也到现场去见证了桃镇的大事，您这位光彩夺目的投资人我能看不见吗？！"

武亲农看到王牡说话间有意无意地看着曹农，感觉这个姑娘对自己这个结拜兄弟有意思，而且看到王牡人长得漂亮，还很会说话，待人接物得体，心想，如果成为弟媳妇，肯定能帮曹农打理好家，嘴上说道："老板真会说话，我哪里光彩夺目了，还不都让您给我这弟弟做了一身好衣服把眼球都吸引到他身上了。这不我也赶紧让他带我过来做一套衣服。"

听着武亲农的话，曹农有点不好意思了，王牡反而大大方方地说："曹农是我们桃镇的明星，把他打扮好了，能吸引那么多眼球，也是我王牡的荣幸，我给您做一身肯定也能让您吸足眼球。"说完，赶紧就开始给武亲农量尺寸，眼睛却一直偷瞄着曹农，问道："曹总，我给您做的那套衣服您感觉怎么样，还过得去吧？"她要看看曹农有什么反应。

曹农赶紧说："很好！很好！这不我就带我们老板过来也做一套嘛！您给好好做，我们老板的公司在省城做得还比较大，穿您做的衣服，也是给您宣传，说不定后面会有很多省城的人专门到桃镇来找您做衣服哩。"

武亲农特意插话说："别老板老板这么叫了，我们俩是结拜兄弟，当着外人的面也是，不要这么客套。"又特意对着王牡道："王老板，您说是吧？"

王牡说："你们两个是结拜兄弟，当然就别那么客气，但是您这么个大老板，还一个劲儿地叫我王老板，这不是取笑我吗？还有曹总，您是我们桃镇的明星，以后跟我说话也别老'您'啊'您'的了，您如果看得上我这老乡，就叫我王牡，或者干脆直接叫我小妹，如何？"

武亲农赶紧接话说："这好啊，正好我这弟弟到现在还是个'钻石王老五'，他回桃镇投资建厂，我还担心没有人帮我看着他，怕他太拼命，他们曹家人个个都是这样，跟他们说了等于没说。不知道小妹愿不愿意帮我盯着点？"

王牡说："他现在是我们桃镇的希望，我愿意盯着，就是怕人家嫌我烦啊？！"

曹农还有点害羞，但是话都说到这个份儿上了，不说也不行啊，于是说道："这样吧，你我也就别都'您您您'的了，你估计和我家老四曹学差不多大，我干脆就叫你小妹了。"

王牡连忙高兴地说："我和曹学是同学，那我就直接叫你哥哥了，我们家也没有男孩，将来还得靠你这个哥哥罩着点。"

"没有问题，反正我们家男孩多。"曹农接话说，"不过话说回来，你的这绣活儿真的挺好的。"

武亲农看出两个人这一来二去有戏，干脆直接说道："小妹啊，你干脆给我做上三套，我这平时也好换着穿。将来我也把你嫂子带过来，你也给她做几套，比她在商场里面买的好啊！"

"好嘞！"王牡开心地答道。这开心倒不是因为武亲农多做了几件衣服，而是跟曹农进一步建立了这隐隐的关系。

有一次，曹农亲自带人给王氏服装店的屋顶上装光伏电板，偏巧从屋顶上摔了下来，王牡反应特别快，马上拦了一辆小轿车陪他到县医院。医生检查后说："没有什么大碍，只是腿摔得肿了，没有摔断骨头。"王牡死活要让他做全面检查，连脑袋都要查，她说这搞研究的就靠脑袋吃饭，别留下什么后遗症。还非得住院，她都陪着。曹农的哥哥弟弟和小妹都来了，她也不走，就拿他当自家人一样，就这样和曹家兄妹们坐了一个晚上。

第二天医生说："你回去让他休息两天就好了，没有问题。"王牡亲自扶着曹农上了车一起回桃镇，曹家兄妹看出点苗头，也就没有插手，大家也都乐见其成。

从县医院回来以后，王牡大胆地找了谭镇长，说："镇长大哥，你要为我做主，我不能和你弟处对象了，我心里没有他，他也没有我，常年在外，也就春节回来见上一面，这几年我们连一封信一个字都没有写过。今年春节不要让他给我奶奶送礼了，好吗？"

谭镇长早已明白，他听了曹工从县里回来的描述，估计这王牡心里有了曹农了，所以马上回答道："好的，放心，恋爱自由，你是我们镇上服装界的一个招牌，我听你的。"

王牡向谭镇长深深鞠了一躬，说："谢谢您，好大哥，我一定再给您做一套新的镇长服。"

谭镇长笑了："鬼丫头，这事本来该由你自己跟他说的，你不是这桃镇金字招牌王氏'牡丹花'的老大吗，还有你不好直接说的。不处对象不还是好兄妹吗？看在你给我做衣服的分儿上，我一定给你把话带到。"

这一说，王牡笑了，但从此王氏"牡丹花"的称呼就传开了。

三姐妹中的老二叫王丹，幼师毕业，在镇中心幼儿园当老师，很受小孩们喜欢，有小孩叫她姐姐，有的还喊她妈妈。她不仅教孩子们学文化，还教孩子们怎样做人，也经常教孩子们画一些小动物简笔画。看到孩子们在幼儿园进步得很快，家长们甭提多高兴了。王丹还懂得儿童心理学和儿童保健，经常用话鼓励孩子们，寓教于乐，使孩子们快乐学习和成长。哪个小孩身体有个小毛病，她大多也能看出，就帮着先解决了，孩子们平时也就不会生什么大病了。王丹虽然年龄不大，却已经是市里的模范幼师，有不少幼儿园都请她去讲课。王丹至今未有对象，镇上追求她的青年很多，但她几乎都看不上，说："桃镇今天是你们的，将来是我的，是我这个孩子王教出来的孩子们的，我要等有个符合时代要求的新青年，我才能嫁给他，现在我谁也不答应。"

有人说："你这个孩子王，把孩子们教得服服帖帖的，谁也不敢娶你，怕被你当孩子训。"

王丹不以为然："有什么不敢。我之所以这样教育孩子，一句话是我们幼师的师德，因为我每天面对的是桃镇的花朵、祖国的未来，这就需要我平时强内功、练修养，加强学习。同样的，搞对象就是找终身伴侣，共同生活，也要共同成长进步，我劝大家不用为我操心，我的对象就在桃镇青年中间选，如果是外地的，就请他嫁到我们桃镇来。"说得大家哈哈大笑。

三姐妹中年龄最小的叫王花，她自打两岁起就由奶奶带，跟奶奶生活的时间最长，奶奶也最疼她，早早地就教她刺绣的基本功，想把刺绣的绝学传给她。

刺绣是我国民间一种传统手艺，在中国至少有两三千年的历史。我国的刺绣主要有苏绣、湘绣、蜀绣和粤绣四大门类，王家奶奶祖上传的主要是苏绣，那时一般农民家可没有绣花的条件，都是有钱人家的闺女才有闲暇学习，女孩子的刺绣水平也反映出这个家庭的地位和教养，女孩们也能凭着女红找到好人家。

王花为了学手艺，说不清多少次挨奶奶的板子，多少次刺破了自己的手，但还是坚持了下来。前一阶段，奶奶被评为市里传统工艺文化的传承人，王花也跟着沾光几次参加市里组织的培训学习，她感到，中国的传统工艺一定会随着高科技时代的发展而愈显珍贵，自己一定要先把最传统的手绣学扎实了，将来跟新技术结合才不会被机器抛弃。现在，她的绣品快赶上奶奶了，之所以学得这么快，是她不仅认真学绣品工艺，还在业余时间拜了一个画家当老师，在绘画方面有了长足的进步，尤其是在画的构思上，不仅传承了奶奶擅长的传统经典图案，更能跟当今审美结合，有时代感。所以，她的绣品都不用放在市场上，好多都是人家特别定制的，客户把想表现的东西描述给她，她画出图样来让人家确认，这都要先交定金的，她绣的东西还没有人退过货，她的绣品价格也最高，比大姐王牡的还高。尤其是来民宿村的城里人，本来是要带回这里的新鲜蔬菜和新鲜鸡蛋的，现在都想带王花的几件绣品回去。

桃镇王氏"牡丹花"，她们自小接受红色教育，也深受优秀传统文化的熏陶，身上既蕴含着中国传统女性的善良和贤惠，也散发着现代女性的自信和责任。尽管她们三个都没有上过大学，但因为尽心，她们热爱自己的事业；因为尽力，她们不断进步，都在各自的领域做得最好，成为桃镇出类拔萃的青年。

第十七章　文旅古镇开新花

　　这个世界的机会永远存在，就看你如何看待。进入二十一世纪的中国正处于发展的转型期，更是新的裂变开始之时，对于年轻人而言，尤其需要以一颗锐意进取的勇者之心去实干，才能抓住机会。桃镇紧锣密鼓地发展，忙的不仅是曹工，还有曹兵。

　　在镇上最初要加固改造危旧房屋的时候，曹兵就办起了建材总汇商场。开始的规模并不大，但是他知道桃镇的规划，知道未来需求肯定少不了，所以选择有拓宽空间的地方，更主要的是，他就把建材总汇商场建到要划定的工业园区和规划小区中间。要不说曹兵有经商头脑，他没有像别的人开商店往人扎堆的镇中心搞，而是搞在这两边都要大建设的地方，这样工业园区建厂的时候，不管是建设队伍还是建厂的老板都会到他这边看看；规划小区建设的时候，建筑队过来采购也比较方便，关键是将来老百姓自己家房子装修过来买也比较方便；那些第一批到镇上自建别墅的更是方便了，否则还得到县里或者市里趸摸建房需要的新材料。当然，建厂的有他大哥、二哥的人，建小区的也有他三哥、四姐的人，他怎么也能近水楼台先得月啊。

　　曹兵有经营头脑，但他并不全是借助家里的关系，反而更严格要求自己，做好服务，将事情做得让人无可挑剔。

　　曹兵的建材品种齐全，但也不是五花八门的。他根据镇里的建设方案，按照设计院提供的图纸上推荐的品牌找到相应的厂家，跟他们洽谈在他的建材总汇商场划出相应的摊位，让这些建材品牌商自主经营，自己则以优惠价供应给老百姓。摊位费曹兵也没像其他商场那样收，而是按照面积收比较低的租金，再按照经营额收管理费，也就是如果在他这边卖的东西不多也就交不了多少租金。品牌商看到桃镇未来发展的需要，又看到在这里成本比其他地方要低很多，所以个个都在曹兵的建材总汇商场租了摊位，放上了各自品牌的产品，还考虑怎么往这边派人。

为节省品牌商到桃镇经营的支出，曹兵考虑在桃镇挑一些富余劳动力供品牌商们选择，选好后再对这些人员进行培训，培训合格的就在桃镇帮助各品牌经营。这些人员本来就是桃镇人，不需要另外考虑食宿问题，而且目前桃镇人的工资要求也比城里低一些，这样就为品牌商们省了不少成本支出。如果品牌商再根据营销员的销售额给员工奖金，多销多得，就会既提升了员工的收入，又促进了营业额的增长，一举两得。此外，为节约品牌商经营的记账成本，曹兵也想了一个办法，让营销人员按照品牌商的指导价销售，最后都统一到建材总汇商场开票，商场给各个品牌商建好台账，根据相关的政策扣好税，该给他们的定期结算，这样品牌商也不用派财务人员监管了，也就更加顺畅了。曹兵的建议得到了所有品牌商的支持，大家于是都忙活起来，在曹兵的张罗下把各自的营业员都确定好，带回公司进行了系统的培训。

曹兵的民宿是品牌商们来了必住的地方，也是外地游客的主要落脚点。尤其是那些城里人租着他分割的一块块菜地，周末带着家人过来度假，在河边钓鱼，然后把田里采摘回来的蔬菜和瓜果洗好，到曹兵准备的公共厨房一家家排队做饭。曹兵看到有时人来多了，公共厨房要排好久，有的家庭中午饭都到下午三四点才吃上，小孩子肚子饿得都咕咕叫。于是，曹兵又想出一个办法。

曹兵和品牌商们商量说："这建材放到商场里面，大家看到的还是各种材料，如果能把这些材料做成一个个样板间，老百姓看了样板间直接照样子做不就省事了，固定几种不同的户型做出样板间，再根据大家的需求量定制生产，这样既减少你们生产的浪费，也能给老百姓省不少钱，你们的生意不就更好做了吗？"品牌商们一听觉得有道理，看到大家愿意参与，曹兵又抛出一个共赢的想法："这样，我来找镇政府再批点地扩大民宿，但是这些民宿跟我之前的就不同了，直接做成一个个样板间，城里的人来了可以选择住我之前的民宿，也可以选择住这个样板间。关键是，对于我们桃镇人，如果谁家想装修房子了，可以先到样板间住上两天体验一下，这样再选择家里装修方案的时候就不纠结了，你们说好不好？"大家听后更开心了。

曹兵接着说："样板房的装修设计费用我也不用你们出，我来出。样板房当民宿的经营收入你们参与的也将有分红，只是这分红的比例就按照各自出的材料费用折算。这样我们样板房民宿就是大家一起的了，我曹兵帮大家管好，土地、建设、设计和运营的事情我来负责，你们的好产品尽管往我们桃镇来试。"曹兵的方案得到了建材品牌商的热情支持，他们还专门带其他地方的客户到桃镇来体验样板房里面的产品，有些新产品的发布会都放在桃镇举行，因为这边有可以直接入驻体验的样板房，比在商场里的实际体验效果要好太多。

曹兵回家找到曹商和曹学，跟他们说："三哥、姐，有个好事你们愿不愿意加入？"曹兵先卖了一个关子问道。

曹商和曹学知道小弟弟点子多，有经营头脑，所以曹商就直截了当地说："老五，有什么事情你就直说，反正你的事情我们支持就是了，有些我做不了主的，我会跟总经理汇报。"

曹兵笑了笑说道："我们三个另外成立一个装修公司，哥你这给市一建干得是不错，但是毕竟那是给市一建干，原来市一建是完全国企，现在不也在改制嘛！你这两年在桃镇带了这么多人出来，未来还要到外面干更大的事，没有自己的公司怎么能行。关键有了这个公司，还可以帮桃镇解决更多的就业问题，你说好不好？"

曹商一听，和曹学两人对视了一下，然后也笑着说："这个我跟你姐本来也想到的，因为市一建现在改制后，老板也有老板的目标，所以对我们下边的目标和任务都定得比较高，关键是我们在桃镇干得好，也不常回去，有人在背后打我的小报告，这不市一建还要派老板的一个亲戚过来做项目副经理，其实就是来分钱还监管我。我和你姐做人正直，不怕他们监管，但是就怕他们来了让我们束手束脚的，不好办事，所以本来也有想法成立一个公司。你的这个提议很好，我想我还在市一建干着，曹学来当这个装修公司的总经理，我们三个一起把这个公司做起来，如何？"

曹学听后赶紧说道："我当总经理行吗？三哥要不还是你直接辞了市一建工作来当总经理吧？"

曹兵接话道："什么事情都是做出来的，姐，你当这个总经理我看行。而且，三哥继续待在市一建也有好处，你们之间还可以有衔接，如果都是人家的人了，有些事情就不是那么顺利了。那我再说一下我的计划，你们看看行不行。"

曹兵先把样板间民宿的事情大致给他们俩描述了一下，然后说道："这样板间民宿的设计我看就由我们这个即将成立的装修公司来做，而且我们来免费设计，先打响头一炮。关键这设计的版权我们要申请保护，将来桃镇乃至外边的人想要按照我们的这个设计做，我们就可以直接接活儿了，否则就得给我们设计费。当然这免费设计也算到样板间民宿的分红里面，将来一点点地都会收回来的。"

三个人达成了共识，为了叫得响亮，也为了好记，三个人为公司名称商量了好久，最后定下来用"未来家装潢公司"的名字注册公司，而且赶紧就干了起来。曹学还特意到市建工学院找相关专业的学生一起加入，主要也是想这设计的风格一定要让大家耳目一新，因为这是要打造"未来家"。

未来家装潢公司开业了，除了加紧设计打造样板间民宿村，另外把古镇文旅一条街的活儿也给接了，桃镇的古镇文旅一条街就在目前的镇中心，旧房子该拆的拆，该加固的加固，但是怎么让古镇焕发新春，曹工和谭成仁也是想了不少办法。曹兵因为思路活，人脉也广，招商的事情由他来负责，不少城里人来玩都住到他的民宿村里，他经常跟这些游客交流，也因此获得了不少资源。

不仅思路活、人脉广，曹兵对古镇文旅一条街的建设也有着自己的看法。这些年做乡村文旅产业，他对文化也没少琢磨。他觉得古镇就要有古镇的样子，不能弄成西式风格，也不能追求城里各大商业综合体的风格，否则乡村文旅、古镇特色街就没有特色了。桃镇要吸引游客，靠的不仅是东岳庙或某处建筑，而是岁月沉淀下的背后的历史故事。古镇就是要讲好历史故事，比如东岳庙就要讲好李春芳的故事，以李春芳应考对联"炭黑火红灰似雪，麦黄麸赤粉如霜"切入，这样来玩的人通过学习对联了解和传播这个故事，以增添古镇的历史文化魅力。

于是，曹兵把自己对镇上这古镇文旅一条街的建设想法一股脑说给了曹工和曹学听："大哥，姐，我们要发挥古镇特色，把地方特色文化彰显出来，把源远流长的历史人文精神通过古风古味的各种元素展示出来，所以我想把这条街打造成我们桃州的非物质文化遗产展示一条街，请那些非物质文化遗产传承人入驻。游客最后通过购买这些非遗手工艺品留下历史的记忆，也记录到桃镇一游，小小的非遗产品会带来大的客流。"

见大哥点头，曹兵越说越起劲："大哥，对此镇上要给予更多的支持，比如房子建设方面，镇上要出资统一建，还要给非物质文化遗产传承人一定的免租期，或者干脆按照销售额来计算租金。在产品包装上还要统一体现桃镇文旅街 logo，整体树立桃镇品牌，游客购买也是在悄无声息地帮助宣传桃镇。"

"姐，这装修方面还要具体结合所引进的非物质文化遗产项目，风格整体上统一，也各有特色。"曹兵又转向曹学继续说道，"我们在桃镇要营造慢生活状态，不能像很多古城古镇那样，都是卖各种小商品，弄得最后全国百城千镇一面，就是卖各种工艺品和风味小吃，也做不好。"

"这的确是个问题，那你有什么好想法？"显然曹学对弟弟提出的这个问题很感兴趣。

"我的想法是发挥桃镇水乡特色，做美水文化，把水引到文旅街上，做一个小溪流，里面养一些观赏鱼，溪流边上放一些盆景，路两边间隔设置一些休息的靠椅，可以让人们休闲地坐下来。还要有意识地设置一些遮阳的，这个可以用二哥他们厂里的太阳能光伏板，做得大一点，可以做成古亭的样子，晚上配上小灯，那肯定能吸引人。这条街不允许机动车通行，如果有进货的或者搬家的，那都必须晚上十二点之后才能进去。"曹兵侃侃而谈。

曹工和曹学都觉得曹兵的建议很好。经过设计，曹工把这一方案提交给镇党委会讨论，获得了大家的一致好评，大家都期待桃镇的文旅街做出古朴而灵动的独特的水乡风情。

没过多久，曹兵的样板间民宿就开业了，他干脆就直接也起了一个名字叫"未来家样板营"，开业的时候，桃镇的老百姓也都要进去看看，主要是想看看未来自己家能成什么样子，没有装修的更想赶紧照着这样子让未来家装潢公司打造。品牌商们也都带着一些客户来参加开业仪式，客户们当天就住进去直接体验了，还签了不少订单。

曹兵一边宣传，目前桃镇古镇文旅街正在招商，招募桃州非物质文化遗产传承人入驻。有两个客户就是桃州的非物质文化遗产传承人，听说开始是免租金的，赶紧就找曹兵把入驻的协议给签了。还有一个客户也是非物质文化遗产传承人，只是他不是桃州的，问能不能享受相同的政策。曹兵问了曹工，曹工说："我们桃镇文旅街欢迎全省乃至全国的非物质文化遗产传承人入驻，大家都能享受到这个政策。"于是那人赶紧也高高兴兴地签约了。本地的非遗传承人更是积极拥护，尤其是王花，镇上给她安排了一个最显眼的地方，因为她的刺绣手艺是桃镇的招牌，比她大姐王牡的服装店还要有影响，就在文旅街上开了她的绣品店——如花世界。

曹兵的未来家样板营天天生意好，原来的民宿村主要是周末生意好，而这未来家样板营则是周末外地人来住的多，平日里本地人来体验的多。因为曹兵还做了一个活动，那就是桃镇人如果家里装修跟未来家装潢公司签约了，那么可以在未来家样板营免费体验两天，但规定是平日，周末则给出五折优惠。还规定将来家里装修好了，有客人来家里住不方便了，可以在同样装修的样板间里面打五折优惠入住，让客人也感觉像住在他们家一样。所以，桃镇要装修的人家多数跟未来家装潢公司签约了，预约体验的老百姓都排到一个月之后了。

这入住的人真的就能跟在家一样生活了，有天然气直接入户，厨房里就可以直接做饭了，原来在民宿村的时候是公共厨房，现在在样板营体验就像是在自己家里一样方便，到"未来家"就是享受自己未来的家。曹兵还跟周家楼村集体谈好合作，将他们的有机富硒产品及时供应给他的营地，甚至开展了桃镇一日游的采摘活动，由营地派车带着游客到各个村集体看看，感觉有合适的东西就可以直接采摘购买，回来后直接到未来家做饭。大家到周家楼采摘回来的东西最多。不过曹兵之前的民宿村里面的菜地也都已经跟周家楼接轨了，曹兵干脆把这养殖业也都对接到各村去了，正好也增加了一个一日游的项目，大家的活动范围更广了，也更加开心。曹兵的这个方法直接将桃镇的大农业应用起来，也宣传得更广，很多人由来民宿体验休闲变成了到桃镇看看大农业发展，市里的媒体也一个劲儿地宣传，来桃镇参观考察和休闲的人越来越多，这古镇文旅街也跟着都火了起来。

　　曹兵这"建装住游吃"一条龙服务那是相当成功，曹家这"五虎上将"反而是曹兵现在名头最大了。曹老爷子看到后更是开心了，孙子孙女各自事业都红红火火，推动了桃镇的建设，他也就落得清闲，到处走走看看，不像原来老想着到镇政府找镇长反映问题了。老五曹兵的成功让老爷子没能让每个孙子孙女都上大学的遗憾和愧疚逐渐淡去，他也看开了，不是所有孩子只有上大学才有希望，只要肯努力，结合自己的特长，没读大学也一样会活出精彩的人生。

　　现在的曹老爷子是一身的轻松洒脱。

第十八章　栽下梧桐引凤来

这是一个日新月异、高速发展的时代：中国经济社会迅速发展，科学技术快速迭代更新，信息化程度越来越高……社会的快速发展、商业竞争的日益加剧也给人们的知识更新、企业的技术升级提出了更高的要求。

曹农的明星光电设备公司开业后就开始生产之前研究的产品，满足了桃镇及整个桃州多年的需求，但是曹农知道这些产品的性能还不够，需要不断研究，虽然已经和师兄、晨光新能源股份公司董事长刘永祥进行了光伏建筑屋顶的合作，但是曹农希望将来是用自己研究的产品替换自己现在的产品，而不是被别人直接替代。他了解到中国光电协会组织专业人员到德国考察光电建筑一体化，德国在光电发展上早于我国，而且已经发展到一定的规模，还不断往我国出口光电生产设备，他想到德国学习学习，也正好看看光电发展的未来，对于自己的研究也好找准方向。

他跟武亲农商量，武亲农当即就答应了，并且说："你有这个想法就对了，我们就是要多出去走走看看，别人出去可能想着旅游，你出去肯定会得到不少信息，对我们企业未来发展会有很大帮助的。另外，在参加考察团的过程中，和中国光电协会的人也要接触好，将来我们的光电产品的生产和推广还需要协会帮忙推动，这样的好事要多参加。"接着武亲农又补充道："你这出国考察的服装让王牡给你好好设计设计，也要穿出中国精神来。你可以特意回去办这个事情，同时把武亲松给带上，他在省城不如到桃镇发展，你负责技术，他帮忙经营，这样好打个配合。而且，他和你一样，你们这两个弟弟都不让我这个做大哥的省心，都对自己的终身大事不上心，难不成都要我这个大哥给你们直接把老婆给安排好。"说完就把他亲弟弟武亲松叫了过来，跟他说了这个安排。

曹农早就想让武亲农的小弟弟武亲松到桃镇帮忙了，毕竟这么大的投资是武亲农投的，作为结拜兄弟，不能时时刻刻在现场，公司管理和经营的问题还是需要有能人坐镇，武亲松由武亲农亲自带着，在明星能源设备公司干了不少年了，管理水平不低。

武亲松原本觉得桃镇毕竟属于乡下，和省城没有办法比，但是最近曹农不断带来桃镇发展的好消息，他也有点动心了。对今天大哥的安排，他也需要有个态度，于是说道："大哥，曹博士，我可以先到桃镇看看，但是不代表我真的就答应到桃镇了，我先帮你们打理三个月看看，不适应我可还是要回省城的，这个得先说好。"

武亲农和曹农都答应了他这个要求。于是，曹农带着武亲松到桃镇，想办法让他多了解桃镇。武亲松来到桃镇，住在曹兵的民宿村，因为要先管理一段时间，所以他还租了一块菜地，种了不少新鲜蔬菜和瓜果。曹农走的时候特意关照曹兵多照顾着点武亲松，但是曹兵正忙着建材总汇商场，正好曹学一般下班后还有时间，所以曹兵就求他姐姐曹学帮忙照顾着点武亲松，顺便帮他照顾租来的地，毕竟武亲松没有种过地，打理这些蔬菜瓜果还是有点不轻松。曹学干活心细，而且照顾人也用心，关键自己要做这未来家装潢公司了，总得跟别人学习点管理经验。武亲松帮助哥哥管理那么大的公司，这为人处世和管理经验自然能让曹学学到不少。这一来二去，曹学对武亲松就有了感觉。

曹学自己也不种菜，正好给武亲松打理的时候就把自己的一些想法应用进去，所以给他种的菜非常时尚，都是少有品种，而且都可以直接用花盆移走，她想着武亲松将来要是不想在桃镇待了，可以将这些她用心种的菜带到省城，在阳台上就可以继续生长。她也是因为从心里开始喜欢上武亲松了，所以希望万一武亲松走了，这些蔬菜也能给武亲松留下点念想，毕竟这些不是常见的蔬菜，倾注了自己的心血。另外，曹学也将这个方式用到她设计的未来家样板营了，在样板房的阳台上开始摆放些培植的蔬菜。

武亲松感情上属于木讷型，开始是对曹学没有太在意，也有点不好意思。可他是"可燃冰"，这冰要是融化了，那燃烧起来就是一团火，经过这两个多月的相处，他内心越来越喜欢曹学了，曹学忙着张罗未来家样板营的时候，来的次数少了，武亲松就借口说蔬菜长得不好了，让曹学赶紧来帮忙处理一下，其实都是为了多见几眼曹学。

两人的心越来越近，越来越离不开了，眼看着这三个月的试验期就要到了，武亲松也需要回去跟大哥汇报一下下一步到底是留在桃镇还是回省城，现在他心里满满地装着的都是曹学，哪还想着回省城啊。

曹农从德国考察回来了，回桃镇看看武亲松是否适应，看到武亲松和自己妹妹相处的时候那个感觉，他觉得有戏，这正是曹农想要的。

一天，武亲松跟曹学说："种的蔬菜我如果带到省城也不知道能不能长好？我可没有你那个细心劲儿。"

曹学说："你可以不走啊，这在桃镇我还能帮你打理打理。"说话的两人都有心，只是有些含蓄，不够直接。

曹农回来了，曹学就把这段时间照顾武亲松种蔬菜的事情说了，还说武亲松想用太阳能在室内种蔬菜。曹农知道妹妹想表达的不是这个意思，直截了当地问："你跟二哥说实话，你喜欢他吗？"

曹学红着脸说："喜欢又咋了，不喜欢又咋的？他不是要回省城吗？"

曹农接话说："你如果喜欢他，就让他留在桃镇，嫁给你，当个上门女婿。让他在桃镇好好打理明星光电设备公司。"

"这还要人家入赘啊，我们家都有四个男孩了，只能算是上女方这头生活的女婿。"曹学说完脸更红了。

曹农笑着说："就是这个意思，你有意，那是我做哥哥的帮你去捅破这层窗户纸，还是你自己去？"

曹学赶紧说："这个可是我人生的大事，我就是要自己直接见证，就是要看看武亲松怎么个反应。成了之后，二哥你就算是我们的月老，不成，你也别看我的笑话。"

打铁不如趁热，说完话曹学就到民宿找武亲松去了。见到武亲松，曹学就问："听我二哥说，你就想在我们桃镇待三个月，待完还要回省城啊？！"

武亲松赶紧说："不是这么说的，我只是说在桃镇先试三个月，我现在真不想走了。"

曹学考虑到自己的终身大事，也不拐弯了，直接问武亲松："你喜欢我吗？如果喜欢就到我们桃镇当个上门女婿，行不行？"

面对曹学的直截了当，武亲松反而有点慌张了，但是他真心喜欢上了曹学，于是赶紧答道："我当然喜欢你了，我还怕你看不上我呢！既然你都这么说了，我回头就跟我哥说我就在桃镇发展了，而且我已经找到自己心上人了，让他不用再为我操心了。"

武亲农听到弟弟电话说的，非常高兴，算是把两个事情都落实下来了，而且还跟曹农家亲上加亲了，第二天就开车到桃镇来，特意给弟弟挑了一车礼物，带着武亲松就到曹家找曹老爷子提亲。曹老爷子那个高兴啊，自己就这一个孙女，而且孙女很能干，就怕她将来找不到合适的对象，当个"剩女"，现在可不用愁了。这两家人当天喝得那是十分痛快。

又是一年春节到。谭军从南方回桃镇探亲，他在电话里面听哥哥谭成仁说过家乡的变化，回来顺便看看。

谭成仁组织了谭家兄弟拜了"三拜"，也跟大家说："你们在外边做事的不少，现在桃镇发展得不错，你们有没有回来创业的想法？"谭家兄弟也都个个雄心壮志，但各人也都有各自的顾虑，不是所有人的情况都适合回来的。但是谭成仁就是希望自己先带好这个头，现在曹工一家都在桃镇发展了，而且个个干得不错，这唯一的妹妹居然还招了个省城的上门女婿到桃镇发展，我这个做镇长的怎么也不能落后啊！至于具体谁能回来发展，还是要一个个做工作的。

"三拜"之后，大家也散了，谭军找谭成仁说："哥，你能帮我一件事吗？"

"什么事？"谭成仁问道。

"帮我把和王牡的婚事退了。今年春节，我不去给王奶奶送节礼了。"谭军直来直去说道。

"为什么？"谭成仁接着问。

"我们那定的都是娃娃亲，定亲的父辈人都不在了，而我和王牡之间很少联系，没有写过一封信，我在外面打工，脑子里从来没有她的影子，这个娃娃亲还有什么实际意义呢？你去帮我退了，不要耽误人家了。我也要解放啊。"谭军说道，毫不隐讳自己的想法。

谭成仁心里可高兴了，这正是他答应王牡的一件大事，随即满口答应说："我帮你，我一定帮你，但你也要答应我一件事。"

"从小到大我都听哥的。你说吧，什么事？"谭军有些疑问。

谭成仁也便话入正题："你哥是一镇之长，你是我亲弟弟，现在我号召桃镇在外打工的青年返乡创业，你能不能带个头啊？"

谭军沉默了好一会儿，说："我再想想。但你放心，我听你的，返乡创业……"

谭成仁看到弟弟有点犹豫，就说："你有什么顾虑直接跟哥说，哥来帮你解决。"

谭军说："我在外地施工时，为门窗不合格很伤脑筋，当地门窗厂的一个女技术员叫薛梅，帮了我不少忙，她是在轻工学院读的本科，又读了研究生，有一整套技术需要推广，但那个厂的老板听不进去，她想自己办个门窗厂，不过缺少投资。我想出资，与她一起建个厂。"

谭成仁一听就明白了，想这里面可能有故事，于是问："她是不是喜欢你？"

谭军说："有点儿这个意思。她也是我们省的人，所以在外地也因为是老乡感觉交流亲切些。"

谭成仁又问："你是不是也喜欢上她了？这才让我把王牡的婚事退了？"

谭军红着脸说："是的，我也怕耽误人家王牡。"说完憨憨一笑，然后接着说："现在你让我回来创业，我一定会想方设法跟她商量，我要回乡了，让她自己再想办法。"

谭成仁果断地说："不，不这样，你要跟她说投资我们全负责，让她把厂子建到桃镇来。我们桃镇现在是大建设，正在考虑这门窗问题。曹工之前还跟我商量，说我们这边新建的房子虽然供暖了，但是因为门窗的问题，供暖耗能高。要不就是到外面采购比较贵的门窗，这对于我们桃镇发展没有好处。你刚才说她的技术能解决这门窗的导热系数问题，那不正好解决桃镇面临的问题吗？！你们到桃镇建厂，这桃镇就有不少订单了。"

谭军猛然醒悟，一拍大腿说："这是个好主意！"

谭成仁乘胜追击支招说："她那里不是已经有个门窗厂了吗，你跟她讲一山不容二虎，何必在一起竞争呢？并且跟她说桃镇人民欢迎她来桃镇。尤其是你这个镇长哥哥特别欢迎她加入我们这个大家庭。"

谭军乐颠颠地答应了，赶紧拿着电话就跟薛梅商量着，并且约定正月十五来桃镇。

正月十五那天，薛梅一来桃镇，谭军就先领她去拜了"三拜"，让她先感受一下桃镇的文化。然后带着她到曹工引进的郑旺教授参与的暖洋洋供暖设备厂。刚过正月十五，工厂已经热火朝天地干了一个星期，产品样式很多。曹工正好到厂里看望工人，看到他们来了，也听谭镇长说过他弟弟谭军要邀请一个人过来建门窗厂的事情，估计这就差不多，赶紧迎上去，笑嘻嘻地冲着谭军说："谭总，这位是谁啊？还不赶紧介绍介绍！"

谭军拉着薛梅上前握手，赶忙说："曹镇长，我给你介绍一下，这是我们那边的门窗方面的技术专家，有个技术直接能把门窗的导热系数降下来，很有前景，这不有意到我们桃镇来投资建一个门窗厂嘛！我就约她过来先到桃镇看看环境。"然后转脸就向薛梅介绍："薛梅啊，这是我们镇的副书记兼副镇长曹工，可是省建筑大学的研究生直接回桃镇帮忙建设家乡的。这个厂也是他跟他导师一起引进的。"

谭军介绍完，曹工紧紧握住薛梅的手说："你们来建门窗厂好啊，我们这正愁供暖的耗能高呢，您这个门窗能解决这个大问题，在我们这边建厂，那我们桃镇首先就是您的市场，而且桃州的市场我们镇政府也帮助出面推广。"

薛梅说话可真不含糊，说道："谢谢曹镇长，真如您所说的话，我们在桃镇建厂没有问题。但是你们千万不能光把我们引进来，不帮我们解决市场问题啊！刚才您说的，我就当您是对我们厂的承诺了，如果这样，我们建这个厂才更有底气！"

曹工爽朗地说："这个事情没有问题，即使我说的力量不够，这不还有他哥谭镇长更管用吗，那可是我们一把手镇长。"

经过曹工一说，薛梅心里有了底气，而且谭军说投资的事情由他来考虑，她只要负责技术和团队。

薛梅思考了一会儿，满口答应了："跟我一起筹办厂的还有三位合伙人，我让他们也过来好吧？"

谭军满心欢喜说道："那当然好啦。咱俩齐心办厂，一定要办成一个现代化的节能门窗厂。"

谭军领着薛梅继续在工业园区参观着，看了明星光电设备公司、富硒食品加工厂，就连他们的"谭记牛肉"也在这里面设了生产厂，包装好的礼盒特别漂亮，谭军特意买了两盒，好让薛梅走的时候带上。

谭军最后带着薛梅来到建设中的古镇文旅街，不知不觉地把薛梅的手牵上了，薛梅也没有回避，谭军这心里美滋滋的，知道他哥已经把退婚的事情跟王牡说了，也是为了表示歉意，特意带薛梅到王牡妹妹王花的"如花世界"准备为薛梅挑一款双面绣。

这王花本来见到谭军还想打趣叫他姐夫，看到他领着一个陌生美女进来，而且看上去就很亲近，所以没有敢开玩笑，只是迎上去说："军哥，这是什么风把您吹到我这小店来了。还带着这么漂亮的女孩子！"当然，她不开玩笑也是因为她知道大姐王牡喜欢上了曹农，人家谭军也没有任何问题。

谭军本来就对王家有点歉意，不过他心里坦荡，已经托他哥把婚事退了，所以对王花这么说也没有太在意，特意介绍说："这是我请来到我们镇上投资建门窗厂的薛梅，是个技术专家，我带她来特意选我们桃镇招牌你王花的双面绣！"然后给薛梅介绍说："薛梅啊，这位别看年纪小，这一手的刺绣活儿那可是一绝，深得她奶奶真传。她奶奶已经是我们省确定的非物质文化遗产传承人了，而她现在的手艺都比她奶奶高了，这不，镇上把这条街最好的位置都给她了。我们谭家和他们王家是世交，可她的好东西到现在都没有送我一件，今天就让她送你一件。"

薛梅进屋之后就被一幅幅双面绣给吸引了，没有想到居然就是出自这漂亮小姑娘之手，看来这桃镇是水土好，养着这么心灵手巧的人，心想将来在桃镇发展应该错不了。

一阵寒暄之后，王花就带着薛梅挑东西，一边还给她介绍，薛梅见了觉得件件都好，爱不释手，但是她知道谭军要给她买，并非打趣真让人家王花送，所以最后只挑了一把双面绣的扇子，一边绣着熊猫，一边绣着雪山飞狐，感叹真是巧夺天工。

最后走的时候，王花还特意调侃了一句："军哥，要不要带这位小姐姐到我大姐的服装店给定做一身衣服啊，我姐那边的衣服可是真漂亮啊！"

不过这谭军人比较实在，还真准备带着薛梅到王牡的服装店去定做衣服，可是薛梅说："这定做衣服要些时间，等以后建厂了我再过来做吧。我也是想尽快来桃镇建厂，所以要赶紧回去跟合伙人商量。"而且她现在也不想让谭军为她花钱，她心里想的是将来要好好跟谭军过日子，在桃镇好好发展。

再说郑晓煜，研究生快毕业的时候，她爸特意给她安排了一个离家不远的民营暖气片厂实习，她一来到这里，就受到了该厂总工程师罗民的热情接待。因为罗民在省建筑大学暖通系读过四年，多次听过郑旺教授的报告，这次知道郑晓煜是建筑大学暖通系的研究生，而且她爸就是郑教授，所以当作回报郑教授也要好好照顾这个师妹。他心想：郑晓煜毕业前的实习选在我们厂，一是离家近一点，方便陪她妈妈，她爸最近一段时期经常到桃镇指导生产，有点顾不上；二是她学习成绩好，将来肯定是想自己创业的。她不去国营厂，倒是来我们这种民营厂，就是想民营厂机构层次少，可直接学到真本领，有利于今后创业，也是看看我们这边掌握的技术如何转化的。

事实真是如此，郑晓煜来厂一周就扎进车间，她非常能干，还很谦虚，特别尊重师傅，一个月下来，她跟了好几个师傅，车钳铣刨，压铸涂漆，样样活儿都干，不怕脏不怕累，像个假小子。但是她不满意这民营厂的人际关系复杂，大多是亲属关系，厂长和副厂长是亲兄弟，技术科长是他们本家兄弟，他们一个比一个牛，根本瞧不起大学生，知道她是郑教授的千金，所以才礼遇有加。唯有总工罗民不是他们一个家族的，但是很孤立，他技术很精，但有种不能实现抱负的颓丧。

一次在吃午饭时，罗民主动和郑晓煜坐在一个桌子旁，他问郑晓煜："你对我们厂看法如何？"

郑晓煜笑道："很好啊，我是一个学员能有什么看法。不过就是厂子不太民主，家长制作风，遇事缺少商量。毕竟是家族企业嘛。"

罗民一拍大腿说："太对了，英雄所见略同，这样办厂是办不大的。"他这一大声，倒引来不少人的眼光，尤其是正好有一个办公室的人从旁边过，于是罗民马上改口说："很好，很好！你分析得不错，我们厂就是挺好的！"

郑晓煜莫名其妙，后来才意识到，办公室的那个人是厂长的小舅子，也就不多说了。最后，罗民约郑晓煜有空到他的办公室坐坐，郑晓煜满口答应。

一天下午没什么事情，郑晓煜来到罗民办公室，进屋一看很吃惊。办公室不大，四周的书架上摆满了书，有国内的还有国外的，像学院图书馆似的，郑晓煜问："你哪来这么多书啊？我大致看了一下，都是专业方面的，是厂里给你准备的吗？"

罗民说："都是我省吃俭用买的，公司才不买书呢！我们厂长、副厂长从不看书，就知道出去处理人际关系，他们靠最早得到的技术一直吃老本。什么振兴啊腾飞啊空道理倒是一套一套的，厂里的暖气片现在有点过时，一直在走下坡路。他们对我的研究不感兴趣，还给我起了个外号叫书呆子，说研究那些东西要上新的生产线，这套生产线怎么办，谁掏这个钱啊？还说让我们也都到外面拉关系，多把我们的产品卖出去才是王道。我这个书呆子在这个厂老受气了，没有办法啊……"

不等罗民话说完，郑晓煜就抱不平说道："我们搞技术的就是要创新，不是空喊，而是实干，你不是个书呆子，而是个实干家。"

这话说到罗民心上了，更打开了话匣："我有很多想法，包括产品换代更新，工厂经营管理，但这些跟他们讲简直是对牛弹琴，民营厂不改制，搞合伙制，而实行家长制，是不会长久的。什么时候让我办厂，我绝不这样。"

这次交流让郑晓煜看到罗民是个有志向的人，实习期间，郑晓煜趁郑旺在家邀请罗民来家里。罗民谈了他对办厂的建议、新产品更新换代的想法。恰好当时郑旺也刚从桃镇回来，说了桃镇的厂需要更新换代的情况，罗民听了很激动，说哪天一定要随郑教授去桃镇看看。

罗民走后，郑旺对郑晓煜说："这罗民是个人才啊，我希望你能为他搭个舞台，带他到桃镇发展，会有成果的。"

郑晓煜也有同样感觉，正好春节到桃镇过年，她跟曹工谈了想对暖洋洋供暖设备厂的产品更新换代。曹工一听，说："这正合我意，本来就跟你爸讲过，关键是要有懂这个技术的人才，要有一个较高研究水平且懂生产的设计师才行。"

郑晓煜说有啊，便介绍了罗民的情况，曹工觉得挺好。于是春节后，郑晓煜就代表曹工邀请罗民到桃镇。一进厂里，罗民就觉得这里生机勃勃、欣欣向荣，不像他们厂死气沉沉。曹工也陪着一起参观。郑晓煜说："桃镇的供暖设备厂经过两年的发展，有了一定的基础，但是用的技术是之前的，这只是解决了有无的问题。现在桃镇大发展，桃镇人民的生活会越来越好，他们对供暖设备的需求也会越来越高，所以他们想改换生产线，生产最新的产品。我马上就毕业了，我也要到这边来创业，这里面有好几个都是我爸带的暖通专业的大学生。"

罗民一听，笑着对曹工和郑晓煜说："你们这是夫唱妇随啊！太好了，我来给你们当技术员，要吗？"

曹工赶紧说："看您说的，罗总，我们现在正考虑更新换代，就是缺您这样的有技术、喜欢研发还懂生产的高端人才啊。您的事情晓煜都跟我介绍过了，您在那边就是被埋没了。您要是能来，就要做个技术副厂长，主持这生产线的更新换代工作。同时，还希望您兼总工，等这个新生产线建好后继续研发新产品，以使我们暖洋洋不落伍，一直给人民暖洋洋。"

罗民坦诚地说："如果你们看得上我，我一定要来，我不能在那里浪费青春。"

郑晓煜为罗民出主意："好，你要做好厂长兄弟俩的工作，让他们愿意放你走。"

罗民一脸无奈地说道："反正我是个书呆子，我会让他们愿意放我走的。甚至他们那些亲戚还巴不得我早点走呢！"

曹工轻轻拍了拍罗民的肩膀，说道："很好，手续您回去可以加紧办，等您过来了，我们就聘您做我们桃镇的荣誉镇民，和我们桃镇人一起建设新桃镇。"

一个月后，罗民把手续办得妥妥当当，并且把他那些心爱的书也一起搬到了桃镇，曹工直接帮他在工业园区的人才公寓申请了一个大套间住房，并且安排好副厂长办公室，罗民开始了他在桃镇的新生活。

自从罗民来到桃镇，加入暖洋洋的队伍，他就感觉到自己重新活回青春，有一身使不完的劲儿。他还感觉到，这个暖洋洋虽然是在镇上办的企业，厂里面不少人是当地人，但是却没有原来那个厂受亲戚裙带关系的制约，更多感觉是一个大家庭，整体看这个企业就是给人一种暖洋洋的感觉，员工之间也是互相帮助，像一家人一样。

桃镇还有一个规定，像他们这种从外地过来的骨干，可以被认定为荣誉镇民，可以享受和桃镇人一样的待遇，其中最主要的就是可以按照成本价购买现代化小区的一套房子，他听说郑教授带来的几个大学生都申请买房了，就等着入住新房，这对于到异乡创业的人很重要，让外地人更愿意在这个地方扎根。"怪不得我要来的时候曹工就说要聘我为荣誉镇民的，原来就是想让我的生活稳定下来，心也安定下来。"他更感受到桃镇对人才的尊重，由衷地感激曹工。

郑晓煜研究生毕业就直接到桃镇来了，她来直接就给罗民当助手，跟着罗民把他收集的有关暖通的书和资料，无论是国内的还是国外的翻了个遍，他们坚定信念革新、创新，走自己的路，走新时代之路，他们设计加工的暖气片，简直就是个珍贵的工艺品，不但在图案上有了创新，让图案呈现的效果更亮堂，而且解决了这种产品原先用不了几年就会出现的漏水问题，这个对供暖可是大问题。他们原先的厂就是因为没有解决这个问题，后面投诉比较多，他提议调整生产线也没有人支持。现在他在这边直接用他研究的技术上了新的生产线，彻底解决了这个问题。人家的供暖只保两个供暖季不漏水，他跟曹工说，我们的新产品至少敢保五年。

现在曹工特别开心，一是跟郑晓煜已经领了结婚证，可以和她天天在一起了；二是郑晓煜给他带来了一个宝贝人才，由于将质保期延长到五年，为暖洋洋的销售带来了雪片般的订单。郑晓煜则说："还有一个事情你要放在心上，否则这个人才到时溜了我可不管。"

曹工一愣，问道："什么事情啊？"

郑晓煜说："你有我陪着了，人家罗厂长还单身着呢！他年纪也不小了，一心扑在产品研发和生产上，没有想过个人生活上的事情，你这个地方父母官，又是这个厂的实际领导人，还不得用点心帮人家物色对象。"

曹工赶紧说："这个事情我回头就找曹学商量，还可以找王牡帮忙，她比曹学还熟悉桃镇人，到她那边做衣服的女孩也比较多，谁还单身她比较清楚，你就和曹学一起找王牡帮助罗民物色对象吧。"

曹工接着又说："还有，我这个名义厂长还是转给你吧，一是我和你爸都是创始人，把这个身份给你也不会有人说什么；二是我在镇政府做公务员，不能再担任了，哪怕是名义上的，免得人家说闲话。这刚开始就是为了桃镇有些工厂，能带动老百姓就业，但是如果走上正轨了还这样就不好了。你研究生毕业，正好也是你大显身手的时候，好吧，我的郑厂长？"

郑晓煜没有推辞，她也想把自己这满身所学用到实处，另外也想帮助曹工和父亲分担责任，让他们轻松点。

第二天郑晓煜就找曹学商量罗民的事，曹学就带着她大嫂找她那个还没有过门的二嫂王牡，三个女人一沟通，王牡立即把自己店里的一个姐妹叫过来，说："王靓，你不是说想找一个有学问的人吗？我们家曹农你是不用惦记了，现在有一个好事，就看你要不要争取了。"

郑晓煜一看那个叫王靓的，穿着打扮时尚，人也长得清秀，身材也好，这样的人应该不难找对象，刚刚听王牡这么一说，知道也是个眼光高的人，而且就希望找一个有学问的人，那罗民不正好很合适嘛。

王靓一听，赶紧说："你说的是谁啊，我可不想错过好的，但是也不想凑合在'矬子里面挑将军'，放心，你们家曹农我不会抢，但是我未来的老公也不会比你们家曹农差的。"

郑晓煜就赶紧把罗民的情况跟王靓详细介绍了一下，这王靓当时就感觉挺好，然后让郑晓煜帮忙赶紧安排他们见面。

在郑晓煜的安排下，罗民和王靓见面了，罗民这个人简单，一见到王靓就满意，而且他也不想在谈恋爱方面费太多时间。王靓见到罗民，也可以说一见钟情，除了之前郑晓煜的介绍，她看罗民也是一个书生样子，把自己也收拾得清清爽爽，不是那种不修边幅的书生。说话也比较风趣，由于看的书多，给王靓讲起暖通专业知识来也能把王靓讲明白。所以王靓当时就说："罗厂长，你看，如果我们在一起了，你将来考虑是住在桃镇，还是回省城啊？"

罗民立即说："我当然住在桃镇，我现在是桃镇的荣誉镇民，如果你能看上我，我立即就去申请购买住房。我跟你说实话，我这个人不想在谈恋爱上费太多时间挑来选去，这都是浪费生命。如果两个人能谈得来，能往一个方向走，那就好好在一起过。爱情是轰轰烈烈的，但是生活是平平淡淡的，否则这生活如果过得轰轰烈烈的，那爱情可能就会出问题。我说实话，我看你第一眼就喜欢上你了，如果你看上我了，那我们就相处着。如果你没有看上我，就直截了当跟我说，我也不会缠着你。"

王靓也是一个痛快人，听到罗民这么说，她就直接拉着罗民的手说："我喜欢你！"

罗民被这突如其来的拉手弄得满脸通红，但是他没有挣脱，他在用心感受这爽朗女子温柔的手，心一直在快速跳动。

由于两个人一见钟情，很快王靓就带着罗民见了家里父母。家里人一直为王靓的眼光高担心，很多人上门说媒她都没有看上，今天主动带人上门来了，而且还特别不错，又是外地人在桃镇发展，就相当于捡了一个儿子，都特别开心，留下来好好地款待一顿。并且告诉罗民，你在桃镇没有其他亲人，没有事情就到家里吃饭，免得还得一个人开伙。罗民也爽快地答应了。

罗民和王靓发展很快，等罗民的房子申请到手之后，他们就领证一起装修他们的爱巢了。装修的事情当然也比较简单，直接委托给曹学他们未来家就行了。至于装修的风格，罗民全听王靓的，他们领证的当天晚上就直接到未来家样板营体验自己未来的家了。

一个个优秀人才被吸引到桃镇，并且都落户桃镇，他们在建设桃镇这个大家园的同时，也实现了自身价值，营造起自己的爱巢。事业和人生并不矛盾，完全可以并行不悖、相辅相成。一个人的成长，必须通过磨炼，有时候，必须对自己狠一次，否则永远也活不出自己。罗民就是这样，在对梦想的坚持和追求中，也实现了人生的双赢。

第十九章　吹尽狂沙始到金

不知不觉中，曹工在桃镇工作已有三年，这三年也是桃镇大刀阔斧改革、发展日新月异、村镇面貌焕然一新的三年。又值金秋九月桃镇瓜果飘香、蟹肥菊黄时，一排排漂亮整齐的现代化小区掩映在绿树花海中，万亩稻谷一片金黄，大马力的机械化收割机在金色的稻浪间来回穿梭……广袤的乡村大地，金黄的中稻、绿油油的晚稻和翻耕后的瓜果菜地组合在一起，远远看去，就像一块块色彩斑斓的调色盘，好一幅秋天的美丽图画，好一派忙碌的丰收景象……这是大自然的馈赠，更是桃镇人劳动的赞歌。

前一阶段，桃镇在全市上半年项目观摩会上就爆出惊人数字。全镇大多数农民已经用宅基地置换到镇上的小区居住，将可以复垦的宅基地进行房屋拆除和复垦，经过这三年的整理，全镇复垦了一万多亩地，增加了百分之十以上的耕地。耕地大量集中后，土地产出明显增长，除了周家楼开展的富硒立体农业使得农业 GDP 翻了两番外，其他各个村集体的总产值也是增加一半以上，算到人均上那增长就相当可观了，仅种粮食一项每亩平均利润就高达八百元，其他还有进行养殖、农闲打杂工、种植蔬菜水果等经济作物等收入。作为桃镇试验村的周家楼村尤为出彩，发展富硒稻米产业后，粮食亩产普遍增产百分之二十，个别地块出现了增产百分之五十的喜人成绩。周家楼村集体在镇工业园区设立了富硒食品加工厂，对粮食进行深加工和包装之后才上市，打出桃镇自己的品牌——桃硒源，粮食销售量提高了一倍，村民们的收入大幅提升，钱袋子鼓起来，生活条件真正得到了改善。

　　这天，正是桃镇实施土地集中入股到村集体三周年，一早上，镇政府大院里彩旗飘扬，各村主任、村集体的总经理及种植大户代表等人员早早从各村汇聚而来参加总结大会。主席台上，镇党委书记张苏淮和镇长谭成仁落座，会议即将开始。这时，从镇大会堂门口，一行人推门而入，为首的竟是桃州市市长王为民，他没有通知镇上，直接带着队伍就来到了总结大会现场。张苏淮和谭成仁赶紧起身迎接，让工作人员重新布置了主席台。很快，加长了的主席台前面摆上一排鲜花，会场平添了浓郁的喜庆氛围。王市长也不客气，坐在主席台中间，张苏淮请王市长给大家作重要讲话。

　　王为民说："今天我虽然坐在主席台上，但是我不是今天大会的主角，我是听众，我要听听你们这三年来的成果，回头还要下去看看，看看你们真正的实践，虽然我已经听了不少关于你们桃镇三年的传奇，中间也下来过好几次，但是今天你们的总结我还是要好好听一下的，我不妨碍你们的节奏，你们按照原来的安排进行吧。"于是谭成仁宣布大会开始，本来他和张苏淮都有发言，听王市长都这样说了，他和张苏淮商量，干脆他们也省了，直接让主角们上台吧。

　　村集体的总经理们一个个上台把自己的成绩和以往做了一个对比，对于集体所作出的成绩和有待完善之处一点也不隐瞒。这些总经理中还有些是学农业的大学生，他们是这几年在桃镇校地合作中派遣支援桃镇农业发展的代表，都把背后学校的支持和未来研究发展的方向也作了阐述。

　　等到周家楼村的周长富上台的时候，下面好多人已经比较期待了。周长富今天穿得也是特别精神，一看就知道是在王氏服装店专门定做的，上装绣着九条鱼，寓意年年有余。他上台给大家鞠了一躬，然后说："感谢大家三年前给了我们成立周家楼村集体这个机会，才能让我作为代表在今天自豪地发言。今天有王市长在，我更有了底气，因为我们通过跟省农科院的合作，尤其是在周家楼的实验，让我们看到大农业发展的未来，希望能在桃州全面铺开。"

　　周长富首先介绍了土地集中入股到村集体种粮的成果，在此收益下，现在周家楼村集体土地入股率已经达到百分之百，并且通过整理，土地比原先登记的增加了百分之十五。更为可喜的是，村集体在镇工业园区开办的富硒食品加工厂，不但使富硒米成了"香饽饽"，而且还生产出"桃硒源"品牌的系列食品。一是"桃硒源有机富硒鱼"在省城成为有影响的品牌，已经从单一的稻花鱼扩充到全季节供应。二是"桃硒源飞鸡蛋"有常年稳定的销售，而"桃硒源飞鸡"则成为奖励，只有全年订购飞鸡蛋的才能享受每年购买两只的待遇。目前，已经从最初的十万羽增加到五十万羽，并且整体基本形成了立体循环农业。三是富硒蔬菜和瓜果，目前主要供应本地，尤其是集体开的两个饭店，既整体展现出种植养殖的富硒产品品质，也给村集体带来了可观的收入。四是村里利用这些边角地种植的富硒产品，也已作为一日游采摘的重点，延伸向乡村农业观光旅游业，接着有计划进一步扩大，不仅仅在边角地种植了。这一系列富硒副产品的热销也反哺带动了富硒稻米的销售，形成农业科技助推、品牌带动下"桃硒源"系列相辅相成的产业一体化的良好发展态势。

周长富自豪地介绍，周家楼村集体以富硒农业技术带动了其他村集体，与谭家村养牛合作社合作，帮助他们种植富硒苜蓿，给牛吃了之后使得其成为富硒牛，谭记牛肉的价格直接就涨上去了。

最后，周长富满怀激情地说："下一步我们还可以继续加大与其他集体组织的合作，大家共同发展、共同富裕！"

周长富说到这儿，会场响起一片掌声，王市长也跟着热烈地鼓掌，直接站了起来说道："这周长富最后两句说得好啊，我们要的就是大家'共同发展、共同富裕'，你们已经从'一家富不算富'到了'一个集体富不算富'，而是要带动更多的集体共同富裕啊！"

王市长说完，周长富又兴奋地补充道："王市长，谢谢您的鼓舞，我接着再说一点，镇上搞的集中居住是有深谋远虑的，我们现在机械化种植，用工也少，大家住在镇上，每天专门骑车到村集体也不费事，反而是大家的生活更有规律了，从事农业生产、从事食品加工、从事饭店服务等项目，分工也更加明确了，都是不同职业的工作者，没有贵贱之分。所以，我有一个建议，就是看看什么时候把我们'农民'的这个称呼给去了，否则我们村集体的小伙子也不好找对象啊！"一席话引得会场里一片笑声，又爆出一阵热烈的掌声。

总结会上，除了这些村集体作了汇报总结，谭家村养牛合作社、胡家村茶叶合作社等代表也作了发言，总体上看这个村集体和合作社的路子是走对了，成绩都是空前地喜人。

谭成仁和张苏淮作了简短的总结之后就请王市长总结，王市长说："我听到了各个村集体和合作社的喜人成绩，土地集中由村集体种植之后，大量地减少了劳动力，这富余的劳动力如何用的，你们好像没有总结啊？"

对于从小生活在农村、长期从事过农村工作的市长王为民，深知悠悠万事，民生为大。他支持桃镇耕地入股到村集体的改革试验，但他也深知会面临的问题，机械化耕作后，劳动力不到原来的十分之一了，排除超过六十岁的老人，还要分解原来从事农业生产的百分之八十以上的劳动力，对于一个工业基础薄弱的镇，这富余的劳动力就成了大问题，甚至影响到社会稳定，更甚至会把发展的村集体给拉回来。他想了解桃镇是如何解决这个问题的，这一经验将是在全市推广桃镇发展模式的关键。

面对王市长在大会现场临时出的这道问题，主席台上，谭成仁和张苏淮碰头小声商量，决定让曹工汇报这方面的工作。

于是曹工走到发言席，他没有拿发言稿，因为这次总结会本来没有安排这项内容的发言，但是他胸有成竹。先向主席台鞠了一躬，又向台下也鞠了一躬，话语稳健有力："感谢王市长带队参加我们桃镇的村集体合作总结大会，也感谢张书记和谭镇长让我来对桃镇的人力情况作汇报。王市长提出的问题，其实我们在规划之初就已经作了考虑，所以才有了这整体联动的效应。"

现场一片安静，只听见曹工的声音在会场里回荡。曹工一一介绍了桃镇这三年来在耕地入股村集体的系列改革中分担农村富余劳动力所做的各项举措。

"一、招商引资，加强工业建设。我们首先引进了暖洋洋供暖设备厂、明星光电设备公司，生产的供暖设备和光伏发电组件正好解决了桃镇乃至桃州原先的两大难问题，企业得到了快速发展，也解决了部分就业。

"二、加快现代化小区建设。在此过程中，我们和市一建合作，联合市建工学院对我们的年轻的男性村民进行了系统化的培训，使得大家快速成长为建筑工人，充实到各个岗位，并且这些人通过在项目上的实践和提高，现在已经有一些成为有独立承担建设项目能力的人才。当然，这个里面还有不少是从省建筑大学和市建工学院招的大学生。目前我们计划请市里出面帮我们和市一建协调，想把这个队伍从市一建独立出来，成为我们桃镇自己的队伍。这支队伍对于吸纳我们富余劳动力起到了决定性的作用。另外，成立不久的未来家装潢公司算是一匹黑马，经过他们组织培训和上岗的装修工人很多，还招聘了很多大学生做设计，这个团队壮大得比较快，未来将进一步拓展桃州的市场。

"三、发展旅游服务等第三产业。依托原有的基础，在桃镇各项规划实施的时候吸引了不少外地人到桃镇来旅游，我们桃镇的民宿超前发展，尤其是'未来家样板营'这种新型民宿，既解决了当地老百姓装修前的选择焦虑，也让外地到桃镇来的游客有种宾至如归的感觉。加上桃镇采摘一日游项目，让更多城里人了解到我们桃镇村集体经济发展情况，也感受到农业旅游的新鲜，尤其带着小孩走进大自然、走进新农村。当然这个过程中吸纳了不少女性劳动力提供服务，服务人员经过系统培训后素质都比较高，受到了外界一致好评，也提升了桃镇人的文明素质。由于有大量的城市居民到我们桃镇旅游后希望请我们桃镇人到城里提供家政服务，于是镇里就组织成立了'万家灯火家政服务公司'，统一对有意向进城的富余劳动力进行系统培训，由万家灯火家政服务公司统一派遣到城市进行家政服务，这些人的劳动关系在公司，也给她们都上了保险，既方便我们管理，也提高了她们的收入。前两年报名的比较多，今年就没有什么人报了，主要是我们桃镇发展得不错，大家就没有必要都跑出去了。我们本地的建材总汇商场和其他各个商业设施也都吸纳了不少桃镇人就业。

"四、加强校企合作，吸引高端人才。我们桃镇的发展离不开与高校的合作，尤其是最初的时候，暖洋洋供暖设备厂就是在省建筑大学郑旺教授的全力协助下才建起来的，并且还不断往我们这边输送人才。这点王市长您是比较清楚的。另外，明星光电设备公司更是把原来输送出去学习技术的人给拉了回来，还吸引了总公司的管理人才到桃镇落户。包括我们各个村集体跟高校和研究机构的合作，专家们为我们桃镇的发展付出很多，为了能吸引外来的高端人才安心在桃镇发展，我们特别制定了一项规定，就是聘这些高端人才为桃镇的荣誉镇民，可以享受我们镇老百姓成本价购买小区住房的政策。这项政策为我们引进高端人才起到了非常大的作用。

"五、鼓励知识青年返乡创业。桃镇的建设搞上去了，环境建设好了，就希望在外掌握技术、市场、资金的知识青年返乡创业，从而充分吸纳本地的劳动力。有时我们返乡创业的还会带着高端人才一起到桃镇来发展，现在桃镇俨然跟三年前大不相同，除了镇容镇貌焕然一新，我们的年轻人比例也是大幅提升，桃镇现在是青春焕发，未来的桃镇将更加吸引人。

"六、创新发展、知识更新。经过前几年的高速发展，解决了大量的富余劳动力就业问题，但是也积攒了一些其他问题，这些问题现在我们正通过鼓励创新发展、促进知识更新的方式来解决。暖洋洋供暖设备厂因为引进人才解决了原来产品存在的隐患，而在上了新的生产线之后订单激增。明星光电设备公司升级换代，推进光伏建筑一体化，未来我们桃镇的厂房和楼房上面都将直接装上光伏板，尤其是厂房的顶就直接用整体光伏建筑一体化的顶替代，不需要再做一层顶了。去年投产的'军梅节能门窗厂'解决了我们之前建筑门窗导热系数问题，从解决我们桃镇的供暖节能效果看，未来市场前景相当可观，这个都是因为引进的高端人才带来了新技术。这里面所要讲的例子比较多，我不一一再讲，我想说明的是：桃镇是在不断创新中发展的，要知识更新我们就需要走出去，和高校及研究机构多合作，把专家请进来，我们桃镇充分给他们试验田，桃镇人就是要做第一个吃螃蟹的人。"

曹工的话引发了大家的共鸣，会场上的掌声热烈，但是曹工并没有结束发言，而是发出一声叹息。听到这一声叹息，大家又都安静了下来，想听听曹工到底在担心什么。

曹工接着说："正如周长富刚刚最后说的，我们什么时候才能把'农民'这个帽子摘掉。这一点我相信在台下的人，尤其是那些出去打工的人，他们的感触很深啊！在地里种地叫农民，现在我们都进行了机械化大生产了还叫农民；城里人进了工厂叫工人，我们进城务工了叫农民工；就是做家政服务的，原来人家叫阿姨，我们农村的过去了直接叫保姆。有时城里人总说现在招工不好招，尤其是需要大量建筑工人的施工企业。但是想想，原来从事建筑施工的都是叫建筑工人，等到我们农民兄弟进城做建筑工人的时候就叫我们农民工，现在第一代农民工年龄大了，我们新进去的农民就叫农民工二代。面对这样的称呼，我们桃镇人听烦了，我倡议，以后我们桃镇将不再用农民称呼大家，即使是从事农业生产的，因为我们现在是属于农业产业，不是小农经济了，所以我们的从业者就叫农业产业工人，当然该是技术员、工程师的我们继续叫。进了工厂的就是工人，从事服务业的就是相应的具体身份，不要再把自己当成农民工，也不要再让别人叫自己农民工了！"

曹工讲到这里，会场里的掌声和叫好声一片，连主席台上的人都站起来为曹工鼓掌，因为曹工说出了大家积压多年的心声。掌声持续了很久，谭成仁示意大家静一静，并请王市长最后做总结发言。

王市长站了起来，冲着主席台上的桃镇领导，又冲着台下的村集体总经理以及老百姓鞠躬，然后才坐下来说道："今天这个会我本来不应该总结的，但是听了这么多精彩的发言，我又想表达一下，不算总结，就说说我的感受。我就说三点：一、桃镇村集体经济不简单。桃镇人经过了给地主干活；后来土改的时候又分了地主的地，自己干；再后来土地又集中到公社大家一起干；联产承包责任制之后大家又分田到户各自干；现在通过入股的方式又把土地集中到村集体经济组织来。这个过程看似反反复复，但是都在发生质的变化，都是跟着当时的情况而变的，这就叫与时俱进。桃镇的这次改革走在了桃州的最前边，这个螃蟹吃得好，看来你们吃得也起劲。既然吃到了鲜味，那就不能再自己单独吃了，要跟大家一起分享，要把你们的经验传授到更大的范围去。具体如何在桃州推广，我们回去之后市里再专题讨论，今天就不说了。二、桃镇的集中居住好。集中居住的前提条件是土地集中了，老百姓不需要在田间地头住了，从居住条件来讲，当然是集中到镇上的现代化小区更好，让我们辛苦一辈子的老百姓过上城里的生活。另外，集中能大量节约土地啊。刚才介绍的这些数字很可观啊，全国有死守的十八亿亩耕地红线，如果能有百分之十土地复垦那就是一点八亿亩啊，这得多打多少粮食。还有，住房集中之后，我们的市政配套也就能搞好了，不再让农村的居住条件那么差了。你看，桃镇的现代化小区不是和城里一样，都用上了自来水、天然气，还用上了暖气，下一步还要都通上光纤网络，这多好啊。再加上学校、医院、超市、文体设施等配套跟上，那就是让我们的老百姓都住上条件好的房子，都过上小康生活了。三、适岗就是人才、适岗才是人才的观念好。从事农业的有好多岗位，现在的集体种田、科学种田，机械化程度高，我们统一用农民来称呼显然不合时宜。已经转化到第二产业和第三产业，从事工业、建筑业和服务业还叫农民工显然更不合时宜。曹工提出的这个倡议好，值得我们市里好好研究，当然也不是所有地方都达到桃镇的发展状态，将来也希望在更高层面来解决这个问题，我看这个问题将来可以作为人大议案提交到全国人大去商议。桃镇人自己可以先不再称呼自己是农民或农民工了，这在什么岗做什么事情用什么称呼，也体现对从事该岗位者的尊重，这样大家才会爱岗，爱岗才会敬业，才能真正把岗位上的工作做得更好。我今天就讲这三点，桃镇可以根据今天的总结大会提出下一步发展规划。未来桃州各个地方还要到你们这边学习，我们将在桃州大范围推广你们的经验。你们要带着更多地方一起来尝鲜，让大家都来吃这个螃蟹，走共同发展、共同富裕的道路。"台下又响起了热烈的掌声。最后，王市长说："今天我们不光听，我还要带队下去走走，具体看看，你们镇里安排一下，我们把你们说到的好地方都看看。"

于是由张苏淮带队，谭成仁和曹工跟着做讲解，一行车队把桃镇的特色产业都看了一遍，最后大家步行到古镇文旅街，看到这条古香古色的街道以及各个非物质文化遗产传承人开的一个个别具特色的店面，王市长他们一行也没有少买东西。尤其是到了王花的"如花世界"，王市长就跟团队的其他人说："这个小姑娘我知道啊，是我们桃镇非遗传统手工艺的招牌啊，也是我们王家的骄傲！你们看看她的双面绣，那真是一绝，其他地方也少见，你们就饱饱眼福吧，我们市政府有时还要订她的作品当礼物送给外宾呢！"

到古镇文旅街已是傍晚，街上太阳能的古典亭榭灯光闪烁，辉映着溪流两边闪烁的灯光，仿佛在银河一般，繁荣祥和而典雅的文旅街给大家不一样的感觉，没有城市的喧嚣，没有卖工艺品的聒噪，只有徜徉在灿烂历史文化长河时内心的恬静和丰盈。

三年日新月异的发展变化，使桃镇人感悟到，我们无法看到前方的路，只有出发了才有希望，别辜负了现在，我们以后的每一步是否顺利，都是基于当下的这一步是否能走好，等待、迷茫、踟蹰不前，不会换来一个美好的未来，今天的每一点努力正是为明天的改变而积累力量。桃镇人正为更快、更高的发展积蓄力量。

第二十章　选举风波浪潮起

桃镇耕地集中入股村集体三周年总结大会过去没多久，上面的任命就下来了，张苏淮直接被调到县里当副县长，谭成仁被任命为中共桃镇党委书记，曹工被推荐为镇长候选人、暂时代理镇长，周长富被推荐为副镇长候选人，曹工和周长富的镇长和副镇长职务等镇人大选举之后完成任命。

曹工作为代理镇长之后，直接找谭成仁商量，让周长富组织成立镇级集体经济组织，将各个村级集体经济组织合并到一起，连着各个合作社，这样资源更集中，机械化作业的效率会更高，全镇统筹发展，利用周家楼已经打造出的桃硒源品牌，辐射全镇所有产品，也就是要在全镇都推行富硒农业。

那么，曹工提议在全镇推广的富硒技术是什么原理，富硒农业究竟有着怎样的魅力？据科学实验，硒肥的应用本身能让植物的根系增长一倍，因为根系是球状的，吸收营养能力理论上能达到原来的八倍，使得农作物长得更壮更高，产量也大幅度提升。周长富带领的周家楼村集体在省农科院专家的指导下，农产品富硒后产品品质有所提升，主要就是利用硒元素的作用。此外，由于硒元素的作用，农作物的果实保质期也会明显延长，一般都延长两倍以上，所以如果种的粮食作为国家储备粮的话，储备粮更新就可以从正常情况下的三年调整到十年，那就会大量节约储备更新的粮食。

对于如此好事，谭成仁完全同意，找来周长富一起商量，也正合周长富心意，并且他介绍，省农科院在周家楼村集体试验的富硒农业技术又有了更新换代。那就是先对土壤进行检测，然后根据土壤里面的元素进行分析，什么元素缺就补什么，使得土壤里面的元素均衡，这样农作物吸收之后，也就营养均衡，自然农作物就不容易得病，农作物的抵抗力强了也就不需要打农药了。就跟我们人一样，如果我们身体里面不缺元素了，那么免疫力就会比较强，自然就会少得病或不得病。这样经过均衡元素肥的作用，再有叶面富硒营养液，生产的农作物品质将更高。不过，应用这一技术时对每茬农作物都需要测一下土壤，然后根据情况施肥，因为每一种农作物吸收的土壤里面的营养是不一样的，通过均衡元素肥能将土壤全部均衡，生产的农作物相对就营养充分，人吃了也就跟着均衡了。三个人一拍即合，镇里将耕地都集中到镇集体，那就在全镇范围推广这个新实验。

每一项改革都是新思想与旧思想之间的观念冲突，三年来，桃镇耕地集中入股村集体及延伸的系列变革也非都一帆风顺，关键是曹工和镇班子主要领导齐心协力，从立足老百姓利益的基础上做足了预案，与各村、各方支持者一起攻坚克难，取得显著成效。现在在全镇范围推动，曹工觉得理论上是可行的，但势必会触及少部分人的利益，也许会遇到更大的困难，但有了周家楼村的成功实践，曹工有信心推动好，他让周长富先就此规划做一个方案。

方案在镇党委会上讨论的时候，副镇长胡立显然坐不住了，他琢磨：我让胡小利搞的茶叶合作社跟其他几个不同，我可是最后拿到大头的，如果现在全部并到镇集体了，那原来的分配方式肯定就不行了。另外周长富他们将农产品富硒之后收益高了，茶叶也可以富硒，做成了富硒茶叶，那卖的价格更高了，已经有好几个农户想跟周家楼村集体合作搞富硒茶了，胡小利那边一直在压，现在如果直接都到镇集体了，那别说胡小利压不住，我也压不住啊。

会上胡立没有发表直接的反对意见，他只是说："这个事情还是要征求一下各个村集体、合作社和村主任的意见，毕竟动作太大了，管理上尤其是队伍上怎么来弄还需要详细讨论。你想，原先其他村集体虽然没有你们周家楼的效益那么突出，但是毕竟还是比原来增长很多啊，而且人均收益提高很多。现在如果并到镇集体，那这么多人怎么办？原来的合作怎么办？另外，现在农业税也不用交了，种粮食还有补贴，那这个补贴到底是给耕地入股的人，还是给种粮食的团队？我想这些都需要从长计议，尤其要先多方征求意见，否则到时大家有意见不敢发，不成了我们镇领导一言堂了。"

胡立这么说，曹工也没有当即说什么，谭成仁说："胡镇长提出的这个也是个问题，曹镇长你组织人力进行一下调研，务必使得规划推动的时候能得到绝大多数人的赞同，如果反对的人多了，我们也就没有必要这么推了。"

接着几天，曹工忙着跟周长富制定规划。他感到，此轮搞镇集体，情况已有所不同，还有一个更重要的事需要解决。那就是因为村民其实大多数已经住到镇上了，下面的村已没有实质性作用了，如果还是按照原来的村委会来管理就很不合时宜了。现在城市里面都是按照社区来管理居民的，他们是不是也应该按照这个思路推进社区的建设。从桃镇看，目前桃花苑已经推到五期了，集中居住的工作也完成得差不多了，将来更多的是改善，还得考虑很多工厂有外地人工作，有很多落户的需求，肯定不会是落到哪个村的，还是要进社区，所以这个关系要捋顺了，否则很多工作也不好推动。

另外，由于原来的村主任是按照村的行政区划内的村民选举产生的，现在各个村的村民已经分散到各个组团了，原来的区划方式肯定不合适了，如果按照现在居住的地方划片分各个社区，那么社区的党支部书记和主任就都需要重新选举，这也是个大事情。

于是，曹工把自己对这些问题的顾虑跟谭成仁作了说明，并提出建议："书记，你看，这些问题比较重要，现在如果搞镇集体，我们需要跟县里、市里请示汇报，寻求上级的决策和支持。"

谭成仁也深感这几年桃镇搞的耕地入股村集体实际是一项牵一发而动全身的变革，任何一个环节对改革的影响都不是局部性的，而是整体性的。于是，谭成仁组织召开了镇党委会跟大家探讨了一下，大家都觉得需要改革，于是赶紧拟好报告请示县里和市里。会上胡立也并没有发表什么意见。

胡立比谭成仁大五岁，但是胡立就高中文化，谭成仁虽然只是中专文化，可是当时中专毕业就是国家干部了，所以十年前选举镇长的时候谭成仁高票当选。胡立之前倒也没有想太多，这不这几年种茶树，也没有少把茶叶往县领导那边送，县领导也有意无意问了胡立怎么这么多年还是副镇长，胡立就好像看到了希望，所以也一直谋划着怎么能当上个镇长。现在直接要换上曹工这个年轻人做镇长，那自己这辈子也就到头了。这不正好选举就要开始了，所以胡立动起了心思。正好前几天曹工他们讲的这个规划方案，在他认为就是从那些村集体和合作社抢钱。而且如果土地全部合并到镇集体，又都集中到镇上居住了，还要那些村主任干吗，现在的村干部们肯定也不会同意的。尤其刚刚镇党委会商量的撤村建社区的事情，那不直接就动了那些村主任的位置了吗，眼下这个时候动员这些村主任选我胡立可能是最好的机会，不能再错过这个良机。于是在镇党委会后胡立立即叫胡小利到家商量，就是想让他联合几个村主任到时一起选他当镇长，并且把那些可能的人大代表给疏通好，他这镇长或许就能当上。那到时他就不会推动这个镇集体的事情。

这事儿说干就干，和胡小利商量之后的几天，胡立天天在镇上的饭店，跟一个个村主任和人大代表们喝酒。其实随着方案的传播，很多村主任也意识到这个问题，这村集体的存在已经让他们这些村主任说话不好使了，现在再这么一弄，撤村建社区，那村主任不就直接没有了吗？！正好胡镇长请客，他们也就一起跟胡镇长诉苦。这些村主任多数是人大代表，胡立听后心里乐开花了，不过他没有直说，只是拍着自己的胸脯说："这就是年轻人要政绩，不顾大家的历史贡献，也不顾大家的利益，我胡立如果当上这个镇长才不会这么胡来，我会带着大家把村集体回归到村委会的领导下来，让大家都有点事情干，这才是带着大家共同富裕。小利，你回头把咱们茶园的明前茶给大家都送点，让大家也尝点好茶。我们这些茶可是送给县长，县长都说好的。"说话间就好像他背后还有县长的支持。

这些事情做完，胡立还是觉得不踏实，因为他知道，镇长的选举是等额选举，也就是到时上面只有他曹工一个人的名字，如果没有点硬东西，这些人大代表怎么可能往那个空白的格子里面填上我胡立的名字。而且这还得超过投票人数的一半才行。于是他把胡小利又叫到家里来，也问问他大侄子这个事情怎么弄比较稳妥。

胡小利当然希望叔叔当上镇长，自己说不定在叔叔的提拔下当个副镇长，那多好啊。于是他说："叔，咱们送茶叶的时候，一个礼盒里面有两个茶叶桶，一个里面我们装茶叶，一个里面我们装上五千块钱，现在这些人哪个不见钱眼开，咱们没有点硬东西，他们还真不一定会选您的。"

听完胡小利的话，胡立说："保险起见，咱们给每人装一万，找好二十五个代表，也就二十五万，咱们出得起。将来我当上镇长了，这个钱十倍都能回来。这个事情你去办好，我不能出面。但是你一定要跟他们说清楚了，必须写上我胡立的名字。"胡小利这边都弄好了，胡立才感觉安稳了，每天上班到办公室的时候都是哼着小曲，见到每个人都是笑着，弄得大家还真有点不适应。

桃镇撤村改社区的报告在还没有得到上级的答复时，原定的镇上的选举就开始了，镇长候选人是曹工；增补副镇长候选人是周长富。选举按照等额选举的方式进行，镇人大负责选举的工作人员将印有"曹工"名字的选票发放到五十个人大代表手中，大家把自己的选票填好投进了选票箱。

经过有序的唱票、计票和监票人统计，选举结果很快就出来了。但是监票人没有当即说明结果，而是直接到主席台找谭成仁，小声说道："书记，出状况了！"

谭成仁一听着急地问道："出什么状况了？"选举出状况可是大事，自己还兼着人大主任，谭成仁当然着急。

监票人说："曹镇长得票只有二十三票，反而是有二十七个代表在选票上写了'胡立'的名字。按照我们的选举规定，胡立票数超过半数，应该是他当选镇长啊！这种情况我还是第一次遇到，所以还得请书记您定夺。"

那边胡立看到监票人跟谭成仁耳语，而且迟迟不公布选举结果，就感觉自己的事情成了。胡立向胡小利使了个眼色，胡小利立即明白了。于是胡小利在下面站起来大声说道："监票人怎么了，怎么还不宣布选举结果啊，这跟谭书记说悄悄话这么久，是不是要篡改选举结果啊？！"胡小利这一说完，下面有几个人跟着起哄，要求立即公布结果。曹工在上面也有点蒙，他不知道发生了状况，反而催促监票人公布结果。

这边谭成仁也是第一次遇到这个情况，台下又开始有点躁动，于是跟监票人说："先按照这个情况宣布选举结果，然后把选票都先封存好。下来后立即把这个情况报告给县人大和市委组织部。"

监票人把选举结果一宣布，场下热闹了起来，不少代表在胡小利的带头下，说："祝贺胡镇长就任桃镇镇长，带着我们桃镇人民好好发家致富！"

台上曹工蒙在那里，他绝对没有想到这个结果。他知道这里面肯定胡立做了手脚，但是他现在能怎么办？毕竟这是选举结果，想改变这个结果就要好好查查，但这个查的工作不是自己说了就可以推动的。

胡立在台上故作镇定，脸上洋溢着得意的笑容，眼睛不时向谭成仁和曹工这边看着，看看他们两个有什么具体动作。

谭成仁作为镇人大主任，这个时候是躲不开的，他先让监票人立即将情况跟县人大汇报，然后走到发言席上说："诸位代表，今天这个选举算是出了意外，选举的选票我们先都封存，这边的情况我们也立即向县人大做汇报，还得向市委组织部汇报，上级组织会派人下来核查。我们要等上级组织核查确定之后，由上级组织来通报我们的选举结果。今天的会议先到此为止，后期会议请各位代表听候通知。散会！"不等别人说什么，谭成仁就往会场外走。

散会之后，谭成仁立即向市委组织部刘权副部长汇报了选举情况。刘权副部长听后也是大惊，告诉谭成仁，先别做任何决定，等待组织的进一步消息。

谭成仁还特意给市长王为民打了一个电话，王市长听后说："你们桃镇提交上来的有关撤村建社区的事情，市里让民政局商讨方案还没有出来，你们又出现这个状况。看来你们的改革动了不少人的蛋糕，这个事情市里会调查清楚，我本人倒希望你们桃镇一次性把这些事情都解决好，否则后面推广你们改革经验的时候其他地方也会遇到。既然是改革，长痛不如短痛，我们来研究一个未来长久可行的方案，以减少改革的阻力。"

曹工明白，这次选举所出现的偷梁换柱背后的利益冲突，让他看到了某些利欲熏心之徒突破底线的残酷斗争，但也让他更加坚定，为官一任，造福一方，英雄者，要拥有藐视邪恶之能力，古今中外之英雄莫不如是，他们信仰坚定，一生波澜壮阔。他还年轻，路才刚刚开始，势必会遇到更多风雨坎坷，但只要自己秉持公心，慷慨无私，就会赢得尊重。当前，这场风波正在打压自己，但他心底坦荡，他相信上级领导和组织会给自己一个公正的结果，他所要做的，就是做更好的自己。

第二十一章　正义逆转除邪恶

真可谓"好事不出门，坏事传千里"，选举结果刚出来，此事就在镇上传开了，胡立本意就是想让镇上人都知道这个选举结果，好让谭成仁和曹工不能更改。没有想到，很多老百姓不干了，纷纷为曹工打抱不平。

有些村集体的总经理直接到镇上找谭成仁说："当初镇上让每个村搞村集体，曹镇长忙前忙后实施，尤其是帮助解决了大量富余劳动力的就业问题，如果这些人的问题不解决，哪有我们这么好的收益啊？"有些引进过来的企业老总也直接找谭成仁说："如果不是曹镇长帮我们解决了到桃镇来投资的后顾之忧，帮我们找高校培训人员，使得桃镇的人上岗就能用，提高了我们的企业效率，还帮我们对接市场，哪有我们这么顺利的发展，怎么能给桃镇带来这么多税收？"这些人的工作还都好做，谭成仁果断地告诉他们："这个事情大家放心，我们相信上级组织会帮我们桃镇搞清楚这个事情，会给曹镇长一个好的结果，大家还是回去等进一步的消息吧。"

谭成仁其实难以面对的是曹家人，特别是曹老爷子，是曹老爷子让曹工回来帮助桃镇发展的，现在曹工做的工作有目共睹，上级也给予了肯定，这不才被推荐为镇长候选人的吗，现在选举出现了这样的情况，他这个镇党委书记、人大主任有着不可推卸的责任啊，可是曹家竟然没有任何一个人找他。

郑晓煜听说这个事情的时候，本来是要直接到镇上找谭成仁的，但是被特意赶来的曹学拦住了："大嫂，这个事情你不要去找谭书记，爷爷特意交代

185

大家，要相信组织。爷爷说，我们曹家为镇上做了这么多事，也不是为了当这个镇长才做的，大家只要没有做不得当的事情，相信会有公正的结果的。"

因为这三年桃镇的发展，曹工所做的事，曹老爷子看在眼里，他相信曹工是一个经得住考验的人，往后的人生还很长，如果为这个小风浪就要找这找那说理邀功，将来谁还敢让他做大事情，他不还得要个市长、省长的干干?! 所以，老爷子让大家都不许去找政府，他自己也不找，等着组织下来调查清楚，大家该干好自己的事情一定要继续干好，别在这个时候添乱。郑晓煜听后，虽还为自己丈夫愤愤不平，但是想想找谭成仁也解决不了，还不如听爷爷的，把自己这边的工作做好，等组织的最后结果。

曹家人没有出来闹，但是县里、市里最近却有不少关于曹工的举报信，当然也有举报谭成仁的，还有举报周长富的，市里和县里为这些事情最近经常派人下来调查，反而弄得有点人心惶惶的。甚至有人觉得不要说这镇集体的事情了，可能村集体都要黄了，还要回到原来的个人承包制。很多人都不想再回去了，现在的日子多好啊，所以大家都期盼着上级能尽快给一个满意的结果。

曹家人没有一个找谭成仁的，谭成仁自己更是坐不住了，特意到市里找市长王为民，曹工是王市长当时帮忙引进到桃镇的，桃镇的各项改革也都得到了市长的大力支持，为曹工讨回公道，找市长应该还是管用的。

谭成仁找到王市长，王市长说："你呀最近就不要往市里县里跑了，好好在桃镇安抚好大家的情绪，把生产稳定好。镇集体的事情先暂缓，等桃镇的这次事情处理妥当了再推进，否则人心不稳，推进也必然不顺利。目前从市里信访办获得的信息，你们桃镇最近的举报信是出奇多，这里面举报曹工的很多，还涉及受贿问题，数额较大，市纪委已经立案调查了，你回去要稳住人心，要巩固好你们之前的改革成果，不能给别有用心之人可乘之机。市里还想把桃镇的改革经验在全市推广，当前出乱子肯定不行，但是该查的问题也一定要查清楚，如果真如举报信说的那样，我们也不姑息。你自己也要当心，就有人举报你利用关系给自己的侄子安排上省农业大学的事情，这个组织上还要调查。"

谭成仁听说这话，赶紧解释道："我还有这个能耐安排自己的侄子上省农业大学啊，本来我是想让他到市农学院找专家自考学习的，是他通过自己的努力，三年就通过了本科考试，获得学位证书，与我有什么关系？这不主要还是因为搞合作社，他对学习才劲头十足，他要是早这样也许当年高考就直接考上省农业大学了。我倒真希望自己有能力安排人上大学。"

王市长严肃地说："注意你的说话言辞，你怎么也是我党干部，说话要注意，别真的落人口实。你的事情组织上也会调查的，曹工的事情也一样，你回去踏实地安排好工作，跟曹工讲，先认真工作，继续当好他的代理镇长，等候组织上的调查结果。"

谁承想，曹家的祸事才刚刚开始。

一波未平，一波又起。谭成仁回镇上的第二天，桃花苑五期的三栋高层建筑工地发生了一起塔吊倒塌的事故，砸坏了一辆停在工地上的小汽车，砸死了小汽车司机，塔吊上的司机也摔死了。这位小汽车司机是市质监站的司机，市质监站副站长带两个人查看三栋高层建筑施工质量，三人下车后，司机去停车的时候塔吊就倒了下来，正好给砸到了。建筑工地死了人那可是天大的事，消息迅速在桃镇传疯了，惊动了市公安局，公安局当时就把曹商带走了，因为他是刚从市一建剥离出来的桃镇建筑公司的总经理兼法定代表人，警察带他回去问话，现场由市质监站三人负责调查。曹学哭着说："真是福无双至，祸不单行，我们曹家这是得罪了谁啊？天啊，太不公道了！"

曹工在镇政府被市纪委的人直接带走问话了，镇上有传言说曹工被"双规"了。

又过了两天，正在忙活儿的曹兵被县公安局来人直接扣了起来要带走，这时未来家样板营的职员们不干了，他们把警察围住，非要问为什么。这时警察说："没办法了，我们接到举报信说有人被曹兵强奸，昨天我们来人到镇上调查，镇领导陪我们去直接询问了受害人，受害人当场点头承认曹兵强奸了她，所以我们今天才来抓人。"

大家几乎齐喊："谁啊，哪个臭丫头说被强奸了啊，我们非要看看。我们这么多漂亮的员工曹总都没有招惹过，还会去强奸别的女人，怎么可能？"

警察说："大家不要这样阻碍我们执法，我们要保护受害人。另外，你们再这样阻碍我们执法，就要以妨碍执行公务罪把你们也抓起来带走了。"

这时曹兵发话了："你们听我话，都回去，把未来家继续经营好，我曹兵知道自己是清白的，我也相信政府不会冤枉好人，大家要懂法，不要妨碍公务。我爷爷那边你们就说我配合公安局调查案子去几天，别让他老人家着急。我家最近出的事情比较多，你们谁得空都帮忙照看着点，尤其是我爷爷那边。"大家都抢着答应一定会帮忙照顾好未来家和曹老爷子。

几乎是在同时，全国严打进入尾声，市里严打工作组来到了桃镇，他们收到了刘子健等二十多人联名递上盖血印的举报信，举报胡家村的黑恶势力。举报信中指出，胡家村村主任胡小利平时纠结了一帮人，在村里为非作歹，利用手里职权把二十几户出去打工人家的土地据为己有。在桃镇推行自愿入股到村集体的时候，刘子健想要回土地，他派一帮人上门将人打伤，并且还以其家人的生命安全相威胁，使其敢怒不敢言。而更多的受害人平时就被欺负怕了，弄得多年在外不想回乡。现在，全国开展的严打行动已经接近尾声，如果再不举报就没有机会了，这些受害人才联名往省严打工作组递交盖血印的举报信。为此，省里特别重视，特意责成市严打工作组派专班来调查此事。工作组发布公告，希望大家将知道的这个团伙违法乱纪的事情报上来，将对此据实调查后从严处理，绝不姑息，不管背后涉及哪个人、哪个保护伞，要连保护伞一起打掉，还老百姓朗朗晴空。

这里再说说胡小利都做了哪些坏事。他仗着叔叔胡立在镇上当副镇长，而且他们家常年占据村主任的位置，他爷爷传给他叔，他叔又传给他，表面上对村民帮这帮那，但背地里无恶不作。原先哪家粮食丰收，人手短缺，他派人过去帮忙，但是最后居然让派去的人把人家的粮食拉走一半，还说他们出力了，就应该有回报。看到哪家有漂亮姑娘，他们会想方设法诱骗姑娘，有时上门帮忙做这个做那个以获取信任，诱骗不成的时候，有的他们就直接绑架强奸，弄得本地年轻女孩子不少出去打工，不愿意再回来。因为涉及姑娘的名声，所以这些事情对外面也都没有说。胡家村跟外镇接壤，外镇的人有到胡家村做生意的，胡小利都派人收保护费，美其名曰管理费，但是镇上没有这些收费项目，他们收不到就直接打人，弄得人家不得不交，最后来做生意的也少了，这些生意就都由他们这帮人占着，有时就是强买强卖，老百姓苦不堪言，所以等到提倡到镇上集中居住的时候，大多数人就直接舍弃在村里的房子去镇上了……

严打工作组深入群众，进行为期一个月的调查，终于调查清楚了很多事实真相。探出了村霸头目胡小利，利用失足少女引诱曹商的桃镇建筑公司一个包工头，过程中全程用针孔摄像机录像，然后威胁说要告他强奸。那个包工头害怕，然后就按照胡小利说的，写了一封实名举报信，举报曹工受贿一百二十万元，安排他进了曹商的公司承包工程，并且附上伪造的交付现金的现场照片。后来还威胁包工头，要他在塔吊的底座卸掉一些关键零件，让塔吊在吊装东西的时候倒塌，包工头知道这个事情会死人，没敢自己干，但是他告诉威胁他的人怎么弄。这个打手在凌晨就自己偷偷卸掉了一个方向的基础螺丝，等到吊装重物的时候造成塔吊倒塌砸死人的事情。这个说的情况正好跟质监站调查的结果是一致的。

另外，这帮人还设了一个局。一天晚上，王花从文旅街回家，他们把王花直接绑到胡小利的茶园，说是要轮奸她，王花大声呼救，被故意刚刚路过的胡小利发现了，胡小利大吼一声，冲了过来，并且打跑了那几个绑匪，把王花救了，给她穿好衣服，连抱带拉把她带到家说是给她压压惊。那天他家里就只有胡小利一个人，他老婆被他支回娘家去了。胡小利给王花一杯水让她压压惊，但是他在这杯水里加了迷魂药，喝了水的王花很快就昏迷了过去，就这样，王花这个黄花大姑娘不知不觉被他糟蹋了，而且胡小利还拍了不少王花的裸照。等她醒来的时候看到床上的一抹血迹，觉察到自己被强奸了，但是胡小利用裸照威胁她，她也不敢声张。胡小利把写好的举报信让她看，说是被曹兵强奸的，她怎么也不愿意签字。胡小利直接抓住她的手，用针刺破了她的食指，盖了个血印，然后才派人送她回来。

在公安局来人调查这个举报信的举报人时，负责镇上安全工作的副镇长就是胡立，他积极主动带着民警去了王花的家，王花啥话也不说，警察问她话时，胡立站在民警身后恶狠狠地盯着她，她不说话，胡立比画着威胁说："你还要不要好好生活了！"这句话在民警听了以为是他好心劝解王花，最后王花点头了，就这样，民警是在胡立的陪同下离开的。

事实真相终于弄明白了，曹家三兄弟被送了回来。

由于胡小利被带走了，曹工被放回来了，那些收了钱的人大代表心里都不安，最后好几个人主动跟市纪委交代了收了胡立送来的一万元并被要求在镇长的选票上写胡立的名字的事情。市纪委联合县人大组织调查落实证据后，让公安局直接将胡立也抓了起来。对于主动交代的人大代表要求退回赃款，同时以破坏选举罪提请人大罢免了他们的人大代表资格，因考虑自首情节免予刑罚，予以警告；其余没有主动交代的人大代表则由人大罢免他们的人大代表资格，同时没收违法所得，给予行政拘留。胡立因为存在贿选行为，严重破坏了选举被开除党籍，由人大罢免了他的人大代表资格，撤销副镇长职务，并判处有期徒刑一年。后来因为又有人举报胡立在做副镇长期间，利用职务之便收受贿赂等其他犯罪行为，并有包庇、纵容胡小利涉黑行为，被数罪并罚，判处有期徒刑十年。胡小利因为破坏选举罪和非法占用农业用地等多项涉黑罪名，由人大罢免了其人大代表资格及村主任职务，同时判处有期徒刑十八年并处没收个人全部财产。

由于胡立和胡小利等一帮人被处置判刑，桃镇人一下子轻松了，很多人在他们被判刑的时候放鞭炮祝贺，尤其是那些被欺压多年的胡家村人更是松了口气。很多原来不敢回来的听到消息后也都特意赶了回来，看到桃镇现在的发展状况以及未来的发展规划，都想回来。不过他们也有不少担心，曹工知道后，公开对大家讲："以前大家受到了不法分子的欺负，是我们政府没有能及时帮助大家维护正义，现在你们原先被霸占的权益都将返还给你们，你们如果想回来发展，都可以按照规定申请镇上的成本价住房。有技术的、有资金的欢迎你们回来投资创业，桃镇欢迎大家回来。"

曹工的公开讲话之后，一时间很多受胡立叔侄欺负的人都回来了，因为在外面发展有时也不是很顺利，尤其是没有家的感觉，心里空落落的，现在政府帮助他们解决了多年积压心头的愤怒和不公，他们更愿意回到家乡发展，况且现在桃镇建设得很好，再不回来也许会错过更多的机会。

市里研究决定批准了桃镇撤村建社区的申请，也同意了他们推行的镇级集体经济组织统筹经营全镇农业用地的规划方案，让他们大胆实验。同时要求他们统筹好镇人大选举和社区居民委员会的选举，选出一批能代表人民、代表桃镇经济未来的力量，为桃镇的新发展增加动力，共同谋划和服务好桃镇发展大局。

　　曹工顺利地当选了镇长，并且作为镇级集体经济联合会会长，整体联动全镇经济体的发展，不仅是农业，是进行一、二、三产融合发展，共同推进新农村建设，带动全体桃镇人民走共同富裕道路。周长富当选副镇长，同时兼任镇级集体经济联合会副会长兼秘书长，在全镇范围抓好农业现代化转型，创造和维护好桃硒源等品牌，将桃镇全域"立体有机富硒农业＋"做成可复制经验，将来在全市范围做推广。

　　曹农博士毕业了，直接带了一个新的研究团队，又在明星光电设备公司的旁边建立了一个明星光电科技公司。这个公司还是明星能源设备公司投资的，不同的是新公司由曹农占百分之五十一股份，武亲农占百分之四十九股份。本来是反过来的，但是武亲农坚持由曹农占大股，真正当老板。公司第一个推进的光电玻璃目前还没有完全成熟，还在研发最后阶段，主要是设计最后的产品形态，解决个别核心问题，所以曹农这次带回的主要是研究团队，待成熟后就将投入生产，那个时候就要根据未来市场做更大的发展规划，而且可以和明星光电设备公司做好联动发展，他内心还是想把经营的活儿交给武亲松，这样自己可以根据市场带团队研发新产品，他感觉自己更擅长研发而不是经营。

　　曹农回来后，王牡特别开心，她一刻也不想耽误，因为曹农毕业前的半年都没有回来，她想曹农都想疯了，她不想再这样过了，于是找曹农主动谈结婚的事情。曹农也爽快地答应了，这是因为他既喜欢王牡，也不想在对象上挑来拣去，他喜欢王牡直率而细腻的性格，可以放心把家的大后方交给王牡打理，自己也才有更多精力投入研究中去，于是在王牡提出结婚时，就领着王牡直接回去见爷爷。

　　曹老爷子那是自然开心，因为曹农不在身边的时候，王牡就经常来看他，还给他做了好几身衣服，有这样贤惠的孙媳妇，他自然开心。当天晚上老爷子就把曹家的其他人都召集过来，好好地聚了一下，并且把他们婚房装修和结婚仪式的事情交给了曹学和曹兵，嘱咐他们一定要办好："这老大结婚的时候，因为是公职人员，咱们不铺张浪费，不搞大操大办，我都有点感觉对不起我们家晓煜和郑教授家了。现在曹农跟王牡两个没有这个顾虑，你们要好好办，正好也扫一扫前段时间的晦气。"

郑晓煜赶紧说:"爷爷,我嫁给曹工没有任何委屈的,那些仪式是比较重要,但是我一直在曹工心里那才是最重要的。您千万别有愧疚感,否则叫我们做晚辈的反而不安了。另外,曹工经过这次风波,反而得到市里的重视,全面查清了我们曹工,发现一点问题都没有,反而授予了全省的'五一劳动奖章',因祸得福,这都是您老教育得好啊,我们还得好好感谢您呢!"

郑晓煜说完,曹老爷子更高兴了,一家人都在热热闹闹地勾画着曹农他们的婚事。老爷子明白,当今时代各地的经济发展了,老百姓的生活改善了,但在物质文明发展之时,也面临着精神文明的新挑战。"一家仁,一国兴仁""将教天下,必定其家,必正其身",在此新形势下,传承好的家风将对每个人、每个家庭以至整个国家建立高度文明起到重要的推动作用,建好"小家",才能成就国家这一"大家"。

"无论风云变幻,走曹家的正道!"这是时代的需要,也是这位老英雄不变的初心。

第二十二章　四喜临门结良缘

中国人重礼仪，结婚更是人生大事。古人把婚姻视作成家立业的关键分水岭，有"嫁者，家也""娶者，取也"的说法，是说嫁娶意味着男方把女子"取到"自己家里来，女子从此有了家，两个人结合在一起成为夫妇。千百年来，中国传统的嫁娶仪式也已形成一套完整的礼俗，以隆重的仪式确定夫妻关系，获得身边人的认可。

为曹农和王牡的婚事，曹家人也忙活开了。曹老爷子重视传统文化，但并不泥古，交代曹兵婚礼的操办既要尊重传统，又要省去繁文缛节，尊重年轻人的意愿，适应现代社会。婚礼究竟定什么风格，这个度如何把握，就连曹兵也有点被难住了。

曹兵就找曹农商量，曹农说："这个事情都由王牡做主，我就是个理工男，婚礼怎么办我都听王牡的。"一句话让曹兵被他二哥这个甩手掌柜搞得哭笑不得，只得专门到"王氏服装店"找王牡。

王牡正在接待客户，见到曹兵突然上门，面露一丝尴尬，招呼曹兵先坐下喝茶。匆匆送走客户后，王牡坐下与曹兵攀谈起来。她在内心其实是感觉有点愧对曹兵的，毕竟上次因为妹妹王花被迫诬陷了曹兵，到现在王花都有点躲着曹家人。如今自己要和曹农结婚了，两家都结亲了，不能再持续这种僵局了，便快人快语，直接跟曹兵讲："我和曹农的婚礼现场希望是中式的，但是也希望能有点西式的感觉。有个事情想请你帮忙，不知道你愿不愿意？"

曹兵说："都要做我二嫂的人了，怎么还这么客气，有什么话你就直说。"

"那我就直说了。上次因为王花被迫诬陷了你，害得你被警察带走，虽然现在案子已经破了，但是我妹妹心里一直愧疚，所以一直避着不见你们曹家人，我现在要和曹农结婚了，这事儿如果不解决，将来也会一直别扭下去，我这做大姐的婚也结得不安啊。所谓解铃还须系铃人，当初是我妹对不起你，但是现在还需你出面帮我妹把这个心里的疙瘩解开才行。"心直口快的王牡硬着头皮说道。

曹兵也是豁达爽快之人，立即说："这个没有问题，我从来没有为这个事情记恨王花，我反而觉得她才是真正的受害者，更需要人关心、抚慰。我这边，警察弄清真相就还了我清白，而王花的清白却没有人能还回去，她心里肯定更苦！"

曹兵的善解人意让王牡很是感动，心里一阵酸楚，泪水在眼眶里打转，说道："你说得对啊！我妹妹自从那事之后，整日忧郁，虽然还开着店面，也笑脸迎客，但是我们知道她是硬撑着的，都是不想让我们担心才这样的，我们都不知道怎么开导她。这个事情我奶奶还不知道，王花从小跟奶奶最亲了，她也不想让奶奶为她伤心，所以让我们都别告诉奶奶，她每天回家还得在奶奶面前装出笑容，这心里肯定不是滋味。从她最近的绣品来看，已经缺少灵气了，这以后还得要好好生活，所以我想请你过去帮我们开解开解。"

王牡拿出纸巾背过身去，轻轻擦去滚落在脸庞的泪水，转身笑着面向曹兵接着说道："关键是你打造文旅街的时候，王花回家经常夸你'曹兵这个人能干，又会说话，对自己员工还好，对长辈孝顺，是个好男人'。我想那个时候她可能还是真喜欢你的，所以你说的话她能听进去。我和曹农的婚礼，我希望你和王花做我们的伴郎伴娘，你愿不愿意？"

曹兵没想到跟王牡商量操办她和二哥的婚礼，王牡就这么把自己的角色也安排了，而且入情入理、周全大气，不禁在心里暗自叹服：真是精明能干当大姐的人！赶紧说："我当然愿意了，王花的工作我来做，她是个不错的女孩，别因为这个事情伤害她一生。而且她还是我们文旅街的招牌，我可不能看着她就这样颓废下去。"曹兵最后这话有点冠冕堂皇，其实他内心还是担心王花的，发生这个事情之前他还经常到王花的店里看看，和王花聊两句。这事之后，他怕王花尴尬，所以几次路过店面都没有进去，但是心里一直惦记着王花。今天听她姐说到王花的情况，他更担心她了，表面上说是为了文旅街，实际心里就是担心王花本人。

这天，曹兵独自走进"如花世界"，王花正在店里一个人绣着花。曹兵故意弄出点响声，王花抬头一看是曹兵，又把头低了下去，装着继续绣花，但是细看手已经有点颤抖了。

曹兵打趣说道："怎么，我们'如花世界'的老板蔫儿了？原来一个活蹦乱跳的王花去哪里了？你看看你现在绣的这些东西都跟你人一样蔫儿，这怎么代表我们文旅街、代表我们桃镇朝气蓬勃的精神啊？"曹兵想用话激王花。

可王花丝毫没有兴趣，抬头看了曹兵一眼，又低下头做着自己的活儿，没好气地说道："我可不敢再做这个招牌了，我现在就是一个笑话。曹总您别这么看重我了，我承受不起！"

曹兵见打趣和激将都没有用，他就来了一个重头戏。曹兵走到王花的绣花绷子前，从身后拿出一朵艳丽却是半开的牡丹花，突然单膝跪地，对王花说："王花，我喜欢你，做我的女朋友吧！"

曹兵这个突然的举动弄得王花吓了一跳，从凳子上直接站了起来，有点恼怒地对曹兵说："曹总你这是干吗？嘲笑我吗？"

曹兵赶紧说："不是，不是，王花，我其实喜欢你很久了，你就是我心中的女王，所以我才用这牡丹花向你求爱。我知道这样表白有点突然，在那个事情发生之后，我在公安局关着的时候不是考虑我自己，我心里想的是你的心里得有多苦，甚至我还谴责自己为什么不早点跟你表白，早点来保护你，或许那样一切都不会发生了。我出来之后，本来想跟你说的，但是怕你尴尬，想等事情过去了，大家淡忘了再跟你说。不过，现在你大姐要跟我二哥结婚了，我不想你心里一直有这个疙瘩，我也不想每天晚上睡觉的时候还只是惦记你、担心你，却不能做任何事情。今天你大姐告诉我你的状态，我特别担心，我觉得我不能再等了，这不仅是对我的煎熬，也是对你的摧残，我不能让我心爱的姑娘再这样难过下去，我就是想从今天开始，由我曹兵来保护我心中的女王，我不会再让你受到任何伤害，更不能让你这样伤害自己。"曹兵有点语无伦次地一口气说着，也一股脑地抒发出自己对王花的压抑在心底的感情，有爱慕，有痛惜，有自责，更有着对呵护眼前这个心爱的姑娘的迫切感。

他眼里渐渐闪出些许泪光，动情地说着："你是一朵正在盛开的牡丹花，我不能让你这样就颓废下去，我更需要那个活蹦乱跳、天真无邪的王花和我一起打造我们美好的未来家。王花，我是认真的，绝不是儿戏，我愿用我的生命起誓……"

曹兵举起手竖起三个指头冲向屋顶，像一尊雕塑，肃穆，庄严，不可撼动。王花一把抱住曹兵，也跪在地上，放声大哭。她饱受了一个女孩最大的屈辱，她也因此收获了真爱，这些日子在心头积压的苦和委屈，那突然涌来的爱和幸福都随着泪水喷涌而出……眼泪打湿了曹兵的衣服，她哭得泣不成声，让人心酸又怜惜……

曹兵没有阻止王花哭，而是让她哭个够，把所有的苦和委屈都哭出来。他把手中的牡丹花放到绣绷上，双手抚慰着王花，他更感觉到自己要好好保护这个姑娘，他心里有了无比的责任感，也有了无比的幸福感。

哭了好一会儿，曹兵单膝跪得腿发麻了，身体往边上一倒，王花也跟着倒了下去，这个时候王花才意识到自己哭得太久了，不过她心里却透亮了。她慢慢扶起曹兵，曹兵看到王花哭肿的眼泡，打趣道："怎么，我们的牡丹花一下子变成小金鱼了，还是条美人鱼！"

王花一笑，小粉拳就捶向曹兵的胸口。曹兵则一把搂住王花的细腰，双眼盯着心上人那哭肿的双眼，疼惜地在她额头上亲了一口。然后把王花的头靠在自己的胸膛上，轻轻地说道："以后有我！未来我们俩一起！"

王花去洗了把脸，简单地收拾了一下自己，曹兵这才跟王花说王牡想让他们俩做伴郎伴娘的事情。不过曹兵说到这儿立即征询王花的意见说："我的女王，要不我们俩和他们俩一起结婚得了，这样更热闹，我也不想再让你等了。"

王花说："哪能这么快啊，咱俩的事情我怎么也得跟我奶奶说一下，看看她老人家的意见吧。再说，你也得回去跟你爷爷说一下，万一他老人家有意见呢！"

曹兵说："我爷爷那边没问题，我娶了你这样的姑娘，我爷爷肯定开心。

再说把你们家三朵花中的两朵花同时娶进我们曹家门，我爷爷不要太高兴啊。但是你奶奶那边肯定得请示一下，干脆现在你就带我回去见奶奶吧，我等不及了。"

王花本来就喜欢曹兵，出了那个事情之后一直觉得自己人生没有希望了，现在曹兵主动跟自己表白，她当然乐意了，她也怕夜长梦多，也需要早早抓住自己的幸福，开始她崭新的人生。于是关好店面，曹兵则顺便买了些礼品，然后直接和王花一起回家看望她奶奶了。

王奶奶见到曹兵来，本来就开心，因为曹兵能干又嘴甜，王奶奶一直就很喜欢他，张罗着赶紧让曹兵坐，还让王花赶紧泡茶。曹兵一把抓住王花的手，直接跟王奶奶说："奶奶，我喜欢王花很久了，我要娶她，您老同意吗？"

王奶奶被这突如其来的阵势弄得先是一愣，缓过神来之后高兴地说："当然同意了！这老小是我的宝贝疙瘩，她大姐才说要嫁到你家，我这还愁我们这老小会找到什么样的好人家呢，这不是亲上加亲了吗？！有什么不同意的，是好事，我同意同意！"

然后又对着王花说："花儿啊，你最近不开心是不是因为这个事情啊，那你不早告诉奶奶，奶奶看你憔悴了，担心死了，都不敢问你，问你两个姐姐也都说不知道，还都以为你是为了店面操劳的呢！有了好人家就不能耽误了，要抓住机会，否则错过了可能就是一生。"

最后又对曹兵说："你们两个都是家里的老小，都是家里最疼的，不管是哥哥还是姐姐都让着你们，这以后你们俩在一起了，你得让着我们家花儿，不能让她受委屈了，否则我这个老太婆可饶不了你。"

曹兵赶紧说道："奶奶您放心，我稀罕她还来不及呢，怎么可能让她受委屈。我们家的家务活儿都我包了，不会让她累着的。再说她那双巧手，我也不舍得让她干什么家务活儿啊！另外，您最疼花儿了，我们结婚后您就跟我们一起住吧，这样我们还能照顾您，我平时店里事儿多，您正好也能陪着花儿，您看行吗？"曹兵这么说是让王奶奶陪着王花，其实他心里明白，王花肯定也考虑结婚后奶奶在家谁照顾的问题，说是让奶奶陪着王花，其实是让王花陪着奶奶，这样王花才能安心地嫁过来。

王花听曹兵说这话，更是暖心，她本来确实有这个担心，没有想到自己没有说，曹兵却直接这么计划了，说得还让奶奶没有压力。她心里更笃定要嫁给这个男人。

王奶奶说："我知道你们怕我孤单，我也不想给你们添麻烦，不过如果你们生孩子了，我倒是可以过去给你们顺便看着点。平时我还在这边住着，你们得空了就过来看看我就行了。"

曹兵说："那可不行，我们现在的房子都有暖气，上下楼有电梯，也有您专门的房间，您正好帮我陪着花儿，免得我在外边工作的时候她一个人闷得慌，然后再找我麻烦就不好了，您就当帮帮您这个孙女婿，好吧？"

王花也接着说道："奶奶，您就和我们一起住吧，免得我也老想您，想得睡不着觉不是对我身体也不好吗？！正好您也帮我看着他点，免得他到时欺负我，我也找不到人帮我。"

王奶奶拗不过孙女孙女婿，于是就爽快地答应了。然后两个人把想和王牡他们一起办婚礼的事情跟王奶奶说了一下，王奶奶说："好啊，这结婚是双喜临门，你们是两对一起结婚，这是四喜临门啊，预示我们两家事事如意啊，这是大好事啊，就这样安排吧。我到时给你们各绣一对鸳鸯，作为我的贺礼，希望你们两对百年好合、恩恩爱爱。"

于是曹农和曹兵都在桃花苑五期的二十八层高楼顶层中选了两个对门的房子，而且是复式的，两家的露台都连在一起，考虑将来夏天在露台上还可以一起吃烧烤喝酒呢。两个姐妹住对门，这样照顾奶奶也更加方便，王奶奶平时帮两个孙女看家也是乐乐呵呵的。曹农也特意在他们房子里面给爷爷安排了一间房，爷爷高兴的时候就过来住住，主要也是可以跟王奶奶说说话，这样大家都能比较安心工作。

曹农与王牡、曹兵与王花，这亲兄弟娶了姐妹花的事情在桃镇传为美谈，婚礼的现场被曹兵和王花打造得如梦如幻，中西结合，会场百合配的不是玫瑰，而是娇艳的牡丹，新郎穿的不是西服，而是王牡做的中山装，王花绣的图案。给曹兵的衣服上绣了只老虎，萌萌的、乖乖的，充满灵气。曹兵开着车带着旅客游桃镇，大家看到后直接叫他"乖乖虎"了。给曹农的衣服上则绣了一条在云间飞舞的龙，龙头顶着一枚太阳，嘴里吐出一道闪电，点亮大地的万家灯火，比喻曹农的光电事业普照大众。人们干脆也直接叫曹农是"光电龙"。

曹老爷子和王奶奶坐在台上，接受两对新人的跪拜，心里乐开了花，曹家王家的亲朋好友都一起热热闹闹、开开心心地喝酒祝贺。他们的婚礼不但让曹家和王家高兴了好一阵子，也给桃镇带来了喜气，他们的故事在街头巷尾传颂，人们笑称这曹家是中了状元招驸马——好事成双，喜上加喜，一时间，这座充满现代气息的古镇洋溢着温情与幸福。

从人生低谷到幸福花开，王花在风雨后迎来了人生的彩虹，更收获了人间至情：不求爱你在高光时，但求护你在低谷中。人生不如意十之八九，这次是曹兵把她的人生再次点亮，在桃镇的发展中，王花和曹兵都可谓从事"美"的事业，传承、挖掘和彰显桃镇的人文和自然之美。"人而好善，福虽未至，祸其远矣。"在这片水乡大地，曹兵和质朴的人们诠释着大善若水的真正含义，这正是一座城镇来自历史深处的魅力，是桃镇蕴含的大美。

第二十三章　殚精竭虑结硕果

仿佛就在一夜之间，一种美食在桃镇风靡开来，镇村集体的酒店、街上的饭馆，及至这里寻常人家的饭桌上，都可以看到它，并可以看到食物保鲜车来来往往于镇上，源源不断向外输出。夏日的宵夜市场，它更是不可或缺的主角，三五好友围坐小区露天餐桌，一边品尝，一边喝着啤酒交谈，桃镇人的小日子别提有多爽了。这一神仙美味就是小龙虾！

这小龙虾美食正是桃镇耕地全部集中入股到镇集体的产物。在曹工开展耕地入股镇集体工作后，大家按照整个镇级集体经济联合会的统筹安排，分门别类地将自己原来村集体或合作社的优势放到更大的盘子上来考虑，原来各自和学校或研究机构的合作大多经过筛选保留下来，并且继续研究推进新的品种。

桃镇是鱼米之乡，为保证种粮面积，耕地集中入股镇集体后，进一步扩大了水稻的种植面积。

周家楼村的稻花鱼养殖团队开始在其他村合适的水稻田里养起了小龙虾，有的养起了泥鳅。稻田里面的小龙虾，让顾客更放心，再加上是富硒的，所以销售也很火。

还有人总结了一个打油诗，教大家吃小龙虾：拉着你的手，轻轻吻一口；搂住你的腰，掀起红盖头，深深吸一口；解开红腰带，拉下红裤头，让我吃个够。还特意解释道："拉着你的手"，就是在吃小龙虾时拉起小龙虾的两只钳子；"轻轻吻一口"，轻轻吮吸一口汤汁，很香，浸入肺腑，也避免汤汁弄身上；"搂住你的腰"，用你的左手捏住小龙虾的腰部；"掀起红盖头"，用右手打开小龙虾的头盖，当然，如果左撇子正好把左右手调换；"深深吸一口"，当你打开小龙虾的头盖时，你会发现金黄色的虾黄慢慢溢出，芳香怡人，深深地吸一口，那种滋味，让人回味；"解开红腰带"，就是小龙虾身和头部相接的地方有一个像腰带一样的硬东西，用手解开，再"拉下红裤头"，这个时候就比较容易把龙虾尾上的壳拉下去了；"让您吃个够"，当人们说这首打油诗的时候，往往会把她想象成美女，婀娜多姿，纤纤细手，所以让您吃个够，而且苏北龙虾多，口味多，也能让您吃个够。

正当镇集体为小龙虾这一新品市场红火了两年而感到旗开得胜时，事与愿违，这年春天，养殖团队捞出新一批经过一个冬天长成的小龙虾，结果发现，很多都是头大钳大尾巴小，关键是肉很少，这样市场价自然就上不去。这种状况对于已经大规模在很多村铺开的小龙虾养殖业无疑是个重创，对镇集体的收益和声誉也会造成影响。

镇集体立即成立研究组，找原因。经对更多市场研究之后终于发现，原来是小龙虾产卵时是个头大的先产子，先成长，在逐渐长大的过程中，养殖人员把大个头的先捞出来上市场卖；然后后一拨长大再卖，每次都是把最大个的先捞出来卖，等到最后产子的那部分就是小个头的，还有就是这些头大钳大尾小的了，因为后面要到冬天了，这样方便打洞过冬。这也是一个优胜劣汰的过程，弄到最后就是这头大钳大尾小的转年成为上市的主流。

找到了"病因"，就赶紧对症下药。于是镇集体本着即使亏掉先前的一部分，也不能急于求成，要从品种根子上改善的思路，专门重新引进头小身大的新品种，对他们养殖的龙虾进行改良。很快，这年夏秋两季改良后的小龙虾就长成了，但养殖团队并不急于出售，而是将这些头小身大的留下来做种，等转年再上市。在这一过程中，新一批品种也繁殖起来了，这样转春时，就先把老一批的出手。就这样，经过一年的调整，镇集体的小龙虾养殖终于改善了之前的现象，而且走上良性循环发展轨道，市场重新迎来了一拨订单热潮。

再说胡家村的茶叶合作社，在胡立和胡小利被抓之后没有了主心骨，于是周长富指导他们将茶园都入股到镇集体，重新选出茶叶合作社社长，并且在镇集体的统筹下对土壤进行改良，使用富硒营养液。等到开春之后，种茶团队发现，这茶叶比往年要发芽早，而且比较饱满，等到清明前收茶的时候，发现光明前茶的量就比以往增加三四倍。而且这种绿茶原来也就泡三泡，现在能泡十泡，懂茶的人喝了感觉这茶比以前更回甘，香气更浓郁，所以在桃硒源统一的品牌下卖得特别好，价格翻了一倍，折转到他们身上就不是一倍了，因为原来他们给胡立是比较低的收购价，现在是以前收购价的两倍，大家按股份分红，就连不干活的也比以前多拿了一倍的钱，大家更感谢镇集体了。

飞鹤村的中药材种植合作社，经与周长富专家团队和省中医院、省中医大学的专家们共同探讨，对部分中药材首先试验富硒种植。中药材销售团队和专家们进行了全面的市场调查，结合桃镇的土壤、气候和环境，以及落户桃镇的中成药开发公司的深加工能力，选择适合桃镇种植的菊花进行了富硒种植试验。按照专家的要求，合作社选择了排水良好、肥沃疏松、富含腐殖质的土壤，将富硒菊花茎切在地上，选择生长健壮、无病的植物，挖出所有根，重新种植在试验地块上，施用一层土壤杂肥，保暖越冬。第二年三月至四月，挖出粪土，浇水；四月至五月，当富硒菊花幼苗长到十五厘米高时，将整株植物挖出，分成几株植物，立即种植在田间。富硒菊花喜欢肥料，除了施用足够的基肥外，他们在生长期还施用了三次硒肥，以达到富硒的效果。等到霜降到初冬时收获，富硒菊花的亩产达到了七百五十公斤左右，花朵大，花朵或洁白如雪，或鲜黄夺目，或艳红似火，或紫黑近墨，或青绿如翠，花瓣肥厚且瓣多而紧密，香气扑鼻，绝对是中药材中的佳品。并且，富硒菊花还是上好的茶饮和食用材料，合作社在村里建了日光温室，对刚采摘下来的菊花精挑细选进行烘干后，包装成价值更高的茶用菊花，据测算，富硒菊花，折合每朵能卖到八块钱。

富硒菊花种植取得了显著效益，合作社就开始扩大种植规模，并对另几种中药材品种也实施了富硒种植。这些中药材种植周期长、用工量较大，但采摘、加工等环节用工技术要求不高，于是，村里的妇女、老人都可以参与其中，增加了一份收入。

　　谭家和自从取得自学的本科毕业证之后，感受到知识带给他养牛的帮助，作为养牛合作社的社长，他倍感肩上的担子沉，所以后来又在省经贸大学读了个 MBA，接受系统的管理知识，没想到这个班给他带来了意想不到的收获。

　　有一次同学聚会，有个做房地产生意的同学叫谷加杰，他请客，给每个人都点了一份"神户牛肉"。

　　谷加杰特意问经理："你们这个神户牛肉是正宗的吧，别弄假的糊弄我们同学，我们这些同学都是有身份的，别让我丢脸啊！"

　　饭店经理拍着胸脯说："我们这个'神户牛肉'绝对正宗，您放心！"

　　谷加杰说："这可是你说的绝对正宗，如果不正宗我这顿饭可不付钱！"说完就让同学们点，并且说："挑好的点，将来咱们同学之间肯定还得合作，到时你们想着点我谷加杰就行。"

　　其他同学一看他这么豪爽，自然个个都不客气，一会儿菜点好，不断上菜，同学们杯来酒去，大家酒足饭饱之后，谷加杰要结账，班上的同学王展是工商局的副处长，他问饭店经理说："你刚才说，如果你们的'神户牛肉'不正宗是不收我们这顿饭钱的，对吧？"

　　饭店经理说："是的！是我们的'神户牛肉'有什么不对吗？"

　　王展说："你们的'神户牛肉'有进口手续吗？"

　　饭店经理说："这个应该有。"

　　"好，麻烦你去把进口手续拿给我们看一下。"王展面露微笑。

　　经理出去后，王展得意地对大家说："今天这顿饭不用谷老板请客了，这个饭店老板要请我们了！"

　　谷加杰一脸疑惑，说："王处，是不是他和您挺熟啊？不过说好我请客的，不用您出面让人家老板请。"

　　王展笑着说："没有关系，这个应该是人家老板乐意请我们的。我也不卖关子了，告诉你们吧，这个'神户牛肉'确实很好吃，说是这样的牛在饲养过程中是听优美的音乐，喝矿泉水，还有专人按摩成长的，特性表现为肉质口感柔韧、肥嫩，以及外表呈现出大理石纹理。但是由于日本出现了疯牛病之后，他们就没有再出口过，我国也没有任何进口，所以，这个'神户牛肉'不是假的就是走私的，店面经理可能不知道，但是老板应该心里清楚，如果他们承认假的，也就是请我们吃顿饭了，如果他们说是真的，那就是走私，我这工商局的也不是吃闲饭的，那他们不得罚得更多吗？！"

同学们一听都乐了，敢情点这么多的菜居然是白吃啊。正在大家高兴的时候，饭店经理领来了一位大腹便便的中年男子，介绍说是他们饭店老板，跟大家认识一下。饭店老板梳着一个大背头，笑嘻嘻地走到谷加杰边上，说："谷老板，这顿饭吃得如何？我们的菜做得是否可口？"

谷加杰说："饭菜做得还算不错的，就是我们这位工商局的领导对你们的这个'神户牛肉'是不是正宗的有点疑问，这不才让你们经理去拿进口手续看看，如果您拿来了，就给王处拿过去看看。"说着用手指向王展。

老板一听是工商局的领导，立即颠颠地跑过去，说："王处，您好，我是有眼不识泰山，这顿饭不管我们牛肉如何，我都得请客，算是为我对你们到来的怠慢赔罪。以后您有什么需要，您给我打电话说一声，这是我的名片，请您以后多给机会。"说完递上一张名片给王展。

伸手不打笑脸人，王展看人家老板直接找台阶下，当然也就不当面拆穿了，接过名片说："老板这么爽气，我代表我的同学们接受了，谢谢老板的款待，菜确实做得不错，我们也祝您生意兴隆，财源滚滚。以后如果打扰，那就提前给您打电话，我叫王展，您到局里就能打听到我。"

"好的，好的！"老板哈着腰说，"那我就不多打扰你们了，你们尽兴！"说完带着经理就退出了房间。

老板走后，这帮同学又热闹了一会儿才散去。谭家和在过程中特意找王展聊了一会儿，从王展那儿了解到这盐碱地上养牛，牛如果吃的是碱性的牧草，最后牛肉也呈弱碱性，而这弱碱性的牛肉在市场上比他卖的富硒牛肉还要贵。不过谭家和也知道，这牧草在盐碱地上根本长不起来，否则他们镇上那么些盐碱地也不会发愁了。但说者无心，听者有意。谭家和是一个有心人，他没有放过这个看似笑话的商机，他找到省农业大学的专家，跟他们请教这是怎么一回事。他找了好几个专家，最后他自己总结了一个盐碱地改良长牧草养牛的循环农业完整的生产链条。

话说来容易，真正行动起来却得一着不让，而且困难总是接连不断。桃镇一带靠近黄海，属冲积平原，海拔很低，常会遇到较大的涌潮，淹没新淤成的土地，导致出现大量盐碱地，一到冬春很多地块老远望去，白茫茫的一片，都是泛起的盐碱，湿时黏，干时硬，通气、透水不良，种植的植物不是萎蔫就是烂根，很难存活，这大片的盐碱地一直以来都是桃镇一带农业生产所面临的难题。要种植牧草，首先是盐碱地改良，以提升土地生产能力。为此，多年来农民们没少用各种方法。灌水洗盐是最常见也较安全的方法，农民们根据"盐随水来，盐随水去"的规律，把水灌到地里，在地面形成一定深度的水层，使土壤中的盐分充分溶解，再从排水沟把溶解的盐分排走，从而降低土壤的含盐量。但靠水洗至少要三五年时间，用有机肥或土壤调理剂又容易形成化学残留物。

　　对于盐碱地改良这个老大难问题，谭家和决心此次非要寻到良方不可。正当一筹莫展之时，镇集体农科人员了解到可以用蚯蚓来改良土壤，但单纯利用蚯蚓改良还不行，蚯蚓生活在 pH 值中性的土里，尤其是怕盐，而如果用上牛粪来养则会变废为宝了。谭家和喜出望外，说干就干。

　　很快，人们在桃镇靠近滩涂的大片盐碱地上看到另一番场景，在一块三十多亩的地里，隔几米就有两条隆起的牛粪带，与周围的地形成鲜明的对比。这就是谭家和带领镇集体在盐碱地里搞起的蚯蚓养殖基地，开始了整个生产链条的实验。合作社的人将牛粪铺到盐碱地上晾干发酵，然后买了不少蚯蚓放到这些牛粪上，蚯蚓吃牛粪、钻盐碱地、拉蚯蚓粪，这蚯蚓粪就是改良盐碱地最好的肥料，而且是一次性就可解决盐碱问题，只要铺设五厘米厚的蚯蚓粪，再将二十厘米厚的土壤翻整，便能完成修复，既快又好。因为实验时，蚯蚓粪的量比较少，所以合作社采取连环养殖，不断循环拓展。蚯蚓养殖有效利用起盐碱地，养殖一亩蚯蚓能消化十头牛的牛粪，这样，既改善了土壤，又扩展了耕地长牧草，还解决了养牛合作社粪污堆放产生的环境污染问题，真可谓一举三得。

　　就这样，他们在铺了蚯蚓粪的盐碱地上开始种植市场上耐寒耐盐碱的紫花苜蓿，苜蓿被称为"牧草之王"，营养价值较高。虽然紫花苜蓿的种植难度不大，但要想获得高产，也需要下一番功夫。在试验田上，使用了蚯蚓粪改良的土地变得土层疏松、深厚，在一场大雨后的几天，趁着空气清新，土壤湿润，他们开始播上种。一周过去、两周过去，地上开始冒出了紫花苜蓿的茎叶，一个多月的时间，苜蓿已花开繁茂，可以收割了！原来这些苜蓿产量不高，但是长在这铺着蚯蚓粪和牛粪的盐碱地上的紫花苜蓿居然长势迅速，有了喜人的产量。这片紫色的花海铺满了曾经荒芜的盐碱地，轻风吹来，摇曳生姿。谭家和与合作社的人信步田间，看远处桃镇人家灯火阑珊，用身心感受着这座城镇的呼吸，这场盐碱地改良试验的成功，使他们信心倍增，充满对未来美好的憧憬。

头茬的紫花苜蓿，鲜嫩欲滴，惹人馋涎，合作社的人收割后就赶紧开始喂给牛吃。然而，事情总是悲喜交集，出人意料。合作社饲养的牛很爱吃新鲜水嫩的苜蓿草，大口大口嚼得欢，吃得也多。第二天，有些牛开始有了异常，不如前一天爱吃了；有些弓着腰、回头顾腹；再过一天，有的牛开始后肚踢腹、摇尾、卧立不安起来……这可又把谭家和急坏了，思来想去，肯定就是喂养这批新鲜的苜蓿出了问题。不是说紫花苜蓿营养丰富，是"牧草之王"吗，怎么就出了问题？他和合作社的人赶紧请教专家和外地经验丰富的饲养员，这才找出病根。原来，虽然也可以用新鲜的苜蓿直接喂牛，但数量不宜过多，过多就会引起牛腹胀。鲜苜蓿草营养丰富、水分含量高、适口性好，以至于牛对它几乎是"情有独钟"，不能自己控制进食量，这时饲养员就要注意量的控制。

于是，他们把新鲜的苜蓿鲜草晒干后，铡成段，然后堆在遮风挡雨的堆草圈里给牛添食，每次还掺杂一定量的小麦草一起喂食。为更有助于牛消化吸收，合作社又有人想出更好的法子，把紫花苜蓿粉碎成苜蓿草粉，然后掺杂其他谷物、豆科类草粉，再加入适量食盐、骨粉等元素，按比例制作成紫花苜蓿营养草粉给牛吃。就这样，经过一段时间科学的喂养，他们养的牛重新焕发活力，很快膘肥体壮了起来。牛日积月累地吃这些盐碱地上长着的紫花苜蓿，最后肉质也开始呈弱碱性，色泽鲜红有光泽，肉质富有弹性，表层有自然的风干膜不粘手。优质的牛肉在市场上卖出了大价钱，也不是再做谭记牛肉了，谭家和便让牛肉加工厂把这些优质的牛肉分割并包装好，卖到高档酒店做牛排，有了好口碑，有些西餐厅纷纷上门订购，一时间，桃镇养牛合作社的牛肉成了抢手货，谭家和和合作社的人是眼里放春光，心里乐开了花。

而这一系列的改变都源于小小的蚯蚓，真正是小蚯蚓"钻"出了桃镇循环经济致富路。就在谭家和感觉大功告成，可以向镇里汇报在全镇推广之时，出现了一件怪事，他们改良的这片盐碱试验地上的蚯蚓不知从什么时候开始数量少了。起初谭家和并未注意，但当有一阶段，合作社的人发现试验田上的紫花苜蓿不如以前长势快，且土壤板结厉害，这才发现蚯蚓数量锐减。

出了这么大的事，谭家和高涨的情绪瞬间跌到了谷底，心乱如麻，惴惴不安，因为他深知，正是这些小小的蚯蚓串起了生态循环的大事业，若不调查清楚这个问题，那将是功亏一篑，而且时间紧迫，否则就会影响紫花苜蓿下一季的收割，影响牛的饲养。

不调查清楚，谭家和如坐针毡，他深感此事蹊跷，他们搞盐碱地改良试验地处桃镇荒郊，周围并无住房，除了合作社的几个技术员和之前村集体耕地入股集中来的几个村民，并未大张旗鼓宣传。问题究竟出在哪里，他心里火烧火燎，但还不能说，否则消息一旦传开，会直接影响到他们合作社的牛肉销售。谭家和一时没头绪，便跟曹兵打了电话约有事要面商。曹兵这几年和谭家和来往很多，他的民宿和未来家样板营长期订购了谭家和合作社的牛肉。之前曹兵也一直有利用和开发盐碱地的想法，想在农业观光旅游上发挥好盐碱地的作用，谭家和在盐碱地以牛粪养殖蚯蚓改良土壤发展循环经济的做法，曹兵对此赞不绝口，并加大了牛肉的订购量。曹兵的好人缘、乐善好施在镇上是出了名的，关键人还很聪明，总能冒出许多新奇的点子。谭家和感到这事不一般，也想见面请曹兵跟曹工说说调动镇上安保的力量调查此事。

将近傍晚时，谭家和开车直接到了未来家样板营。曹兵正带一位外地客人逐个参观一间间装修好的样板房，见到谭家和一副心事重重的样子上门，上前迎接打趣道："家和兄弟，你现在可是咱们桃镇的大功臣啊，那么大难题都被你解决了，还有什么事能难住你，晚上正好和我一起陪客人喝一杯，我们也听你说说。"说着便拉着谭家和也一起陪客人又看了两个样板间。三个人边参观边聊，谭家和从曹兵的介绍中得知，这位客人叫韦钟心，是中药材种植收购商，这几年桃镇农业发展快，镇上成立了中药材种植合作社，韦钟心便想依托合作社收购中药材，再卖到药材大市场。此次参观曹兵的未来家样板房，就是前一阶段已在桃镇的小区购房，现准备装修，以便定期住在桃镇收购。

夜幕降临，华灯初上，三个人坐下来推杯换盏，曹兵也介绍了一番谭家和以蚯蚓、牛粪改良盐碱地发展循环农业的事。韦钟心听后连声夸赞，又说道："你们知道吗，蚯蚓还是很好的中药材，称为地龙，有清热、平肝、止喘、通络的功能。而且，蚯蚓灰与玫瑰油混合还能治疗秃发啊。"说完摸了摸自己光亮的脑袋哈哈大笑起来，曹兵也跟着一起笑着说："韦哥不愧是药材行家，说起药材那是如数家珍啊，也希望韦哥能把我们桃镇的药材种植和市场串连起来。"大家又是轮番敬酒了一阵。

谭家和随口附和着，也没怎么喝酒，心里却怎么也笑不出来，就希望晚饭早点结束要跟曹兵单独商量事。韦钟心兴致高涨，喝了酒已微醺，话也愈发多起来，继续侃道："你们知道吗，小蚯蚓还是个摇钱树呢。"一边扳起手指头比画，一边摇头晃脑说道："现在干蚯蚓价格在每斤九十到一百二十元，一个农民靠'地龙仪'一天能捉到上百斤湿蚯蚓，十斤湿蚯蚓可以晾晒一斤干蚯蚓，这样算下来，一个农民一天捉上百斤，就能挣到一万元啊！"

对于这些谭家和是早就知道的，但他没往这里想，蚯蚓是土地的卫士，他从不舍得卖一条蚯蚓，是要为盐碱地改良发挥更大作用的，所以对韦钟心的话并不感兴趣，在一旁吃着菜。

曹兵听了，拍了韦钟心一把，随口问道："韦哥，你真喝多了，一个农民哪有能耐一天捉上百斤蚯蚓啊，难不成蚯蚓都聚在一起等着捉不成？"说完哈哈笑起来。

"你还真说对了，有一种仪器可以让蚯蚓聚在一起等着捉。"韦钟心喝了一口酒，嚼着花生米，一本正经讲起来，"蚯蚓怕光喜暗，昼伏夜出，晚上将'地龙仪'的地针插好，然后将输出线接上，接着再将电瓶接通，最后启动机器产生高电压，就迫使蚯蚓从土壤之中都爬出来了。捉五六斤蚯蚓只需要二十分钟，而一块充满电的电瓶能连续工作五个小时。在没有被'电'过的土地上，一天电两三百斤也不在话下。"

听到这话，谭家和仿佛也被电得麻了一下，猛然警觉起来，他隐隐感到他的盐碱试验田上锐减的蚯蚓似乎与这黑幕下的阴影有关，此刻他像一只机警的猎豹，静静地伏在草丛里，目光注视着韦钟心，但表面仍装得漫不经心问道："韦哥，你对这套路这么熟，难不成你也做过'电老虎'？"

"我二十年前做过，但那时是靠锄头挖，开肚用刮胡刀片，再晾晒在地板上，蚯蚓干大约一公斤二十元。湿蚯蚓才三毛钱一斤，一天刨四十斤才挣十几元。现在国家对这方面抓得紧，价格翻了十倍，一度涨到每公斤二百七十五元。我是用不着再干了，不过有人干好了送给我，这不，前一阶段在你们桃镇就收了不少，而且价格比在别的地方收购便宜很多。"韦钟心打了个嗝，满嘴酒气地说着。

谭家和联想起来，心中大致已猜测出发生的那件蹊跷事，在他的脑海中，一场布局在展开，于是将计就计敬了韦钟心一杯酒，说道："我也想搞点湿蚯蚓，但我们盐碱试验田上的蚯蚓不能动，您路子广，帮我弄点吧，我出市场的双倍价收购你的货，明天下午我们还在这里一手交钱、一手交货，你看怎样？"

"老弟，现在上面可管得严啊！"韦钟心已喝红了眼，说话有些支支吾吾。

"那我就出市场三倍的价，我先付押金，咱们这就定了！"谭家和拿出钞票拍在桌上，连曹兵都被他这阵势镇住了。

"看老弟如此爽快，我就答应你了！"韦钟心收起押金，转身走到旁边给他的下家打了一通电话，又继续坐下。谭家和则一杯杯劝韦钟心喝酒，直到把他喝得摇摇晃晃。曹兵赶紧让员工把他就安排在未来家住下了。

待把韦钟心安顿下，曹兵这才和谭家和单独坐下，说道："家和兄弟，我看你今天好像也喝多了，买个蚯蚓用得着高出市场三倍价，而且还先付押金。你那里养殖的蚯蚓不是多的是嘛。"

谭家和一五一十跟曹兵说了他的盐碱试验田蚯蚓锐减那件蹊跷事，以及他对韦钟心的猜测与分析。曹兵连连点头，两个人商量了一番，便开始分头行动起来。

当天夜里快十二点了，人们都进入了梦乡，热闹的桃镇变得宁静，夜幕下的养牛合作社盐碱试验田更是一片寂静。昏黄的、柳叶似的月牙儿，挣扎着挤出云块，转瞬间，又被一块乌云遮住了，周围一片漆黑，凉爽的海风呼呼地吹着，把紫花苜蓿的叶子刮得沙沙响。整个试验区环境阴森得有点恐惧。这时一个黑影悄悄地摸到试验区的蚯蚓养殖带，只见他竖起一个电瓶，将两根线插在地上，正当他准备启动时，从旁边跳出几个人影，一个子把那人按倒在地。

"原来是你！"那埋伏的几个人是谭家和和派出所民警，谭家和扯下按在地上那人的面罩，不由得愤怒惊呼。

这时，远处一辆警车呼啸而来，到了试验田这里，车停下，曹兵从车上下来，那人被派出所民警押上了警车，警车一路鸣着警笛远去了。看着闪烁的警灯渐渐消失在夜幕下，谭家和和曹兵相视笑了。

第二天，太阳出得似乎比往日更早，连日阴雨的天放晴了，天空火红，一片霞光漫天。

韦钟心沉沉地睡了一个晚上，待他睁开眼睛，阳光已照到床头，有些刺目。他揉揉眼睛，酒劲已退，但想不起昨天什么时候睡在这里，头还是有点沉，本想再在床上歇一会儿，突然想起昨晚吃饭时叮嘱下家的事。正准备伸手拿手机时，外面有人敲门。韦钟心一边大声应道，一边赶紧穿上衣服去开门。门打开，两位派出所民警直接进入，亮出身份，将一头雾水正发愣的韦钟心带走。

派出所民警经过昨晚连夜审问和对韦钟心的连续审讯，终于查清，那个电捕盐碱地改良试验区蚯蚓的人原来是谭家和合作社内部养殖人员阿东。韦钟心是河南一个流窜在全国农村的蚯蚓贩子，二十年前最初收蚯蚓时，是骑着"二八式"自行车，如今，他是开着"大金杯"汽车，自己在河南老家住着像模像样的大别墅。

两个月前，阿东一次闲来无事在网上溜达，看到韦钟心发出的广告："机器一响，黄金万两；打工打工，两手空空，不如在家，蚯蚓加工。"阿东当然是知道蚯蚓的存在有益于土壤的，但这则广告对他极具诱惑力，对他来说，没有比电蚯蚓来钱更快、更轻松也更便捷的了。试着与韦钟心联系上后，又经不住韦钟心一再利益诱惑，阿东便决心把蚯蚓这一"农村土地里的软黄金"视作自己的"致富路"。于是，他瞄准了一天晚上自己值班的机会，将他从网上买的"地龙仪"插入试验田里启动，机器发出"咝咝"的轻微声响，不到一分钟的时间，几十条长短不一的蚯蚓从约零点二五平方米的范围内钻了出来。阿东又惊又喜还有点惧怕，第一次不敢时间太长，电捕了十几分钟收了一批卖给了韦钟心。首次得逞后，他发现周围人没有异常反应，胆子便壮起来，一发不可收，几次趁着夜深人静电捕蚯蚓。而韦钟心看到阿东的蚯蚓得来容易，每次都满载而归，便想在桃镇安住下来，伺机猎取蚯蚓及更多的资源。

按照省里下发的《野生动物保护管理条例》规定，禁止使用电击、电子诱捕装置等工具捕猎野生动物，任何单位和个人不得擅自制造、出售上述猎捕工具。条例同时规定，保护的野生动物以外的其他陆生野生动物，也按照规定管理。桃镇派出所对韦钟心和阿东都作出了行政拘留和罚款的处罚。

为从根本上打击这一违法行为，谭家和合作社向桃州市法院递交了起诉状，对阿东所使用的电捕蚯蚓的机器经销商也提起了公益诉讼。这些不法商家给不特定的用户提供了绝杀蚯蚓的机会，破坏了蚯蚓栖息地土壤的生态平衡，对蚯蚓的过度猎捕也会给生态环境带来不可逆转的破坏，其行为已经构成对环境的侵权，应依法承担相应的环境侵权责任。

养牛合作社内部人电捕试验田蚯蚓被抓的消息不胫而走，着实使镇上的人们十分震惊，合作社的人更是气愤，这身边人、身边事也给了大家深刻的教训，"电捕蚯蚓"不管是对生态环境还是对个人来说都存在着一定的危害性，千万不要为了一时的利益而去破坏环境。

很快，桃镇人民政府发出了《关于加强陆生野生动物资源保护的通告》，明确规定在全镇范围内禁止猎捕陆生野生动物，对违法人员将依照相关法律法规追究行政或刑事责任。同时指出，公民有保护陆生野生动物资源的义务，发现有相关违法行为，应积极检举控告，遵纪守法，人人有责，切不可铤而走险，自毁前程！

一场风波在跌宕起伏中落下帷幕，发展中的桃镇风云变幻却很从容。人们坚信，矛盾纠葛、利益较量永无止境，但只要扫清迷雾追根溯源，抽丝剥茧正本清源，就会在错综复杂的发展大潮中，寻到自我发展壮大之路。

第二十四章　幡然悔悟树新风

　　桃镇老百姓的腰包渐渐鼓起来了，而且大家觉得没有那么忙了，有些年轻人就躁动了，这下了班之后总得找个乐子。开始大家聚起来喝酒，所以周家楼村集体开的两个饭店特别火，其他人看到了，也在镇上开起了饭店。人都喜欢集中，这饭店也一样，于是在镇政府最先给镇上人集中自建的那个地方，很多人家开起了农家乐，那边的人越聚越多，除了这些吃饭的地方，还有不少是开的棋牌室，这样吃饭后，或者吃饭前就有好多人过去打牌打麻将。这个几十户人家的地方竟然成了桃镇的"娱乐之都"，不但老百姓们过去，很多镇干部也到这边，渐渐地有人发现，有几家居然开起了地下赌场，经常性从晚上一直营业到早上，且明目张胆，嘈杂声大，丝毫没有避讳之意。

　　曹商因为已成为大的承包商，加上之前无缘无故遭陷害被警察带走，好多分包商都以为曹商压惊的名义请曹商到"娱乐之都"喝酒，喝完酒之后就请曹商到棋牌室打麻将。曹商也是为了纾解压力，就跟着去了。因为曹商开始不会玩麻将，几个分包商连哄带捧，曹商在几次玩过之后也就比较娴熟了。由于各个分包商有求于曹商，所以每次都是曹商赢钱，而且他们都说曹商是新手手气好，所以才赢了他们，其实都是他们想办法送的。

　　曹商玩得越来越起劲，几乎每天晚上都和分包商们在一起喝酒打麻将，工作上自然对这几个分包商有了特殊的安排。有一个分包商叫朱清福，一直因管理水平高、报价低而拿了不少分包的活儿，曹学还特意对他们的管理和造价进行了分析，了解到朱清福合理安排工序，在工人闲时就不断找老师培训，提升工人的技能，使得工人的产出效率高，与其他分包商相比就有了明显的优势。由于自己本身有这个优势，加上之前知道曹商比较正直，所以也就没有在下面跟曹商多活动，自然就没有参与到他们平时的这些娱乐活动中，但是现在他发现分包给他的活儿明显少了。

朱清福慢慢就知道怎么回事了，他没有直接找曹商，而是找了曹学。他约好曹学，就到未来家装潢公司，给曹学带了一套进口化妆品，进了曹学的办公室就说："曹总啊，自从您搞起这未来家装潢公司，对我们这些搞建筑的包工头就不理了，只管您这些装修事业了，什么时候也带着我一起搞搞装修啊？"

曹学说："朱总您说笑了，您这做建筑工程的哪会看上我们这个做家装的，我们是麻雀虽小，五脏俱全，要考虑的事情比较多，不像建筑工程那么大体量。再说，您在我三哥那边每年的分包都是干得最多的，那还不够您赚的，跑我这边打趣。"

朱清福把化妆品递给曹学说："看来曹总是被爱情滋润的，我这个化妆品可能都没有办法帮到什么忙，不过还是请您收下，不要光忙自己工作，也要注意保养自己。如果得空了再关心关心曹商总，别光自己躺在爱情的蜜罐里面，让曹商总每天就和那些小包工头一起喝酒打麻将，时间长了身体就垮了。"

曹学说："真的吗？我三哥可不会打麻将！"

朱清福说："怎么可能骗您，您说您有多久没有见到曹商总了？"

曹学想了想，自从曹农他们婚礼后，确实好久没有见到她三哥了。不过她感觉朱清福话里还是有话的，于是问道："朱总，您找我肯定不是仅仅要告诉我这个吧，还有什么您直说吧。"

朱清福也便直言不讳说道："知道您是直爽的人，我也就明说了，由于几个小包工头天天围着曹商总，自然分包的活儿就要多给他们点，但是他们的管理水平和质量确实跟我们没有办法比，现在我接的分包的活儿少太多了，如果是我们水平不行，我也就认了，关键他们的价格还高，这不仅仅是不公平的事情，别人都说曹商总收他们的好处了，所以才放水的，这点我觉得曹商总不会，但关键是曹商总那么一个正直的人现在居然这样和他们天天混迹在一起，我怕将来曹商总之前被人家诬告的事会成为现实。对于我肯定有损失，而对于你们曹家那才是大损失，所以我特地来找您，就是希望您能提醒一下曹商总。"

曹学见朱清福言辞中肯，意识到此事的重要，站起身说："感谢您，朱总，具体情况我了解一下，如果情况属实，我三哥这样确实会出事，我代表我们家人先感谢您。客气话我不多说了，也不多留您，我现在就找我三哥了解情况。"

朱清福看曹学开始收起桌上的文件，一副要出门的样子，说："那您这样直接找曹商总怎么能了解到，如果知道是我朱清福告诉您的，这以后曹商总怎么可能再给我活儿？"

曹学边拉小包拉链边说："这个您放心，我自然有我的方法，也必然不会把您说出来的。"

曹学和朱清福一起下楼离开，自己就开着车来到曹商的公司，直接进了曹商的办公室。曹商正在办公室的沙发上躺着休息，被曹学叫了起来。

"三哥，你这么辛苦，昨天晚上干吗去了，看你这眼圈都有点黑了。"曹学说。

曹商揉了一下眼，说："就是昨天和几个朋友喝酒打麻将，这麻将打得有点晚了，回去之后没有休息好，这才在办公室躺着再休息休息。"

"打麻将？"曹学接着问道，"三哥，你不是不会打麻将的吗？"

曹商赶紧解释道："刚刚学的，这不新手手气好，天天都能赢，也冲冲之前的那些晦气。"

曹学没有盯着问，就说："三哥，我看看你这边工程最近分包的报价情况，我想跟我的装修做一下对比。"

曹商立即打电话跟经营部主任说了一下，然后直接让曹学到经营部坐下来看，说他还要再补补觉。

曹学仔细查看了最近一段时间的分包情况，看到的情况和朱清福说的差不多，曹学也没有再和曹商说什么。查完这些，曹学就开车到镇政府大院找曹工。

曹学见到曹工，把了解的情况大致和曹工说了一下，曹工也感觉到镇上这一现象，不仅仅是曹商一个人的问题，是整个桃镇出现了这种坏风气，桃镇人有钱了，从玩到赌，一步步上升到一种社会问题，成为影响社会和家庭和谐的一个因素，不少家庭因为赌博闹矛盾，甚至有离婚的。只是曹商的问题不单单是赌博的问题，还涉及变相受贿和可能存在的工程安全隐患，必须认真对待。

于是曹工让曹学联系曹农、曹兵，他联系曹商，晚上一起到未来家样板营聚聚，都把家人带上，让曹兵具体张罗好饭菜。然后曹工和曹学一起到曹农家找爷爷，希望这个时候还是由爷爷出面来改变曹商的状态。

晚上一家人在未来家样板营的一个三室两厅的大房里，其中有一间房做成了棋牌室，只见曹老爷子先来到棋牌室坐下，然后招呼曹工和曹农坐两边，让曹商坐自己对面，曹兵则忙着倒茶，曹学站在爷爷身后，给爷爷捏捏肩，一家人有一段时间没有聚在一起了，其乐融融。

曹老爷子说："自从老二和老五结婚后，我们这一大家子五个就剩下老三还单着，加上我一个老头单着，一个人难免会寂寞一点，以后你们要经常组织家庭聚会，我们家和以往不一样了，大家生活都比较殷实，老五这边也有很好的场所，以后这家庭聚会的费用都从我的离休工资里面出，你们都不用出。我这不用棺材板，将来直接进烈士陵园。而且，你们一个个都比较能干，我也不需要给你们留什么遗产，还不如就作为家庭聚会基金，让我和你们一起享受天伦之乐。你们觉得怎么样？"

大家都连声说好，而且都想着自己埋单，但是爷爷已经这样表示了，一家人也没有必要争这个。曹工说："本来回到家乡还说多陪陪爷爷您的，现在看来自己忙得连家都顾得少，还得弟弟妹妹们照顾我这个大哥，我有点惭愧形秽了。"

曹农说："大哥别自责，你这样说就和爷爷组织的今天这个家庭聚会相违背了，爷爷就是希望家人在一起开开心心，不要总是惦记着愧对什么的。如果真有愧对，那就赶紧补上。"

曹老爷子接过话说："老二说得对，以前我自己对自己要求多，既没有照顾好你们的奶奶和爸爸，也没有照顾到你们，自己物质上没有多少享受，但是精神世界过得充实。现在你们一个个在桃镇实现了我的想法，我也没有那么多包袱了，心里一放松，居然感觉空落落的。这不我原来什么娱乐也不会，现在看到镇上的棋牌室很火，想想自己是不是也该用这个方式放松放松自己。你们几个有哪个会的，教教我。"

曹工和曹农都说自己不会，曹兵说："我是开饭店的，看着别人打，多少会一点，但是自己还真没有时间操练，所以不熟悉。"

曹商说："爷爷，我之前不会，这不最近倒是经常和一些朋友玩，慢慢也就会了。正好我也单着，往后我可以多陪陪您。"

"那我们就玩两把，然后再吃饭。"曹老爷子说，"老大，你今天就给大家倒茶，让曹兵来玩。再说，你一个公务员玩这个不合适。"

"好好好，也该我给大家服务服务了。"曹工接过话说，"这一来爷爷回到桃镇就是回来照顾我们的，我们现在一个个已经长大了，也该照顾照顾您老人家了；二来你们一个个在桃镇办企业，而且做得都比较好，也是为我分担，我更应该好好服务一下你们。"

曹学在一旁说："大哥，你也别老像作报告，赶紧倒茶，这边他们加紧开始，一会儿嫂子她们过来，咱们还要上桌吃饭。"

曹商说："这玩麻将要筹码，我们就用扑克牌做筹码，一个人先发二十张，谁输完这二十张就结束，行不行？"

大家都没有意见，自动麻将桌就开始起动了，这曹老爷子还真不会玩，从哪边抓起都不知道，好在曹商现在是轻车熟路，他一边告诉曹老爷子从哪边抓，一边告诉如何玩。第一局就算是一个熟悉的过程，曹学在爷爷后面帮着老爷子看着。玩了几局曹老爷子就输了几局，一局都没有赢过，很快这筹码就输没了。曹老爷子说："不都说新手抓好牌，能赢的吗？我怎么一次都没有赢啊？"

曹农说："爷爷，这麻将也是一个技术活儿，您看老三这不是玩得挺好吗？我们的筹码大部分都到他那边了。"

曹兵跟着说："三哥，你也真是的，我还好，玩过几次，爷爷和二哥都没有玩过，你也不让着点，看把爷爷的兴致都弄没了。"

曹老爷子说："这不能怪老三，只能怪我们技艺不精。老二啊，我老了，转不过来了，怎么你个博士也这样啊？"

曹农说："我也听说新手抓好牌，可是我就是没有抓什么好牌，而且我也有策略做牌，但是老三就是不给我上牌，我怎么可能容易成啊！"

曹商说："你们真是的，我刚刚开始打的时候，老是赢，怎么你博士还不如我这个自学成才的。"说完，曹商和曹农都笑了起来。

曹老爷子没有笑，抬眼看了一下曹工，说："老大啊，听说现在镇上人们有钱了，好多都去棋牌室打麻将，还有不少人赌博了？你们政府是怎么考虑的？"

曹工说："这个情况我也没有调研，没有发言权，还是问问老三，从今天这个情形看，他平时应该没少打。"

曹商赶紧解释道："我打麻将也是最近的事情，不过在我学打麻将之前，镇上'娱乐之都'确实早就盛行。赌博可能也算不上，但是打麻将如果没有点彩头，这肯定没有意思嘛！"

曹商摸着麻将牌，他是没有注意到，此刻曹老爷子已沉下脸，慢条斯理地问道："老三啊，那你都跟什么样的人打啊？"

"跟我们的分包商一起打。"曹商边用食指搓牌边解释道，"还不是因为我被冤枉了吗，大家陪我也是给我压压惊，去去晦气，我自己也是想放松放松。也经常赢点钱，不过都是小钱。"

这时，曹老爷子话锋突转，语气变得严肃起来，说道："老三啊，你如果一直都是跟这些分包商玩，而且你是一个新手却经常能赢点钱，你不觉得这个事情有点不正常吗？另外，即使是你的手气好，但是你总跟分包商一起玩，这不是给人家话柄吗？之前人家是冤枉你的，但你如果这样，最后你玩着玩着就会弄成真的了，到时就不是像现在这样我们一家人能在一起轻松地聚会了。"

曹老爷子说着，把面前的一排麻将"哗"地往前一推，曹农、曹兵也都惊得停下了手，曹商更是惊出一身冷汗，愣在那儿，不敢直视爷爷的目光。只听曹老爷子继续语重心长地说道："上次你们三个被查，我没有担心，觉得你们三个肯定没有问题。但是，今天我对你不放心了，再要是有人冤枉你们，我也不能从内心笃定你们没有问题了。看来还是我对你们的关心少了啊！"

曹老爷子转身面向曹工说道："人在物质丰裕之后，精神也得跟上，这个工作老大你们还要好好研究研究。我们在抗日战争、解放战争和抗美援朝的时候，物质短缺严重，但是我们精神世界丰富，个个对解放全中国、解放全人类充满信心，没有哪个因为物质的匮乏而掉链子的。现在我们的生活比那个时候好得是天上和地下的差别，就是比前几年也是好太多，桃镇老百姓的生活过得富足了，但是精神世界却匮乏了。现在不解决好这个问题，不仅是老三这样会出个人问题，而且整体都会出问题，会破坏我们努力开拓的实验成果。"

曹老爷子情绪有点激动，喝了两口茶，目光直视曹商，接着说："老三啊，你看，今天我和你二哥也是新手，说我老了脑筋不好使了，你二哥是博士不至于吧，但是他也和我一样输得很多。你就要想想凭什么你作为新手就能不断地赢？你现在可以反思一下，你的下意识里面有没有在分包工程的时候给这些陪你玩的分包商多一点活儿？在质量把控上面是不是就下意识地松了一点点？在价格上面是不是就没有那么严控了？"

曹老爷子拳头顶着桌子，一口气对着曹商连连发问，接着说："这些问题我不需要你现在回答，我在省委工作那么多年，相关的事情听得太多、看得也太多了，我只是不希望由于我的疏于管教，让我的孙子们步这些后尘，那我就愧对先人，也愧对你们早逝的父母了。"

曹商此时已脸色煞白，额头冒汗，他一声不吭，低着头，爷爷一番话敲醒了他，他顿时意识到自己这段时间的糊涂，这样下去会出大事。今天爷爷没有当着嫂子和弟妹们的面说自己，是给自己面子，好让自己轻松回头，不背包袱，自己必须悬崖勒马。

曹工看这情形，接过话来："这个问题确实比较严重，现在老百姓有钱了，也有闲暇时间了，娱乐一下是可以的，但是赌博就会让人走上不归路。镇上已经有人家因为赌博家庭破碎的了，还有的借上高利贷把房子都给赔了的，这些都会影响到桃镇以后的发展，镇上要加紧研究对策解决这些问题，看看如何把大家的业余生活给丰富起来，让大家的精神世界也和物质生活一起丰富起来。"

"不让大家娱乐是不可能的，只是这个娱乐要更积极一点。我们小的时候打'双升'，玩得起劲，也不需要赌钱。"就如何娱乐，曹兵提出一个建议，"现在我听说从淮安往外流行起'掼蛋'来了，很有意思，也是两家配合打的，这个既娱乐，也益智，还能通过打牌看人，所以很多地方开始传播，我们桃镇也有人打，只是还比较少，这个可以推广一下，至少不用赌钱还能调动起大家的娱乐积极性，而且还便于推广，比打麻将方便多了。"

曹工说："这掼蛋我先了解了解，如果真如你说的，倒也是一个办法，但是还要有更多的方法和措施，不能在这一棵树上吊死，我们镇政府回头研究研究，看看如何能丰富文化娱乐生活。"

曹工刚说完不一会儿，郑晓煜哼着小曲就进来了，大家正商量着事，见她进来一时没回过神，都看着她停止了讨论，郑晓煜也被这么多人齐刷刷地看着她，弄得怪不好意思的。

曹学打破尴尬，大声说："大哥，你看大嫂哼着小曲的样子多好啊，其实桃州就有不少卡拉OK，但是我们桃镇居然没有一家像样的，现在那么多年轻人返乡创业的，那这个现代都市的主流娱乐方式当然要引进到桃镇来，而且要多开几个。就连爷爷也可以去唱革命歌曲，唱军歌，多么正能量。"

"对对对，我们未来家样板营也得把这个卡拉OK装好，这样大家在这边吃饭就可以唱歌娱乐，年轻人肯定会来得更多。"曹学的这个主意得到了曹兵的积极响应。

曹农说："其实，我还挺怀念我们小时候在稻谷场看露天电影的，现在估计放露天电影没有什么人看了，但是省城的影院有好片子的时候是人满为患啊。就是这个影院的投资也不小，而且设备和技术不断更新，尤其是3D电影现在刚刚兴起，对年轻人的吸引力很大。桃镇应该有这样的地方，否则看好电影还要到桃州，那多费劲啊。现在我们不要把桃镇再当农村看了，要作为城市来建设运营，所以用城市的主流娱乐方式来填充桃镇老百姓的精神世界，这个肯定没有问题。"

"你们讨论什么呢？"郑晓煜有点莫名其妙，问道。

"我们在讨论如何将桃镇老百姓的精神世界丰富起来，把娱乐活动搞起来。"曹工解释道。

"这个大嫂最有发言权，让大嫂讲讲。"曹学说道。

曹学这话说得没错，郑晓煜这两年为丰富暖洋洋供暖设备厂的文化娱乐活动没少琢磨。厂里科技研发人员大多是从外地引进来的年轻人，省城和市里的大学生也是一批批来实习，一住就是两三个月。当初办厂时也吸引来一些邻镇的年轻人，如今都已是熟练的技术工，未结婚成家的平时也都住在厂里的职工工寓。厂区不在镇中心，即便在镇上，文化娱乐场所也不多，夜市还不繁荣，对于单身的外地员工来说，到了晚上和节假日在厂里更是冷清，为打发寂寞，就有工人在宿舍里三五成群凑个局，打牌到通宵，搞得上班时精神萎靡不振。

如何让厂里的年轻人业余生活健康而丰富起来，使他们精神振奋地投入工作？郑晓煜让厂工会和青年团调查大家的需求，组织开展活动。他们对调查问卷进行了分析，发现大家的娱乐活动更多是为了交友，尤其是年轻人，要满足他们社交和展现自我的热情。

于是，厂工会专门改装了厂里的员工会议室，上面装上彩色射灯，还装上卡拉OK音响设备，试着举行周末卡拉OK、交谊舞会，让大家在一周忙碌的工作后能得到身心放松。

没想到，厂里举办卡拉OK、舞会的消息一公开，就得到大家的热烈欢迎。到了周末那天晚饭后，厂里许多领导和职工都去了，在舞会上，不分工种、上下级关系，大家都在一个大厅里，三步、四步、探戈、伦巴、恰恰等舞蹈一起跳着，其乐融融。生产车间有个青年是厂里开业时从邻镇万花镇来的，小伙子没考上大学，但有一副好嗓子，尤其对香港歌星张学友的歌能模仿得惟妙惟肖，不过平时他的唱歌天赋也没什么机会表现出来。在这场周末活动中，他卡拉OK了一曲张学友的《一路上有你》，一开口便惊艳众人，赢得掌声，唱到后半段，全场都被他带起了节奏，一起唱了起来："一路上有你，痛一点也愿意，就算只能在梦里拥抱你……"一曲卡拉OK将现场活动氛围引向高潮。而有个来自市建筑学院的实习生小伙牛仔舞跳得特别好，只见他随着摇滚音乐做出高难度动作，现场跳舞的人都停下来为他打节奏，小伙俨然成为这场周末舞会上的明星。

自那场周末卡拉OK、交谊舞会后，生产车间那个"张学友男孩"牵手了厂里一个倾慕她的女孩；"牛仔舞实习小伙"也收了一帮学舞的徒弟，每天下班晚饭后抽一个小时教他们跳舞，"徒弟们"也都学得不亦乐乎。卡拉 OK、跳舞活动就这样在厂里热热闹闹开展了起来，看大家参与热情高，工会安排每晚晚餐后一小时、每周末晚上两小时举办卡拉 OK、交谊舞会。活动的正常化举行，丰富了厂里的文化生活，提振了员工们的精神状态，也有效促进了厂里的生产。有些平时工作中有矛盾的，参加一场卡拉 OK、交谊舞会往往冰释前嫌；有的平日在一个厂上班却互不相识，在活动中彼此心仪，处成了男女对象；当然也有在舞会上边跳舞边交流工作的，那真是工作着并愉快着。很快，暖洋洋供暖设备厂的卡拉 OK、交谊舞会在镇工业园区也有名了，园区里其他厂的员工在暖洋洋供暖设备厂员工的邀请下也来参加，一天天下来，厂与厂之间的人员也都熟悉起来，成了朋友，园区企业关系和谐友好，呈现一派其乐融融的景象。

郑晓煜兴奋地给大家描述了厂里举办卡拉 OK、交谊舞会的盛况，并给桃镇的文化娱乐建设提了些建议："从我们厂里的经验看，我觉得，要将大家可以娱乐的场所丰富起来，可以成立相关的艺术团教大家，让大家先学会，或者让社会上的人带动，让更多的人愿意参与。现在桃镇的年轻人越来越多，尤其是那些外地的年轻人，他们都需要交友，不仅仅是男女朋友，交友是物质丰裕后最主要的精神需求。"

说到这，她顿了顿，瞥了眼曹工，接着说道："当然，也有人喜欢跟书交朋友，一个人沉浸在书里，把身边的人给忘记了。"

曹学见状，调侃道："大嫂，您这最后说的是谁啊？！我感觉好像说我大哥呢。"

大家哈哈大笑起来，屋子里的气氛顿时欢快轻松起来。

门这个时候推开了，是王氏二姐妹进来了，王牡接过话来说："哪是只有大哥这样啊，我们家曹农也是这样，书就是他的知己，我就只能担当红颜了。"

其他人陆陆续续都到齐了，曹家的家宴开始了。虽然大家讲的是娱乐，但是更主要的还是考虑如何将桃镇人的精神世界丰富起来，使他们主动远离赌博这样的不良行为。

桃镇已经不是原来传统耕作的农村了，桃镇人也不再是面朝黄土背朝天的农民了，桃镇正以农业为主体经济的乡村向一、二、三产业融合发展的城镇社会形态转变，也正从解决农民温饱的物质需求，向满足居民的精神世界转变。几天后，曹工就将关于丰富桃镇人民业余生活的方案提交给镇党委会，推动桃镇从农村向城市化的文化建设，他们为彻底提高桃镇人的综合素质、提升城镇形象、实现经济和社会可持续发展，以全新的思维，开启了新的航程。

为桃镇发展注入文明的力量，根据新形势移风易俗是重要抓手。土地集中入股到镇集体之后，又有部分原来在村集体干的人被分流走了，由于镇集体要求所有农产品进行深加工之后再出桃镇，食品深加工厂的规模一再扩建，也正好需要相应的工人来充实，桃镇居民人均收入得到进一步提高。经过四五年的时间，原来散落在各个村的村民基本上都住到镇上了，只有少数还在乡下住。

老百姓手里有钱了，就有人想光宗耀祖修葺祖坟。由于桃镇有百家祠堂，所以原来在田里修祖坟的不多，随着这几年收入增加，加上田也不用自己种，有些人家就将原来的坟地扩充，尤其是几户大姓，祖坟有好几代，现在修祖坟了，占地面积更大，而且都用水泥进行了硬化，坟周边也都种上了松柏树，隐喻家族松柏常青，不断壮大。

坟旁边的地基本入股到镇集体了，都种着粮食。每年到清明，到祖坟来扫墓的人都会将庄稼弄倒一片，甚至有的时候因为祭拜烧纸没有管理好，烧毁了周边的庄稼，镇集体种植团队对此意见很大。但是谁也不敢动这些人家的祖坟，要是动了祖坟，绝对会是一场血雨腥风。

镇集体也发现了这个问题，于是连同另一个问题一起汇报了镇里，希望镇领导解决。这另一个问题就是大多数人家都集中住到镇上了，剩下不愿意搬的是因为这些人家盖的房子比较好，舍不得搬，如果真拆了比较可惜，但如果不拆，人又搬走了，房子继续占地更可惜。所以现在这些人家想搬到镇上，而乡下的好房子反而成为他们的"鸡肋"了。

当然一些人家原来把坟修在耕地中间的后遗症更为麻烦。有一户姓王的人家，祖坟大大小小七八个，在田中央，原先村集体就跟他们讲，或是将原先的棺材深埋不留坟头，或是设祖先的牌位放到百家祠堂里，这家人死活不干。这家人十几口，户口早在好几年前都转到桃州市里了，只留一个智障青年在乡下，说是让他守住祖坟。镇集体的人把推土机开到坟前面时，这个小子就躺在坟前，还拿个大棍子，叫喊谁来动坟就打死谁。其实他们都早是城里户口了，这地按道理就不应该是他们家的了。

镇上最后研究决定就以这户作为突破口，不是桃镇人，土地也不入股，就荒在那里作为坟地肯定不行。于是由周长富带队让推土机去推平坟地。推土机还没有开到坟前，那个智障二愣青年直接躺到推土机前，周长富让安保人员上去拉开，这家伙抡起大木棍挥了上来，打伤了一个来不及躲闪的安保人员，其他几个安保人员直接上去把二愣青年按在地上。周长富问他们家人在城里什么地方、怎么联系，他死活也不说。周长富让安保人员将他拉到一边，然后让推土机把那些坟头推平了。但推土机刚推了两个，到第三个的时候稍微沉了一下，铲头往下取土时，就碰到了两个铁箱子，于是把上面的土都推开后，发现这两个铁箱子全是焊死的，根本打不开，还挺重的，要三四个人才能抬动。周长富就问二愣青年这是什么东西，他说这是他们家祖宗的骨灰，众人不信，哪有人家骨灰盒还焊死的，这不是不让祖宗投胎吗？于是连人带着这两个大铁箱子先弄到路边，让推土机把剩下的坟头都推平了，整个地方全部往下挖了一下，没有发现其他问题，就让司机整平场地。然后用推土机带着两个大铁箱直接开到镇政府，又让人找来切割机，当着二愣青年的面，在众人的注视下切开了铁箱。

铁箱打开之后大家惊讶地看到，一个箱子里是金银首饰，一个箱子里是金条。曹工让大家不要动，让人通知派出所。派出所来了民警，并对二愣青年在村里的住屋进行了搜查，这不查不要紧，一查让人不敢相信，并连带发现了一起惊天的人贩子交易事件。原来，民警在二愣青年住屋下的地下室，发现了一个被铁链锁着的蓬头垢面的年轻女子，女子可能长期受到刺激，言语含糊不清，断断续续听出是贵州山里的。问二愣青年，说是家里给他买的老婆，要看管好，否则会逃跑。周长富感到事态复杂，立刻向曹工作了汇报。曹工自小因村里人家孩子被拐后其母亲变疯的事，对人贩子深恶痛绝，都已是新世纪了，农村居然还出现买卖人口的违法交易，交代周长富要彻查。派出所解救了被锁女子，安排在镇中西医结合医院单独隔离住院治疗，一边将封好的两个箱子和二愣青年立即送到市公安局。

市公安局从箱子入手展开侦查，发现箱子的主人是市税务局的王副局长，市纪委对他进行了全面审查，调查中还发现此人和国土局王副局长有亲戚关系，他们多年来贪污受贿，两个人形成一个小团伙，作案非常隐蔽。尤其是税务局王副局长，大家都认为他很厚道，以为他家在农村，多年来也不争着当正局长，其实都是假象，他主要是利用职务之便捞钱。他和国土局副局长把家中十几口人的户口全挪到城里来，只留一个二愣青年在老家守坟，原先分给他们家的承包地也都荒废在那里，为了让二愣青年安心守祖坟和农村的宅地，他们找了人贩子从贵州山区买来一个十七八岁的姑娘，给他做媳妇。两个副局长被立案调查后，又牵出了人贩子，这个疯狂的作案团伙，转手一个人就能赚上十万元。经过侦查破案后，税务局王副局长被判刑八年，国土局副局长被判刑五年，没收了他们贪污受贿的近千万元的财产；警方顺藤摸瓜，摧毁了一个跨省贩卖团伙，解救了七名妇女。

镇上以此为契机，为有效预防和依法打击拐卖人口犯罪，积极救助和安置被拐卖受害人，维护和保障公民合法权益，维护国家安全和社会稳定，公布了《桃镇反对拐卖人口行动实施方案》，重点围绕强化防范管理工作、强化源头防控工作、强化打击犯罪工作等方面的工作提出了一系列任务及措施。同时，将反对拐卖人口宣传纳入年度普法工作，重点在农村地区开展预防教育活动，完善公民举报奖励制度，广泛动员各行各业和社会群众参与，营造"不能拐、不敢拐"的法治氛围。

对于所有在耕地里面的坟墓，镇里也借此进行普法宣传，动员全部迁走，将祖先的牌位都请进百家祠堂。谁家如果不愿意，就问问这个坟里是不是有什么秘密。大家其实住在镇上几年后都感觉到再去田里面扫墓很不方便，而且也经常会弄坏庄稼，发生不必要的争执，现在移风易俗，都把祖先牌位请到百家祠堂了，反而方便了，所以这后面的迁坟工作就很顺利了，没有再受到什么阻力。

关键镇上还规定，现在将祖先牌位请到百家祠堂不收任何费用，而骨灰盒统一放置在百家祠堂后面的安息堂里面，都是阁楼形式安放，密度也不大，便于家人祭拜。骨灰盒放到安息堂的也免费，连购买骨灰盒的费用也可以按标准报销。逝者生平和纪念的影像也都录入百家祠堂纪念系统，这样可以让其家人或其他人从网上了解，对于逝者的功德也是一个很好的传播，这个对于有些家庭有人在外地工作不便回来祭拜的，可以进行网上的云祭拜，真正是随着时代变化移风易俗，获得老百姓的支持。

打击拐卖人口犯罪，以及耕地上的平坟问题在全镇移风易俗活动的纵深推进下，得到了广泛的支持，问题总体解决得比较迅速且彻底。而另外还有一个问题解决起来就不那么顺畅了。

桃镇成立镇集体后，农业种植和农产品深加工得以在全镇范围内统筹规划，更大规模地集中合作，初步形成了农业机械化在广阔的田野上穿梭的大农业景象，那种屋前屋后菜园田头的小农耕作形式也就自然而然改变了。但美中不足的是，原来少部分农民在宅基地上自建得比较好的房屋，有些还盖成了二三层小楼，现在在广袤的田野间显得格外突兀，甚至有些还影响大型农业机械作业。

这些房子该如何处理？那些原来自己花了不少钱在宅基地上建房子的村民也左右为难。农业种植归镇集体统筹，自己仍住在原来的地方生活和生产都不方便，看到周边邻居一家家都搬到镇上住了，条件好，都有暖气，生活又便捷，也都想到镇上住。但原来的房子怎么办？周边环境、交通条件、建筑质量还都不错，直接拆了怪可惜的。对这个问题，镇里也没少讨论，一时间大家意见不一，众说纷纭。

这其中，有一种意见得到了很多人的认可。有人出主意，如果这些村民想置换到镇上小区居住，其房屋可以统一交给镇集体经营，原业主同样可以按规定成本价购买小区住宅，其原有的房屋由镇集体统一作为乡村旅游或乡村养老场所经营，承租给城里人，收入所得按比例分给原业主一部分。这样做既可以让农民们都集中到小区居住，生活和生产更方便，又可保住这些乡村的房屋，那些原来的业主还可以收到一部分租金。

也有镇干部提出，如果这样做，这些乡间的住宅还是交给曹兵的民宿统一经营为好，因为在这方面，曹兵有成功的经验。曹兵听了消息后当然很乐意，他特意跟王花商量给这些房子整体取了一个好听的名字，叫"桃园乡愁养生营"，正好和"未来家样板营"配对，给城里人世外桃源的生活，唤起乡村记忆。

然而，出人意料的是，对于这一提议，曹工并不认可，他一向欣赏曹兵这个小弟弟的创新开拓精神，可这事他也不同意曹兵承接。因为在曹工心里有个大农业发展的方向，就是农业向规模化、集约化发展，以推进土地集约化、规模化经营来加快农业现代化进程，推动农村发展，这个方向不能变，一切要咬定这一目标不放松，如果今天对几个耕地中的坟墓不敢动，明天对制约大农业实施的几幢不在规划中的小楼不舍得拆，总是畏首畏尾、瞻前顾后，那大农业的目标就永远无法实现。改革就是要动真碰硬，顶得住压力，舍得下个人利益，维护大多数人的利益，实现时代赋予的使命。

所以，曹工果断提出，拆除所有影响整体规划的农村自建房，按大农业的发展要求，推平宅基地、坟地，填满废弃的小河沟，移植树木花草，去掉小田埂路，以便于大型农业机械设备在田间作业。对于需拆除自建房的农户按面积折算价格，以比市场优惠的价格换取镇上小区的住房，价格多退少补，并在装修上给予优惠，免费供暖三年。此提议得到了谭成仁的支持，公告发出，那些自建房的业主也都没有意见，本来他们也都已到镇上工作，孩子在镇上上学，村里的房子大多时候也空着，想卖也没人要，如同鸡肋般存在。现在既然镇上给予这么好的优惠政策，他们当然也都很高兴。

任何一个旧的东西改变，都不会自动退出历史舞台，我们生活的世界总是充满着矛盾，旧的矛盾解决，又会产生新的矛盾，需要去努力才能解决好。就说桃镇，土地集中了，有土地入股、宅基地房子更换小区住房的老百姓得到了实惠，但是对于那些本来就住在镇上的居民，就好像二等公民一样，更不用说那些从镇外引进的人才了，这样就不利于进一步吸引外来高端人才。曹工找谭成仁沟通这个问题，谭成仁也有同感，总体感觉桃镇还有些不和谐。

曹工对之前根据土地入股比例给农民分红的做法提出了另外的想法，觉得这一代代更替，人口有变化，也不够公平。所以他想出由镇集体统筹，将落户在桃镇的所有人实行养老统筹，年轻的时候按照岗位需要干，退休了按照之前缴纳的各项保险实行全镇统筹。同时，对在桃镇落户的所有孩子，从幼儿园到高中都实行免费教育，这两项费用都从镇集体原来给土地入股的分红里面出。这样，老百姓的基本养老和孩子的教育问题也都能解决了。

另外，为了促进本镇大学生能积极回乡建设，也给予奖励措施，凡是桃镇籍大学生回镇就业或者创业的，大学期间，不管是本科还是硕士和博士，学费都由镇集体出。而且，还将根据需要对桃镇的劳动力进行专项免费培训，跟各大高校合作，不断进行知识更新，以永葆桃镇发展的活力。

谭成仁听完连声说好，并且说："桃镇经过你这样的设计，未来老百姓的日子肯定会越来越好，越来越安定，年轻人也更有朝气。市里正好要推广我们桃镇土地集中的经验，这条我们先实验，看看老百姓的反应再说。我们桃镇先往前试一步，总结好经验和教训，成功了再报市里。"

于是，曹工带人制定相关细则。经过这几年在桃镇大刀阔斧的改革，他对中央的改革思想体系有了更深切的认识。改革是一种革命，改革不是要靠标新立异吸眼球，也不是通过唱高调赢得百姓的掌声，而是要以务实的态度客观、理性地看待发展中的问题，始终以百姓利益为依归。改革没有现成的路子，不能因为可能动了某些群体的利益就不推动，要相信和依靠人民群众，把为人民群众谋利益作为制定和执行政策的出发点和归宿。如果没有大局意识，在制定细则过程中夹带私货，未来推行肯定是磕磕碰碰，甚至可能夭折，只有从老百姓的整体利益出发，不带私心，才能走得长远。

第二十五章　未雨绸缪保平安

桃镇的改革如火如荼向纵深推进。而这年从六月中旬起，因连降暴雨，大暴雨使长江和淮河流量迅速增加。受上游来水和潮汛共同影响，桃州一带多日全线逼近警戒水位。水网密布的桃镇也将形成外洪内涝的严峻局面。中央气象台多次预报，省市县和桃镇都进行了动员，制订应对方案。

都说洪水如猛兽，桃镇很多七八十岁的老人还清晰地记得，一九五四年夏天，淮河流域发生了普遍而集中的连续性暴雨，淮河、长江干支流水位猛涨，地处苏北里下河平原地区的桃镇，水位超出了历史最高洪水位。为避免一九三一年发生的特大洪涝灾害，导致里下河地区全部被淹，稻谷绝收、房屋倒塌、家破人亡的惨景，桃镇人只能到处逃生，直到半年后才陆陆续续回乡。几乎是重建家园，新四军烈士陵园和孔子庙也都重新修整了一下才保持到现在。后来回来的人都调侃说这里是逃镇，逃荒逃难的镇。再往后发展起来了，人丁逐步兴旺了，镇里中学校长跟大家说：现在建新镇了，不能再说是逃镇了，还是说桃镇吧，就是桃李满天下的桃。就这样，桃镇又慢慢兴旺起来了。

这次洪水究竟会怎么样呢？天灾难测，谁也不知道。但有一点桃镇人心中有底，这几年镇里在河道疏浚上是下足了功夫，老百姓看在眼里，亲身参与，并也享受着如同李白诗云"水急客舟疾，山花拂面香"水阔岸绿的成果。

桃镇是典型的水乡古镇，人们依河而居，贯穿全镇东西和南北的两条大河通往运河和黄海，古时是商贾往来、船只聚会之所，车辆辐辏之地。到了二十世纪六七十年代，每到冬季，公社、大队、生产队都会集中青壮年劳动力挖河道、修水渠、建水库、筑大坝。社员们挑着担子，拿着铁锹，奋战在挑河工地上，确保雨季河道沟渠排水畅通。河底的淤泥则被挑到花木田里，这些黑乎乎的淤泥"变废为宝"，成为花木的上好肥料。平日里整个小镇，微风中静静流淌着河流溪涧，清新透亮而又蜿蜒回环穿行于这方玲珑之地，有着言之不尽的画意。

然而二十世纪八十年代后，由于镇村养殖户、小作坊增多，青壮年纷纷出外打工，农村大多是老人和孩子留守，河道疏于管理和清理，村民们都把垃圾倾倒在河道旁，居民们的生活污水也都未经处理直接排入河道，加之邻镇上有个小造纸厂，每天有大量工业废弃物排出，桃镇密布的水网两岸垃圾堆放，河道淤堵，水质污染。时间一长，镇里的许多河道水位几乎见底，河流断流，湖泊干涸，这也导致河流两边绿树成荫、凉风习习的景象一去不再复返。排洪沟长满了树木，堆满了垃圾，尤其是夏天汛期来临，遭遇强降水时，影响雨水正常排出。

为此，曹老爷子退休回乡生活后没少向镇里反映，镇里对垃圾处理也采取了一些方法，但都未能从根本上解决。直到前几年，在桃镇实施农民土地入股村集体时，农村环境脏乱差的状况才得到了真正改观。

当时，曹工刚研究生毕业回乡任副书记、副镇长，由时任镇长谭成仁总负责，曹工实地督查河道疏浚整治工作，镇里对河道清理整治工作采取分片包干、责任到人的形式开展，村集体人员、退役军人、村民们积极参与。镇水务站对各村河道巡查发现的问题进行了统计和分析，镇里结合河道实际情况，从而组织投入人力、机械进行杂草打捞、垃圾清理、清淤疏浚沟底污泥等，对河道进行扩面修复。

就说当时的周家楼村，村集体总经理周长富上任后积极响应号召进行环境整治，他们根据镇里的分片包干，将村内河道的河泥用泥泵机抽到田里，因为周家楼村的河道污染不严重，所以河泥就直接当好的肥料了。其他各村集体也一起行动，那一阶段，整个桃镇农村，吸淤泵、挖泥机、工程车、清淤工人随处可见，河道疏浚工作开展得热火朝天，整个清淤疏浚施工现场有条不紊。整治完后，垃圾被全部运走，两岸种上成片的桃树，水清岸绿，河道不仅恢复成"潮平两岸阔"的景象，更彰显出古镇"桃红复含宿雨，柳绿更带朝烟"的诗意之美。更让人增添幸福感的是，这几年夏天汛期来临时，雨水再大，桃镇也没有出现过内涝的状况，有了好的生活环境，桃镇人的幸福指数更高了。

为加强长效管理，桃镇严格落实"河长制"，强化河道管理和水域环境卫生治理，完善水域保洁长效机制，确保清理一处、巩固一处，打造"水清、河畅、岸绿、景美"的生活环境。镇水务站加大河道常态化巡查力度，发现哪里的河岸有垃圾就对负责管辖的村集体进行罚款，强制管理入轨，进一步提升了全镇人的生态保护意识，规范了行为。大家的日常行为也在悄然改变，垃圾分类入箱，更不会随意向河里倾倒垃圾了，一起打造桃镇人自己的"水清、河畅、岸绿、宜人"的生态家园。再加上有些内河道还成立了河道综合合作社，对河道进行统筹开发经营，自然也不允许别人来破坏他们的成果。

所以，对于此次特大洪峰将来临，镇一班人既高度重视，同时也对带领全镇人民战胜洪峰充满了信心。

这天，谭成仁从县里回来，紧急召开了镇党委会，传达了上级精神说："这次农田可能保不住了，镇子能不能保住要靠我们自己了。"大家问：为什么啊？

谭成仁说："这是省里的统一安排，我们市是泄洪区，要顾全大局。泄洪的时候，洪水要淹没村镇和农田，还说这次洪水比五十年代的还要厉害，怎么办？现在还不能告诉老百姓，千万不能慌，要抓紧准备方案。"

曹工沉稳地做出应对规划："在农田集中后我们已进行了大规模、全方位的河道疏浚和整治，比之前的抗洪更有条件，所以我们还是要先尽最大的努力，争取保护好我们的农田和家园，毕竟这是我们大家付出辛劳换来的。"

接着，曹工有条不紊部署了防洪三件事。一是围堤筑坝，做到能保尽保；工业园区也是一样，要保生产。二是疏散老人、小孩和外来人才，可以让有条件的先从桃镇撤离。三是维持好镇内的秩序，做好洪水期间的各种保障措施，食品供应、抗洪设备都要准备充足。对这三件事，落实了责任人。第一件事最大，由曹工自己和周长富负责，因为他们对农田和工业园区最熟悉；

第二件事由谭军和曹农负责，由他们做好外来高端人才及家庭的工作；第三件事由曹兵和谭家和负责，他们对采购物资保供应在行，现在全省都在抢购相关抗洪设备，桃镇的相关设备要提前准备好。

"总体上请谭书记坐镇。根据气象预报，这三件事都要在十天内完成，各负其责，不得有误！"灾情就是命令，曹工果断作出决策。

谭成仁有着丰富的农村工作经验，他对河道疏浚、环境整治后的桃镇有信心，然而此次，面对这样全省大范围的洪水，作为泄洪区的桃镇，他所面临的压力无比巨大，他难以想象后果，所能做的只有一条：周密部署，全力抗洪。他对大家又交代了一些细节的工作，最后说："我作为总指挥，对抗洪的所有事情负总责，有紧急情况或需要往上级协调的报到我这边，出了问题，上级拿我是问；你们哪一块出问题，我就拿你们是问！"

情况紧急，会后，大家都刻不容缓地各自去准备了。

事后曹商看到大家忙乎起来，居然没有自己什么事情，于是找曹工，曹工一拍脑袋："怎么把你给忘记了，你的任务最重，你的壮劳力最多，首先安排一些跟我去农田筑坝；其次安排一部分跟曹兵把镇中心地方的挡水坝筑牢；最后安排一部分人将小区周边防好，镇上的人到时都住在那边，这是我们的生命线，你一定要守好那边。"

曹商说："保证完成任务！"

谭成仁和曹工还召开了全镇党员会议，谭成仁说："在洪水面前，党员要起到先锋带头作用，不但是抢在老百姓前面干，而且要会干，不能蛮干，否则这带头就带歪了。同时党员在关键时候还要起到稳心石的作用，越是这个时候越不能乱。现在镇上已经有不少老人去拜'三拜'了，那说明老人们心里对洪水是有恐惧的，他们现在还寄希望于老天爷来帮忙，历史经验告诉我们，老天爷是等不来的。我们要让老百姓明白，在天灾人祸面前我们不能靠老天爷，要靠我们自己，我们党员同志一定要冲在前面，给老百姓做表率，这样才对得起党和国家对我们的嘱托，对得起人民群众对我们的信任。我们要有人定胜天的决心打赢这场抗洪保卫战！"

党员的动员会召开之后，大家都开始动员各单位各集体的劳动力，三天之内，各单位全力准备编织袋、麻布袋、棉布袋等筑坝材料，曹兵也进行了大量采购，并且全部运至河道两侧。曹工和周长富组织人力并带着曹商派来的小伙子们，首先将部分内河从与主河道接口源头采取沉船筑坝的方式与主河道分割开，这样内部就减少很多防洪的工作。好在经过这几年河道清淤和两岸种植桃树，将各种袋子装满土后堆砌到桃树中间，并用钢丝将袋一桩一树互相连接，土直接取的是路内侧的，也就相当于将路内侧增加了一条大沟，提高了抗洪能力。谭家和通过同学关系紧急购买的一百台抽水机也都直接安排到位。

曹农和谭军的工作反而不好做，很多外地引进的高端人才说："我们也是桃镇人，我们也要为桃镇的抗洪作出贡献，不能在这个关键时刻逃离战场。"薛梅则直接对谭军说："我已经嫁到桃镇，嫁给了你，怎么也不能在这个时候离开你、离开桃镇。我要带着厂里的所有人和你以及桃镇人民一起抗击这次洪水，共同保卫自己的家园！"薛梅的这番话让谭军又感动，又感觉到自己的工作也是实在难做。

曹农看到第一次动员没有什么效果，于是组织起需要动员撤离的人员开会，他对大家说："大家的心情我们是理解的，但是洪水无情，等到那个时候，如果大家处于受灾的状态，镇上必然要分出一部分精力来照顾大家。抗洪的时候各种资源都比较紧张，现在如果大家和老人、孩子等需要优先考虑撤离的人先撤离到风险小的城市去，那我们抗洪的时候压力会小一点。等到洪水退去，我们还需要大家用更饱满的激情来建设桃镇。你们现在是听组织安排撤离，不是逃离，是给组织分忧。所以请大家尽量尽早离开，如果确实要留下来，一定做好登记工作，组织上到时再统一安排你们的工作和生活。"

曹农动员之后，有人感觉自己即使留下来也可能是增加麻烦的，于是干脆听组织安排先行撤离，并且根据各自的情况帮忙带走一些老人孩子。还有好多小伙子则选择和桃镇人民站在一起，共同护卫桃镇人民的生命和财产。

周长富一边和曹工在安排筑坝，一边还让食品加工厂暂停往外运送加工好的食品，并要求工人统一将仓库里面的食品全部放置高台架上，以保证洪水来的时候这些食品不被淹到。同时有准备地将其中一些食品分别转运至各小区高一点的备用房储存。曹兵则直接将民宿和样板营里面培植的阳台菜园分发至小区高层，免费让各家领养，万一洪水来了供应不了蔬菜的时候，这些蔬菜也能给大家缓解一下。

由于镇中心是原来冲积形成的半岛，为了尽量保证镇中心少受冲击，尤其是古镇文旅街，那里面还有一些古建筑，所以需要做一道坚实的挡水坝。曹兵想方设法联系了省内的三座钢厂，向他们订购了四千个钢板桩。另外曹兵、曹商还准备了四部大功率抽水机，届时可以将镇内洼地的水往外抽。曹农则从明星能源设备公司调来了四台柴油发电机组，以备停电时紧急使用。

紧接着几天，河堤上排满了人，人们挖土装上袋，然后一袋一袋运往河堤上码放，眼看到了第七天，河堤才加高一米。这时又连续不断地下起了暴雨，大家眼看着河水不停地往上涨，人们艰难地冒着暴雨继续筑河堤，由于暴雨的干扰，加上已经连续干了好几天，人们大多疲惫了，效率不高，曹工和周长富在一线看到非常焦急，两个人都早已直接加入了战斗。

在这十万火急的时候，一支驻军官兵赶过来了。他们是省军区部队，突然接到命令要他们迅速开往作为泄洪区的桃州市抢险救灾，上级了解到桃镇人没有撤离而在全力抗洪，所以将他们这支队伍分配到桃镇来支援抗洪。战士们由五辆军用大卡车直接送达桃镇，但走到还有十公里就到桃镇中心的地方，一座桥梁被洪水冲垮，其他路在暴雨下也不好开车通过。于是这队官兵带着工具冒着暴雨，徒步多绕了近十公里赶赴现场，人们看到官兵来了，一下子振奋了，尽管很多人已经连续干了五六天，但有了这队解放军的加入，他们突然有了底气。他们重拾新四军抗击日本鬼子的精神，和解放军一起继续战斗在保卫家园的一线。

到了第九天，眼看着河水已经涨过原来大坝一米高，如果不是解放军来后加紧又垒了三十厘米，这水已经漫过来了。大家看到这个情况，加紧继续日夜奋战，终于在第十天的时候在原来基础上垒成了一米半的大坝。

这时，一处通往内河的坝前突然出现了几个漩涡，巡坝的人看到后大叫不好，赶紧将这个事情报告了曹工，曹工带着建筑公司的小伙子和十几个官兵迅速赶赴现场。大量的水已经从主河道涌进内河，官兵一看就知道是坝底下出现管涌，也是因为主河道那侧水位和内河水位差太大，形成了过大的压力，将原来可能存在慢渗水的地方通成了一个通道，如果不及时处理，这个通道必然逐步加大，并会直接造成大坝的溃决。官兵们立即组织起来往这个漩涡下扔沙袋，并让曹工立即组织钢板桩过来，没有这个钢板桩，紧急情况还可能会出现。这边打好钢板桩，加上填好的沙袋，漩涡渐渐就消失了，曹工让人调来一台抽水机，赶紧将刚刚涌进来的水往外抽。

曹工这边还没有忙妥当，曹兵那边又接到电话，说镇中心那边，由于地势本来低，所以筑的坝比较高，上面的坝不够宽，有一处已经有个口子，需要紧急处理。曹兵赶紧组织人员过去，他们刚到，解放军就有一队人也已经赶到。解放军官兵看到这下面虽然打上钢板桩，但是上面后加高的部分没有钢板桩的支撑，加上坝还不够宽，已经决口了，河水伴随着浪从这里哗哗冲向镇区。这时解放军跳进河道，快速用身体搭起人墙，但坝口仍留有一个不大的决口，曹兵立刻也跳进河道，和解放军们紧紧夹着膀子，堵住了决口，一边冲着岸上的镇民喊："把土袋往我们后面扔，堵住决口！"

河道涌过来的浑水，一浪接一浪地拍打着曹兵和战士们的胸膛和脸颊，背后不断有布袋扔下水所溅起的水花从头顶浇下，大家没有任何躲闪，胳膊钩着胳膊，紧紧地连在一起，尽管有时被浪淹没，有时摇摇晃晃，但这个人墙一直挡在决口前。忽然，在密集的雨水中，一个土袋重重地砸到了曹兵的后背，土袋里一块硬玻璃露出袋子，锋利的边缘瞬间划破了他颈部的一根血管，血喷涌而出，染红了一片河水。正在岸上带人打钢板桩的曹商见状大吼一声，跳下河道，双手托起曹兵，岸上几个壮汉也一起拉着、抬着曹兵上了车，往医院疾驰……

由于失血过多，医院需给曹兵紧急输血，主治医师向医院血库提交申请，但由于连日抗洪中患者增加，医院血液不足。曹商对医生说："我是他哥，输我的血吧！"但检测下来，曹兵是 B 型血，而曹商是 A 型，并不配对。不一会儿，曹工、曹农、曹学也都赶到了医院，检测结果同样令人意外，他们也都是 A 型血，与曹兵血型不配。血站紧急招募登记的 B 型血的志愿者献血；另一方面，在抗洪现场，曹兵失血过多需要紧急输血但医院缺少 B 型血的事情迅速传开，社区工作者用喇叭呼吁公众积极献血。很快，爱心血从全镇四面八方汇聚到了医院，尤其是一些高中学生，他们看到曹兵和解放军战士们一起组成人墙堵决口，也看到曹兵流血被送到医院，于是大家都积极参与到献血大军中，曹兵年轻的生命在血液的流动中延续，渐渐苏醒过来。

抗洪现场，曹兵被抬走了，又有几个小伙子跳到水里和战士们组成人墙，其他人扔沙袋的时候更为小心，没多会儿决口就被堵住了，大家这才松了一口气。二十几个解放军精疲力竭地靠坐在新筑好的大坝下。镇干部组织人送来了矿泉水和面包，看到解放军连拿水的劲都没有了，姑娘们直接过去给解放军打开瓶盖递到嘴边，战士连忙站起来，接过水瓶和面包，和着头上流下的脏水就吃了下去。姑娘们在一旁看了都感动得流泪，这就是人民子弟兵，我们最可爱的人。

在医院重症监护室，曹兵醒来时，看到王花哭成了泪人，全家人都围在自己身边，努力想坐起来，问道："镇口的坝决口堵住了吗？我要赶紧去。"

"新大坝已经筑好，现在安然无恙了，战士们也都在休整，你就好好养伤吧。"曹工在一旁安慰道。

"老五，你终于醒了，可把我们担心死了，我和哥哥们与你的血型都不配对，是全镇紧急动员给你输的血。"曹学快人快语。

"我们不说太多了，让老五好好休养，大家也都累了，都回去休息吧。爷爷还不知道，他最疼老五了，待老五好些了我们再告诉他老人家。"见曹兵转危为安，曹工放心了，满脸疲惫地嘱咐大家。

第二天，雨渐渐小了。尽管各合作社的人守着农田不被淹没，但是这连续的暴雨已经让田里的蔬菜没有办法收割了。这时镇上人又一次感受到集中住在小区的优势了，统一配送物资、统一管理和行动，有些分散住在镇其他地方的人也都住进了桃花苑小区的亲戚家里，安全和生活都得到了很大的保证。

十天后大雨停了，由于桃镇的河道通畅，河里的水逐日下降了，稻田里的水也都很快退了出去。由于采用了均衡元素肥，稻秆结实，已经灌浆的水稻在半淹的稻田里半个月居然没有倒伏，大家特别开心。但是田里面养的鱼、龙虾、泥鳅等却跑了不少。不过大家还是挺开心的，毕竟在周边其他镇农田基本不保、村庄和集镇被淹的情况下，桃镇还能有这样的结果已经相当不错了。人们打心眼里感激谭成仁和曹工他们带着桃镇人这几年所作的改革，让桃镇在这次特大洪灾面前能安然度过。当然还有人民解放军，危难时刻保护人民安危。"解放军从桃镇撤走的那天，桃镇人民排着长队夹道欢送。那些参与抗洪的高中生更是冲过去和解放军们拥抱惜别，抗洪让他们也真正成长起来。

经过十天的休养，在医生的医治和王花的精心照顾下，曹兵的身体也恢复了，脸色红润了起来，再过几天就可以出院了。这天星期天，阳光格外明艳。中午时分，曹工陪着爷爷曹仁杰来到了曹兵的病房。一见到曹兵，曹老爷子就坐在曹兵病床前老泪纵横："老五，你要是有个什么三长两短，叫我如何向你死去的爷爷和爸爸交代啊！"

曹兵和王花面面相觑，一脸纳闷，曹兵调皮地把手靠在曹老爷子额头上，打趣道："爷爷，您不发烧吧，您这话叫我丈二和尚——摸不着头脑啊！"

"老五，你输血的事曹工问起我了，是时候让你知道你的身世了，否则我这个老头子死不瞑目啊！"曹老爷子说着，眼泪又簌簌滚落下来。

"一九五〇年十月，我和你爷爷所在的部队跨过鸭绿江，进入朝鲜北部地区参加了抗美援朝战斗。十月二十五日，志愿军发起第一次战役，我们部队在云山以北与北进的南朝鲜军先头部队发生了战斗，首战告捷。当夜，我们部队乘胜前进。次日，南朝鲜军主力、英军、美军一起扑来。根据战场形势，我军调整作战部署，我们的部队边打边进，二十八日在温井以东龟头洞地区，向敌人发起战斗。这场仗打得十分惨烈，至二十九日晨歼灭了大部分敌人。"曹老爷子娓娓道来，重温新中国成立初那一场惊心动魄的战斗。曹工、曹兵、王花也都听得入神。

"但那次，我们部队也死伤惨重，你爷爷，我最亲密的战友吴超洋，就在这场战争中牺牲了。"曹老爷子轻轻抚摸着曹兵的手，接着说道，"就在战斗打响前几天，你爷爷告诉我，他在浙江义县老家的妻子前几个月才生下一个儿子，因为参加了抗美援朝大军，所以走之前就给儿子起名吴援朝。当时我儿子也刚出生，也起名曹援朝。所以就和你爷爷说好，我们两家儿子结拜为兄弟。"言语间曹老爷子黯然神伤。

"可惜你爷爷没再见到你父亲就牺牲了，直到一九五三年战争结束后，我们几个战友带着他的遗物去了他的老家，见到了你奶奶和才四岁的你父亲，你奶奶靠糊纸盒谋生，还要拉扯着一个孩子并照顾公婆，家里一贫如洗，就这样，你父亲成了我们'血盟书'中救济的战友遗孤。这一晃就是十多年，你父亲长得跟你爷爷一样结实，学习也好，他和我儿子这两个'援朝'是结拜兄弟，有着天然的亲近。他高中毕业时你奶奶因病去世，你父亲如愿考上了军校，并且毕业后还跟另一位烈士遗孤女孩结婚了，我们听了都非常高兴。"曹老爷子声音暗哑，岁月饱经风霜的侵袭在话语间不经意地溢于言表。病房里静得出奇，曹兵紧蹙着眉头，细长的丹凤眼里噙着泪，静静地听着。

"就在你出生才三个月，你父亲就主动请战，去了中国对越南自卫反击战前线，他的英魂却也永远留在了那里，那时你刚过半岁。你母亲得知消息后，悲痛万分，不久随你父亲而去。虽说国家已有抚恤政策，但你已别无亲人，我去看望时，实在不忍心抛下孤零零的你，就向地方申请办理手续后，把你送回到桃镇老家。那时曹学还不到两岁，还在喝奶，而你正是嗷嗷待哺之时，放进你妈翠兰怀里，也不认生，直接找奶喝。援朝看到他这个结拜兄弟的孩子，又疼又怜，和翠兰发誓一定要对你比亲生的还好，要把你培养成才。你妈翠兰给你喂上奶后就给你姐曹学断了奶。为纪念你爷爷和父亲，我们给你取名'兵'，这一过就是二十来年了。"曹老爷子说到这里，仰靠在椅背上，闭上眼睛，泪水顺着眼角流淌下来。那段尘封多年的往事终于揭开，心结打开，一股难言的哀愁，更多的是无由的伤痛涌上他的心头。

"今古事。英雄泪。老相催。长恨夕阳西去、晚潮回。"看着爷爷深埋心底，难以自拔的痛苦，曹工脑海里浮现出北宋文学家朱敦儒《相见欢》中的词。在曹工眼中，爷爷就像一本书，一本深沉厚重的书，积极乐观、无畏艰险，在成长的路上总是给他引导和启发。而今天，他感到，对于爷爷这本大书，他还知之甚少，他的爱和苦，都已结痂，成为他最坚硬的壁垒，而他的内心却又无比柔软，那是只有在刀山火海里滚过的人，才真正懂得的坚强，自己要用一辈子去品读这部厚重的书。那些年，家里相继添了几个弟弟妹妹，看到妈妈怀里又有了一个娃喝奶，刚上小学的曹工就觉得是妈妈又生了一个弟弟。但他明显感到，对于这个弟弟，爸爸妈妈最疼爱，作为家里孩子中的老大，他更是自小就承担着父母要他保护好小弟弟的反复叮咛。好在小弟弟尽管调皮，但平平安安长大，且聪明伶俐、乐于助人，这些年更已成长为他的得力助手。只是曹工怎么也不会想到，活泼幽默的小弟弟，背后却有着不为人知的辛酸身世，爷爷和父母亲一起坚守着一份生命的承诺，这份承诺感天动地，情义比天！

曹兵一直默默地听着，这一切来得太过突然，一时自己恍不过神来，仿佛是在听别人的故事，但却又分明是他自己。"爷爷，您说的是真的？"曹兵拉着曹老爷子的手问道，声音有些哽咽，内心五味杂陈，又强作镇静，他还是不想让爷爷过于悲伤，而且他现在还是一个女孩的依靠，他不能任由自己的情绪发酵，感情用事。

曹老爷子点点头，长吁了一口气："每个人都有权利知道自己的身世，当时你出生还未满周岁，我无法经过你同意把你带回家，但孩子，我知道这一天迟早会来，我今天就是要向你说明白，让你选择。"

曹老爷子这话，瞬间如山洪暴发彻底冲垮了曹兵的内心防线，他一下子跪倒，抱住曹老爷子的双腿泣不成声："爷爷，我的生父母给了我生命，是您救了我，是您和爸爸妈妈给了我第二次生命。"

王花在一旁也和曹兵一起跪在曹老爷子面前。曹工见状赶紧将他们扶了起来。曹兵的情绪这才有所缓解："自古生身之恩大如天，养育之恩大如地。您和爸爸妈妈含辛茹苦把我抚养长大，哥哥姐姐对我无微不至关怀，我就是曹家人，永远都是，我要给爷爷养老送终。"

曹老爷子轻轻抚摸曹兵的头，依偎在自己胸前，眼含热泪说道："老五，爷爷知道你孝顺，你也是爷爷最喜欢的孩子。不过我有个心愿，找机会我要带着你到你爷爷和生父生母墓前，告诉他们你长大成人了，我没有辜负他们，那我这个老头子就心安了！"

曹工也走上前宽慰："爷爷，到时我也陪着您和老五，我们一起去祭拜。"说完，曹工拉着曹兵和爷爷紧紧拥抱在了一起。

桃镇的抗洪成绩得到了桃州市委的肯定，市里通报给省委省政府，桃镇主要领导都得到了嘉奖，获得省委省政府颁发的"抗洪抢险先进集体"。

洪灾过后没有多久，市委就提升谭成仁为副县长到县里去了，任命曹工为桃镇党委书记、周长富为党委副书记并提名为镇长候选人暂时代理镇长。

转眼又到丹桂飘香的金秋十月，本是收获的季节，除了桃镇之外，很多乡镇损失惨重，桃镇也有损失，但相比起来好很多了。桃镇周边的好几个镇甚至都影响到后面的生产生活了，省市县三级政府都给了这些受灾严重的地方补贴，但是杯水车薪，还是带动不了经济发展。考虑到桃镇周边的三个镇在洪水过后损失惨重，加上省里推进"强镇扩权"试点，省委省政府决定将桃镇周边的临海镇、华阳镇、万花镇这三个镇都并到桃镇，同时将桃镇作为省里第一批强镇扩权试点镇，希望桃镇进一步提高镇域经济发展的活力，推进社会主义新农村建设和城乡统筹发展，对周边形成辐射，促进区域共同发展。

消息传到桃镇，桃镇有人高兴，有人不愿意。有人就说："这作为强镇扩权试点镇了，领导们都提半级了，书记镇长都是副县级了，领导们为了升官就把我们的胜利成果跟周边三个镇一起分了，要不是曹工和周长富他们在领导面前答应了什么，怎么会给他们升级？"还有人说："这三个镇只有华阳镇因为有油田好一点，其他两个本来发展就不怎么样，尤其是临海镇更是一大片盐碱地，怎么不把好的地块划给我们，就是要让他们来吃我们现成的，看不得我们桃镇富起来……"一时间，镇上议论纷纷，甚至有人跑到曹工办公室，让他为了桃镇老百姓的利益不要合并这三个受灾镇。

曹工心里清楚，这是省委省政府的决定，哪是他这个将要升到副县级的镇党委书记能够改变的。他更明白，桃镇经过前面的土地入股镇集体、河道疏浚环境整治、居住集中和引进投资建厂等系列举措带动了桃镇人民共同发展，但在此过程中也突破了很多障碍，这一路走来看似节节胜利，其实过程中的艰辛和压力老百姓们是感受不到了。桃镇的发展有其特殊性，这过程中得到了已经升为桃州市委书记王为民的大力支持，但脱离这些特殊的支持来讲，一个镇要想像桃镇这样继续发展，在行政权、财政权和用人权方面如果不突破，是难以为继的。省委省政府推进"强镇扩权"试点工作，就是要多个方面实验，给镇以一定的行政权、财政权和用人权，给镇里真正的发展活力，这样才能走得长远。当然，如果都是基础好的，就有特殊性，能用体制和机制的完善来打破这因特殊性而带来的发展，才更具有推广价值。现在让这三个镇跟着桃镇一起发展，既是因为目前这三个镇的发展困境，也是想看桃镇的成功能否在这三个镇复制，或者要看看桃镇能否将四个镇联动成一个整体发展，以检验桃镇的模式是否拥有这样延伸的活力。

曹工跟来访群众讲:"我们要知道感恩。桃镇的发展离不开上级党委政府的政策支持,离不开整个桃州市人民的参与,现在四镇合并,正是给我们回报的机会,要和另三个镇的百姓们一起齐心协力共创更美好的未来!"

曹工没有跟来访的群众更多解释,他知道这些群众的担心还是基于小农思想的文化基因没有改变,桃镇已经经过这么多年大农业的发展,老百姓小富即安、排外的思想还没有得到改变,对于未来这四个镇的建设,改变文化基因是重中之重,也是发展的根本。如何从思想上或者说文化基因上使四个镇的百姓真正脱离"农民"这个帽子,去除"农民气",成为适应城市发展的人,这应当作为第一步计划考虑。他需要整理出一个新的发展规划,既要立足桃镇现有的基础上,也要站在更高的视野,探寻强镇扩权下多地协调发展,而不是如老百姓们担心的那样,只是让其他三个镇来分桃镇发展成果的羹,也不是简单地让每个镇都像桃镇一样去发展。对于曹工,这将是一个更为严峻、意义更为重大的新的发展课题。

第二十六章　迭代更新共担责

临海镇、华阳镇、万花镇这三个镇合并到桃镇来了。经历了洪水的三镇万亩农田一片汪洋，洪水退去，农田早已变了模样，庄稼损失严重，农户刚刚种下的秋玉米秧苗损失严重。虽明知已无力回天，心中不舍的老人还是在泥泞中，佝偻着背艰难地想把秧苗扶起来。三镇周边公路多个路段护栏断裂、路面坍塌，多处房屋、电缆垮塌，有些村还处于断电状态。一场洪水，有些人失去了一生的积蓄，有些人失去了生命，农民们的辛勤劳作付诸东流，使原本经济薄弱的三镇雪上加霜。

面对将要接手的满目萧条的新事业，曹工的内心不可谓不沉重。对于这三个镇，这几天曹工已在根据资料了解情况，这三镇倒是各有特点。临海镇，盐碱地偏多，但是渔场也比较多，很多人家都是引用海水养鱼，收益本来也不错的，只是洪水过来，本来就低洼的临海直接被冲垮了，大量养殖的海鱼进海了，所以损失惨重。万花镇本来以花出名，尤其是每年的春天，油菜花在一个垛一个垛盛开，老百姓用小船带着游客在河上穿行，很多摄影爱好者一住就是一个星期，所以有天然的旅游资源。但是水乡的水也成了这次受灾最重的原因，住在当地楼房的人也在洪水前全部撤离，楼房现已全部淹没。

华阳镇是经济条件比较好的，辖区内有油田，所以做石油设备的厂家不少，但是这石油开采是国家的，当地老百姓就是多得了点实惠，也不太注重大发展，属于小富即安的那种，不少老百姓在宅基地上盖了三四层楼，有的人家盖到六层，当然自己也住不了那么多，就是为了气派。但是这些自建房大多临河而建，房基原本就不稳固，经这次洪水久泡之后，房屋大多倒塌，损失很大。

曹工感到这三镇与桃镇以前的情况有所异同，合并后，可以实施桃镇的土地集中、居住集中、劳动力集中的成功经验，但也不能直接复制，所面临的问题就是在总体方向一致、一个新的整体规划的格局下，该如何差异化、优势互补协调发展？他知道自己正面临着更严峻的考验、更重大的责任，而且别无退路，只有迎难而上，尤其是此次的特大洪水已经将这三镇很多人家的房子给冲垮了，需要大量的住房。安居是百姓最大的期盼，也是政府工作的头等大事，解决住房问题是当务之急。桃镇经过五六年的大农业建设，河道疏浚、环境整治，耕作由各合作社机械化作业，全镇人也基本集中住到镇上小区了，农村科技化、机械化、规模化运作使得抵御市场风险和自然风险的能力都大幅提升，这才经受住此次洪水的考验，没有发生房屋倒塌、人员伤亡的情况。现在对合并进来的三个镇势必也要实施统揽全局的大农业建设，对于眼下急需解决的住房问题，虽紧迫，但也需有个统筹规划，让灾民都集中到桃镇现在的桃花苑小区显然不现实，新建小区速度也没有那么快，该如何解决这个难题？

这两天，曹工自己开着车子在四个镇来回穿梭奔跑，回来后就自己一个人在办公室里闭门思考，翻阅资料，咖啡一杯杯地喝，突然想到什么会在纸上一阵猛写。他以前没有喝咖啡的习惯，甚至觉得喝咖啡是小资的追求。郑晓煜平时每天一杯咖啡，自己却从来不碰。而不知从什么时候起，面对工作的压力和难题，他会情不自禁冲上一杯咖啡排解，也是为了提神，换一种思绪，有时会灵感乍现。

这时曹工的手机响了，是曹农打来的："大哥，有一阵子没看到你了，爷爷知道你压力大，让王牡烧几个菜，明天周日，咱们一大家人聚聚，带上嫂子啊。"

"老二啊，你总算被王牡调教得懂人情世故了，我和晓煜正好也想去看看爷爷呢，就是这些天心里挺烦躁的，要想的事情太多了，正好和你们一起喝几杯。"曹工放下手中的咖啡杯道。

"大哥，你来了心里就不烦躁了。"电话里传来曹农的笑声。

第二天是周日，临近中午时，曹工和郑晓煜带着一大包买给爷爷的有机食品走到了曹农家的小区。敲开门，屋里曹农、曹兵夫妇都在，曹商、曹学、武亲松也早就到了，看得出大家都比较积极参加聚会。看到大哥大嫂进屋，曹兵打趣道："本来我想把中午饭全包场了，但是二哥说了，今天红烧鱼这道大菜由大哥烧，当初大哥就是靠这手把大嫂骗到手的，他们可都是为你而来。这其他菜由二嫂来做，我今天可是竹篓挂牛背——轻松了！"说完大家都笑了起来。

曹老爷子手里拿着修剪刀从房间里走了出来："老五别贫嘴了。老大啊，老二说你心里烦躁，我们也都知道，今天就是给你解忧的，不过这最先是老三提出来的。我这老头子不中用了，今天就不参与你们的讨论了，我得伺候那几盆盆景喽。"说完跟晓煜打了招呼后又进房间了。

原来，桃镇和另三个镇合并，曹工任党委书记的事已在桃镇传开。曹家几兄弟当然也都知道大哥此时的压力，尤其是眼下需解决洪灾之后的住房问题，作为多年从事建筑业的曹商很想此刻能为大哥分忧，因为已经十月了，如果用传统的方式来建房，不管是集中还是分散建设，那很多人冬天肯定也住不进去。不过，曹商之前就了解到，现在国家大力发展装配式建筑，桃州就有个叫茅京申的专家申请了专利，和厂家合作用轻钢结构加保温板装饰一体化墙板建房，大部分构配件在工厂生产好了之后就直接到现场安装，一栋六层楼房有个十天就能安装完成。但由于刚开始做，市场批量小，所以价格上有点贵。不过，如果在这三个镇都用这个方式，再选择一个地方合作建厂生产，批量上去了，单价就能下来。关键是这样建设速度快，能解决洪涝灾区住房重建的迫切问题。再把桃镇这边生产的暖气、门窗、光伏屋顶供应过去，速度、价钱、舒适度都能满足，不就解决了住房重建难题了吗？！而且更便捷的是，装配式建筑基本的墙地面的装修都能在厂里做好，住户在后期只要根据户型特点和自身需要再进行一些简单的个性化装修就可以入住了。

所以曹商先跟二哥曹农商量了，曹农拍手叫好，也道出了他的想法，他们明星光电科技公司正在研究的光电玻璃即将能量产了，作为公司升级产品，也可以跟装配式建筑有很好的结合，将来建筑的幕墙、窗户等用的玻璃都可以用这种玻璃发电，如果直接做到装配式建筑上，也可以减少他们的市场推广。这样，完全可以把四镇合并的建设作为一次难得的契机，对他们在桃镇需要更新换代的产品来一次大换血，提升产品在当今和未来市场的竞争力。于是，曹农让曹商对装配式住房的事再作详细论证，并且特意到桃州找专家茅京申敲定一些合作细节，赶紧告诉大哥。这才有了这次曹工意料之外的家庭聚会。

听了这番介绍，曹工大有茅塞顿开的畅快感，拍了一把曹商："老三，你真行啊，一个金点子破解了大难题。但茅总的这个轻钢结构的装配式建筑毕竟是新研究项目，也有一定的风险，我们现在急于生产，谁来投资？如果有投资想法的人，对项目研究论证再准备个一年半载，那我们的时间就耽误了。"

曹工的顾虑，让大家一下子安静了下来。是的，装配式建筑有诸多优越性，但当前的轻钢结构能否做到让老百姓满意大家心里也没有底，对于这一新生事物，也要看到存在的问题和市场的风险，投资是这个项目能否落地的关键。

"我看事不宜迟，老二、老三、老四、老五，你们都可以投资一点，还有晓煜，你们厂里也可支持一下。"这时，只听到曹老爷子的声音从房间里传来。老爷子原来是"身在曹营心在汉"，说是摆弄盆景，其实耳朵里听着孙子们的事。他从房间走出来继续说："你们如果觉得装配式建筑好，也有厂家在做，有成功的先例，那就义无反顾落实，眼下要说动别人投资既难又要花时间。老二，你不是说公司新产品要应用吗？老四，你是搞装修的，老五，你是搞建材的，还有晓煜，你们是做供暖设备的，这个新项目跟你们的关联不要太大啊！老三就不用说了，作为项目具体负责人，你就更要全部投入了。这是解政府之急，也会成为你们自己发展的契机，只要心往一处想，就没有过不去的坎儿。"

曹老爷子说得振振有词。曹兵首先表态说："三哥说到这项目时，我也考虑了，要做，咱们就要考虑周全，干脆以临海作为装配式建筑基地，先以目前灾后重建的市场把装配式建筑培植起来。我们做建材的知道，国家要求未来建筑的装配率达标，那么在这方面就会有比较旺盛的需求，可以通过我们海港的优势，海运到上海和苏南等地，拓展更大的市场。市场大了，生产成本就低了，市场也会更大。这点我有信心，我可以投。"

曹农接着说道："老五说得对，我想我们都是可以投的，但所有的一切都要有超前的规划，不要让那三个镇的人觉得我们过去帮助他们，是把淘汰的生产线搬过去，而应该让他们知道我们是作为产品升级换代战场，把装配建筑项目做得更具有前瞻性，要把那几个镇建设得更好！"

"谢谢爷爷和弟兄们，这几天我确实没少考虑，甚至有些困顿，感谢你们今天为我疏解烦恼，而且还敢于承担市场风险给予大力支持。"曹工既兴奋又有些感动，继续说道，"国外一些国家就有利用灾后重建的方式让城市焕发新动力的做法，我们也要利用好这次机会，既要总结好桃镇的成功因素复制推广，也要挖掘其他镇原有的价值，发扬光大，制定新的未来发展目标，要把我们这里建设成城里人和农村人都向往的地方。"

"大哥，该你烧鱼啦！"厨房里王牡探出身子大声叫道。郑晓煜连忙推着曹工："老公快去吧，你都好久没给我做鱼吃了！"

众人都哈哈大笑起来。

一场轻松愉快的家庭聚会，释放了曹工心头的重压，更让他看到了四镇合并的希望和带来的发展新机遇。合并来的三镇不是负担，而是大农业发展新的试验场，在这张百废待兴的"白纸"上，可以汲取桃镇发展的经验得失，画出更新更美的图画。

周一的清晨，经过一夜蒙蒙秋雨，太阳撕开厚厚的云层破晓而出，阳光格外明艳。开车到镇政府上班的路上，曹工打开车窗，夹杂着草木馨香的空气，沁入心扉。行驶在桃镇新建的公路上，两旁绿树成荫，车辆往来穿梭，前方一片开阔景象。今天，桃镇将迎来崭新的起点，对于未来，曹工充满期待，他相信，幸福在向人们奔涌而来。

上午九点，市委组织部部长刘权亲自带队到桃镇，宣布了市委关于四镇合并之后的镇名改为"桃园镇"，政府办公地设在桃镇。同时宣布了桃园镇的新班子，曹工任中共桃园镇党委书记，周长富任党委副书记并提名为镇长候选人，原华阳镇党委书记李家祥、原万花镇党委书记张伟忠为党委副书记，原临海镇镇长刘家福任镇党委委员并提名为常务副镇长……原临海镇党委书记周伟同调任县里当副县长了，其余还有一些合并进来的副镇长。

刘权在会上特意说："四个镇合并到桃镇，并且改名为桃园镇，就是希望你们这个新班子能带领新桃园镇的老百姓创造世外桃源，将桃园镇打造成新农村建设的样板，希望你们班子能够团结一心，曹工同志继续发挥年轻干部的优势，敢于突破，敢于改革，敢于创新，带着新桃园镇进入一个新的发展空间。市委书记王为民同志特意让我带个话，他希望在座的诸位都全心投入，尽快融合，争取利用强镇扩权的试点机会快速把洪灾带给我们的损失追回来，并塑造一个崭新的世外桃源——桃园镇。"刘权的讲话鼓舞了大家，尤其是王为民书记的期望，在座的都感觉重任在肩。

送走刘权一行之后，曹工雷厉风行，当即召开桃园镇党委会，就四镇合并之后的保障基本民生、恢复生产、农民耕地入股镇集体、缓解富余劳动力等工作进行了商讨和分工落实。

对于当务之急——解决受灾群众没有房子的问题，在党委会上曹工作了通报，因为刻不容缓，他已经跟桃州安居科技公司的董事长茅京申有了沟通，也已经得到了市里的支持，在临海建设装配式建筑基地，用装配式建筑解决当前老百姓安置的问题。桃州安居科技公司以技术入股，桃镇集体资产经营管理公司、桃镇建筑公司和未来家装潢公司、明星光电设备公司、暖洋洋供暖设备厂、军梅节能门窗厂以资金入股，目前还继续引进对装配式建筑基地建设感兴趣的资金和技术，他希望党委一班人在规划草案出来的时候充分讨论，多多引进合作企业，把临海装配式建筑基地建起来，一起把桃园镇规划建设好。

在农业上，全桃园镇采用原桃镇改进的方式，将土地集中到合作社，合作社再集中到镇级集体经济联合会，联合会会长由周长富担任。

总体上就是未来的桃园镇还是要以耕地集中、居住集中、人员集中、产业集中的方式，在布点上将会根据各自原有的特色进行布局，尽量规划好、少折腾。曹工分配了具体的规划工作由镇长周长富会同镇党委副书记李家祥、张伟忠和常务副镇长刘家福研究制定，然后到党委会上讨论确定。

三天后，周长富在镇党委会上将规划方案做了详细讲解，大家就方案的执行和与各自特色结合的情况都做了交流，大家都期望这个方案能得到四镇人的认可，不仅仅是原桃镇人，也不仅仅是另外三个镇人，而是整个桃园镇人。

又过了一天，桃园镇各村的广播里，将关切到桃园镇所有人的切身利益、关系到桃园镇未来发展的镇规划方案，传到全镇各家各户。镇长周长富宣布，对整个桃园镇的镇民都是一样，不再用农民和农民工来称呼自己，大家都将有自己的岗位，每个岗位都有自己的称呼，都是具体的产业工人、技术员或管理者。包括进行农业生产的，他们都有具体的岗位，操作机械的就是机械工，从事研究的就是技术员或研究员，养鱼的、养牛的是饲养员，各有各的岗位，各有各的贡献，各有各的称呼，而且每个岗位都有自己的晋升空间，都可以各自通过教育和实践来完善自己。他指出："我们桃园镇是一个大集体，但是我们不是大锅饭，每个人的价值和回报都是要通过自己的努力来实现，未来桃园镇就是要靠我们大家一起打造。"

周长富宣读的规划方案得到了老百姓的响应，在会场里都能听到外面传来的欢呼声。

听到这欢呼声，曹工的内心深感欣慰，至少说明原桃镇的大农业发展试验是成功的，现在他们给合并后的新桃园镇描绘的未来老百姓是认可的。

周长富宣读桃园镇规划方案后，由曹工发表讲话，他首先对原四镇在此次特大洪灾中所受的影响作了分析，指出原桃镇因为经过了土地集中、居住集中和产业集中之后，有了更大的抗风险能力，所以在这次四镇合并的规划中继续推进土地集中、居住集中和产业集中的大农业建设，并充分考虑因地制宜，发挥各自优势。最后，他满怀信心地鼓舞大家："在洪水来的时候，我们有些老人到孔子庙到百家祠堂去祈拜，祈求老天发发慈悲，但是老天爷并没有怜悯我们，华阳、万花和临海在洪水过境的时候损失惨重，举镇撤离。老天爷不可能是救世主，我们要做自己的救世主，桃镇力挽狂澜的成果告诉我们，奔向大农业建设改革的方向是对的。现在四个镇合并为一家人，我们要一起打造新的世外桃源，这个新桃园是对外开放的，不再是躲避世外的，也不是按照现在城市的模式去打造，而是要在坚定不移发展现代化大农业的方向中，一起探寻一条新路，让大家过上共同富裕安康的新生活，把我们的新农村建设成令城市人都向往的乐土。"

渔夫出海前，并不知道鱼在哪里，可是他们还是选择出发，因为他们相信自己会满载而归。明知道满载而归会付出代价，还是义无反顾，所以人生很多时候，相信才有可能，选择了才有机会。"别为模糊的未来担忧，只为清楚的当下努力。"这是年轻的曹工在追求梦想的探索中不断走向成熟的箴言，在灾后重建的关键节点，也给了新桃园人一剂"强心剂"，一起以对未来憧憬的力量打造桃园人自己的未来！

第二十七章　为民解忧扬正气

广播大会后的桃园镇，呈现一派洪灾后重建热火朝天、欣欣向荣的景象。镇里加紧步伐对农业合作社的归并与增加进行了调整，同时立足桃园镇的区域范围和原来各镇的基础特色重新谋篇布局。

新的布局从产业上促进桃园镇大农业发展从粗放型向集约型转变，完善产业链，互相之间形成联动的产业群，带动产业规模化、专业化发展。比如临海装配式建筑基地在建设过程中，镇里就把原来在桃镇工业园的供暖设备厂、门窗厂、光电设备公司等逐步搬过去，集中到一起发展。而且，根据产业链缺失的环节，进一步招引家具、灯具、厨卫、管材等生产企业进驻基地，以完善装配式建筑整个产业链。而对于原来的桃镇工业园，根据桃镇已相对成熟的各合作社农产品，则重新定位为食品深加工专业园区，一方面把粮食深加工产业链条延长做细，另一方面精做副食品加工，食品做成成品或半成品，以满足快餐时代上班族的需求。

在对桃园镇产业规划的同时，在居民住房上，因之前有桃镇的经验，镇里规定村民宅基地腾退置换小区住宅的原则不变，这次灾后重建也一律不能自建，这样有利于统一规划，将大量的宅基地复垦。镇里在对并进来的三镇人员进行居住地意向调查的统计中也发现，有一半以上的人意向搬到桃园镇中心，如若这样，桃园镇中心就接近十五万人，而镇目前总人口近二十万，未来随着建设得越来越好，镇中心的人口肯定还会增加，这样的人口规模就相当于城市了。

所以对于居民小区的规划，曹工可以预想到，在接下来进行了土地集中、居住集中和产业集中之后，镇民们会都住到几个集中居住点，这些点与产业之间也要便于联动，比如不能让搞装配式建筑的大部分人住到镇中心，这样交通成本会增加，也不利于与产业联动；农业合作社的人员则在桃园农产品加工园区附近规划了住宅小区，以便于工作与生活；而镇里规划的人才公寓则在科创园里。相关的产业和集中居住区附近也都规划了商贸、教育、医疗设施。在曹工看来，对桃园镇这一新的规划是对之前桃镇规划发展的升级，就是为了进一步完善城镇功能，让老百姓幸福感升级。

新成立的桃园镇在规划上大调整，作为农业大镇，桃园开场行动的重头戏当然是对各个合作社轰轰烈烈进行新一轮的"大洗牌"。然而，羊羔虽美，众口难调。这不，当合作社的生产模式在四镇整体推行时，在华阳镇就出师不利。华阳镇境内有油田和石油机械工业园，这些年村民们依靠镇上的石油企业做起了小配件生产的家庭作坊，有些腰包鼓起来后就在自家宅基地上自建起了小楼房。这次，其中有个村的耕地划入了新扩大的桃园镇水稻种植合作社，动员村民们的耕地入股该集体组织。可村主任丁大壮硬是不入股，也不迁入规划中的镇集体小区，就是因为他在家里也做了个小配件作坊，而且规模还相对较大，能额外赚不少钱，房子盖成了四层小楼，宅基地前边的耕地也都被他建成了配件加工厂房。尽管这次洪水之后厂房的墙有点倾斜，但在利益和安全面前，丁大壮选择了利益。丁大壮也看到了镇集体合作社推行的强大声势，于是又拉了村里另外几户，形成一股势力，继续强占着宅基地，成为此次四镇合并中突出的"钉子户"。

这事镇长周长富汇报到曹工这里，曹工让周长富先找原华阳镇党委书记、现任桃园镇党委副书记的李家祥去处理。李家祥一听这事就感到棘手。原华阳镇辖区内有油田，虽也有配件园区，但进驻的都是规模较大的企业，有些能对接上关系的村民在耕作的同时就从这些大企业中揽些散活儿，干这些活儿比自己种田挣得多多了，有不少户干脆荒了耕地专门接园区里面的活儿做。为此华阳镇这些年都完不成上面粮食种植的任务，李家祥身为华阳镇党委书记也没有突出的业绩，所以这次四镇合并只当上个副书记。他还不到五十岁，也想在新镇的环境下再拼一把。但面对丁大壮这几个"钉子户"的事，他无能为力，不过他也知道曹工让周长富转达让他处理，也是试探自己的工作能力。可是，要让丁大壮他们离开原来的宅基地迁入镇小区，耕地入股镇合作社，就是断了他的财路，那他还不跟自己拼命！李家祥犹豫不决，迟迟不见动静，那几天也总是躲着曹工和周长富。

并镇后几周的相处时间使曹工多少了解了新班子成员各人的状况，李家祥的心事他当然也能猜出几分。于是一天下午，他打电话让李家祥到他办公室，开门见山便问："李书记，你跟赵富仁关系怎样？"

"还不错啊，他是华阳辖区油田的总经理，我们镇上对他们公司在土地划拨、招工、交通、环境整治上都给予过不少支持，他多次想请我吃饭，我都谢绝了，我不能违反组织规定啊。"李家祥一看曹工问的是其他事，兴致挺高地说着。

"那好，你跟赵富仁谈件事，我这几天也作了些了解，让他把他们的石油机械工业园里的企业做些归并，淘汰一批不合格的小企业，腾出些地方改建一些大厂房，让加工配件的企业集中到园区，不允许企业再外派加工活儿。再建几幢住宅楼，给我们华阳愿意专门做配件的村民，拿宅基地置换。那么我们就给这些村民二选一，要么住到石油机械工业园的小区，专门做配件加工，将耕地和宅基地都入股到镇集体；要么接受我们镇上的统筹规划和福利条件，土地入股镇集体合作社，住到镇上的小区，人力上由镇集体根据各自报名统一培训后再安排具体工作。你看怎么样？"曹工有条不紊地安排着。

"曹书记，您这个想法太好了！我怎么就没想到呢，我这就和赵总谈，他肯定会同意的，对他来说这样做没有任何损失，反而增加个体劳动力啊。"曹工这番话着实令李家祥很意外，也很兴奋，作为镇一把手，曹工没有指责他工作不力，而是帮着出谋划策，共同解决问题。

"李书记，不管怎样，我们把握住一条，坚持大农业发展之路不动摇，同时我们的工业产业也需要有规模优势，任何个人都不得影响镇集体发展的大局。你去联系赵总吧。"曹工语气温和却很坚定。

几天后，李家祥兴奋地向曹工汇报，丁大壮等几户经过反复权衡比较，现都已顺利地跟镇合作社签了土地入股协议，同时几个人还一起承包了一个大厂房，整体做起了配件加工，并准备着迁入石油机械工业园小区。

当天，曹工召开班子会，专门让李家祥介绍了此事的处理过程。最后曹工说："我们的改革势必会影响到少数人的既得利益，就可能会遇到阻挠，此时我们只有坚持一个准则，就是维护广大老百姓的利益。当然在具体工作中要注意方法，设身处地为对方着想，不能把人逼到绝路上，要让有冲突者自己去比较利益得失。对于我们桃园镇，当前我们就是坚持大农业的方向不动摇，桃镇几年来的发展成果已证明我们现在扩大改革的方向是对的，我们要总结经验，发挥优势，进一步更快更好地发展。"

四镇合并后，谭家和的养牛合作社现在与另三镇的养殖户也联合起来，扩展成养牛、养蚯蚓、富硒苜蓿种植、牛肉加工四个合作社了。谭家和深得曹工的赏识，在镇里选举后被任命为副镇长兼镇级集体经济联合会副会长，主要就是抓整个桃园的盐碱地开发利用。谭家和之前应用牛粪养殖蚯蚓、长苜蓿、养牛所形成的循环经济，这一循环对盐碱地改良的试验成效显著，但这一改良循环举措需要相应的时间，不是能一步就做到位的，加上临海这边盐碱地的量比较大，所以谭家和也在另外想办法。

有一天，曹工带着谭家和与一名合作社负责人轻车简从，由司机开车行驶在临海盐碱地一带考察。长长的沿海公路上来往的车辆很少，路两边绿树成荫，时有鸟雀在车前飞快地掠过，车子在路上行驶煞是畅快。曹工坐在后座不禁按下车窗，海风吹来，空气清新怡人。公路的东边是一望无际的盐碱滩涂，满眼看到的都是荆条和树丛。他心中暗想，要是这片荒滩成为良田，春天万顷绿浪翻腾，秋天万亩金色稻谷如画，那该多美，能解决多少人的吃饭问题啊！

车子开到接近临海中心地段时，路变宽了，两边的灌木丛变得稀疏，这时，车窗外飘来一股奇怪的气味，似乎有些臭，又有些酸味，时间一长，还有点刺鼻感。曹工和车上人都感觉到异常，关上了车窗。

路边出现了一所学校，车子一驶而过。远远地，曹工看到有好几个烟囱，烟囱上浓烟滚滚。显然这是一个工厂，他心中明白了几分，临时让司机把车子开到厂区看看。车子从公路上下坡，驶进了一条岔道，大约开了三四分钟，道路尽头是一个厂大门口，大门上悬挂着几个铜字：五星造纸厂。门口保安见突然有陌生的车子来，挡住了路，不让进。大门口突然蹿出一只高大凶猛的坎加尔猎狼犬，朝车子吼叫着，听叫声就让人不敢靠近。谭家和想下车跟保安交涉，被曹工拦住："我们今天没有准备，先走。"车子掉头离开，曹工说："我们刚刚在这附近路过一所学校，到那里看看。先不要透露我们的身份。"

这是一所小学，看上去规模并不大，时间临近中午放学，学校门口已聚集了一些家长等孩子放学。

曹工让司机把车停在远处，司机在车上，他们三个人一起下了车。曹工感到一股酸臭的气味扑面而来，不像是从食品、生活用品中散发出的味道，更像是从工业品中来的，有些刺鼻。

学校门口等孩子的几个家长都戴着口罩，并未在意这几个陌生人。门口一位六十开外的大爷靠着自行车朝曹工看了一眼，又转头看向学校。曹工一看这大爷就是个老居民，主动搭腔："大爷，您这大热天怎么戴个棉口罩？"

"你没闻到这气味？我一闻到这气味，就感到胸闷、头晕，有时甚至想吐。"大爷打量了一下曹工，说道，"一看你就是个外地人，不知道我们的苦啊！"

"大爷，我们是从外地来的，刚下车也闻到了，这气味是从哪里传出来的？"曹工问道。

"就是那个五星造纸厂。"大爷手指了一下前面那高高的烟囱继续说道，"自从四年前这厂来到这里，开始还好，后来这个厂扩大了两倍，从新厂投产后，我们就天天闻这气味，每次只要气压一低，这股气味就特别明显。不仅是气味，还满是灰尘，平时家里都不敢开窗。"

"那为什么不向上面反映呢？"曹工问。

"之前我们也联名向镇上、市里都反映过几次，这烟囱上的浓烟也停过几天，后来又成这老样子了。现在乡镇合并了，前一阶段，我们也联名写举报信给新桃园镇政府了，不知道结果会怎样。听说这个五星造纸厂后台大着呢！"大爷愤愤不平地说着。

这时学校放学铃声响了，一群戴着口罩的学生从教室里跑出来，老师从教室里走出来，也戴着口罩。一个戴着口罩的小男孩跑向这位大爷，坐上自行车后座，大爷骑车就走了。

学校门口人越来越多，全都是口罩"武装"。曹工他们也迅速上了车离开学校，往桃园镇政府疾驰而去。

下午曹工的办公室，几份关于临海镇五星造纸厂的资料和一封一周前镇信访办收到的关于该造纸厂的群众联名举报信摆在了曹工的桌上。

原临海镇镇长、现任桃园镇常务副镇长的刘家福，上午在村里检查工作，中午接到通知，匆匆赶回镇里参加下午曹工临时组织的专项会议。镇长周长富，副镇长谭家和，镇环保所、信访办的同志也一起参加这次会议。

曹工讲述了上午在临海五星造纸厂和附近学校的所见所闻，让刘家福介绍这个厂的情况。

刘家福听后叹息道："这个项目是周县长五年前刚在临海做镇党委书记时招商引资来的，这也是实在没办法，临海的情况曹书记您也知道的，不打擦边球就总是发展不起来啊！"

原来的临海镇紧靠黄海，全镇大多是盐碱地，三分之一的面积是滩涂，经济在全市最薄弱，也没有干部愿意来。五年前临海镇老党委书记退二线，镇长周伟同升为党委书记后就想做出点样子，也想"工业强镇"，出去招商引资，但都招不到项目。正当周伟同一筹莫展之时，看到一个"良机"，苏南地区在大规模转移高污染企业！他想，临海镇地广人稀，临近海洋和盐碱滩涂，对污染有足够的容纳稀释能力，污染物直接排入大海也可减少治污成本，不正是苏南这些企业转移的最佳选择；而且这些企业利润大、财税高、劳动力吸附力强，对地方经济的带动力也强。周伟同瞄准这一契机便一头扎进去公关，在他们承诺的种种条件吸引下，很快五星造纸厂被引来，开工生产起来。开始这个五星造纸厂大量收购稻草秸秆，然后加工成瓦楞纸，正好用于包装。加上近几年电商快递业快速发展，包装的需求极其旺盛，五星造纸厂的产能又进一步扩充，这就为临海的税收贡献了不少。

"曹书记，我也理解您保护环境的立场，但环境好的地方往往是经济欠发达地区，这些脆弱而美好的环境，却无法成为'竞争力'，地方经济上不去，老百姓也会抱怨，我们也是帮助临海的老百姓获得更多一些经济利益啊！当吃饭和环境让老百姓来选择时，老百姓肯定选吃饭。"刘家福振振有词，试图说服曹工。

曹工没有理会刘家福这些话，他很清楚环境与发展的种种现实政绩关联，但在桃镇这几年的发展中，他们始终秉持绝不以损害生态环境为代价来谋求发展，并大力整治环境，使得桃镇满目葱茏、环境怡人。曹工没让其他人再发言，话语沉缓而有力："造纸企业的投产能够带动地方经济，解决当地就业，服务'三农'，具有积极意义。但是开始的时候这个造纸厂没有带来多少环境影响，而是扩大产能之后才出现的，这是不是因为在扩大产能时没有做好环保措施？我们发展经济不能以牺牲当地百姓的身体健康做代价，而且这会祸及子孙后代。如果仅仅为了带动地方经济，而严重破坏环境，是不是又与国家倡导的环境保护背道而驰？以前临海镇怎么做我管不了，现在临海在我们管辖范围内了，我绝不允许让污染继续下去了！"

会议室一片安静，刘家福看到曹工态度坚决，没有再说话。曹工继续说道："周长富同志，由你牵头负责，尽快带领镇环保所的同志对五星造纸厂进行例行检查，提出整改意见，要求限期整改到位。同时将检查出来的问题和镇上的整改意见移交给县环保执法部门，共同监管执行。信访办的同志也要畅通反馈机制，尽快联系举报的群众，充分了解他们举报的情况，请群众共同督查。具体如何做，可酌情行事，确保遵纪守法、行动快捷、务求实效。刘家福同志，破坏生态环境国法难容，我希望你支持并主动配合对五星造纸厂及临海范围内其他企业的检查工作，如有任何风吹草动拿你是问，希望你做好正面协调工作。"曹工语气果断。刘家福虽早就听说了曹工的工作能力，但毕竟曹工年轻，对于四镇合并后由曹工任党委书记，他心里本多少有些想法，但新桃园镇的规划不禁让他心生敬佩，此刻听到曹工这番雷厉风行的部署，以及对自己的敲打，不由得冒出一身冷汗，连忙点头应和。

下午会议一结束，周长富即带着镇环保所的同志并联系了县环保执行部门联合检查。周长富一行人突击检查，给五星造纸厂来了个措手不及。镇信访办的同志也一起赶去了造纸厂附近，深入了解当地群众的心声。在当地群众的指引下，调查组发现，在造纸厂附近的荒滩上，有几个大坑，是造纸厂用来堆放造纸废渣的填埋坑，这些填埋坑没有做过防渗处理，已对地下水造成了污染，浅层的地下水已经明显有异味，在饮水困难的情况下，周围居民们只能靠打深层地下水井来生活，即使这样也感觉不安全。在一连几天的进驻调查中，周围百姓纷纷找到调查组，对于造纸厂造成的环境污染，有着道不完的苦水，怨声四起。调查组对附近学校周围的空气也进行了采样，检测结果表明，二氧化硫浓度严重超标，查明五星造纸厂确实存在着严重的污染。同时对五星造纸厂的排污口进行取样检测，结果是排污口的水色度为一千四百度，超过国家规定正常饮用水源标准九十二倍；化学需氧量为一千四百三十毫克，超过国家造纸工业水污染物排放标准十三点三倍，属严重排污。

调查进展总体顺利，但结果触目惊心，曹工感到事态重大，而且可能会涉及原临海镇领导等利益集团，于是连同桃园的新规划一起向市委书记王为民作了专门汇报。王为民称赞了曹工的做法，斩钉截铁地说："决不允许我们的领导干部充当百姓头顶上的乌云，我们的党荡涤腐败、执政为民的阳光是不可阻挡的，如果牺牲了百姓的利益，违反了党纪国法，一定严惩不贷！曹工，你大胆去做，我支持你！"

曹工心中有了底，可有两个人这些天是如坐针毡。一个是副县长周伟同，一个是五星造纸厂厂长赖昌盛。五星造纸厂是周伟同在临海时引进并大开绿灯生产的。开工后，他并没有发现污染问题，所以在五星造纸厂红火发展需要扩大产能的时候他特别开心，感觉引进了一个非常好的企业，既解决了就业，也解决了 GDP 的问题。并且周伟同就五星造纸厂的扩大产能带动当地经济发展的情况写了专门的材料报给了县里，县里对周伟同进行了表彰。但是就在产能扩大之后不久，有人就发现了五星造纸厂存在污染问题，群众反映强烈，到镇政府上访。刚刚塑造的典型，现在就出了问题，周伟同当然不愿意，特地到五星造纸厂调研，询问情况。原来是新扩产能之后，应该投入治理污染的设备没有上马，因为这些设备需要五千万元，赖昌盛不愿意出。一期投产之后，赖昌盛看到他的企业给当地带来的就业和 GDP 的效果，镇领导对自己十分关照，个别时候有些超标的排放也没有被处罚，甚至都没有人过问。所以在这次扩大产能的时候，他干脆就没有考虑去购买这些治污设备，另外加上当时招商时，周伟同也是有承诺的，说可以向周围滩涂和大海中排污，所以他就觉得理所当然不需要治污。现在周伟同找过来了，于是赖昌盛仗着企业带来的巨大税收有恃无恐，说如果镇里不兑现这一承诺，就要搬离临海，而且还要镇里付给厂里违约金，赔偿损失。这对刚尝到甜头的周伟同来讲势必政绩滑坡，颜面大失，而且镇里财政也没钱，连中小学教师工资都拖欠。见周伟同犹豫，赖昌盛又来软的，送了一幅国画给周伟同，其实周伟同也不懂画，觉得一幅画也没什么，就收下了。没过几天，县里一艺术品店的老板私下找到周伟同，说想要回这幅画，这是一幅名画，是赖昌盛花了三百万元从他店里买的，但这幅画是他的镇店之宝，现在已作为周伟同的个人所有了，他还想从周伟同手里购回，只是价格希望优惠点，二百万元。周伟同这才注意到这幅画，他想，赖昌盛送给他时只说是一幅普通的画，他也不懂，应该谈不上贿赂啊。现在老板告诉自己，那也不能让这个画在自己手上成为死钱，当然也不能那个老板说多少就是多少，最后两个人以二百五十万元成交，所以艺术品店老板的这二百五十万元就入了周伟同的私囊，他对造纸厂污染的事也就睁一眼闭一眼了。这两年来，赖昌盛又多次以种种隐蔽手段给周伟同送钱送物，周伟同也用这些钱打点省里的领导亲信。都说是铁打的衙门流水的官，周伟同就盼着早点离开临海，这不，机会来了，四镇合并，他通过省领导亲信打招呼加上镇上 GDP 增长的业绩，如愿提升为副县长了。

再说五星造纸厂，在县、镇两级政府联合调查之下，县环保局责令五星造纸厂新上的生产线停产，对其超标排放大气污染物和污水等环境违法行为处五十万元的罚款，县环保局并提请市政府和市环保局进一步立案调查。

鉴于五星造纸厂的污染物对临海当地生态环境及群众造成的实质性危害，数据翔实，证据确凿，违反了《环境保护法》《大气污染防治法》《水污染防治法》《海洋环境保护法》等国家制定的环保类法律规定，赖昌盛被警方带走调查。接着，在一次县里的会议上，已是惊弓之鸟的周伟同也被市纪委带走调查，很快周伟同被移送到司法机关。另外的五星造纸厂涉案人员与外包公司涉案人员共六人犯污染环境罪，分别被判处拘役六个月至有期徒刑三年六个月，并处罚金五万元至五十万元，没收违法所得三千余万元。

刘家福因在任临海镇镇长期间，在五星造纸厂污染问题上政治立场动摇，党性原则缺失，法纪意识淡漠，没有劝阻和制止违法行为，并有违反党纪行为，被开除党籍并降级使用。

五星造纸厂这场惊心动魄的案例对新成立的桃园镇来得似乎有些突然，一时在全市乃至全省都被传得沸沸扬扬。然而曹工清楚，这是一场矛盾久积的事件，必然会发生，当下他们应引以为戒，强化全镇人的环保意识，加强辖区内所有企业的防污治理，促进农业合作社规范生产。他们在现有的镇经济合作组织的基础上成立了镇生产技术协会，联合生产、共同治污，政府出力到外面寻找先进的替代工艺促进各企业设备升级，总之，就是要在发展经济的同时，决不能伤害老百姓的健康、破坏环境。

再说桃园镇正如火如荼开展的装配式建筑安置房项目的建设，装配现场引来老百姓围观，他们大多数是未来要住进来的业主，对搭建的速成房屋不放心，要到现场看看，落得一个心里踏实。有些不入住的群众也是看个新鲜，看这一栋六层的楼连建到装修都弄好不用一个月时间是怎么达到的。桃州安居科技公司的董事长茅京申也和曹商亲临现场，一起应对各种可能的问题，就是希望这轻钢结构的装配式住宅不出任何问题，顺利地交给老百姓。

只见这批建筑底层都做了一个两米的架空层，既可提高防洪能力，又可作为车库和储物间，平时也能利用起来。建筑用退坡的方式给每层的前面还留下了露台空间，既可以作为通道，将来如果住户搬走后，也可以将这些建筑做商业运营用。每四栋的六层楼中间就围合成一个大的活动空间，作为居民们交流、健身的场所，保留农村的熟人社会模式，改变城市里的小区"鸡犬之声相闻，老死不相往来"的状况，给邻里之间和谐相处创造环境。把九个合院三三矩阵布局作为一个组团，在组团内提供相对完整的生活配套，形成一个完整的居住区。各组团既有公共空间，又有各自独立的空间，方便管理，老百姓的生活配套服务很便捷。一个合院跟以前两个生产队的人口规模差不多，现在第一批需要安置居住的人总共建三个组团就行，正好原来三个镇一个镇一个。

在此整体规划下，建设的作业面铺开，安置房建设快速推进，以便让无房的老百姓能在过年前都住进新房。在这三个安置房组团建成的时候，市委书记王为民特意带队过来参加老百姓入住验收仪式。看到曹工他们用两个多月的时间建设好这上规模的现代化住宅小区，而且一户户暖气、厨卫、地板、床和桌椅等家具基本配置到位，老百姓们拎包即住。这是王为民怎么也没想到的，远远超出了他的预期，他激动地紧紧握住曹工的手说："你们为市委、市政府分担了这么重的责任，我代表市委、市政府谢谢你们这个新组建的班子，我相信在未来强镇扩权的道路上，你们还会有更多的惊喜呈现给老百姓！"

在参加完仪式之后，王为民临时决定带队到临海装配式建筑基地参观，他也是要看看这个新建的基地怎么实现快速建房的。王为民一家家兴致勃勃地看，不断询问未来发展规划，曹工对此都一一作答，并跟王为民说："王书记，这装配式建筑的建设速度是快，但也要有一定量的支撑才能把成本降下来，我们这次是因为有这个体量的建设，但是如果我们基地要发展，就需要更大体量的建筑，希望市里能向我们倾斜一些市场量，这样我们的基地建设起来了，市里的建设成本也降下来了，建设速度也能提上去。"

王为民高兴地说："这个事情可以商量，你们做出的成绩是有目共睹的。"他转头朝跟随的记者说："你们回头可以采访一下曹书记，给桃园镇的装配建筑项目好好宣传一下，先从舆论上造势，知道的人多了，市里作政策倾斜也容易些。"曹工连忙感谢王书记关心，王为民笑着说："你要谢你自己攻坚克难，创造了奇迹。我希望把你们这个基地做成一个标杆基地，正如你们所设想的，将来还要到国际市场上去，现在市里支持一点还是能做到的。你们就是一定要把好质量关，同时注意引进新技术，增加你们的竞争优势。这次你们和桃州安居科技公司的合作就是一个很好的见证，一个镇的企业发展还是需要在政府主导下跟外面更多有实力、有技术的企业合作，这样才能获得长足的发展。"

曹工高兴地说："王书记这么说我们就放心多了，质量方面我们会做好，绝对不会让您操心。新技术方面我们也正在洽谈，考虑有两三个技术路线来完善基地，不止跟安居科技的茅总合作做这个轻钢结构的。到时有好消息再向您汇报！"

王为民又握住曹工的手说："那我就等你们的好消息了！"

曹工说："好好好！另外，明年春天王书记可以带队到我们桃园万花考察，会带给您惊喜。"

王为民说:"不就是油菜花吗?!那个是好看,但是每次人都堵在路上,我们去会给游客带来不便的。"

曹工赶紧说:"不是油菜花,油菜花只是原来的特色,我们正在打造万亩玫瑰庄园和万亩菊花中药材种植基地,那效果肯定比油菜花还要好。您刚刚说的堵车问题也是我们一直犯难的,这光油菜花就把那边堵成那样,那玫瑰庄园和菊花基地不得堵得更厉害啊。王书记您看,能否请市交通局优先安排将我们这边的道路拓宽,或者直接新建一条桃园与市里直通的道路,我们桃园的旅游资源就是桃州市区的了。按照我们的规划设想,未来桃州市区到我们桃园来旅游的人会是现在的四五倍,没有好的交通那就耽误桃州市民的旅游,也耽误我们桃园的发展,所以请您帮我们桃园出面说说,优先考虑一下。"

"你曹工从没为你自己向我说过一件事,全是为了工作和城镇发展,我能不答应吗?"王为民拍了拍曹工的肩膀,说道,"市里现在正在修编交通规划,你明后天就去交通局一趟,我给你打一下招呼,把你们的想法和交通局沟通一下。发展经济没有好的交通是不行的,而交通规划如果没有紧密结合地方需求也制定不好,你们加紧交流,我到时为你们争取早日实施。"

第三天,曹工就和镇党委副书记李家祥一起到市交通局沟通了桃园的发展需求,并得到交通局的积极响应,为桃园的四地贯通和与桃州市区直通创造了较理想的交通条件。

原三镇的村民们借着洪灾房屋重建的契机和桃园镇农业合作社大整合的规划,得以在现代化的小区集中居住。全镇老百姓的安居问题得到了解决,曹工这几天的心事又回到五星造纸厂中来。造纸厂污染案发生后,镇上开始对该厂进行停产和公司破产的各项清算。两百多名职工、五万平方米的厂区,还有三万平方米的厂房和若干机械设备,这些遗留问题解决不好,会直接影响社会稳定,造成国家资源浪费。

按照曹工他们对桃园的整体规划,在临海一带已开始建立以装配建筑为龙头的建筑组装建设、装饰材料、门窗建设、供暖设备建设等相关项目聚焦的产业园,同时通过盐碱地改良发展农业种植、养牛、海水养殖等产业。五星造纸厂生产基地及造成周边大面积土壤和水资源污染等遗留问题该如何解决，又该如何统筹规划？燃眉虽解，新愁又来，曹工陷入又一个困局。

转眼到了年底，县环保局转发的关于国务院发出的限制生产销售使用塑料购物袋的通知摆到了曹工桌上，文件规定，在所有超市、商场、集贸市场等商品零售场所实行塑料购物袋有偿使用制度，一律不得免费提供塑料购物袋，其目的就是限制和减少塑料袋的使用，遏制"白色污染"。

曹工在文件上签署："请周镇长阅处，就落实国家规定遏制'白色污染'制定相关措施。"放下文件，曹工不禁为果断处理五星造纸厂的污染而感到欣慰。同时，遗留问题又在心头盘旋，看到桌上文件上"限制销售使用塑料袋"的字样，他突然生出灵感，联想到前几天在家中曹农跟他说起的农村降解制品的技术研究，他看到了一个新的风口，对废弃的五星造纸厂有了一个涅槃重生、迭代更新的创举，要通过这个可降解制品生产项目，真正做大环保循环经济。

第二十八章 沧海桑田潮起落

临近春节的北京火车站，到处人头攒动，扛着大大小小包裹的民工回家大潮，呈现一派以家为纽带的中国特色大迁移。在这汹涌的人潮中，曹工带着曹农和谭家和挤出了北京站。就在前一天晚上，他们从桃州市区出发，经过一夜的火车，早上七点多钟终于到站。

上午九点，曹工他们已坐在北京生物降解材料研究院一间简朴的会议室，一场关于可降解制品原料试产的小型分析会将在这里接洽。

曹农跟一位戴着金丝边眼镜、文质彬彬的中年男士挨坐在一起，两个人头靠头边在纸上写着，边兴奋地讨论着。这位男士是研究院的研究员薛平山，是生物降解材料研究专家，是前些年曹农在德国考察时所结识的中国学者。此次曹工来京接洽降解技术就是薛平山所引荐。不一会儿工夫，又有研究院的两位专家到场，其中一位长者是国内生物降解科技研究方面的权威的方院士，满头白发，但精神矍铄。

接洽会开始了。曹工让谭家和首先播放了一段桃园镇的宣传片，片中这片美丽的苏北水乡的地理人文环境、产业特色、大农业发展规划着实吸引住了三位专家，短片结束，他们仍感到意犹未尽。曹工介绍道："我们桃园镇，经过之前桃镇至今十年的大农业的改革发展，取得了一定的成效，但也正面临一些困难和挑战，我们去年虽已四镇合并，但资源约束仍然偏紧，种粮的耕地面积、水资源量都很有限。当前环境短板更需补上，尤其是难降解塑料的堆积，不仅严重影响了城乡环境美观，也对生态系统产生了很大的威胁。当下我们桃园镇的大农业发展已进入以推动农业生态环境改善之下的整体布局、精准发力、深入推进的新阶段。所以特地来到北京，请专家们传经送宝。"

几位专家都被曹工为家乡发展奉献的精神所感动。薛平山重点介绍了在方院士的带领下，团队所研究的"从环保到环保"的生物降解技术。他打开PPT，屏幕上出现了多种技术成分降解力比较分析图，可以一目了然：日常生活中人们使用的石油基化纤、膜制品，在自然环境中很难分解；而聚乳酸纤维废弃物可降解为二氧化碳和水，是完全的生物降解，真正的环保。他们团队正是研究的聚乳酸这种原料。通过薛平山的介绍，让曹工更为惊喜的是，聚乳酸可以从玉米甚至秸秆中提取，这一新型生物降解材料，可以纺纱制成布料做成衣服，也可以加工成购物袋、餐具等日用品和板材，既是循环经济，也有效发挥了材料抑菌等特点。

介绍完毕，薛平山微笑着对曹工说："我们的这一技术已逐步具备产业化基础。当下也亟待在国内企业中试验，从而进一步研究出贯通低成本生产聚乳酸原材料的全线技术。所以，曹书记您来得正是时候。"

这话正应了曹工所愿，他连忙接话："非常欢迎专家们到我们桃园镇走走，我们很希望能成为这一生物降解新技术实践的试验场。"

"以聚乳酸为代表的生物基材料产业将是不久的中国乃至世界的生物降解技术风口，会进一步推动我国大农业的发展和生态人居的健康生活。看曹书记是真正想做一番事业的，我会支持创建桃园镇这片生物降解试验田的。"方院士朗声说道，"当前一方面，我们要继续加强技术攻关和生产、质量等稳定性提升，另一方面，也应与企业生产结合，加强市场对新材料的认知，让其走入市场、经受市场的检验。总之，这一事业适逢其时啊！"

方院士这番话让曹工很是兴奋，但也心有所虑地问道："我刚刚了解了，聚乳酸原料是乳酸，主要来自玉米、大米等淀粉发酵，会不会因为消耗粮食，给中国的粮食安全造成影响呢？"

"曹书记这个问题提得好，我们也都考虑过。"这时，另一位研究专家说道，"据权威信息，我国的谷物自给水平能够做到基本自给，但我国的粮食供需存在较为突出的结构性矛盾，粮食品种中缺口最大的是大豆。聚乳酸产能建设如都实现的话，利用玉米淀粉为原料制备的生物降解塑料也不过百万吨级左右，而且我们现在也已研究主要以秸秆为原料的再利用，这对粮食安全不会造成负面影响。"

曹工连连点头。方院士又缓缓说道："目前，全世界 PLA，也就是聚乳酸的供应话语权还掌控在西方国家的手里。所以，我们要快马加鞭了，我们要为减少白色污染、为人类整体命运发挥作用。"

"太好了，我们也是迫不及待。那这就定了，待春节过后，就请专家们到我们桃园去实地考察，我们回去后就做好准备。"曹工站起身，和三位专家一一握手。

"我是一定要去的，当年我父亲也曾在桃州土地上战斗过，最后在淮海战役中英魂永存。"方院士动情地说着，主动拉着曹工，几个人一起愉快地合影。

从北京回来，曹工一方面让周长富抓紧时间处理五星造纸厂的遗留问题，同时让谭家和招商引资成立生物降解制品厂，尤其要加快找到更快捷的盐碱地改良的方法，让临海一带的盐碱地都要种上玉米和稻谷，在保粮食供应的同时，跟降解制品厂形成循环经济供应链。

招商引资成立生物降解制品厂并不难，这么好的市场风口项目，招商消息发出，联系者络绎不绝。最后初步决定由桃园镇粮食生产合作社、明星光电设备公司、桃园镇集体资产经营管理公司联合投资，北京生物降解材料研究院入技术股共同成立公司实施科技研发、生产和市场运营。但对临海一带要迅速进行大面积的盐碱地改良就不那么容易了。

正在谭家和一筹莫展的时候，曹学带着武亲松找上门来，武亲松跟谭家和说："咱们一起合作，先利用盐碱地建设光伏电站，然后我们与你的循环养殖改良土壤结合，还可以建设光伏大棚，这样改良的速度就能加快，规模也能上去。"

武亲松的话让谭家和喜出望外，说道："我正在到处打听能让盐碱地大面积应用的技术，才听说有团队研究在海边利用盐碱地种植水稻的，但是现在效果还不行，你的这个好消息，真是'踏破铁鞋无觅处，得来全不费工夫'啊！"

武亲松说："当然，这个事情是好，但国家的光伏补贴指标申请难。如果我们发的电改良了土壤，有国家的补贴，那么也可以将电直接供到临海装配式建筑基地上，那边也需要不少电，这样就算把临海这一带都能发展起来了。如果没有这些联动，可能经济账还真算不下来。"

谭家和想了想，说："那我和镇里商量一下，由镇里试试看能否争取到补贴的指标。在指标下达之前，我们可先做起来，这样也有助于申请指标，而且时间不等人啊，我们两边同时努力。"

谭家和找周长富汇报，周长富直接就让谭家和找谭成仁，请他出面帮桃园做工作，由县里争取指标。谭家和给他叔叔说后，谭成仁也答应了。

武亲松这边则加紧跟曹农沟通，看看这光伏玻璃做大棚的设计，曹农除了考虑光电效果，还考虑大棚里面的植物生长问题，并特意请教了省农科院的专家，专家说："这盐碱地的盐浓度不一样，浓度高了，植物受不了，如果利用你们的电来降低浓度就能解决一些问题，尤其是你们用温室大棚，水分流失少，这样产出效率应该能提升。"

曹农受到启发，回去之后设计了一整套光伏大棚方案。他让谭家和管的几个合作社都进入大棚养殖和种植，而且利用太阳能发的电先对盐水淡化，降低水的盐度，并使用小管喷水雾的方式提供降低盐度的水，植物生长受的影响就小了，加上温度合适、水分充足，所以相当于没有影响。而蚯蚓养殖因为大棚的因素周期缩短，制肥的循环加快，其余大部分的盐碱地就可以露天改良了。

经过县里的努力争取，光伏补贴的指标也下来了一些，于是武亲松和谭家和赶紧组织人力建设光伏大棚。

武亲松新建设在临海的明星光电设备公司立即投入生产光电玻璃，将光电玻璃直接供应给军梅节能门窗厂应用于住宅，而基在大棚上的使用使得投产的光电设备公司运转加快了。武亲农听到这个消息之后也是特别开心，并且组织人力帮助他们继续开拓市场。

这样一来，在光伏大棚里，不但盐碱地改良了，而且可以不分季节种植农作物，实现了冬季反季节蔬菜的种植。谭家和和合作社的人一起研究，在光伏大棚里种上高淀粉含量、早熟的玉米品种。一周后很快就出苗了，且根系发达，看着大棚里新品种的玉米长势喜人，谭家和他们笑得合不拢嘴。

转眼春节过去，到了阳春三月，曹农联系薛平山，邀请他们研究团队到桃园来共同研究开发降解制品。薛平山向方院士请示，方院士因要出国参加一项多国合作的技术研究，让薛平山先去桃园镇考察，并语重心长地说道："桃园镇给了我们研究成果转化的实践舞台，并共同组建公司，我此次出国时间较长，你就安心在桃园镇参与他们的工作。我们做研究工作的人，主阵地不在大都市，而是在实验一线，你可以把孩子一起带上，我们网上联系很方便，有技术问题随时沟通，等我回国去看你们的成果。"

方院士这样安排的苦心薛平山当然知道，他是让薛平山换换环境，走出妻子去世不久的沉郁心情。于是薛平山收拾妥当，带着三岁的儿子亮亮登上了南下的火车。

火车经过一夜的行驶，第二天一早到达桃州市站。曹工、曹农他们早已等候在火车站，上了车赶紧开往桃园镇。一路上，薛平山被这初春的美如世外桃源又充满现代感的城镇所吸引，仿佛冥冥中注定的缘分，他觉得这片如在翡翠般的湖泊间伫立的水乡城镇，一望无际广袤的田野，就像是他梦中的家园，使他心旷神怡、身心熨帖，这里有他致力的事业在召唤他，更有一种莫名的亲切感呼唤他回家。

参加了镇上的接待晚宴后，曹工跟薛平山说："平山，您暂时先住在我们的专家公寓，条件还不错，我都安排好了，下面视您的意愿我们再调整，您看好吗？"薛平山高兴地答应了，过后他把曹农拉到一边，小声说道："现在降解项目刚起步，我打算在桃园先住一阶段。你能找个幼儿园帮我照顾一下孩子吗？"

"没问题，我们这里的幼儿园在全桃州市都有名，园里像你这样的大专家的孩子也不少，放心吧。"曹农很爽快地承诺道。

第二天，曹农就让王牡一起陪着，开车带薛平山和亮亮去桃园镇中心幼儿园。王牡事先已打电话跟当园长的妹妹王丹说过，所以见到他们一行来到幼儿园，王丹就做好分班安排。

"这园长是我妻妹王丹，是我们市里的模范幼儿教师，把孩子交给她，你可以完全放心搞你的研究了。"曹农介绍道。

王丹笑着说："我只是一个普通幼教老师，薛专家来我们桃园把孩子交给我们幼儿园，我感到很荣幸，也算为桃园的建设作点贡献。孩子在我这边您尽管放心，我会当作自己的孩子来照顾。"

孩子有人照顾了，薛平山就直接扑到了新成立的降解制品厂。此时的厂区在对之前五星造纸厂厂房改装和周边环境整治的基础上已焕然一新，经过层层清洗、杀菌消毒的原料储藏间，电子流水线无尘操作的生产车间，呈现一派高科技现代化厂区的新气象，原来的工人们经过培训也都重新上岗。让薛平山尤为感动的是，厂里还专门成立了由他负责的科研中心，这是一幢花园式的独立小楼，室内整洁明亮，空气清新，构成了一个雅致的工作环境。这么好的工作环境让薛平山定下了心，他甚至想把这里作为研究院项目的一个主阵地。薛平山的到来，使负责这个项目的谭家和也特别高兴，立即安排人一起具体商量后面的事情，继续查勘临海光伏大棚玉米的种植情况，薛平山则组织人力研究这一品种的玉米和秸秆所形成的聚乳酸原料的成分。

亮亮在幼儿园，开始的时候因为研究工作还没有太多，薛平山每天早送晚接，有时也会参加学校的公开课，亲自听王丹给孩子们讲课。王丹讲课善于启迪心智，寓教于乐，绘声绘色，看得出她对孩子们的爱心，薛平山更加放心了。亮亮每天在幼儿园快乐学习，渐渐走出妈妈离去的悲伤，变得开心起来，也更加依赖王丹老师。

一个月后，薛平山的工作越来越多，降解原料研究成果喜人，薛平山需要带领团队付诸实践应用，工作更忙了，他接孩子也是一天比一天晚，但是每次去王丹都带着孩子等着，亮亮或在安静地听王丹讲故事，或是按照王丹的指导在画画。

一天晚上，薛平山在办公室研究方案，搞了一个通宵，忘记接孩子了，等到早上他才突然想起来，赶紧赶到幼儿园，看到王丹正在门口接一个个家长送的孩子，薛平山赶紧过去问。王丹说："薛专家，昨天看比较晚了，您还没有过来接孩子，我就领着亮亮到学校宿舍休息了。您放心，孩子没有任何哭闹，一直安静地跟着我。当然，我也要提醒您，您如果忙不过来，可以打电话告诉我一下，我会带好亮亮的，否则亮亮也会担心您的。"

薛平山感激地说："谢谢，谢谢！这次是我错了，是我的疏忽，也可能是因为我太依赖您了。下次我一定注意。"王丹让他进园看了一眼亮亮，看到孩子收拾得比自己照顾得还利落，他内心更是感激王丹。

晚上他来接孩子的时候，亮亮居然不想跟他回家了，拉着王丹的手说："我不要跟你回家，我要跟王妈妈在一起吃饭，一起睡觉。"

王丹蹲下来跟孩子说："亮亮，今天跟爸爸回家吧，让爸爸有机会把昨天晚上犯的错误弥补一下，否则爸爸会一直心里不安的。以后，如果爸爸没有时间接你，王老师再把你接回家住。好吗？"亮亮高兴地答应了。王丹转而跟薛平山说："薛专家，如果您以后再有照顾不了亮亮的时候，您提前跟我说，我来照顾他。咱们说好了，我们最多等到六点，再晚我就直接带亮亮回我家吃饭睡觉了，您如果到时想起来找我们，就到我家来找吧。"

王丹的话让薛平山感动也愧疚，内心五味杂陈，欲言又止，他深深地给王丹鞠了一个躬。

走的时候，亮亮还是恋恋不舍，王丹挥挥手说："亮亮，明早见！"亮亮高兴地回答："王妈妈，明早见！"

第二天，亮亮早早就起床了，自己刷牙洗脸，还催爸爸早点吃早饭上学校，说是跟王妈妈约好早点见面。就这样，他们出门的时间比平时要早半个多小时，是第一个到幼儿园的，王丹已经在幼儿园门口等着孩子们的到来。亮亮撒开爸爸的手，一边直接奔向王丹，一边大喊："王妈妈早！我遵守了我们的约定，我是最早来的。"

王丹一把抱起亮亮，在他的小脸上亲了一下，转身对薛平山说："今天你们起得特别早啊？"

薛平山笑着说："没想到亮亮就跟了您一个晚上，发生了这么大的变化。"

"那您就安心搞您的研究吧，亮亮就交给我了。"王丹大方地说。

薛平山的心弦瞬间被这份温情和理解所触动，有些腼腆地说："王园长，以后您就别叫我薛专家了，叫我名字平山就行，如果觉得别扭就叫薛平山也行，好不好？"

王丹说："好，那我就叫您平山，您也别叫我王园长了，就叫我王丹吧。"

薛平山高兴地说："那好，就这么说定了，王丹。"

两个人相视一笑，薛平山挥手作别，往厂里去了。

正如有首歌中所唱的："善良的心灵并非漫山遍野，但也如点点繁星照亮黑夜。"在桃园这片灵秀的水土，邂逅善良的心灵，使薛平山深藏苦痛的内心透进一缕光，这光越来越亮，璀璨夺目，呼唤他，救赎他，走出痛苦的阴霾，重新开启新的人生。

五月，鲜花盛开，人们迎来了桃镇最美的时节。万花玫瑰庄园百种玫瑰花绽放，争奇斗艳，异彩纷呈。五月一日，一场花样盛典婚礼惊艳众人，曹工、曹农等亲朋好友和蜂拥而至的游客，连同这万亩花海组成了自然天成的婚礼殿堂，把最深情浪漫的祝福献给一对新人薛平山和王丹。亮亮站在两人的中间，牵着他们的手，左看看爸爸，右看看妈妈，眼睛笑成一条线，那一刻，他感觉自己就是王妈妈讲给他故事中的幸福鸟：飞越千山万水贴近你的呼吸，跨越广阔荒野不停找寻你，而你就在我的眼前，你就是我的幸福鸟。

此时，薛平山他们研发的降解技术应用也有了第一批成果。在生产车间，白花花的玉米、秸秆淀粉从投料口进入工艺管道，经过搅拌、压片、成形等电子流水工艺，最终形成了生物基一次性餐盒。电视台将这一流程实况转播后，立即引起巨大反响，前来厂里参观的团队络绎不绝，订单如雪片般从各地飞来。临海盐碱地又强化改良，增加种植玉米面积，并也使得大量的秸秆得到废物再利用，工厂扩大生产规模，又吸纳了二百多个当地富余劳动力，为赶工期，工人们经常加班加点，运输可降解一次性餐盒的货车每天繁忙出入于厂区，运往全国各地。可降解制品厂成为桃园镇经济效益最好的农产品转化企业之一。

然而，世事难料，变化就如同阴阳婆的脸。这天，一篇文章在网上发出，文章指出："我国刚刚解决温饱问题，甚至还有一大批偏远地区的穷苦人民在温饱线上挣扎，而桃园镇降解制品厂竟然丧心病狂地大量使用救命粮食制造塑料袋。我们距离三年困难时期刚刚过去几十年，就有人忘记了老一代的痛苦，公然浪费粮食。粮食都被有钱人买来去做塑料袋，普通老百姓买不起粮只能等着饿死。'朱门酒肉臭，路有冻死骨'竟然在我们这个时代上演！"开始大家还都没注意，经过两天网络上的大量转发和恶意评论，这篇文章在网上发酵成一起热点事件，引爆网民"口水仗"。

　　舆论一片哗然,很多人都被蛊惑听信了这些诬告开始抵制降解塑料产品,造成工厂的订单一路下滑,甚至面临停产的危险。更有别有用心之人借此事又凭空捏造谣言:有说厂里生产的降解制品有毒,吃死了人;有说曹工、曹农从中牟利,被逮捕了;还有说厂里把技术泄露给国外,影响到国家安全……真是说什么的都有。

　　一时间厂里人心惶惶,谣言在整个桃州传得沸沸扬扬。市委书记王为民打电话给曹工专门询问此事:"曹工,我相信你,但网络舆论不可小觑,你们要处理好,需要我支持可以向我提出。"

　　曹工感觉到网暴肆虐的严重性,搞不好会严重影响到桃园美誉度,让他们十几年改革的成果毁于一旦。但当前不能慌张,他作出部署:首先弄清楚最早发诽谤文章者的身份;然后找到精通农业法的律师,准备发布律师声明;最重要的是做好厂内外的治安,切不可造成厂里打砸抢的混乱。

　　经过网信部门的协助,查清发文章者是前五星造纸厂厂长赖昌盛的人,这人接着又在网上亮出厂里几个月来玉米的用量,长玉米的面积。显然,赖昌盛的人渗透到了厂核心部门,了解到了第一手翔实的数据资料。

　　曹工痛心地感受到改革所引发的残酷斗争,利益受损者让人防不胜防,躲在暗处伺机报复。但面对严峻形势,他有信心挺过这场暴风雨,因为对于是否影响粮食安全的问题,早在年前去京洽谈时他就已了解清楚。当下就是要进一步拿出研究数据,以充分的学术依据来化解一些网民对于生物降解技术的认识误区,并召开一次新闻发布会,肃清真相,来一次相关知识的普及。薛平山和研究团队展开了全面深入的资料搜集,并寻求远在海外参与研究工作的方院士的学术论证和支持。方院士闻听此事,当即表示:"我近期专门回国一趟,参加新闻发布会。"

　　新闻发布会在桃州市电视台举行,现场对外直播。曹工、方院士、薛平山、谭家和坐在主席台上。台下,来自全国重点报社、电视台、网络媒体的记者坐满了大厅,用手中的摄像机、相机、手机等设备,实时播报发布会的最新情况。

　　有记者首先问起网上关于降解制品厂影响到粮食安全的问题。

　　"我是降解制品厂研究中心负责人薛平山,感谢记者朋友提出这个网上热议的问题，现由我来回答这个问题。"薛平山首先答记者问。

"网上有人传言我们危害了国家粮食安全，这说明既没搞清我们的核心技术，也对中国缺粮的说法有所误读。严格地说，中国不是缺粮，而是缺豆。我国的谷物自给水平能够做到基本自给，保证在百分之九十五以上。当然，我国的粮食供需存在着较为突出的结构性矛盾，粮食品种中缺口最大的是大豆，产需缺口逐年加大，每年进口八千万吨到九千万吨。而我们降解制品的原料乳酸，主要来自淀粉，如玉米、秸秆等发酵，通过一系列的反应，再通过化学合成的方法合成一定分子量的聚乳酸。所以，我们应用玉米淀粉的数量远远不会对粮食造成影响。

"以上说明都有相关权威性学术刊物刊登的论文及资料为证，我复印了多份，需要了解的记者朋友可以领取。"

又有记者直接问曹工："曹书记，你上任后，直接取缔了五星造纸厂，对原厂区进行改造，兴办了降解制品厂。让人感到你跟降解厂似乎有某种利益关联，请回答这个疑问。"

曹工缓缓回答："这位记者朋友问得很好，也让我借此机会向社会公开我与这两个厂的关联。"曹工从桌上厚厚的资料中抽出一沓，通报了五星造纸厂的污染情况，并重点列举了几个数据。场内一片哗然。他继续说道："在此说明一下，我是没有资格取缔哪个厂的，任何个人都无权取缔，是由工商等部门联合执法，依据法律条例对违法违规企业进行取缔。取缔五星造纸厂是为环保，新上降解制品厂也是为环保，我和降解制品厂的关联只有一个，那就是广大人民的利益，为了人民群众能有优良的生态环境。"曹工还从降解制品厂从生产到环保，特别是对秸秆的废物再利用，给当地就业、财税、生态环境带来的利好作了具体阐述。

谭家和作了补充发言，从降解制品生产到研发光伏大棚改良盐碱地，从而使荒滩变良田、秸秆变废为宝等，列举出这一项目对大农业循环经济的促进作用。

最后，方院士也作了发言，说道："尊敬的各大媒体记者朋友们，我是方一平，目前正作为中国研究学者的代表参加在荷兰联合研究的PLA应用技术，我很看重今天与你们的会面，几天前我专程回国，昨天上午刚到桃州市，下午半天在桃园镇厂区和种植区察看。对网上的轩然大波，我首先感到震惊，但更多的是愧疚。我愧疚，国人的环保意识、农业常识、对国家政策的了解还都缺乏，我作为研究学者，是我自己推广、普及不够，造成很多误读。所以我要回来，希望通过诸位，让更多的人真正清楚我们在做什么，相关科技我国与西方国家还有什么样的差距。"

场内一片安静，只听见方院士浑厚而稳健的声音：

"众所周知，'白色污染'已成二十一世纪世界各国亟待攻克的难题。去年年底，国家发布了《关于限制生产销售使用塑料购物袋的通知》，限塑并非禁止整个塑料工业，而是通过可降解材料对部分不可降解的制品进行替代和改善。所以，可降解技术的研究和应用势在必行，也迫在眉睫。

"那么可降解技术主要原材料是聚乳酸，国际上也称 PLA，目前，全世界 PLA 年生产能力约二十四万吨，最大的 PLA 原料生产工厂是美国和荷兰的公司，共约二十二点五万吨。这就是说，PLA 供应的话语权掌控在西方国家的手里。我国 PLA 原料紧缺，国内单价已经达到四万元 / 吨以上。面对这势在必行的原料生产，我国必须加大步伐才能不被操控，才会有自主权。而国内有些别有用心的人把那些支持 PLA 工艺技术的人士贴上'汉奸'的标签，显然是对这项政策及形势的误读。如果我们不主动研究，桃园镇不首先去试验，我国的 PLA 技术将永无出头之日，我们就永远受制于西方，我们就只能以高昂的价格去购买别国的产品，那样我们将沦落到何种地步？！所以请问，我们危害粮食安全了吗？从深层次看，究竟谁才是在危害国家安全？！"

方院士话音刚落，场内爆发出热烈的掌声。

第二天，新闻发布会的消息在各大媒体发布、传播开来，有国家重点媒体做了《降解塑料袋技术你知道多少？》的专题解读，向大众普及这一生态环保科技及未来的发展。

同时针对网上有关诽谤、侮辱桃园镇降解制品厂的律师声明也发出。声明指出，言论自由是最基本的人权之一，我们予以尊重和捍卫。但行使言论自由不能对他人进行人身攻击，不得侮辱和诽谤，互联网也不是法外之地。

声明中还强调：一是对于个别网民对桃园镇和降解制品厂的名誉侵权行为，我们将视情况诉诸法院，最终以法院的判决为准。二是敬告对桃园镇、降解制品厂和有关负责人进行攻击、侮辱、诽谤的自媒体和网络平台，请立即停止侵权并删除相关的文章和视频，予以公开道歉，我们保留追究法律责任的权利。

一场暴风雨过去了，碧空如洗，彩霞漫天，降解制品厂又恢复了生机盎然。这天上午，曹工陪方院长又一次来到厂里，厂里的道路两旁摆满鲜花，工人们手舞彩棒夹道欢迎。

下午，曹工和爷爷一起陪方院士拜谒了烈士陵园。"英雄有泪不轻弹，只是未到伤心时"，一排排肃穆的烈士墓碑让方院士触景生情，他对曹老爷子说："我是烈士遗孤，是党和人民培养了我，到桃园让我有了回家的感觉，我要在这片父辈抛头颅、洒热血的地方播撒未来希望的种子。"四目泪眼相望，曹老爷子百感交集，一时语噎。

经过这场风暴，降解制品厂更为名声大振，订单源源不断，对原料的需求也更大了。临海一带的滩涂面积每年因海水东移也会随之淤长，这就给盐碱地的改良和开发应用带来很大的空间。谭家和这几年一直致力于盐碱地改良问题，之前他们了解到有团队在研究种植海水稻，后来因为采用光伏大棚的方式解决了部分地段的改良。而此时，面对降解制品厂和农业种植不断增长的需求，他着手攻关海水稻种植难题。谭家和算了一笔账，全国有十五亿亩盐碱地，光我们省就有一千万亩盐碱地，未来利用盐碱地种植海水稻肯定是一个方向。于是，合作社紧锣密鼓邀请相关研究团队到桃园的盐碱地里来做试验，发挥已试验成功的蚯蚓肥的辅助作用，先行一步，探索海水稻的种植。

手中有粮，心中不慌。合并后的桃园镇仍把保障粮食安全放在突出位置，毫不放松抓好粮食生产。农业种植合作社中的水稻种植合作社也集中起四个镇的水稻种植，万顷稻田风景如画，镇集体购买了大型机械设备，农业耕作全程机械化作业，插秧机械化，秋收时更是呈现一派整地"齐步走"的盛况。

然而，在农业种植新的图景中也有了新问题。一次在周长富跟全镇合作社种植户的交心会上，新合并进来的原三镇很多农户反映，稻谷"有天无地晒、有地无天晒"，烘干难，稻谷销售的价格也上不去。周长富立刻跟农业合作社的负责人们商量，原桃镇在镇集体粮食种植的配套加工和包装营销上已比较成熟，合并后的四镇必须均衡发展，当务之急要解决这一问题。就这样，在临海以镇合作社自己投资新增的粮食烘干厂成立起来了。一台崭新的绿色烘干机，开足了马力，通过利用光伏发的电加热散发出热风，一边从进口斗"吞"入潮湿的稻谷，另一边从出口管里"吐"出干燥的谷子，始终控制在六十摄氏度左右对谷物进行循环烘干，可二十四小时连续作业，每小时处理量是六十吨，收割季能够处理三万吨到五万吨稻谷，能够满足桃园镇稻谷合作社临海一带谷物的烘干需求。合作社又在华阳、万花也都新增了粮食烘干厂，机声隆隆，种植户忙得热火朝天，不亦乐乎。这些地方以前耕地未集中时，种粮大户要把稻谷拖到十公里远的镇上或者要到桃镇集体的烘干厂加工，而现在稻谷种植合作社在各区域投资建立的烘干厂就在集中种植区外的园区，运输成本、时间都节约了，效率提高了，成本还降低了。

烘干厂的投入使用弥补了桃园全镇水稻全程机械化生产中的空白，完整打造了粮食"种、管、收、加工"的全链条，减少谷物收成损失，助力保障粮食安全，使大家对种粮也更有信心了。

经过两年多时间的发展，桃园镇的村民们也已全部住进了现代化的小区，经济和社会得到全面发展，进入了发展的快车道。在镇中心，放眼望去，宽敞平坦的马路、整齐林立的商铺、配套设施齐全的住宅小区，以及绿色舒适的环境，已彰显出城市的文明和格局。而在更为广袤的桃园土地上，黄澄澄的万亩油菜地、粉嘟嘟的桃园大道、红彤彤的万亩玫瑰园、紫悠悠的万亩薰衣草、蓝汪汪的万亩光伏大棚蔬菜基地、金灿灿的万顷稻田，以及大规模的中药特色种植基地，着实将桃园镇的四季装饰成五彩斑斓的大地调色板，昔日传统耕作的田园牧歌俨然已成为大气磅礴恢宏的交响乐。

第二十九章　智慧时代踏浪来

这些天，曹兵的盆栽蔬菜基地忙得不亦乐乎，在临海滩涂外围经改良的盐碱地中，他们一下子拓展了五百亩，引进了彩色蔬菜、袖珍蔬菜、减肥蔬菜等新品种。居民们通过基地网上 APP 进行选择，从网上下单，基地专门的配送人员每天来来往往于桃园镇各大小区。再看这些小区里，不少人家增加了一个露天的"阳台菜园"，最大的有十多平方米，阳光充足，满是绿植和鲜花，吸引来鸟儿在植被上栖息，有些人家在露台上放上藤椅，老人惬意地躺在上面晒太阳，孩子们也能在露台上活动起来，而不是再盘坐在客厅的沙发上看电视、玩手机。

桃园镇小区"阳台菜园"的红火也是事出有因。这些年桃园的老百姓都集中在小区居住了，原来开放的阳台，居民们考虑到环境卫生、防盗和增加利用空间也都封闭起来了。从农民到市民，"洗脚上楼"容易，然而根植在这些世代耕作的庄稼人血脉中的土地情结是难以割舍的。所以，在镇集体居住的这些小区楼下，一时间到处可见居民们自己开挖种植的小菜园，一块块的大小不一又毫无规划，像小区里的补丁，颇影响美观，有的居民在自己种的小菜园里施肥，肥料未经处理，弄得臭气四处扩散。

桃园镇作为全市大农业改革的试点，经常会有外地政府部门组团来参观，小区里这种不协调的现象，事尽管不大，但也会影响镇里统一规划和管理的形象。镇里的管理部门也在讨论，如果硬是不让种，那管得了一时，管不得长久，思想根子的转变是最难的，如果现在楼下不让种，说不准居民们还会种到楼顶上去。所以对居民们在小区里随意栽种的事，不能堵，只能疏导，要满足居民们的种植需求。

机会也总是给有准备的人。曹兵早在前几年桃镇发展观光农业旅游时，就建立了盆栽蔬菜基地，而且都是引进的新品种，比如手指粗的黄瓜、拳头大的南瓜等袖珍蔬菜，既可观赏，又可食用，还营养丰富。当时所培育的盆栽蔬菜主要用于他的民宿和未来家样板营各个房间的阳台装点，为这些现代居住房内平添了田园风情，着实也为他的经营增色不少，有些游客居住后很喜欢这些精巧的盆栽蔬菜，临走时会买上几盆带走。那年洪水，曹兵将盆栽蔬菜免费送给居民，不但解决了部分群众当时蔬菜难题，还让部分居民喜欢上了这盆栽蔬菜。这不现在，曹兵的盆栽蔬菜基地在各小区"阳台菜园"的建设中有了更大的需求。既方便了居民们吃新鲜蔬菜的部分需求，也应对了人们对绿植的需求。

这两年全国各地雾霾天气加重，受大环境影响，桃园镇也时有受十面"霾"伏的影响，在此之下，人们呼吸新鲜空气变得奢侈，环保意识增强，追求呼吸新鲜的空气，对空气质量、食品有机化的要求也越高。曹兵开始琢磨，要让"阳台菜园"成为各家天然的空气净化器，如果把这些盆栽蔬菜都附上量化的用肥相关指数，让居民们能清楚种植情况，并售后提供有机肥进一步培育，这种有机肥就不会散发臭味，那老百姓家里长着蔬菜，吃得也就更放心了。曹兵的这一想法也是前不久受了谭家和所负责链区的农业科研实验基地的启发。而这一切都因曹工的一项超前规划。

还是在四镇合并时，曹工就感到，桃园镇是一个新镇，发展不能简单复制桃镇模式，而是要扩大成果，进一步转型升级后，高质量发展，走的是一条新路，自身的创新驱动力如何，是检验改革力的关键，老桃镇能在短短几年内得以迅速崛起，也是得益于科技的动能。北京奥运会、上海世博会的举办，互联网时代，智能手机的逐步普及，都对中国城市建设提出新要求，智慧城市是未来城市的基本要求，这个市场如早点打造就能在以后获得丰厚回报，当前必须有"超前思维"，朝着智慧城市的方向打造。然而，智慧城市建设更是一个可以无限延展的命题，需要不断创新跟上时代步伐，而且要引领时代，否则就会在自我感觉良好的安乐窝中被别人颠覆。曹工思考着如何用一个镇的力量把创新搞起来，激发镇领导班子的积极性，根据桃园自身的发展任务，走出一条桃园特色的发展道路。

就这样，为便于管理、责任到人，促进政府与企业一起推动桃园智慧城市高质量发展，"链长制"在镇领导班子中开始推行起来，也就是镇主要领导一个人负责一个产业链以强化责任，曹工自己总负责并当装配式建筑产业链的链长，镇长周长富当农业一、二、三产融合产业链链长，副书记李家祥当新能源产业链链长，副书记张伟忠当文旅产业链链长，副镇长谭家和当智慧农业产业链链长，大家各负其责，做好"建链、延链、强链、补链"工作，跟企业积极沟通，为企业提供优质的服务，全方位保障在桃园发展的企业利益，促进各企业成为产业链条中的重要力量，尤其要将龙头企业作为"链主企业"，共同肩负产业链健康发展的使命。

各链条的工作紧锣密鼓高效推进，曹工牵头向省里申请规划一个桃园智慧城市科创园，要把桃园打造成省智慧城市的样板。这在班子内部首先引起了震荡，尤其是原三镇合并来的干部，会上讨论激烈，他们觉得："智慧城市在桃园镇还只是一个构想，虽说镇里有几家科技创新型企业，但离智慧城市的要求还相差甚远，几乎是一张白纸，如何能成为样板，简直就是天方夜谭。"曹工并没说什么，他知道事实胜于雄辩，得拿出行动来说话。

很快，在省市发改委、科技部门的支持下，以及在方院士、刘永祥、薛平山、郑旺和曹农等各方关系的拓展下，桃园镇成立了以科研院所为支撑的科研创新专家咨询委员会，专家们一起遴选出一些事关生产和生活的智慧项目，在桃园智慧城市科创园首先设立实验室，进行关键技术的攻关。专家咨询委员会的专家们以各自的科研院所为依托，千方百计争取一批国家级项目和科研任务也放在桃园智慧城市科创园孵化。孵化成功的项目在科创园里建立生产区进行研制生产。比如镇中药材种植合作社，四镇合并后进一步整合资源，开展中药材生产技术骨干培训、建立道地药材富硒种植示范基地，并建立了产品信息填报中药材质量追溯体系平台，通过这个智慧平台，把育苗、定植、除草、施肥、采收、晾晒、仓储、加工、销售等情况，全部记录填报在中药材质量追溯体系平台上，让购买方清晰了解整个过程，并有效建立起全国相关药材种植网络，便于交流互鉴促进提升。这样，曹工以"不为我有，但为我用"引进高素质人才的新思路，凭借科研院所研发的带动，使科创园从一张白纸，孵化、衍生出一批引领性的智慧项目，也引进了一大批高层次的创新创业人才，为智慧产业科技创新提供强大的人才保证和智力支持。

晨光新能源股份公司董事长刘永祥带着自己的团队和曹农的明星光电科技公司进行深度合作，就光伏农业和零碳小镇的建设展开了研究和实践，为桃园的总体能源与环境建设的技术先进性奠定了基础。虽然桃园地处苏北一个镇域，但由于理念新、技术强、应用广，所以成为想推进零碳小镇建设的地方参观考察的必到之地，也为公司的产品创造了广阔市场。

科创园犹如庄稼从一粒种子播撒在地里从无到有的成长过程，那些开始质疑的镇领导班子成员们也都看在眼里，很快他们也都积极参与，并从科创园所孵化的技术中找到与各自负责的链相关的项目，一起推动起来。不到一年时间，科创园这粒梦想的种子已开枝散叶，集中起全国智慧产业优势力量，协力攻关，在桃园镇真的打造出技术创新特色鲜明、市场竞争力强的智慧产业样板。

在这里有两个人不得不说，一位是谭家和的弟弟谭家顺。谭家顺高考如愿考取了电子科技大学。处于信息科技高速发展的年代，电子科技大学的高才生是抢手的，但是谭家顺没有本科毕业就工作，而是继续深造，读了本校的研究生，现在成了就业市场的抢手人才。但在他回家时，看到家乡日新月异的发展，听到哥哥说目前桃园镇智慧城市产业园也发展得不错，而哥哥的产业链正值需要高新科技服务的关键时刻，本来想考博士的他干脆直接就跟哥哥摊牌，说要回来实现自己的理想。

谭家和故意问他："你有什么理想？农村对于你来说可能相差甚远，不要一时冲动！"

谭家顺说："我不是一时冲动。我的理想其实很简单，就是要能学以致用。当然，我也知道电子科技如果要用到农村，就得具体问题具体分析，如果没有农村生活经验是很难实现的，我作为土生土长的农村人，有着先天条件，我有信心使我的所学在家乡土地上开花结果，促进桃园更加快速发展。现在，我们家乡的发展变化是很大，但是这些还是传统农业的变化，是规模的变化，但是相对于数字农业来说，还有很大发展空间，我希望这个发展与我谭家顺有关，更希望农村的发展因我家顺而更加顺利！"

谭家和听到弟弟的慷慨直言有点激动，但是作为有经验的理想主义者，他知道要实现这些理想背后的艰辛磨砺，自己表面看似顺利，那有着叔叔的影响和自己的拼命，个中甘苦难以言尽。作为哥哥，也作为镇里的主要领导，谭家和也不想泼灭弟弟的激情，淡淡地说："家顺，你的想法很好，不过社会主义新农村蓝图不是靠说绘就的，是靠一步步艰苦实干成就的。现在我们智慧城市的各项基础工程在桃园正在实施，你觉得怎么能对我们农业产生实质性的帮助呢？"

显然这话让谭家顺冷静了许多，他顿了一下，像在思考，转而语气和缓地说："我不是神仙，也不夸大自己的能力，我得先具体了解了解之后再说。"但话语里仍不失信心。

另一位是曹家老宅东舍那户周家的孙子周迎光。周迎光是以曹家兄弟为榜样一路成长的，热爱科学的周迎光尤其把曹农这位博士大哥哥视为榜样，曹农回桃镇创办光电科技公司时，周迎光刚上初中。有一次镇上中学邀请曹农为学生作讲座，曹农讲解了"太阳能与第四代光源 LED 的应用"，激起了周迎光和同学们强烈的好奇心。学校还在曹农的公司成立了创新教育基地，组织学生参与实验。偶像的教导、科学的神奇增强了周迎光的学习动力，高考时，如愿考取了曹农的母校省电力大学热能和动力工程专业。为奖励优秀学子，曹农的公司还给予了周迎光等考取大学的桃镇孩子奖学金。转眼周迎光快本科毕业了，其他同学都在省城找单位，而周迎光却不急，他心里早做好打算，就是回到桃镇在曹农身边工作。曹农对这位早年的邻家小弟弟也倾注了关爱，支持周迎光继续深造读研，并在大学里牵头成立了实验室，调动更多的青年学子在电力的道路上开拓创新，在桃镇的公司转化实验成果。

在大学筹备的实验室成立那天，曹农专门去母校参加了启动仪式，召开座谈会鼓励学弟学妹们："我们都知道，创新是引领发展的第一动力，科技是第一生产力。但我们这些搞研究的，不要死读书，在学校时要积极参与社会实践，把光电科技的创新，与体制机制创新与管理创新、商业模式等其他方面的创新结合起来推进，这样才能实现以科技创新为核心的全面创新，使我们的发展成果惠及广大人民，改善民生，真正走出一条从人才强、科技强到产业强、经济强、国家强的发展道路。"

曹农一席话让周迎光的内心涌出一种幸福感。光是什么？耀眼，难以靠近，抑或是无法捉摸。而此刻，他突然意识到，光就是指引前方的引路人，就是黑暗中的希望。对他来说，曹农就是他生命中的一束光，指引他，让他对未来有了期许，让他不想停下脚步，想去追随曹农，让他在多少个迷茫的夜里，有了前进的方向。昔日无畏无惧的少年曹农已经散发出属于自己的光芒，他也要努力让自己变成光，散发光芒，成为别人的光。周迎光踌躇满志。

回到作为全省样板的桃园智慧城市科创园的建设，已形成"三个一"源源不断发展的态势：一批正在科技研发攻关的智慧项目，一批技术研发成功正在孵化的项目，一批孵化成功正在投入应用生产的企业。科创园的发展也得到了省市的重视，在科研基金和企业税收上也都给予扶持政策。"栽好梧桐树，引得凤凰来"，桃园智慧城市科创园也吸引外地一些企业前来落户。各地前来参观的团队更是络绎不绝，在科创园实际体验到智慧城市带来的生活改变和便利，使园区企业收获了很多订单。在此情况下，曹工主动向省里承办智慧城市技术应用博览会，在科创园定期对外举办企业新品发布会，推进桃园镇成为智慧产业集研发、生产、应用、推广及交易于一体的科技创新特色镇、先锋镇。

由于智慧城市的样板智慧城市科创园区推进的成效显著，曹工找谭家和商量一项新的改革，曹工将其命名为"冰箱解放"，不是提升冰箱的作用，而是尽量让居民少用冰箱。原先镇上的居民们住在村里宅基地时，周边有菜地，现在都集中居住了，没有了自留地，也就不能自给自足，都是到超市或者菜市场买菜。曹工打算利用智慧城市系统，让居民在家利用平台提交订单，由各合作社或食品加工厂提供产品，由物流配送到小区，再由小区物管员配送到户。这样，可以划为几个配送时间段：每天晚上十二点前下单的，第二天早上五点或六点前到户；早上九点前下单的，上午十一点前到户；下午三点前下单的，晚上五点左右到户。配送的产品做到净菜入户，可以节约居民大量的处理时间，而且减少厨房垃圾量。尤其像鸡蛋这样的日销品，原来大家一买都是几斤，一吃至少一个星期，鸡蛋早就不够新鲜了。现在以智慧城市系统辅助，生产和物流都智慧化，就可以让居民吃上新鲜鸡蛋，也就没有必要往冰箱里面存放鸡蛋和其他食品了。

曹工说："解放冰箱的意义，还不只是为食用新鲜的食品、节约费用、节省时间这么简单，更是培养居民健康的生活方式，让老百姓的生活更智能，才是智慧城市的根本目标，我们就是要做这样的样板。"

桃园镇以前的物流都是由物流公司进户送，这样物流的人力成本和时间成本都高。听了曹工这番规划，谭家和兴奋地说："曹书记，你的这个想法好啊！如果我们将大批量的物流集中送到小区，再由小区的物管员配送到户，或者由用户到配送点自取，这样就能节省配送时间，省去配送费用。我们现在的小区都是封闭式管理，我们可以在所有小区入口处做一些智能配送柜，由各用户根据信息收取自己的配送物资和快递。如果需要物管员送到家门口的，可单独付上门配送费，选择何种方式由居民们自行决定。"

桃镇智慧科创园成了全省科技创新的样板，科技龙头带动科技研发、企业生产和生活应用良性发展起来。为响应中央"建设学习型政党"的号召，曹工成立了镇党委学习小组，要求镇党委委员和镇领导干部至少每个季度召开一次学习会议。眼看要过年了，曹工主持了第一次学习会议，提出了桃园镇其他领域的创新度不如科创园的问题，尤其是在大农业上，虽由于土地集中的优势得到充分发挥，产出效果远超周边，但团队出现了安于现状的状态。桃园镇有智慧城市科创园的基础，又有大农业的基础，如果这两个方面结合得好，可以直接将农业做得更好，而且能将智慧城市科创园里面的产品卖得更好，创造一些在农业上应用的产品，可以帮助更多农村解决农业生产效率上的问题，这对国家和桃园都有益的事情，很有必要研究讨论。

谭家和特地找曹工说："曹书记，有个事情我不知道是否合适说？"

曹工说："家和啊，你什么时候也变得磨磨唧唧的了！"

谭家和说："对于英明的领导都说举贤不避亲，我也就不避讳什么了。我弟弟家顺研究生毕业想回来做事，我本来希望他在大城市发挥他的所学专长，但是他自己倒是希望能回来学以致用，我作为他的哥哥可能会让他慎重考虑，但是作为桃园镇的班子成员，我又希望他能回来帮我们一把。您当时也是一样，放弃省城优渥的条件回到桃镇发展，带领我们桃镇人一起蹚出一条适合农村发展的道路。现在家顺也想走您当时走的路，我反而不知道怎么规劝他了。"

曹工开心地说道："这个有什么难的，现在我们桃园具备的条件已经非当时我回桃镇的条件所能比的了。桃园具备的智慧城市发展基础正是家顺这样的高科技人才施展所学最佳的场所。你管的养殖业不正需要进行升级吗？如何升级，你不妨看看家顺有没有好的主意。"

曹工这话也说到谭家和心上了，他这几年已深切感受到，中国传统农业历经数千年的历史传承，直到二十世纪九十年代，农业机械化操作才把很多农民从土地上解放了出来。当今社会已进入互联网、智能时代，农业要实现更大的跨越，就必须与智慧科技融合，目前有些城市已经延伸到智慧农业领域，具体的应用场景也有不少，桃园完全可以根据现有的农业产业进行数字化改造，让智慧农业有具体的抓手，这样也才能发挥桃园作为智慧城市样板的优势。

有了曹工的认可和支持，很快，省农科院、市农科所联合在桃园镇成立农业科研实验基地和现场科研中心，由谭家和具体负责实验基地的工作。谭家和知道自己的知识在这方面不如弟弟谭家顺，干脆就直接让弟弟来负责基地，借助数字技术推动传统养殖的转型升级。谭家顺通过调研之后告诉谭家和，如果就单拿桃园镇的"桃园飞鸡"来说，他们以现代技术手段，给鸡加上脚环，这脚环能定位，能计步，能记录鸡每天的落差距离，等到鸡卖的时候，买鸡的客户直接扫码就知道这鸡是什么时候生的，过程中使用过什么药物，每天什么时候吃饲料，每天飞行落差是多少，每天走多少步，这样买家购买时看了才会放心。谭家和没有多说什么，他觉得一切不如实践，而且这鸡的养殖时间还是相对短的，所以跟周长富沟通后，就让弟弟在这个方面大胆实践了。经过不到一年的时间，"桃园飞鸡"品牌由此声名远播。同样，将这只鸡以前生的蛋做一些检测，测出鸡蛋的含硒量，就可以让别人相信这鸡必然是富硒鸡，把所有富硒鸡蛋都真正卖出富硒飞鸡蛋的价钱，鸡也真成为"富硒飞鸡"了。

同样，谭家顺在实验基地也以类似的方法来养牛。给牛戴上智能耳环，这样就可以统计出牛每天走了多少步，低头吃了多少次草，每天听了什么音乐，每天吃的苜蓿检测的含硒量是多少，每天牛吃了多少碱性富硒苜蓿，甚至苜蓿的 pH 值是多少等，这些都成为富硒碱性牛肉的认证基础，牛也就能卖出相应的价钱。其他的像鱼、龙虾、米，智慧养殖试验场也都有相关数字化和智慧化的成果。谭家顺的创新越来越多，弄得桃园的很多产品一下子成为高大上的产品了，销量直线上升。

数字化使农业品牌变得直观形象，再次触动了曹兵，他直接找谭家顺帮他对他培育的"阳台菜园"进行数字化改造。谭家顺思考了几天，他对曹兵说："兵总，我之前做的这些都是动物的，它们在动，所以价值就有了不同的提升，现在您的这个是蔬菜，我们如果要进行数字化的改造，思路只能换一下了，蔬菜不能动，但是蔬菜的主人可以作为我们的目标，我们的数字化是不是可以从他们身上入手？"

谭家顺说完，曹兵思考了半天，然后跟谭家顺说："家顺兄弟，你说，如果我们把养'阳台菜园'的人作为一个群体，我是不是可以不时地给他们提供种子、有机肥以及新品种。另外，我是不是可以组织这样的人一起做相关的活动，毕竟我可以通过这一个个'阳台菜园'将他们的信息掌握，更好地为他们服务。"

谭家顺一拍大腿高兴地说："要不还是你们这些经商的人聪明，您说得对，如果我们顺着这个思路，通过提供不同品质的产品就能区分不同的消费群体，看似都是'阳台菜园'的消费者，但是由于提供的消费内容不同，消费观念和消费能力就有了区分，也就可以做更精准的服务了。"

曹兵受谭家顺的启发，又引进了七彩菠菜、新西兰菠菜、紫叶生菜、红叶生菜、彩叶甜菜、彩色芫菜、紫背天葵等一些营养丰富和五彩叶菜类新品种，并邀请农业现场科研中心的专家指导，在种植过程中遵循自然规律和生态学原理，采用可持续发展的农业技术，协调种植平衡，给每盆蔬菜建立成长档案，将种植流程数据化，以便自身研究和买家了解。这一招使曹兵"阳台菜园"的生意更火了，更主要的是，曹兵通过这个知道这批用户的生活状况，都是一些高级白领，有更多的闲暇和情调，也就有更高的消费能力。曹兵通过网店来的订单，将蔬菜发往全国各地，而且形成了他的客户档案，更多有关桃园合适的产品通过这个途径获得了顺畅的销售。

快过年了，正好郑旺教授也退休了，他带着老婆梁玉红正式来到了桃园生活。曹工和郑晓煜的女儿已经上幼儿园了，老两口本来想共享天伦之乐，但梁玉红退休后被桃园中西医结合医院返聘后却更忙了。四镇合并后，医院在之前的基础上进一步与北京和省城的医疗科研院所展开技术合作，完善科室，扩大建设规模，已升级为三甲医院，并且在中医门诊上形成特色。梁玉红在医院定期坐诊的同时，应省中医大学与桃园镇中药材开发公司的合作项目委托，主持中医民间传统药方的整理、挖掘与临床应用的研究工作，每天忙得不亦乐乎。

郑旺则每天跟着郑晓煜一起去暖洋洋供暖设备厂，因为他在退休前接触了一家研究石墨烯材料做供暖系统的企业，跟技术发明人潘前许充分交流之后，郑旺觉得这是一个给长江淮河流域未曾供暖的建筑提供供暖的绝好方案，加上潘前许之前将大量资金投入研发上，目前资金紧张，正寻找合作伙伴进行生产和市场拓展，经过详细沟通合作细节，郑旺初步跟潘前许达成了合作意向。

处于建筑节能时代，长江中下游的供暖市场，前十年在地下铺水暖比较流行，当时的理论是脚暖了人就暖和了，而且上部不用那么热，头脑能保持清醒，还节能。后来由于环境变差，室内的空间质量也不行，地暖会带动地表浮尘向上飘浮，所以就被很多专家批驳，尤其是出现多起地暖管道漏水之后，地暖发展就一下子停滞了。现在需要一种改造方便、使用安全、总体节能的技术来取代暖气片和地暖的方式介入。将石墨烯技术应用到供暖领域不是大材小用，而是新材料普惠。潘前许研究的这项技术是将电流通过石墨烯材料形成远红外辐射，对人体和环境形成加热效果，但是舒适感比以前的暖气还要舒服，保持人的体感三十七度，但是环境温度只有二十度左右，不会让室内显得那么燥热。用的是三十六伏的安全电压，使用上没有安全问题，再加上通电后产生大量负氧离子，使得室内空气中的负氧离子浓度能达到一两万个单位，直接是森林的感觉，这对于现在那些雾霾严重的地方是一个福音。也由于这项技术是通过远红外辐射对人体产生作用，所以还有一定的理疗效果，未来发展有很大的空间。

郑旺把这个合作意向告诉女儿，郑晓煜就想让父亲将这项技术加紧引进过来，尽早在暖洋洋供暖设备厂形成生产力，也是对目前产品的一个升级。郑晓煜明白，在这个技术迭代快速的年代，如果不在新技术方面有更多的关注和思考，那未来就很容易被市场淘汰。柯达当时作为国际最大的胶卷产销商，最后在技术升级过程中轻视了数码照相机带来的颠覆性影响，直接倒闭了，这是多么痛的领悟。

郑晓煜有了这个意识，但她还是希望父亲到暖洋洋给大家再激发一下，让全厂的技术人员都要有这个意识。到了暖洋洋，郑旺那是轻车熟路，很多研发人员都是他的学生，但是他也发现，对于供暖市场的新产品，这些学生都有点落伍了，这和郑晓煜担心的一样，看来是到了必须改变的时候了。于是郑旺跟学生们说："你们曾经是我的得意门生，但我发现你们对于新知识的跟踪学习远远不够，包括晓煜。当然，也不是要责备你们，因为桃园镇毕竟不处于信息的前沿，不过如果你们不注意跟踪市场研究动态，将来有些技术可能就直接颠覆现在流行的技术了。"

郑晓煜接过郑旺的话说："我老爸说得对，我作为这个厂的厂长，没有带着大家研究市场，是我失职，希望大家以后都能在各自岗位上做到知识更新，这样我们才能在市场上不掉队。"

副厂长罗民也赶忙说："我主管技术，更有责任做好技术更新，我也犯了原来我的老东家犯的错误，躺在成绩簿上不思进取了。"

郑旺说："你们不用一个个自责，我提这个事情主要是希望在市场前沿技术的研究上你们脑中要有一根弦，要有一定的敏感度。有时市场会同时涌现多个技术路线，我们也不是什么都需要跟踪，要结合自身优势和市场来选择，方向的选择有时特别重要。"接着，他详细讲解了石墨烯远红外供暖技术的原理和对目前产品升级换代的意义。郑晓煜开始部署实施，和潘前许洽谈好合作细节，直接在临海的基地建设生产线，结合应用于装配式建筑生产这一新项目。暖洋洋供暖设备厂一众人开年就又忙活起来。

第三十章　春风得意马蹄疾

又是一年春好时。此时的桃园镇万花片区各个品种的花也已形成了气候。万花玫瑰庄园经与云南中华红玫瑰公司合作，引种了一百多种玫瑰花，有碗口大的，也有拇指小的；有鲜艳红色的，也有蓝色妖姬，还有异彩纷呈的、渐变色的、并蒂开的，等等。镇中药材种植合作社和中药材开发公司在万花合作拓展了万亩富硒菊园，菊花品种很多，五颜六色，有黄菊、墨菊、绿菊、白菊、粉菊、红菊等等，按照花茎分类，争奇斗艳，有小菊、中菊，还有大菊，一朵朵相互簇拥着，或者打着朵的，或者独自昂头绽放的，品种繁多，缤纷怡人，热闹欢喜。

"花海"吸引着游客蜂拥而至，并带动了桃园婚庆旅游市场，与其他区域的销售不同，这里更多的是现场消费，围绕玫瑰庄园创造了六十六种婚礼方案，吸引了无数年轻人过来办婚礼，还吸引了很多人给自己的父母办金婚礼、银婚礼等，周围可供度蜜月的套房不分淡季和旺季，也都爆满。

老桃镇的河道在四镇合并后，进一步美化两岸环境，与其他各镇的沟河和道路也都连通起来，整个桃园形成了河岸两边伴有跑道，足有十多公里长的桃树种植带，人们沿着河岸跑步健身，空气清新，两岸风光美不胜收。

这天桃州市体育局副局长打电话通知桃园镇，下周省体育局党组书记、局长程石一行要来桃园考察，要做好汇报准备。听说程石带人来考察，曹工很是欣喜，程石政策水平和发展思路都很高，曹工这几年几次到省里短期学习也都会去拜访程石，得到他不少指点。去年年底程石升任省体育局一把手，曹工知道，以程石的个性和能力，一定会做出不同凡响的成绩，此次他到桃园考察，曹工自然是充满了期待。

周一上班，曹工迅速召开完镇班子例会，驱车和镇长周长富一起在桃州市通往桃园镇的高速路口等候。上午十点左右，程石的车到达高速路口，随行的车上还有桃州市体育局局长杨坚和秘书。大家都下车招呼。程石握住曹工的手，寒暄道："曹工，你怎么也跟我一样，少年白，我们这才一年不见，你的头发就白了不少。我今天就是给你们桃园送健康来的。"说完邀请曹工上他的车："你坐我车上给我当当向导，我们直接往桃园最美的地方开。"

杨坚看程石对曹工很热情也很熟悉，便跟着夸赞了几句："曹工是我们市村镇的改革先锋，也是我们王为民书记的大红人啊，由他亲自给程局长做向导讲解，更直接啊！"

车子沿着桃园整洁的河道公路一路向镇里开去，这一路上桃花大道足足绵延了十多公里，真应了南宋女词人严蕊《如梦令》中所描述："道是梨花不是。道是杏花不是。白白与红红，别是东风情味。曾记，曾记，人在武陵微醉。"程石看着窗外，不禁诗兴大发："曹工啊，想不到你这个建筑学院的高才生，回家乡在景观规划上还真派上用场了。王维《周庄河》诗云：'清风拂绿柳，白水映红桃。舟行碧波上，人在画中游。'现在桃园绿柳红桃相映成趣，确如画中游，只是车行匆匆，走马观花啊，若能'舟行碧波上'这该是什么样的闲情雅致！"

"程局长您对学生是一句胜万言，总是能一语道破啊！"曹工叹息道，"真希望您能长住我们桃园，这样我们就是名副其实的诗意桃园了。"说罢，两人都哈哈大笑起来。

"曹工，如果我们在桃园举办马拉松比赛，你看可行吗？"程石顿了一下，试探问道。

"那对我们是求之不得的大好事啊！我说程局长亲临，一定会给我们桃园带来福利的。您看需要什么条件，我们全力做好比赛的服务和准备！"曹工兴奋地答道，转而临时请司机将车向万花一带开去。

万花万亩玫瑰、菊花、薰衣草、油菜花花海接连成片，大气磅礴，争奇斗艳，好似一幅朱熹的诗意图景："胜日寻芳泗水滨，无边光景一时新。等闲识得东风面，万紫千红总是春。"程石看着一路花海绵延的风光，赞不绝口，说："那你们就开始准备这场马拉松比赛吧，通过比赛，让更多人走进桃园，让桃园走向全国、走向世界，也让桃园的新农村建设注入体育精神，奔跑起来，更加健康阳光起来！"

"桃园镇要举办马拉松比赛了！"省、市电视台等媒体宣传开了，本届在桃园的赛事共设置三个项目，分别为全程马拉松、半程马拉松、亲子马拉松（五公里），设置了多个组别，其中马拉松长跑全程贯穿万花花海和桃花大道，半程马拉松也围绕着花海设置跑道，所以媒体称，此次桃园赛是"人在画中游、人在花丛跑"的一次特别的马拉松赏花长跑比赛。曹工决定抓住这个难得的机遇，动员全镇机关企事业单位及小区居民们，只要身体素质达到要求的，都可以通过一段时间的训练参加这场长跑。经过一个多月媒体的宣传发动，桃园镇内外，有超过一万五千人报名参加这次比赛。电视台也做好了实况转播的准备，各品牌商也纷纷赞助，打出宣传标语和广告吸引蹭热度。一时间，桃园镇掀起了人人跑步健身的热潮，河岸边的桃花大道、万花花海周边的跑道上，每天早上和傍晚都集中了大批各个年龄段的人们跑步。奔跑，俨然成为桃园镇最美的风景。

比赛那天正值周日，早上七点三十分，桃园马拉松比赛从万花万亩玫瑰庄园外的跑道鸣枪起跑，参赛者们将万花花海装点成欢乐的海洋，犹如参加一个盛大的节日。赛道两边全是观众，大家在呐喊助威，每个公里打卡点都有王牡服装厂漂亮的姑娘们穿着绣花旗袍举着牌子为大家助威。曹工带领镇一班人和机关干部跑在队伍中，郑晓煜带着全厂青年人一马当先，曹农和厂里的青年们一路奋起而行，曹兵和王花带着民宿和样板营的员工也不甘示弱，曹商和各分包商带着建筑工人们奋勇争先，中学生们在老师们的带领下也都努力冲刺，来自各地的跑将们更是热情如火，一路加速度……整个桃园镇涌动着全民健身的热浪，奔跑的姿态镌刻着人们奋进的理想，火红的花蕾释放出人们浓烈的"跑马"精神。

程石带着省、市体育局干部亲临桃镇比赛现场，他没想到桃园的马拉松比赛组织成如此波澜壮阔的规模，参加马拉松赛对于全镇人来说仿佛是一种仪式、一个节日、一份内心精神的奔涌，人们在奔跑中领略桃园的风光，奔跑也成为桃园最亮丽的风景。这座活力迸发的苏北城镇让程石看到了奔腾崛起的一方水土，发展就像跑一场马拉松，凝结着勇气、坚持和努力，他们锚定方向，咬牙坚持，奔向成功。程石从内心为这座城镇、为曹工加油助威！

桃园镇上下一心抓发展的劲头和势头正在形成。经过从开始的耕地集中，村镇生产效率得到了大幅度提升，人们的收入也大幅度增加，在智慧农业产业链一步步完善之后，市场逐渐稳定，桃硒源相关产品在市场上也有了话语权。镇党委定期开展学习活动，听了专家们的专题讲课，曹工感到，要持续占据市场，就需要有定价权，而这定价权就是要维护广大老百姓基本生活消费，要拥有核心的技术，核心技术又需要创新研发，在这个过程中为了保障来之不易的成果还需要不断完善产业链，这样才会走上高质量发展之路。桃园现在已有几个产业链在发展，那么在发展过程中还要不断完善和延伸，不断创新和提高核心竞争力，这不仅是企业家的事情，更是镇领导要深入研究的事情，新时期的村镇干部必须成为研究型、专家型、服务型的领导者。

智慧农业在谭家顺等团队的辅助下有了起色，曹工又考虑着在建筑业和安居上也应该将智慧城市的功能做足，在智慧城市基础设施到位之后，他们这个智慧城市的样板一定要在各行各业都有具体的应用，这样才能同时推动智慧城市产业链的发展，才会有各种产业所需要的智慧化产品研制出来并被广泛应用，带动桃园的整个发展。当前已有不少机构开始研究 5G 通信技术，当人们享受到 5G 技术带来的便利时，智慧化产业势必会得到更长足的发展，所以对于未来他们须提前着手准备。

这样，一项新的机制在桃镇开始实施。从放眼未来的角度，曹工提出，对有关区域的房地产开发不考虑用拍卖土地吸引外地开发商的方法，而是先在桃园内部通过方案竞标的方式产生。这是基于桃园现在的发展情况，老百姓富裕了，手里有钱想住更好的房子，所以开发出来的房子应该不愁卖，既然不愁卖，那就没有必要让外面的房地产开发商过来，还是尝试通过内部竞标的方式来产生，镇里要成立自己的开发公司，开发的房子一定要有超前性，让老百姓从现在就住在未来。

镇党委会上，关于在桃园镇镇中心、华阳新能源创新园区和万花景区三处建设高端商业和住宅的房地产开发方案获得了大家一致通过。这三个地方根据区域位置功能不同，采取三种模式，由竞标者提供具体方案，让老百姓投票选择。方案胜出的再着手组建开发公司，如果自觉力量不够的，可以和外面的开发公司组成联合体，先跟人家学习经验，最终都要形成独立的开发能力，来承担未来桃园镇的其他开发项目。

房地产开发竞标的事情在全镇传开了，安逸的桃园随着春闹枝头、惊蛰一声雷又开始热闹了起来。

经过两个月的准备和一拨竞标淘汰赛，桃镇房地产开发最终竞标路演会在镇大会堂举行，竞标大厅里济济一堂，台上 LED 大显示屏大放光芒，为整个竞标会场营造出一派现代城市的商业氛围。镇长周长富和其他几个副书记、副镇长都参加了评审，此外，各合作社负责人、各小区负责人、居民业主代表在现场参加电子投票评选，桃镇居民都可以通过网络直播观看并进行场外线上投票，而且投票可以在观看路演的过程中就进行，路演结束直接统计投票结果。

首先是省仁和房地产开发股份公司路演桃园镇商贸综合体竞标方案。这家公司的董事长谷加杰是谭家和 MBA 的同学。两个月前，按镇里的决定，继续用集体服务于人民的思路，镇集体在周长富的带领下准备成立一支开发队伍，第一次开会讨论时，大家发现其实镇集体团队里面没有懂房地产开发的，谭家和想起 MBA 同学谷加杰做房地产开发，在省城做得不错。于是周长富让他先跟那位同学谈谈，看看在有利于桃园镇发展的基础上，对方有什么具体合作条件。谷加杰虽说在省城干得还可以，但是这几年省城的地价越来越高，拿地的压力也越来越大，听谭家和说桃园现在开始搞房地产的事，认为是一个机会，于是与公司高层形成共识后，就开始着手做桃园镇的房地产开发项目策划。经过两轮淘汰赛，他们已脱颖而出，今天参加总决赛的项目规划路演。

仁和房地产开发公司参加路演的是负责策划的副总经理杨海洋。只见他健步走到台中央，按动手上的操作器，大屏幕上出现了光彩夺目的繁华景象，人们快节奏的生活片段、动感十足的城市景观，着实吸引住台下的观众。台上，杨海洋说道："近几年，一线城市已经陆续开发运营了商业综合体，满足了人们一站式服务的需要，很多地方开业的时候十分火爆，对周边的房地产有很大的带动作用。现在在二线城市已经开始发酵，一个区域如果没有像样的商业综合体会显得不那么时尚，也无法满足百姓的生活需求。我们针对桃园的情况，利用智慧城市样板形成的功能，在商业综合体的基础上拟融入几种独特的智慧化功能。"

大屏幕上出现一个现代化的商场场景，人流如潮，店铺时尚。杨海洋接着介绍："我们规划的商业综合体店面呈智慧化，直接走体验的线路，引进各路商家入驻，在店面里将主打款展示出来，其余多款采用虚拟现实技术，从主打款转向其他款，甚至包括定制款。这样既节约了商铺面积，又不需要购物者频繁换衣服就能体验到穿各种款式的效果。"台下周长富听了点点头，与旁边的副书记李家祥小声交流着。位于台上一旁的投票显示屏上，已出现一些投票的红色亮点。

这时大屏幕上出现了另一组画面，某些商业综合体的餐饮店门口，人们排成长队等候叫号就餐。杨海洋接着介绍："在商业综合体里面，我们同样也规划集中有多种品牌的饮食，只是为了免去排队等候的麻烦，我们设计了预约系统，使餐饮智慧化。"

杨海洋结合图表具体讲解："顾客可以从系统平台预约，确定就餐时间，排定具体餐厅或位置，点餐、付费，然后按照预订时间来就餐就行。如果实在没有时间过来吃，可通过外送的方式送达。另外，为更大程度方便百姓，同时品尝到多家美食，我们在这层单独设置了各种会客厅，客户可以选择在这些厅宴请，按小时收费，点选各个饭店提供的菜配送到会客厅用餐，这样比到一个饭店就餐口味更齐全、环境更安静。如果有想露一手的，可以在这个区域设置的公共厨房里制作，这样的环境比在饭店好，自主性也更强，需求量肯定会比较多。"这时台下传出观众的啧啧称赞声，投票显示屏上的红色亮点又增加了一片。

"百年大计，教育为本。在我们的商业综合体里也提供智慧教育。"大屏幕上出现了孩子们在 VR 教室、游戏课堂里学习，寓教于乐的生机勃勃的场景。"我们通过智慧手环的方式，使每一个孩子进入智慧教育综合体之后，所有的耗能，在每个区域活动时间，甚至接受什么样的培训，前后参与竞赛等时间变化都有记录，从游乐到上课培训的转变、心率的变化、活跃的程度等等，都有具体数据，经过分析之后能提供给家长一天、一段时间的分析报告，让家长也能感受到变化。家长只要给孩子报好具体哪几个项目，过程中不需要家长来回送，由综合体里面的服务人员保证孩子的安全和各项衔接，家长可以通过摄像头全程关注。"杨海洋介绍到这里，台下爆发出一阵掌声，台上的投票显示屏上红色区域已亮了一大半。

掌声平息后，杨海洋又接着说："此外，我们还计划将综合体上面的高层部分做成商务公寓，打造5A级的写字楼，让每个想轻创业的团队在我们这里先落户，如果将来扩大了，再转向科创园。我们就是你梦想开启的地方，今天你对我们的支持，将使我们有机会和你共创桃园的新未来！"台下掌声再次响起，经久不息，投票显示屏整个儿变成了红色，杨海洋朝台下各个方向都深深鞠躬后高兴地走了下来。

接下来是"新源温泉"住宅小区和"桃园新能源科创园"开发运营商路演规划。

这是由这两个开发项目共同组成一个产城融合的示范项目。镇里决定要成立自己的开发公司开发房地产后，副书记李家祥找到油田总经理赵富仁。赵富仁一口答应，说道："现在桃园镇在你们手上打造得这么好，我们在市区的员工都想到桃园生活了，所以我们想单独建一个小区，边上的温泉我们也想接到每户去，不知道这样合作是否可以？"

李家祥说："这种合作对于我们桃园就是一个卖地的方式，我们现在想的是合作，如果变通一下，不是你们买地，而是买房子，只是这个房子价格我们会在市价基础上给予比较合适的折扣。你们想独立成小区的想法也是可以的，我们开发的第一期全部给你们，不过你们需要在签约后给我们百分之三十的定金，我们的设计方案会征求你们的意见。当然，希望我们能双赢，我们桃园镇政府会做好各项服务。"

李家祥将交流情况告诉了曹工，曹工听后很是高兴："这个合作好啊，能把已经落户市区的资源拉回来，不仅仅是房子的问题，是未来这些油田职工的消费会为桃园带来经济增量，桃园就是要用美好的环境和舒适的住房吸引更多人才入驻。"

　　另外，曹工提出："桃园现在的智慧城市科创园做得很好，可以与油田合作建设'新能源科创园'，对原石油机械工业园进行升级改造，同时引入其他研究清洁能源技术的团队。我国早已签订《京都议定书》，现在已经进入到第二阶段，发展中国家开始要承担碳减排的义务了，所以，我们邀请油田一起来建设'新能源科创园'，为应对全球气候变化贡献一点力量。"

　　李家祥听了这个一举两得的规划也很兴奋，于是跟赵总商量，桃园在这个房地产项目上赚的钱将和他们一起投入建设"新能源科创园"，希望双方能紧密合作，共同发展，着眼于国家和人民更长远的利益，与油田一起快速推进相关工作。

　　双方达成一致意见后，由油田公司和华阳工业园组成的联合体获得"新源温泉"住宅小区与"桃园新能源科创园"开发运营权，共同打造这个产城融合的示范项目。这小区的开发主导为华阳工业园成立的"新源房地产公司"，并说明开发的住宅小区第一期十万平方米全部以评估市场价的八折销售给油田公司的职工。同时油田公司出资百分之五十一，华阳工业园出资百分之四十九，共同开发运营科创园。

　　而此次在镇土管所路演的是该小区的智慧管理规划，经过两轮淘汰赛也最终由大家票选。路演由未来家装潢公司总经理曹学讲解。在对这个项目的智慧系统建设上，曹商、曹学和专家团队也研究出新的应用。他们利用4G网络技术和智慧城市基础设施，建设全建筑智慧化生活，包括建造过程智慧化、建筑功能智慧化和在建筑里生活的智慧化。建造过程由装配式建筑基地提供，建筑本身提供的功能智慧化是智慧生活的关键，由智慧城市科创园提供，智慧生活就是在这里构建一个智慧平台，使小区生活更加方便和舒适。

　　在路演现场，曹学介绍道："我们想把这个产城融合的示范项目住宅区建成生态健康智慧住宅小区，我们构想利用隔离层设置公共交流区域，这个区域不但方便业主购买日常物品，而且创造了充分的交流空间，让小孩们在一起嬉戏打闹，让老人们可以家长里短，让年轻人可以敞开心扉谈恋爱，邻里之间不再老死不相往来，不再住在陌生的、冰冷的混凝土森林里，在这里放露天电影勾起大家的童年回忆，跑步的不需要在家跑，也不需要到健身房，这边有专门的跑道，让户外运动更加方便……在这个隔离层生活，让住户更加健康和安心。甚至连学校、医院和饭店等公共设施也都可以直接进入隔离层，让大家的生活更加便利，隔离层里面没有车辆出行，大家都是步行，小孩在这里上学将会足够安全，幼儿园的孩子培养后也都能做到自己上下学，不需要家长天天接送。"

曹学的路演生动形象，深入人心，赢得台下阵阵掌声，讲到这里时，台上的投票显示屏已红了一大片。

这时在路演的大屏幕上出现了一幢花园式高层住宅楼，居民走到小区大门口，人行通道的门自动打开。曹学继续介绍："在我们生态健康智慧住宅，业主们都在系统里面有人脸识别数据，进入自家的庭院都能被识别，也不用钥匙开锁。客人或服务人员进入都需要业主的授权认可，否则连公共区域都不能进入。公共区域视频监控全覆盖，并且对一些影响业主安全的行为形成自动报警机制，构建更严密的安全系统。未来还将会在 5G 技术的支持下更加便利安全。人们的生活通过网络平台采购，物流配送将利用机器人直接送到各户庭院，全程不再需要快递或物管员来配送。邻里之间除了在隔离层的交流，还可以请邻居到各自的庭院交流，邻里关系更加和睦，我们这个对公共空间的设置形式将使得整个建筑形成的小社会更加和谐，老百姓将达到夜不闭户、路不拾遗的治安效果，真正打造成智慧化的未来家。"

在雷鸣般的掌声中，曹学向台下鞠躬，兴奋地走下台，在她身后的投票显示屏上也已全线飘红。现场的大屏幕也显示出场外观众的留言："希望生态健康智慧住宅系统在其他地方也可复制，将我们桃园镇建设成所有人梦想中的未来之家。"

几个开发项目经过此次路演的投票和综合测评，最终决定了开发商和运营商。镇集体与仁和房地产开发股份公司组成的联合体竞得桃园仁和商业综合体开发和运营权，他们最主要的亮点是能将省城的一些创业团队引进到桃园来，而且这些团队本身就能给商业综合体里面的智慧购物、智慧教育和智慧商务支撑，至于智慧餐饮更是顺手就能做好的事情，这对于桃园是很好的新生力量。同时，为了厘清股权，还将设立"桃园仁和房地产开发公司"，桃园镇集体占百分之六十七，仁和房地产开发股份公司占百分之三十三，主要考虑未来可能要专设运营公司，由运营公司再占一部分股权，这些股份就先放到镇集体。

曹家除曹工之外的四个人也直接成立一家新公司——"未来家房地产开发股份公司"，各占四分之一的股份，由曹商任董事长，曹学任总经理，并以他们的生态健康智慧住宅方案竞得万花玫瑰花海北侧的一块长条地，第一期开发面积为三十万平方米。同时该项目与临海装配式建筑基地充分结合，所有空间后建的房子全部在基地建设好之后吊装进去，而购房者将在之前选择好具体的建筑造型和装修，直接拎包入住。

整个桃园借助智慧科技对一、二、三产业进行生产链调整和深化设计，将增长模式从原先的高速增长转变到高质量发展上来，镇级经济得以更稳健地增长，社会全面进步的成果为老百姓所分享，他们也在以更昂扬的姿态面对国际市场，迎接桃园走向国际化的新未来！

第三十一章　金秋红叶谱新篇

连日来桃州电视台的直播节目火了，尤其是双休日在家时，上午九点到十一点，桃州市的家家户户、老老少少坐在电视机前观看，边看边讨论，不肯离去。

究竟是播出的什么内容激发起一座城市人们的兴趣？说是盖房子你可能不信，确实，这不是一般工地上一砖一瓦地盖房子，而是圆了人们一个童话般的梦，像搭积木般把房子盖好，速度之快，神奇得像变魔术。

建设传媒的董事长孙俊成听闻桃园镇用模块化建筑的方式快速建设高层房屋，第一时间带着团队进驻现场进行二十四小时的现场直播。孙总是一个"八〇后"实干家，他上大学的时候听说，二十世纪八十年代的北京国贸大厦三天一层，而九十年代深圳的帝王大厦就是两天半一层，如今听说桃园的商业综合体上面是一天一层，他自然不能缺席这样的见证时刻，尤其是自己作为建设传媒的创始人和董事长，就是要见证和记录中国建设的各个奇迹。

建设传媒的加入让桃园镇的房地产开发愈加火爆，虽然开始只是建造方式的新奇，但是等各地媒体赶到桃园的时候，他们被桃园的整体建设环境震撼了。

就着桃园几个房地产项目的开发，装配式建筑基地两个新技术建厂运行了，曹商与北京方大模块科技有限公司的创始人周成勇一起将模块化建筑的上下游产业链完全打通，引进了一家室内负氧离子涂料厂、一家反辐射保温涂料厂、一家大件物流公司……并且，作为创始人的周成勇在桃园找到了自己的根，他爷爷就是从桃镇参加新四军，一路参加抗日战争、淮海战役、解放战争，最后跟陈毅元帅一起进的上海，大建设时期又被派驻到南通支援建设，一家就落户南通了。既然找到根，周成勇在桃园的模块化建设过程中更是用心，很多时候直接扑在现场。

为了推广这模块建筑市场，曹工特意请桃州市电视台的团队，在进行模块建筑吊装的时候，每天直播半个小时，这样一个月时间每天一层的进度，让市民们开了眼。而且在电视台直播团队进行电视直播的同时，建设传媒在网络上进行二十四小时直播，真正让好奇的人能看到建设的神奇。更有很多开发商直接开车到桃园装配现场观摩。

在建设传媒二十四小时直播两天之后，来现场观摩的桃园镇上的酒店入住旅客也一天天多了起来，特别是在桃园仁和商业综合体封顶时，市委书记王为民特意带着团队到现场观摩，这一个月来，桃园的模块建筑建设的新闻成了桃州市的持续热点，为了带动桃园的装配式建筑产业发展，王书记还特意让人邀请省电视台到现场参加封顶仪式，因为这不但是最后一层，还要进行竖向张拉，使整个建筑成一个整体。而整个张拉的过程周成勇一直在一线盯着，这既是他项目的直播实践，也是他为故土做最热心的奉献，希望自己的发明能在家乡发扬光大。

到下午五点钟，竖向张拉已经结束，周成勇请王书记、曹工及参加封顶仪式的所有人进入建筑内部参观。电视台的镜头不断捕捉亮点，桃园仁和房地产开发公司总经理谭家和一处处介绍。

房子的搭建神奇，屋里的陈设也着实吸引眼球。门窗都是直接在工厂安装好，在建筑时作为模块建筑的一部分吊装进来；床和柜子等家具，就连厨卫设施都是在各房间布置好，随着模块建筑一起吊进来。整个大楼外墙使用反辐射保温涂料，只有零点八毫米厚，却能在冬天保温，夏天隔热，双重功效，使建筑更节能。室内采用石墨烯远红外辐射供暖，不再使用暖气片了。建筑的所有设施都使用绿色建材，室内的墙面使用的是负氧离子涂料，无异味还能净化甲醛，抑菌效果强，不用再担心墙面发霉变黑了，北京方大模块科技有限公司董事长周成勇介绍说，传统建造方式可能会让人看出墙面不平、线条不直、连接部位有偏差等现象，但在模块建筑中细致地看细节，也看不到这些问题，因为在模块建筑中的这些构件就像工厂里面生产的零件一样，初期装配时能做到毫米级的误差，后期还将进一步局部调整，达到亚毫米级。建筑的所有设施都使用绿色建材，整个建筑收尾工作在一个月内全部完成，包括装修到位，不会出现住进来之后这家那家的装修扰民了，所以在收尾工作完成后就能放心入住。参观者可以看到，现在整个大楼的外部接线工作正在进行，包括自来水、直饮水、排水、热水、天然气、电力、电信、光纤宽带。

谭家和对着电视台和建设传媒的镜头介绍说："这幢楼上面是公寓，下面就是商场，我们提供这么好的环境就是要让更多创新创业团队到我们桃园来，和桃园人民一起开创美好未来，欢迎全省全国高新技术团队到桃园来创业，也欢迎全球优秀的企业到桃园来投资，我们将提供全方位的服务，让你们来了就不想离开桃园。"

曹工介绍道："这种建造方式在我们省内是第一个尝试，在全国也是第一个大体量应用。这个技术的发明人周成勇根儿上还是我们桃园的，现在正好在我们桃园继续生根发展。我们的新源温泉小区也是按照这种方式建造的。和其他小区的销售方式不同，我们的新源温泉小区采用的是先购房选装修方案，然后在建造过程中我们就将购房者选择的装修方案实施好，建造完成后都是精装修入住的，装修生产和这个建筑一样，都是工厂生产的，质量比后装修的要好很多。同时，我们在大家选房后只先收百分之三十的款，其余购房款交房时再收，这样可以大大减少购房者的资金压力。而且如果是我们的质量不行，可以退货，欢迎大家提前选购。"曹工直接做起了房产销售员，引起周围笑声一片。

王为民书记也在一旁打趣说："我听说你们还有空中四合院和空中别墅啊，怎么不给我们介绍介绍？"

曹工说："王书记，您说的是我们的未来家生态健康智慧住宅，因为这是个系统的建筑体系，说起来可能会占用大家太多时间，所以没有想在这个时候介绍，既然您和大家对这个感兴趣，那我就占用点时间给大家介绍一下吧。"

曹工便向王书记和参观者们介绍起他们做的未来家生态健康智慧住宅的有关情况。这个住宅项目建设在万亩玫瑰庄园的边上，从空中四合院、空中别墅的庭院里面看外面，风景无限，花香四溢，看庄园中游人如织，自己也增加幸福感。

购房者对房屋形态、装饰方案都可先选择好，再由装配工厂生产，之后直接吊装到业主购买的相应空间。业主住几年想换一种房屋，可以直接将房子重新吊装走，换一个新房子吊装进来就行，这样房子就成了真正的商品，可以换结构形态。且成品房屋都以竹子为主材，结构轻但耐久结实，节能固碳，智慧健康。未来家生态健康智慧住宅车辆全入地库，一层立体化生产超净蔬菜，顶楼种植鲜花和水果，还养一部分"飞鸡"，这样在这个建筑里面的业主就可以吃到由机器人直接配送到家的新鲜净菜、水果和鸡蛋，这些新鲜度都是可以做到一个小时以内到达的。顶楼的空间还可以作为大家采摘或闲逛的空间。整个建筑智慧化运营，都是电梯直接入户，各家都有独立的庭院。其中的隔离层作为幼儿园、小学、中医诊所、文娱休闲健身空间，这个建筑里面的公共空间全部采用视频监控和人脸识别，没有汽车和非机动车，人在这个空间活动可以完全放松，邻里之间可以和谐交流，形成一个真正的"世外桃园"。

曹工最后说："这种建筑形式也是我们桃园未来主推的建筑产品——整体集成，独立空间，生态健康，智慧和谐。还请王书记帮我们桃园宣传，我们将利用这种形式组合整个生产链提供产品远销海外，带着其他产品一起开拓国际市场。"

王为民书记高兴地说："这才是王牌产品，不但建筑本身有了市场，还将建筑里面配套的各种家居家电都一起配置好，带着大家共同开拓国际市场，值得我们好好宣传，是属于推进共同富裕的优秀案例，我们桃州市要把你们塑造成典型，先往省里推，再由省里向全国、向全世界推。"

在大家热闹地听介绍模块建筑的时候，一个人坐不住了，他就是桃园建筑公司分包商朱清福。虽然后来曹商还是继续给他活儿，但是在模块建筑出现在桃园的时候他也关注了模块建筑实现高层建筑快速建设的整个过程，因为这个过程使用的人工太少了，他虽然是优势分包商，但是也没有获得多少分包工程。担心再加上他对未来的思考，朱清福找到周成勇，决定利用自己多年来积累的资金投入引领未来的模块化建筑中。由于周成勇在之前几年的技术研发中投入很多，现在又需要扩大规模生产，所以两个人的合作一拍即合。但周成勇想到的还有一个层面，就是模块建筑的大面积推广，虽然现场会大大减少工人的需求，但是在工厂生产还是需要相关的技术人员，有朱清福这样的分包出身的老板参与投资，对工厂的生产能力是一个加强，而且也能实现共同富裕，不把相关企业憋死在墙角。另外用有经验的工人，也提高了工厂的生产效率。

桃园美好的生活环境获得全市人民的持续关注和追捧，可新的问题来了，很多城里的老人原来在城里的时候上老年大学，而桃园在这方面还不能满足本地和外来人口的需求。一天，郑旺和梁玉红跟曹工探讨，梁玉红说："其实养老进养老院很不好，养老院里面都是一帮老人，暮气沉沉，一般老人是不愿意去的。但城里的'老年大学'名字不好，本来人老了就心里忌讳再说老，我觉得用'金秋大学'来表达更能让人接受，金秋意味着收获，说金秋还会让人感觉离寒冬还早，心理感受要好很多。"

对梁玉红的这一建议，郑旺也有同感，接着说："我这退休没有闲着，所以对这养老心态还真没有思考，刚才你妈这一说，我还真觉得要重视一下。老年人的养老其实心态最重要，很多养老机构在这个方面重视不够，加上我们国家养老机构紧缺，很多人甚至排队到最后离世也没有进成养老院。如果像你妈说的这样，成立一个'金秋大学'，让老年人退休养老变成上大学，就能解决老人的心理阴影，这样老年人的生活质量会更高一些。"

曹工说："爸、妈，你们二老考虑的是一个大事情，也是一个好的方法，这个方面曹兵可能有思路，我把他们夫妻俩叫过来，我们一起商量商量，正好请他们中午在家里一起吃饭。"

不一会儿，曹兵和王花来了，王花还带了一个裱好的双面绣送给了梁玉红。这可把梁玉红乐坏了，手指轻轻抚着绣品，爱不释手。

曹工让他们赶紧坐下，边倒茶边介绍梁玉红以"金秋大学"代替养老院和老年大学的想法，说道："请你们来，就是要你俩帮忙出点主意，看看我们桃园能为老年人养老做点什么事情。"

曹兵称赞"金秋大学"的想法，推心置腹地说："我爷爷已经八十多了，虽然身体还比较硬朗，但是他还想一个人住到原来的院子里面，我们肯定不放心。现在住在二哥家，我们就住对门，再加上王花的奶奶也在我们家，这平时我们年轻人出去忙了，他们两个在露台或者家里还能聊聊天，一点也不寂寞。但是他们毕竟都年纪大了，身边不能没有人，我们也不可能让他们到养老院去，他们也不想去养老院，怕别人说我们做孙子女的不孝顺。这是我家和几乎所有老人的心理。如果有金秋大学了，老人们白天可以到金秋大学去上学，从心情上会好很多，比如我爷爷可以讲他战争的故事，王奶奶可以教大家刺绣，焕发他们的生活动力。一方面，大家互相学习，另一方面，学校专门设置养生等课程，可以让老人们学到感兴趣的东西，正好也弥补了很多老人年轻的时候没有机会上学的遗憾。"郑旺和梁玉红听得连连点头。曹兵笑着继续说道："而且城里人还有一个心理问题也会被解决，就是原来在职时可能有职务的高低，到了金秋大学，大家都是同学了，感觉更平等，心里也会舒服很多啊。"

郑旺赞许地说："曹兵分析得真不错，养老在城里成为难事，不光有养老院建设的床位不够的原因，还有人们的心理问题没有得到解决。尤其是怕别人说自己子女不孝，或者是自己的子女真的不孝，怕被别人笑话。"

王花也脑洞大开，在一旁出起主意："是不是还可以做金秋大学的游学？在各地做分校，只要是金秋大学的学生，在各个金秋大学校区都可以享受一条龙服务。现在到我们桃园文旅街玩的有中小学生游学的，就是没有老年大学游学的，这个应该有市场。"

"是的，花儿的这个点子也启发了我。"曹兵接话说，"金秋大学的游学其实就是一种'慢游'。老年人旅游需求量大，但也存在不少问题，如果以金秋大学名义组织游学，一是可以住其他校区提供的公寓；二是可以熟人组团一起慢慢玩，费用还不高。这样各个校区之间可以有组织地安排游学，部分时段就可以在学校里面安排讲授各地的历史、文化、风俗等，甚至有的学员们还可以在那边慢慢学，这样打破区域、校际壁垒，让老人的晚年生活更丰富多彩。"

"你们的想法真不错，这是在办一所流动而联动的具有丰富教育资源的特殊的大学啊！"曹工兴奋地说，"这个事情我们桃园可以开个头，先把金秋大学办起来，同时把配套做好，包括提供医疗保障和培养医护人才，这个方面妈您可以多费点心和省中医大学一起帮助弄好，让我们本地老年人先有一个养老的好去处，还可以吸引更多城里人到我们桃园来养老。另外，我们桃园的富硒食品是最好的养老食品，对于老年人的慢性病调理，抗癌、抗衰老、增强免疫力都有好处，我们可以继续围绕金秋大学拓展相关老年文化和养生产业，这样也会吸引更多人到桃园来创业发展，带动桃园的经济持续增长。创造好的环境，为更多老年人提供养老服务是我们的责任，也是桃园这一世外桃源真正的内涵。桃园就是不仅要成为年轻人创业的天堂，也要成为老年人养老的乐土。"

金秋大学的事情上了镇党委会，大家都支持，而后开始走手续，因为立意比较好，也是国家重点要解决的养老问题，所以审批手续下来比较快，金秋大学就要开始建设了。曹工和周长富商量："这金秋大学不要只是我们自己这边办，还要找合适的地方谈合作，搞连锁，这样各地分校都干起来了，这才能把游学的事情做起来。这个方面你和谭镇长有优势，你们多发挥一下，这样我们的金秋大学的整体规划可以做得更大胆一点。如果需要，我们可以成立一个投资金秋大学的基金，外地的金秋大学地方上缺钱的我们也可以投，这样我们的装配式建筑和富硒食品都能一起带入，将来我们培养的人也都可以跟着走。"

作为大学学习商贸专业的周长富自然能看到金秋大学的深远意义和市场发展前景，很爽快地接受了任务："成立金秋大学建设基金这个事情比较好，我们跟其他地方谈合作，就直接带着资金和管理团队，这样合作方不需要考虑太多，我们整体经营金秋大学，全国一盘棋，甚至将来开到国外去，毕竟各个地方都需要很好的方案来解决养老的事情。成立基金和找合作方的事情就交给我和谭镇长负责吧。金秋大学规划的事情您就统筹，这个您有优势。"

周长富和谭家和发挥各自优势，把身边的人脉资源充分调动了起来，很快传来喜讯，省里其他各地级市都同意合作建金秋大学。这个工作在联络过程中还得到了省民政厅的重视和支持，民政厅也要对金秋大学建设基金注入部分资金，作为对养老事业的支持。

曹工与郑旺一起到省建筑大学设计院商谈规划和建筑设计方案，设计院考虑到这个连锁的价值，投入了精兵强将，建筑是按照曹工的要求采用桃园的模块化装配式建筑，实用性和观赏性需要达到统一，尤其是整个学校适老化设计在细节上都得到了反映，最后形成了一个金碧辉煌的金秋大学。方案得到了桃园镇党委会的一致好评，并且获得了所有合作建设方的认可。

在金秋大学的智慧化部分，曹工特意让谭家和带着弟弟谭家顺一起来设计，他希望所有返乡创业的有为青年都能充分发挥才能。弟弟学以致用，助力家乡发展，这自然是谭家和梦寐以求的。而谭家顺的自身价值在桃园发展中得以实现，更是如鱼得水，活力迸发。

桃园金秋大学很快开始建设起来，地点就选择在中心幼儿园旁边，这样方便有的老人把小孩送到幼儿园后自己就到金秋大学选择课堂听课。桃园的金秋大学建成之后，在桃园租房养老的城里人比桃园人还积极。他们虽过着惬意的乡村生活，但生活过于单一，还是欠充实，自从知道桃园建设金秋大学后，个个积极报名，桃园金秋大学一开学，老人们就跟孩子们开学一样，高高兴兴地在学校门口排队进去，询问着到哪个教室怎么走。还有一部分人干脆就直接申请住到学校的公寓里，虽然单价费用比乡间别墅高，但是总体费用差不多，这样还是一种群居的生活，使养老有了伴，还互相有个照应。

桃园金秋大学开学，正值金秋十月，大地丰收，遍地金黄。曹工特意请名誉校长王为民书记到场作开学报告。王为民站在主席台上，看着下面坐着的各个年龄段的老年人，个个喜气洋洋、精神抖擞，老人的边上站着教师和护理人员，不由得想起魏晋诗人卢谌的一句诗："谁言日向暮，桑榆犹启晨。"拿着话筒说道：

"诸位先进们好！我今天参加的开学典礼是参加过的最特别的典礼，之所以叫诸位先进们，因为你们在各自领域做得比我早，先进了金秋大学，我将来也是要到金秋大学度过金色年华，你们又是我的先进。

"我叫大家先进就如这个学校叫金秋大学一样，如果我叫大家前辈、老领导、老年朋友等等，都会让大家感觉我比你们年轻似的，其实我就是比大家后进而已。金秋就是收获的季节，就是阳光雨露浸染的果实香气四溢、饱满的稻谷归仓、盛开过的鲜花变成种子的时节，不是颜色美丽，而是味道甘甜，成熟就是要这个味道。

"金秋也是我们成熟了，但是在年轻的时候我们有很多兴趣爱好因为为生活奔波，未能如意，如今我们赶上好时候了，我们就想办法将那些尘封的兴趣拾起，让我们做自己喜欢的事情，弥补青春的遗憾。也可以是将我们的专业进一步升华，让人生更加饱满、更加充实。

"简单说就是年轻的时候我们可能活着是为了别人开心，到了金秋岁月，我们活着要让自己开心，金秋大学就是大家寻找开心的地方。希望先进们在这里都找到自己'醉'开的心！"

王书记的话情真意切、发自肺腑，赢得满场掌声。

开学典礼没有太多仪式，老人们按照自己报名的课程到相应课堂上课了。曹工领着王为民书记一行，其中还有省电视台的新闻团队，一起在校园里面参观。整个大学里面各处的细节都从老人的角度考虑，不仅仅道路行走无障碍，各种便利措施也都为了方便老人。曹工不断地解说着每一处细节的设计，尤其是智慧的设施与适老化的细节让大家对老年人在这里的生活更加放心。

曹工他们把金秋大学作为老年人未来养老的一种模式来做，所以设计了很多智慧化的设备，提供各种提示或报警信息。比如，老人进入校门的时候都给佩戴一个智能手环，这个手环都是实名对接好的，里面有很多老人的基础信息，然后在大学里面的各信息点也将传送即时信息到手环，包括老人的行动轨迹和运动量、饮食信息、睡眠信息、心率和血压变化信息等等，这些使得老人的健康信息更加完整，如有异常情况，手环还会给老人提供提示或警示。

金秋大学里有些课的老师就是金秋大学的学员，学校设计了一个时间兑换的机制，就是老人如果就某个方面能开设课题，并能有一定量的学员听课，则老人讲课时间就可以作为他兑换在大学里面听其他课的学时。而且，还设定了听课人员数量的系数，听课人数越多，则系数越高，那讲课老人的可兑换时间就是讲课时间乘以系数，这样，讲得好吸引更多人听课的讲课者获得的回报时间就更多。

从校园卫生等方面，也设置了老人适当参与的积分兑换机制，老人力所能及地做一些打扫卫生等方面的劳动，就会获得相应的积分，然后积分可以兑换一些商品或服务。提供这个机制倒不是鼓励老人到这边劳动，而是考虑到老人很多时候勤劳惯了，会顺手做一些事情，这些事情如果老人主动告诉工作人员就直接获得积分；如果老人不说，我们的摄像头捕捉到了，工作人员也会将这个积分给老人。

为老年人服务最主要的是身体的健康要有保障，所以学校提供了中医为特色的服务团队，每天有需求的老人都可以到中医堂请坐诊中医号脉，中医通过望闻问切然后提供相应的建议或开药方给老人。这些服务收费较低，主要是做好治未病的服务，让老年人根据中医的建议健康生活，减少得病的概率，也引导老人根据自己的情况选择练习太极等强身健体性活动。校区提供西医的应急服务，比如外伤处理等，而真的需要西医急救的则直接由救护车送医院，学校跟医院已经建立好联动机制，老人送医的过程中相关数据就会提供给医院，便于后期诊治。在医疗保健这块，学校主要就是提供中医服务，包括针灸、按摩、拔罐等。学校的饮食就更具有桃园特色了，提供的食品大多数是桃硒源产品，包括蔬菜、水果等，都是以桃园自产的富硒食品为主，用富硒食品保障老人的身体健康。当然不光是富硒，产品由于生产的时候就是在均衡肥改造的土壤里，所以产品本身的优越性已经足以让城里的老年人更愿意待在桃园金秋大学里面。曹工介绍着并畅想道："未来其他地方的金秋大学也将主要由我们桃园提供桃硒源产品，部分当地采买的鲜食产品也将建立基地供应，保障食品安全和健康。"

王为民高兴地说："这样通过金秋大学，桃园就将装配式建筑、智慧系统和智能设备、富硒食品都带到全省，未来还将走向全国和全世界，这样好的理念，桃州确实应该好好推动，我当这个名誉校长也就更体面更安心了啊！"

"向校长汇报，我们还有一个进一步的想法。"曹工与王为民并行着，说道，"就是就着金秋大学培养护理人才。中国已经进入老龄化社会，而且未来老龄化问题会越来越突出，在这个过程中，针对老年人的护理人才缺口也将越来越大，我们一边办金秋大学，一边办护理大学，或者将这两个合并在一起办，将来护理的实习和考核直接就有应用场景。考核通过的，我们金秋大学发证并提供派遣服务，这样未来我们的护理人才就会进入到千家万户，他们也会将我们的桃硒源产品做深入的传播。所以基于这个设想，我们将通过飞地共建的方式，就着合办金秋大学的时候扩大桃硒源源头农产品的生产基地，与耕地资源丰富的地方谈共建，相当于我们在更广泛的地方建设桃园了。"

王为民对曹工竖起了大拇指，赞赏道："你这个年轻人就是想法多，而且有干事的魄力，是个难得的人才，当年将你从省城直接引进到桃镇看来是对了，未来还得有更大的舞台给你施展才行。"然后对着记者说："这次你们看到的金秋大学不仅仅是一个养老模式的改变，还是一个共同富裕的创新实践，这位年轻的领导正在用一套体系带着更多地方的人和桃园一起发展，共同富裕。你们要好好报道报道他！"

曹工虽然有点不好意思，但是他明白王书记这样说不单是关心他的发展，也希望通过新闻传播使刚刚说的这些想法得到更广泛的传播，将对下一步金秋大学和飞地共建的合作起到更大的推动作用，这么好的传播机会当然不能错过，也不应该错过。其实，曹工从内心里对王书记也是感激的，因为正是王书记给予机会，一路上鼓励和支持，使他和镇一班人得以大刀阔斧推进从桃镇到桃园面向大农业的转型和发展。古人云，"知我者谓我心忧，不知我者谓我何求"。一个人来到这世上，能遇到一个"知我者"是何其之难。曹工感到自己是幸运的，他遇上了。竭尽全力谋求家乡发展，也是他回报王为民的知遇之恩。

传播效果还真明显，刚刚过去十天，著名的义市的市长陆成全就带着团队到桃园考察。陆市长特别重视桃园的大农业以及桃硒源的产品，参观完食品加工厂就接近中午了。曹工和周长富在未来家体验营设宴接待考察团，刚刚到房间，陆成全就说："对不起，先不忙开饭。我们还没有去'三拜'呢，让我们先去'三拜'，再来吃饭。"

在回体验营的途中，陆市长特意跟陪同的曹工讲："曹书记，我知道你们镇有个新四军，后来还是抗美援朝的战斗英雄，叫曹仁杰，不知道能否安排我们见一面？"

曹工说："那没有问题，您说的是我爷爷，我让我弟弟接他过来。"

大家回到体验营，凉菜已经都摆好了。不一会儿，曹兵领着曹老爷子进来了，众人全都起身，曹工和陆成全迎了上去，陆市长激动得双手握住曹老爷子的手说："曹老爷子，您的身体还很硬朗啊，而且还教育了这么优秀的孙子，听你们镇上说您的五个孙子女是'五虎上将'啊，可能这个说法已经好久没有人提了，但是我想您一定有过人的教育方法，这个值得我们好好学习学习。今天我们就先不具体讲，这已经到饭点了，您赶紧上座。今天虽然是桃园宴请我们，但是我来当半个主人，请您老坐在主位，您不能推辞。"说着就直接扶着曹老爷子走向主位。

陆成全话说到这样，曹仁杰也不再客气了，坐下来说："早知道你们义市干得好，把生意做到全球了。在这个方面，你们义市人要带着我们桃园一起到国际上去发展啊！知道吗，你们刚才去拜的新四军烈士陵园，灵牌上二百多位烈士中，就有你们义市的陆城和陆长工两位。陆城是我们团的一营长，陆长工是他的贴身警卫。抗日战争时，陆城营长的英勇威名大震。就在保卫桃镇的一次战役中，敌人炮火猛烈，陆营长牺牲了。他的警卫员陆长工带着我们撤离，陆长工当时已经被炮弹击中，等到了芦苇荡里面，他身上的血染红了周围的水，我们才知道。等我找到卫生员抢救时，他已经没气了。多好的两名战友啊，我至今念念不忘，见到你们义市的人，我都会想起他俩。"

说着说着，曹老爷子泪如泉涌，身子突然歪倒在桌子边上，曹工和大伙把曹老爷子抬到沙发上，并且赶紧叫来一辆救护车。救护车没一会儿就到，医生给曹老爷子量了血压，是二百多！医生说："老爷子是太激动了，先让他躺着好好休息，也先别多挪动他。老爷子在我们医院有体检数据，刚刚来的时候我们健康中心已经提供给我们了，目前看主要就是过于激动造成的，其他没有什么事情。但是这也太危险了，毕竟快九十岁的人了，不能过于受到刺激，曹书记你们以后要注意一点。"医生交代完就走了。

众人又回到餐桌上喝酒，也没了心情，干杯也干不起来。只见陆市长举起杯子朝天一拜，然后将酒慢慢洒在地上，说："我们今天幸福安定的生活来之不易，都是像曹老爷子这样的英雄给我们创造的，我刚刚那杯酒就是敬那些为新中国成立献出宝贵生命的烈士。青山处处埋忠骨，何须马革裹尸还。一个有希望的民族，不能没有英雄。一个有前途的国家，不能没有先锋！我爷爷就是刚刚曹老爷子说的陆城，所以我们义市早就跟你们桃园结下不解之缘，未来我们还将互帮互助，共同将经济发展好，不辜负前辈们抛头颅、洒热血换来的和平发展机会。"

其余人也像陆市长一样，为先烈们敬上一杯酒。曹工说："没有想到陆市长和我们桃园还有这么深的缘分，我们现在要跟义市好好学习，请陆市长带着我们桃园在国际化的道路上走得更高更远。"

陆市长爽朗地说："一家人不说两家话，咱们斟满一杯酒，这杯是祝我们两地共同发展，在国际上一起展现强盛的中国，和世界人民一起构建人类命运共同体。干杯！""干杯！"大家纷纷举杯碰杯，一饮而尽，一派欢乐喜庆的氛围。

饭后，曹工和周长富又带着考察团到临海装配式建筑基地和新能源科创园参观，最后一行来到未来家生态健康智慧住宅。站在空中四合院的露台上，陆市长说："你们这个形式好啊，把房子变成了可以移动、更换的商品，跟原来的不动产的概念完全不同了。这个产品走到国际上都应该受欢迎，我们是把国内的小商品销向国际，你们是要把房子这样的大商品销向国际啊！未来我们一定要好好合作起来，因为你们这个大商品里面可以将我们的好多小商品都装进去一起销向国际。"

曹工说："这国际化我们光有想法，还没有具体实践过，得靠陆市长带着我们一起发展。我们也想组团到你们义市考察学习，您看是否方便？"

陆市长说："欢迎你们到义市指导，不过要来就早点，下周我都在，再下周我就要带团出国考察学习啦。"

曹工说："那就下周，下周我们一定到义市考察学习，到时还麻烦陆市长指导指导！"

陆市长说："说的都是两家话，我们是一家人，希望你们多组织一些人过来。你们来传经送宝，人多了可能合作还更多呢！"

几天后，曹工带队，组织了全镇各行业三十人的代表团往义市考察。这其中，曹仁杰老爷子由曹兵、王花陪护着也在其中，此时，他们要完成一项夙愿。

大客车一进义市市政府大院，就受到了义市宣传队的列队欢迎。在欢迎会上，陆市长作了简单介绍，其中说道："我们现在常驻的外商人数是两万人左右，大部分是中东国家的，然后是印度、韩国，还有欧洲、南美、北美、大洋洲、非洲等，他们都不是白来的，来了就要带走我们的商品。我们义新欧已成为全国运营方向最多、载重率最高、跨越国家最多、运输线路最长的中欧班列运营线之一。"

听了陆市长的简短介绍，大家又仔细参观了义市展览馆和小商品大市场，无不摩拳擦掌，跃跃欲试。

参观后，陆市长领着曹工一行会见了欧洲贸易代表团团长，彼此增进相互了解，并约定近期请他们到桃园实地考察。当天下午，周长富代表桃园镇政府跟义市政府签订了长期合作协议，义市将全力帮助桃园镇加入"义新欧"列车联盟，将桃园镇的产品销到亚非拉，销到欧洲，使桃园在"一带一路"沿线国家建设上能发挥更大作用。晚上，陆市长带着曹工一行到义市的异国风情街考察，陆市长说："你们桃园有文旅街展示中国的非物质文化遗产，传扬中国文化；我们义市有异国风情街，展示了各个合作国家的异国风情，让在义市发展商贸的外国人有离土不离乡的感觉，促进双方文化交融发展。在国际化的道路上，义市不仅仅是把我们的产品卖向国际，也提供平台让国际上的小商品在中国有更好的展示途径。在未来，我们义市还要学习你们桃园，在全国和全世界合作共建飞地园区，把义市的小商品园区开往全世界。"

在义市的考察直接打开了桃园考察团成员的思路，大家兴奋不已，关键直接带来了新思路的冲击。也许是之前的发展使得桃园的建设速度非常之快，在从高速发展转向高质量发展的途中桃园像是有明确的方向，但是从义市回来之后，他们才真正感觉到桃园的发展还有更广阔的空间。

最后一天下午，大家由周长富带领在义市小商品市场自由活动。曹工、曹兵、王花则手捧两束菊花陪着曹老爷子，去往义市革命烈士陵园。陆市长本也要陪同，被曹老爷子婉言谢绝了："这是我的家事，也是我的一个夙愿。"陆市长便派了司机开车护送，秘书小刘随从做好联络服务。

到了义市革命烈士陵园接待室，曹老爷子向工作人员出示了抗美援朝军功证，申请查找、祭扫抗美援朝烈士吴超洋和中越自卫反击战烈士吴援朝父子的陵墓。接到工作人员汇报，烈士陵园负责人赶紧前来接待。经过编号的资料查找，工作人员确定了两位烈士的身份，查找到陵墓的具体号位，带着曹老爷子一行人前往祭拜。戎马一生的曹老爷子神色凝重，被曹工、曹兵一左一右轻扶着慢慢走着。来到墓园，看到一排排烈士的墓碑，他的内心悲壮而压抑，当走到一个墓碑前，工作人员停住了脚步。墓碑上镶嵌着一幅黑白的瓷像照片，上面刻着："（1928 年—1950 年）抗美援朝烈士吴超洋之墓"。曹老爷子轻轻抚摸着照片，多么熟悉的年轻刚毅的面庞，音容笑貌犹在眼前，曹老爷子瞬间控制不住自己的感情，"扑通"跪在墓碑前泣不成声："超洋，我来了，我把你孙子给你带来了……"曹兵也跟着跪下，眼泪簌簌滚落。王花在墓碑前献上一束洁白的菊花，曹工将爷爷、王花将曹兵分别扶起，几个人静默无言，一起向墓碑深深地三鞠躬。

吴援朝的墓碑在墓园的另一个方阵，墓碑上的照片是彩色的：身穿军装，头戴红色五角星的军帽下，一双细长的丹凤眼，英气逼人，果然与曹兵有几分神似；上面刻着"（1950 年—1979 年）对越自卫反击战烈士吴援朝之墓"。曹工担心爷爷情绪再过激，紧紧从身后扶住他，曹老爷子痛哭道："苦命的孩子，我带你儿子来看你了……"看着墓碑上那张与自己相像的英俊的面庞，曹兵跪倒在墓碑前，哽咽说："爸爸，爷爷带我来看您了！"王花也跟着跪下，跪拜后，王花含着泪扶起曹兵，一起敬献上一束黄白相间的菊花，大家一起向墓碑致以三鞠躬。

考虑到曹老爷子的身体，曹工、曹兵和王花事先就商量好，所以，整个祭扫过程克制而迅速，以完成爷爷的一个夙愿。其实自知道自己的身世，曹兵在内心深处的纠葛后，也早已释然，他要与内心的冲突和解，直面苦难才是成熟。一段往事，一种伤痛，就让其随风飘散，逝者已矣，生者如斯，以生者之坚强，告慰逝者，内心安宁，人生即是圆满。

第三十二章　锦绣世界针线牵

万花花海，四季花开，一望无际。自举办马拉松比赛后，为让游客既体会到远望的壮观，又能有近赏的入心，桃园镇把农业合作社的模式也用到了文旅产业，在花海上拓出一条贯穿历史、走向世界的路——他们在万亩玫瑰园中开辟了一条足有十公里长的步行长廊街。说是长廊，是因循玫瑰园的整体布局，有着九曲回廊的曲径通幽，使田园自然平添诗意，文气氤氲；说是街，因长廊的入口和出口两边有着一间间的刺绣门店，雕梁画栋，古色古香，足有二百家的规模。整个长廊与万亩玫瑰园融为一体，相得益彰，又精美而独树一帜。

从十几年前桃镇文旅街的"如花世界"到这条花海中的十公里长廊，桃园镇的刺绣真正成了"如花世界"！这里面又蕴含了多少人的故事、花的故事和刺绣的故事……

这又要从王花说起了。与曹兵结婚后，王花的人生仿佛开了挂。多年从事文旅产业的曹兵知道，自己找到王花是找到了宝，庄稼可以拔起再种，房子可以推倒重建，但他的王花却是独一无二的，她从奶奶手里继承的刺绣绝活儿已历经几千年传承，如今当机器刺绣代替手工的时代，王花所传承的技艺更是弥足珍贵。但古老的工艺也需迎接现代再造的转型，把传统与时尚融合起来，才是对民族传统文化最好的传承。所以，曹兵反而甘于做王花的贤内助，千方百计地发挥她的艺术造诣。

一天，曹兵一进家门就兴奋地朝王花喊："花儿，你明天收拾一下，后天到清华大学美术学院报到学习。"

王花从厨房跑出来，一脸蒙："到清华学习，你怎么也不跟我商量一下？"

"这么好的事，我就帮你定了，文化部对非遗传承人进行分批培训，市文旅局正安排培训人选，你是省级非遗传承人，名额还是我争取的。"

王花听了也一下子雀跃起来，一把抱住曹兵。但转而又皱起眉头来："我不在家，奶奶怎么办？"

"花儿，这是好事，你去学好了回来把刺绣手艺传下去，就是对奶奶最大的好啊！"王奶奶从房间里走出来说，"现在国家如此重视传统工艺，机会难得，奶奶不中用了，往后就靠你们了！"

金秋的北京，漫山红遍，层林尽染，到了最美的季节。清华大学的校园处处皆美景，渲染着儒雅的浪漫，暖阳透过片片金叶，将这百年名府折射成七彩的梦想世界。天高云淡下的清华园，闪耀着历史的光芒，在王花的眼里更是魅力无限，联想到自己所传承的非遗艺术，她心生灵感，在中华大地上，正是雄伟婀娜的自然风情、绚丽多彩的历史遗珍共同编织出一幅鲜活的文化画卷。

要实现"非遗"从"火"起来到"活"起来，除了技能传承外，更要有扎实的科学理论和体系支撑。美院对非遗传承人培训班安排了系统的教学，有艺术史论课、工艺欣赏课，还有创意设计课、工艺实践课、文化考察课，并有涉及专业技能和综合艺术素质提升的名家讲座。为提高传承人的文化判断力，美院特意在课程中增加了工艺美术史论模块，并带他们去故宫、国博观摩古代精品。看过"万寿盛典展"中的清代缂丝、刺绣精品，王花在心里埋下学习古人、顺应时代的念头。

有一次艺术史论课，老师讲到中国刺绣的历史："中国的农耕文化在一定程度上带动了刺绣的发展，因为是农业的发展带动了丝织产业，当刺绣遇到丝织，就像转角遇到爱的感觉一样，刺绣也因此得到了极大的发展。中国传统社会男耕女织的生活方式，也为以后的刺绣打下了坚实的基础。"这段话引起了王花的兴趣，她知道奶奶教她的刺绣图案大多是植物花卉纹样，有较具象的牡丹、石榴、桃花、李花、梅花等，还有较为意象的井田花、山形花、迁徙花等，也有些动物图案，通过老师的讲解，她的感性认识有了依据，苏绣与农业休戚相关，传统纹样正是人类社会由狩猎进步到农耕的体现，表现了人们对耕作的膜拜和对丰收的向往。桃园镇这些年大农业发展日新月异，刺绣艺术也必须跟上时代发展的脉搏。

在课后与老师的单独交流中，王花也真正了解到她和奶奶传承的苏绣及与苏北的关联。苏北许多县的人口始祖多因明朝"洪武赶散"时，从苏州迁徙而来，这个当时强迫性的移民事件，使大批苏州移民苦不堪言，但另一方面，广大移民也带来了经济发达地区的先进生产技术，有力推动了苏北落后地区的经济发展。王奶奶所传承的苏绣就是从祖上一路传承下来，相比彼时当地传统的苏北绣，凸显出苏绣精细、雅洁的品质感，历来为人们所珍爱。随着机器刺绣代替手工艺，那构思巧妙、针法灵活的刺绣手法也逐渐失传，那择一事而终一生、一针一线总关情的工匠精神更是现代人最为珍贵的品质。所以，传承刺绣工艺，更是在传递中华民族最宝贵的精神品质，这才是振兴传统文化的内核。王花的内心深受洗礼，油然而生一种责任感，她想起小时候在学刺绣时被奶奶打手的泪眼婆娑，奶奶给她的实在是最宝贵的财富，让追求卓越、精益求精成为人生态度，她要回到桃园镇，以针线绣出传承人的坚守和中国梦，与桃园人齐心协力铸就现代社会文明的新高度。

美院这次培训的目的是让非遗不仅以技艺的形式"活"出色彩，更要有能开枝散叶、广结硕果的"活"土。在第一期培训的最后一周，老师让非遗传承人同学之间自由组合，艺术手法相互融合，合作创作应用于现代生活的物品。王花与江西夏布的传承人刘晓丹一起制作了一件精美的夏布刺绣女衫。江西夏布生产至今已有一千六百多年的历史，在唐代被列为贡品，是一种以苎麻为原料，采用绩麻成线的方式织造的面料，因其透气轻薄，有驱虫避邪的作用，非常适宜消夏，故称"夏布"，其天然质朴的质感深受中国、日本和韩国人的喜爱。王花和刘晓丹一起商量后，请服装设计系的学生将夏布做成一件无袖、低圆领、前襟交叉系带、款式简洁的罗衫，古风淳朴、清新淡雅。王花打算围着领口绣一圈传统吉祥图案"缠枝纹"，也叫"万寿藤"的二方连续，以体现生生不息之意。辅导老师肯定了她对传统图案应用的思路，不过建议她换成传统图案中的"莲花纹"，因为除了象征吉祥外，莲花的时令与夏布的材质更贴切，好的设计作品，每个细节既有变化又都要统一在整体之中，于无声处见匠心。王花听了有茅塞顿开之感，老师的建议不仅针对这件作品，而是给了她一种思考问题的方法。于是，她在这件夏布罗衫前身的领口绣了简洁的莲花纹，正面的莲花纹造型以圆盘状的莲蓬作为纹样的中心，花瓣相依展开，比例匀称，造型端庄中透出灵动。王花夜以继日赶工，两天时间完成，成品的夏布刺绣罗衫，素朴雅致，清新脱俗，意韵悠然，诠释着悠远的国风之美，作品在本期培训总结中得到了美院专家们的一致好评，并作为传统非遗现代应用的范本。

一个月的培训使王花有了脱胎换骨之感，有很多技法以前只是一种经验，现在有了历史和美学的依据，她从内心感到丰富、充盈和快乐，她要迫不及待回去，把所学的知识养分浸润到桃园镇的大农业建设中去。离开清华园时已近黄昏，西方的天空燃烧起一片橘红色的晚霞，壮丽如画。王花的心头莫名涌出一股豪情：清华，我还会再回来的！踏上南下的火车，火车一夜穿山越水，到达桃州时正是第二天清晨。早晨，迎着一轮旭日，天空犹如被冲洗过一般，一片蔚蓝。下了站台，王花猛吸了一口气，多么熟悉的气息，沁着泥土的芬芳。到了出站口，曹兵远远地看到了王花，笑着伸开双臂。王花跑过去，扔下行李，直接抱了个满怀。回桃园的车上，王花兴奋地跟曹兵讲着自己的收获。

曹兵开着车，微笑着说："可见，非遗传承保护既是一道民生考题，也是一项发展议题，需要释放'文化力'，让非遗更好地融入现代生活，更好地满足当今老百姓的精神文化需要，只有激活'发展力'，把非遗文化的'厚家底'转化为发展'新引擎'，更好地推动社会进步发展，这样我们家的非遗之'花'才能在传承与创新中更美地绽放。"

"老公，你什么时候变得这么厉害了，跟我们老师讲得差不多。"王花故意以一副崇拜的眼光看着曹兵说道。

"那当然，我家花儿上清华了，我如果不学习就会落伍的，到时花儿会把我一脚踢开。"曹兵打趣道，得来王花在他膀子上猛揪了一把，疼得曹兵连连求饶。

"花儿，说正经的，我觉得非遗要与现代人的日常生活息息相关，才能活在当下并传承下去，我们也要让刺绣在带动桃园城乡就业、促进增收方面展现出独特的'发展力'。"曹兵开着车说道，"你能否请清华的专家老师，到我们桃园做一个刺绣创意产业研究院或是协会，研究和设计刺绣与现代生活物品相结合的产品。"

"老公，我真服了你了，你这还真不是胡思乱想，我们培训时，老师也说了，他们也在寻求与地方合作，让非遗实现现代再造，促进地方经济发展。"王花打开手机中保存的照片继续说，"老师们也跟我们分享了不少非遗现代设计的产品，等到家后我给你看。"

"是的，我们桃园永远不嫌研究院多，他们做的农业、保暖材料、建筑装配、智慧产业等研究院都有了很好的应用产品成果和市场，如果我们花儿做刺绣研究院，那可是在镇里独树一帜啊，你做好专业，我给夫人做产品和推广，我们还要带动一批人发展。"曹兵甜蜜蜜地和王花一路说笑着，车子在桃园花团锦簇的宽阔大道上飞快行驶。

从老桃镇到桃园镇转眼已有十多年面向大农业的城镇化发展，伴随各类农产品、文旅景观和企业的诞生与发展，有关地方整体形象的品牌塑造，一直困扰着曹工。桃园的农产品是在打富硒源品牌，然而他觉得这还只能作为桃园的一个子品牌，最能深入人心的应是具有历史传承、自然清新而又独特的东西，就像清水之中的芙蓉，意境深远、余韵绵长，品牌打动人的是文化内涵。他想到了桃园的非遗刺绣，蕴含着自然、鲜明、独特的文化内涵，穿越时光，依然动人心弦，生命长久，而且刺绣与农业的基因和禀赋相同，独一无二，又各具特色。文化内涵、工匠精神，这样的品牌才最动人，最为深入持久，工匠精神，于今日之桃园不是口号，而是一种治理方式和改革发展精神：精益求精、积极进取、勇于创新、追求卓越！

王花回来后，周末曹兵专门邀请了全家聚会。王花的学习心得和新作着实让全家惊叹，也激发大家脑洞大开。首先是曹兵自己，他想要把民宿和未来家墙上的装饰画都换成精巧的刺绣作品，有游客喜欢也可以买走；样板房房间内的床尾巾、餐桌上的桌旗等装饰物也都缀以精美的刺绣，走进未来家就如同进入一座观赏刺绣的展览馆。郑晓煜说，把刺绣纹样印在供暖设备上，给产品和家居都添上古色古香的氛围。曹学的创意很大胆，直接以大型刺绣壁毯装饰墙面，让古老的艺术和现代家居相得益彰。

王牡笑着说："你们这些构想还没有触及刺绣的灵魂，我是要实现刺绣艺术的蝶变，塑造人格的质变。"

家人们听了面面相觑。王牡接着说："刺绣不只是简单的工艺和图案，传递的是一种精致而高贵的品格，所以我们王氏服装店要专门打出刺绣服装的品牌，穿上刺绣服装，对人的仪态、语言、气质都有一定的规范，这样就是以服装塑造人格，这就是刺绣的蝶变！"家人们恍然大悟，拍手叫好，一起端起酒杯敬王牡。

家人们你一言我一语，就连王奶奶也表态，要教小区的妇女们学习刺绣，把自己的绝活儿传下去。就剩曹工没说话了，大家也都知道大哥是最善于研究思考的，又热爱传统文化，他的想法一定会更高。曹工高兴地说："首先祝贺花儿学有所成，让大家开阔视野，也感谢全家各抒己见给我启发，我还要再消化消化。过一阶段，连同我们镇上的工作一起向全家汇报。"

大家有点失望，但也了解，以曹工的沉稳性格和关注点，对于这一主题，接着势必有一场大动作。

一个月后，镇里出台了《桃园镇品牌建设暨"农旅文"发展规划》。规划中提出："将在深入贯彻落实乡村振兴战略中，积极探索以刺绣文化为主要内涵的'农旅文'融合发展新路径。通过做大做强桃园刺绣这个'一村一品、一业一品'，示范带动农产品销售，努力助农持续增收。"为挖掘整理传承刺绣工艺，研究刺绣现代再造，延长刺绣产业链，扩大销售渠道，规划中也明确指出："促进刺绣的产学研销集中，推行合作社管理和运作模式，依托万花，打造一座刺绣小镇，形成富有特色的'农旅文'品牌，塑造能代言桃园镇'坚守初心、开拓创新、追求卓越'的新的城镇形象。"规划中还倡导，全镇幼儿园和各学校、各酒店宾馆塑造刺绣品牌，中小学校开设刺绣课，机关单位和企业以刺绣文创作为公务礼品。

大自然是艺术家永远的灵感缪斯。为激发艺术家设计和创作的灵感，镇里在全镇最新的万花花海地带专门开辟了文化创意产业园。经过紧张筹备，桃园镇刺绣创意产业研究会在万花花海文化创意产业园成立了，政府引导、市场为主体的原则，研究会采取"公司＋名家工作室＋专业合作社"的经营模式。研究会由桃园集体资产管理有限公司、万花旅游景区有限公司、王花工作室，以及高校非遗文化研究院共同组建，会长由清华大学非遗研究专家担任，副会长若干名，王奶奶也担任副会长，参与教育培训；王花任研究会秘书长，负责专家咨询、专业工作，以及下设机构各项工作；副秘书长若干，曹兵是其中之一，协助王花的工作，并主要负责营销推广。研究会发展会员五百余人，遍及全国非遗有关科研院所、桃园镇全镇各个社区，以及周边乡镇，并将桃园刺绣发展为妇女创收的来源之一。

作为多年在"农旅文"产业深耕的曹兵深知，非遗如光谈保护，不给出路，这样的非遗路子太窄；要关注应用，引导消费，让现代设计的成果为我所用。所以，他协助研究会制定了三条策略：一是以学术课题项目的研究聚合高端研究人才；二是以活力的现代设计带动刺绣文创；三是以活力的市场需求带动生产。同时制定了三项任务：一是挖掘整理苏绣传统工艺手法和纹样，由市里申报国家课题项目，由研究会的专家调查研究；二是开展苏绣手工艺教育培训工作，目前由王花主要负责，同时王花通过引进及自己传帮带，尽快培育出一批师资力量，扩大刺绣从业队伍；三是苏绣的创新设计和乡村振兴产品应用研究，由王花工作室制定市场规划、工艺标准，由园区里进驻的设计工作室设计，分包制作加工。

桃园镇实施集中耕地、集中住宅、合作社生产以来，老百姓们由农村搬进了小区的楼房，居住环境和生产生活方式发生了翻天覆地的变化，同时，居民们的就业问题也是镇一班人一直努力拓展的重要工作。搬迁后，青壮年劳动力可干的活儿不少，老人和妇女成为剩余劳动力的主体，尽管镇里的农产品深加工、商贸服务等项目解决了不少妇女就业，但仍有一些妇女因为要照顾孩子而留守在家操持家务，她们或超过务工年龄，无法就业；或没有就业技能导致就业困难。

现在镇里发展刺绣产业，刺绣合作社一方面引进了智能刺绣设备，智能个性化刺绣，实现了寻边绣、定位绣、文字绣、照片绣、涂鸦绣等多种应用功能，提供一站式定制化刺绣解决方案；另一方面负责调查统计各小区闲置在家的妇女劳动力的情况，上门征求意愿，妇女们都愿意将合作社一些小订单、零散订单拿回家让她们在家制作。这样既能有稳定收入，又能照顾家庭，实现了劳动力在家门口就业，拓宽了妇女就业渠道。

经过王花和团队的培训，妇女们很快也都能掌握刺绣的基本手法。左手拿针，右手拿线，将彩色线头放在嘴里一抿，再用右手大拇指和食指轻轻一搓，线进了针孔，便是绣针在布上上下穿梭……一时间，在各小区的公共休闲区域，妇女们三五成群，一边操持着手中的针线活儿一边聊天的场景，成为桃园镇一道幸福和谐的风景线。发现小区的妇女们都喜欢扎堆刺绣，相互切磋学习，合作社还从各小区参与刺绣的妇女中选了一个精明能干的作为组长，这样就更加方便于刺绣项目的组织实施了。

小区墙壁上画着绣女壁画，居民家里装饰着镂空窗棂，街边陈列着刺绣文化长廊……现在，桃园镇处处可见刺绣元素。在幼儿园里，园长王丹为了激发孩子们对民族传统文化的兴趣，开展了"我动小手来刺绣"主题活动。活动中，孩子们以布为纸、以线当墨、以针做笔，从练习穿、拉、扣、插的技能，到利用塑料针穿线学习上下拉线、锁边平绣、打结的技能，最后学习常用的基本针法进行组合刺绣。对刺绣的内容也是由简入深，从绣小朋友们自己的名字到简单的日常物品，再到与课程主题内容相融合的物件，如书包、小宠物、妈妈的围巾等等，充分发挥孩子们的想象和创意，体现个性和活泼的设计理念。刺绣不仅提高了孩子们的动手能力，更陶冶了他们的情操。每一次的穿针引线，都是对传统刺绣技艺的薪火相传。王丹把孩子们的作品都展示在幼儿园的画廊里，让孩子们感受到自己的创造和劳动，培养对民间传统技艺的兴趣。

桃园镇的中小学校在劳动课上也都增加了刺绣技术的学习，王花应邀担任课外辅导老师，每次辅导，学校会集中多个班级的学生在学校报告厅听课。几百位学生，男女都有，在课堂上精描细绣，上演大型"女红"现场，使学生们感受到刺绣之美和背后的文化传承。

小区里的家庭妇女们被发动了起来，中小学和幼儿园以及家庭都跟着学习和推广起来，各单位也都委托研究会设计定制刺绣文创公务礼品，市场需求也大了起来，有力推动了桃园刺绣产业的快速发展，刺绣产业成为家庭妇女在家就可以实现的增收好渠道。但王花感到，这是在政府政策推动下所形成的良好开局。而真正要形成良性市场，更需要刺绣本身的艺术魅力为现代生活所需要，传统的非遗项目如何适应现代生活，是她和青年传承人们必须跨过的一道坎，在刺绣行业里，技艺是基本功，能否绣出好的作品，关键是创新思维、提升文化修养的问题。当前，他们需要在刺绣文创产品的设计研发、青年传承人的培养上下功夫。

而这个改变因桃园镇一位海归留学生的到来而发生了关键性的转变。

这个海归留学生叫林晓棠，就是桃园万花人，受母亲王秀英影响，从小就爱上了刺绣和画画。在国内美院读完视觉传达专业本科后又到意大利米兰设计学院深造，获得了视觉艺术和应用心理学硕士学位。在意大利读研究生期间，有一次参观画展，她深深地被自然主义的作品所吸引，她在异国他乡求学的思乡之情在画中的大自然中得以疗愈。自此，她就确定目标，要做一个自然主义艺术家，然后创作了一批以大自然为主题的作品。在学校修应用心理学课程时，晓棠对自然主义有了更深层的认识，是人的情感融入自然世界从而给予人类平静与启发，使人在面临困难和失望的时刻，得到心灵疗愈。

晓棠毕业后回国准备到大城市找工作，桃园日新月异的发展变化让她感到无比震惊，万亩火红的玫瑰园、万顷金黄的稻田、万亩碧绿的菜园、整齐划一的小区、平坦宽阔的大道，这一切令她激动，眼前这发展图景正是最好的自然主义杰作，浸润着桃园人的智慧和汗水，成就一片诗意栖居的家园。

于是林晓棠用油彩兴奋地画出桃园自然系列。她把这一系列油画发给意大利的老师和同学，又经他们在网上传播，中国桃园开始名扬海外了，有意大利的报纸用了一个整版刊登林晓棠的桃园系列油画，并评价道："你看了这些画，可能会说这是天堂。不，这是中国的农村。中国早就不再是当初贫困落后的面貌，而是一番欣欣向荣的景象，中国的城市可能不是最让人感到震撼的，但中国的农村一定令我们震撼！"

而触发林晓棠艺术生命重启的则是桃园镇在当下新一轮的发展中以刺绣点亮地方品牌成效。在此次建设中，晓棠的妈妈王秀英因娴熟的刺绣技术也应邀加入了镇刺绣创意产业研究会，并作为合作社刺绣辅导老师，每天在小区里耐心辅导闲在家的妇女们学刺绣。回到家里，她自己也会坐在椅子上架起绷子，铺开绣布，以针为笔，以线为墨，埋头做一些刺绣活儿。每到这时，晓棠就会挨着妈妈坐下，静静地观看。只是与小时候不同，现在她再看妈妈刺绣会咀嚼出一些味道：从一针一线，到图案逐渐成形，她仿佛看到那长长的线编织出一条探索的路，从远古走来，摇曳着丝绸古道上的驼铃声声，回响着通向宇宙的飞天之梦，传承了几千年，依然生机盎然，这是根植于中国人的血脉基因，华夏子孙对于刺绣的感情无法被超越。"我何不用我们中国自己的艺术语言讲述中国土地上的故事？"那样才是真正的自然主义，晓棠美美地想着，便跟妈妈王秀英说："妈妈，我也要拾起刺绣。"

王秀英先是愣了一下，因为自己对刺绣的情感真是百感交集。秀英小时候就跟她的妈妈学刺绣，然而在中国二十世纪中叶那段特殊时期里，小秀英在学校被同学嘲弄，见到她就喊："打倒小绣娘！"而今，手艺人的春天真正来临了，他们得到了应有的尊重，她也受到了专家和王花她们讲课的影响，自己确实想要把手艺传下去。"好啊，但妈妈的手艺你都知道，我想让你拜王花为师。"王秀英停下手里的活儿，说道，"王花得她奶奶的真传，她奶奶跟你外婆都属于苏绣一脉，你外婆去世得早，那时我学得也不多。"

"太好了，妈妈，我明天就去跟王老师行拜师礼！"晓棠很兴奋，又行了一个拱手高举、自上而下的长揖礼，逗得王秀英哈哈大笑。

"但是妈妈，我并不是要把精力全放在自己刺绣上，我想在学习刺绣技艺的同时，实现我的刺绣梦想。"晓棠露出神秘的微笑，一副胸有宏图大志的模样。

林晓棠其实就比王花小八岁，两人一见面，就乐开了。当了解到晓棠的学习经历和创作成果，王花连忙说："晓棠，我可不敢当你的老师，咱们拜姐妹吧！你有什么好创意，我来给你组织实施。"

"王花姐，你确实厉害，我心里有一大箩筐刺绣新创意构思，今天来就是想咱们珠联璧合，一起把刺绣做出新意，让刺绣走出国门。"林晓棠说完，立刻拿出包里的笔记本电脑，说，"我现在就把我的构想全抛给你。"

王花连忙整理好桌椅，拉着晓棠一起坐下："晓棠，我遇到你是过河碰上摆渡的——正好！我们好好聊聊。"

接着的这两个月，桃园文化创意产业园区的保安大叔每天看到，设在园区里的刺绣合作社，二三十名绣娘每天一早便来，傍晚下班才走，有时干到深更半夜才回家。王花和林晓棠更是形影不离，有时两人甚至晚上不回家，住在工作室。曹兵会经常开着车给她们带吃的。

这两个月，王牡的王氏服装店也是加班加点，几个设计、缝纫和刺绣师傅轮班休息，昼夜不停。

这两个月，合作社下面各社区的家庭绣娘们手里也都有一揽子手工刺绣的活儿，有的派到的活儿是在一块统一安排的麻布上绣一朵玫瑰花，有的是绣桃花，有的是绣麦穗，还有的是一条跃起的鱼、几只鲜活的龙虾、螃蟹，所要刺绣的内容五花八门。

这两个月，合作社的智能刺绣厂同样像上了发条一样不停歇……

两个月后，桃州农产品订货会在北京农业展览馆举行，这是桃州市农业发展成果首次面向全国的一次集体亮相，桃州十个县和桃园这个市管镇在场馆里各布置了一个展示区，所以这也是桃州各县、各镇向全国乃至国际展现特色、展示实力的一个大好机会。

进入场馆，墙上一幅一米高、足有百米长、几乎绕全场一周的刺绣壁毯着实吸引住所有观众的目光，这幅精美的刺绣壁毯左侧起始的位置绣着四个字——"大美桃园"，整体画面由十幅场景组成：水光潋滟苏北小镇、鱼鲜蟹肥水乡养殖、朝阳似火玫瑰庄园、姹紫嫣红桃花大道、变废为宝盐碱滩涂、金浪翻滚万顷稻田、欢欣鼓舞瓜果飘香、春色满园现代小区、其乐融融智慧综合体、鸿业远图刺绣经济。这十幅场景中，人物和自然相融，既有各自的主题，又融为一体，线条简洁利落，色彩对比鲜明，具有现代装饰风格，刺绣的精细令人叹为观止，好似一幅现代刺绣版的桃园"清明上河图"。解说员介绍，这幅百米刺绣壁毯表现的是桃园镇大力推进农业改革日新月异的发展图景，由桃园海归青年林晓棠设计画稿和色彩，由桃园镇省非遗传承人王花指导桃园合作社百位绣娘，历经两个月时间全身心奋战，共同完成。

而在整个展览场馆中，桃园展区也是别具一格，一扇古色古香的棂格拱门上同样缀以四个大字——"大美桃园"，贴切地点睛出新中式的风雅气韵。拱门两边是一副对联，上联是先民厚德，酬志灌田万世功；下联是勤劳继世，改革科创桃园梦。从拱门进入，两边布置着同样棂格风格、分格展示的精巧的样台展台，每格里都陈列着一种品牌的农产品：有富硒系列、阳台菜园系列、降解制品系列、空气净化系列、海洋蓝碳系列、小区装配住宅系列、智慧服务系列等二十多个农业深加工产品品牌，涉及从农业生产到农产品深加工、从农业衍生到居民生活的各个方面。

而这些不同类型的品牌，在包装上都有着共性，以刺绣为元素贯穿所有农产品品牌，质朴自然、雅致古韵和现代气息融为一体。比如，富硒品牌下十多种不同类型的深加工农产品分布在一个包装袋里，特色不仅在于富硒，包装袋上的刺绣图案，清新田园风，夹杂着自然韵味，工艺的精湛凸显出这套农产品的高品质。同样，净化空气香袋系列，有玫瑰、桃花、玉兰花、荷花等十多种品类，每个香袋上都绣着相应的花卉，细微之处尽显精致。桃园小区装配建设也被制作成少儿可安装、拆解的智力手工游戏，用的都是秸秆制成的构件，一个大盒子分类摆放着多种配件，而这套儿童产品的包装袋则制成小书包，上面绣着小区景观。这些外包装袋因为有着刺绣，更让人不舍得随手扔掉，也都可以单独作为装饰的包袋循环使用。吸引观众的还有桃园展区的女讲解员，个个身着刺绣套裙，款式简洁、绣花精致，凸显现代职场丽人精干而温婉的水乡气质。

桃园展区各展位被观众围得水泄不通，有拿着笔和纸抄写的，有拿出手机拍照的，也有直接洽谈订货的。这其中，有个外国小伙，早上开幕式举行后匆匆来到了展览馆，先是仔细端详绕展厅一圈的《大美桃园》百米刺绣壁毯，然后在桃园镇展区的每个展位都聚精会神地观看，只见他拿起样品，小心翼翼地打开包装袋，对里面的分包装又句栉字比般细致察看，比其他观众都认真，但又没有要买和订货的意思。

第二天，这个小伙一到开馆时间又来了，只是身上多了一个大炮似的专业级单反相机，开始举着相机对着百米刺绣壁毯和桃园展位一处处地拍摄，一直到晚上闭馆才离开。第三天，这小伙又来了，而且还带了一男一女两位年长的外国人，三个人专门盯着桃园的展区低声地说着，有时似乎还在争论。这个外国"痴迷小伙"的反常举动早就引起场馆管理人员的警觉，该不是外国间谍，想窃取中国农业高新技术？得到场馆负责人的汇报后，国安方面迅速来了一位便衣警官陈埃，身材硬朗挺拔，气质儒雅沉稳，更像是一位商界精英。只见他悠然走到桃园展区这三个外国人面前，主动用流利的意大利语热情打招呼，不时传来他们爽朗的笑声，看得出，交流很愉快，没过一会儿，陈埃警官邀请三位外国人到了展览馆旁边的咖啡厅坐下继续聊，几个人似乎都谈兴甚浓。而场外，国家安全局方面正在转译他们的谈话，并根据三个外国人的照片调查他们的背景，事情这才水落石出。

原来，这个"痴迷小伙"名叫迈克·安东尼，是意大利最大的农业协会全国种植者联盟新派驻到中国公司的商务人员，主要工作是促进中意两国地区和企业的农业交流与合作。此次桃州市在北京农业展览馆举办的农产品订货会，也邀请他们公司参加，公司方因负责人有事，便临时安排了新来的迈克·安东尼来参加。安东尼赶到展览场馆时，开幕式已结束，他就随一个参观团队一起进场，管理员以为他是这个团队的人员，也没检查他的证件就直接让他进来了。当安东尼观看了现场，被桃园镇的刺绣和农业项目深深吸引住，第三天和安东尼一起来的另两位外国男女就是他们中国公司的负责人奥尼·里卡多和他的夫人朱莉娅·乔治，两人也都是农业科技专家，这便出现了迈克·安东尼连续三天观展被关注的"蹊跷"。

然而事情犹如二黄转中板——变调了。在陈埃警官的关注和积极推动下，曹工、周长富、谭家和在京就与意大利全国种植者联盟中国公司进行了洽谈，初步达成中意两国农业的一项合作：引进桃园镇的刺绣产品和特色深加工的农产品到意大利；意大利将为桃园镇提供具备法律效力的农畜产品的标准（种）养殖方法，以保持农作物的优越品质，达到世界"传统特色产品保护"的认证。

订货会结束一周后，桃园镇迎来了意大利全国种植者联盟中国公司负责人奥尼·里卡多夫妇和迈克·安东尼，以及两家意大利农产品企业驻中国公司的代表前来实地考察。镇领导班子、镇集体各主要合作社和重点企业的负责人参加了欢迎会，王花、曹兵也都参加了会谈，林晓棠作为翻译全程陪同意大利客商参观和讲解。意大利的联盟对奥尼·里卡多夫妇派驻中国的期限将到，他们将回到意大利对接与中国的合作，接着将由迈克·安东尼主要在中国开展工作。

此次到桃园也是安东尼在中国的首次实地考察，他被桃园的大美天地深深吸引。三天的考察，桃园的淳朴自然、风土人情、发展生机使他们增进了实际感受，感觉比刺绣中的景象还要美。于是，又增加了合作项目，拟由几家意大利公司与桃园镇合作，在万花建一条意大利风情街，包罗意大利美食、花卉和艺术品。而作为翻译的林晓棠，又是《大美桃园》百米刺绣的主要创意者，有着意大利留学的经历，这个美丽、开朗、灵秀的中国水乡姑娘让安东尼有着自然的亲近感。三天的考察中形影不离，让两颗热爱自然和艺术的年轻的心渐渐靠近。然而，相逢总有分别时，随着考察临近结束，两个年轻人变得忧郁，黄昏将至，面对桃园万亩碧浪和天际间缓缓西沉的落日，安东尼唱起了明快又忧伤的意大利情歌《我爱你，我爱你》：

> ……谢谢你／幸好我的爱情是你／将我的一切都献给你／永远永远守护着你／将我的一字一句都放在心里／将我的一切献给你／我真的很爱你／你的心痛／你的眼泪／现在我会全部带走／爱你／爱你／我爱你……

歌声柔情似水，忧郁缠绵，倾诉着在这片灵性的水土上，一段异国情缘的深情与哀愁。

考察结束，桃园镇专门安排了意大利考察团送行酒会，奥尼·里卡多代表考察团致谢："意大利是热爱农业的国家，我也早就读过中国古代诗人陶渊明的诗，'阡陌交通，鸡犬相闻。其中往来种作，男女衣着，悉如外人。黄发垂髫，并怡然自乐'。我也将此意境视作我们的梦想之地，一直致力于农业科技。这几天，我们在这里，看到了现代版的桃花源，让我们合作的思路豁然开朗。所以，我决定将英俊帅气的迈克·安东尼继续留在桃园，尽快落实我们的合作规划，他也将是意大利全国种植者联盟中国公司的新负责人，希望他在中国的桃园之路源远流长，愿我们意中友谊天长地久！"

奥尼·里卡多致谢辞讲完，林晓棠作了中文直译，宴会大厅里响起掌声。奥尼·里卡多的安排完全出乎迈克·安东尼意料，令他惊喜不已，他健步跑到台上，轻轻吻了奥尼·里卡多，又紧紧拥抱站在一旁的林晓棠，在她额头上献上深情的一吻。场内再次响起热烈的掌声。迈克·安东尼拿起麦克风，激动地说："非常感谢奥尼·里卡多先生的安排，我会做好意中两国发展的使者，让诗情画意的桃园意境传播得更远，让我们的友谊天长地久！"林晓棠翻译后，直接领唱起意大利经典歌曲《友谊地久天长》，全场也都齐声高唱起来：

> ……我们曾经终日游荡在故乡的青山上，我们也曾历尽苦辛到处奔波流浪／友谊万岁／朋友／友谊万岁，举杯痛饮，同声歌颂友谊地久天长……

其实，在桃园的三天考察中，奥尼·里卡多夫妇也是早已看出迈克·安东尼和林晓棠两个年轻人一见钟情、电光石火般的爱恋。这是携手构建人与自然生命共同体多么美好的天作之合，所以奥尼·里卡多夫妇商量后决定拉开"青春不散，永不分离"的序幕，把迈克·安东尼先留在桃园推进合作，况且，新上任的安东尼也需要在中国有一个实践场，使他能尽快深入了解中国，加强两国农业合作发展。

两个月后，在奥尼·里卡多和迈克·安东尼的共同推动下，桃园镇与意大利的托斯卡纳结为友好地区。托斯卡纳地区以其美丽的自然风光和丰富的农业遗产而闻名世界，是意大利农业旅游最为发达的地区，最美丽的部分和灵魂所在。美国白领常说一句话："我的梦想就是，攒够一笔钱，去意大利的托斯卡纳买个房子，种种葡萄，喝个小酒，安度晚年。"托斯卡纳也是迈克·安东尼的家乡所在地，他家从曾祖父起就建立起农业庄园，是全区四万多个农业庄园之一，主要种植有机硬质小麦、橄榄树和蔬菜，庄园里还有一家享誉意大利的小麦啤酒厂。迈克·安东尼自幼在充满了麦香阳光的清新田园里长大，跟着大人们也成了半个农学家，后来又到佛罗伦萨美术学院学习绘画，在大自然和艺术的相生中寻找自己本真的理想乐园。现在他就是要和桃园的人们一起打造这片乐园。

桃园镇和托斯卡纳互派合作社管理、种养殖、农产品深加工的人员到对方那里学习和实践；桃园镇在托斯卡纳的佛罗伦萨建了中国刺绣一条街，托斯卡纳也在桃镇建起了意大利风情一条街；在桃园万花万亩牡丹园间，两国更是合二为一共同开辟出一条两公里长的刺绣长廊街，街的两边，一半是中国刺绣作品及各类衍生品，一半是意大利艺术的代表布契拉提及各类特色农产品。就是要让中意两国人民，幸福如花，深情似海，两国发展彼此促进，相互渗透交融。

一年后的五月，桃园最美的季节，万花花海，一场世纪婚礼暨中意农业合作论坛在这里盛大举行。

这天，桃园这座精致的平原水乡搭起了十米高、绵延百米的缓坡形台地，坡台的中间自上而下缓缓铺了一条百米织毯，上面刺绣着桃园和托斯卡纳地区的自然景观，这是由婚礼的一对新人珠联璧合设计，由桃园刺绣合作社的百名绣娘在王花的指导下完成的。百米织毯色彩鲜明，在阳光照耀下分外夺目，在坡台的周围，远远地就能看到这件刺绣作品的全貌。坡台的两边整齐地摆着曹兵"阳台菜园"基地培育的彩色蔬菜瓜果：盆栽金橘、红色和黄色的矮生番茄、红色黄色橙色的五彩椒、紫红色的甘蓝、橘红色的胡萝卜……五颜六色、丰富多彩，俨然一场迷你蔬菜盛会。坡台下，桃园政府机关单位代表、各合作社人员、各企业代表、五好家庭等人员，参加此次中意农业合作论坛的来自两国的专家、商贸和种养殖代表，以及从全国蜂拥而来的游客，在《友谊地久天长》的歌声中，热烈而有序地聚集在偌大的牡丹广场。

这时，音乐声停止，广场上也一下子安静下来，随着激昂的《婚礼进行曲》响起，曹兵作为主持人走上高台，宣告一对新人登场，在全场沸腾的欢呼声中，迈克·安东尼和林晓棠牵手随坡台缓步而上，两位新人身着由王牡工作室精心制作的中式礼服，衣服上的绣花由王花设计，安东尼的衣服呈深紫红色，立领上绣着中国古典二方连续的方胜纹样，由两个菱形互相压角穿插、相叠而成，寓意永结同心、同舟共济；衣服背面刺绣着意大利的比萨斜塔，象征坚守两国传统文化，奋斗精神永远不倒。林晓棠的礼服中西合璧，正身是对中国传统旗袍的改良，白色旗袍上有着精美繁复的绣花纹路，钻石珠宝点缀，高贵精致又充满古风的味道，配饰也很别致，镶花饰边的洁白头纱足有十米长，清丽雅致，飘逸动人，犹如梦中的仙子，头纱由王丹带来的十名桃园幼儿园的小朋友扮作花童提着，小花童们也个个身着定制的刺绣小礼服。两边的人们把手中的花瓣纷纷抛向一对新人，此刻幸福如缤纷花雨洒落，演绎着两座花样城市一针一线织就的真心相融。

婚礼上，迈克·安东尼获得了曹工颁发的桃园荣誉镇民证书；奥尼·里卡多专门从意大利赶来参加这场中意论坛和世纪婚礼，并代表意大利官方给曹工、王花和新娘林晓棠都颁发了意大利之星骑士勋章。现场又是一片欢呼。这时迈克·安东尼在话筒前，眼含激动的热泪，以浑厚的男高音唱起《友谊地久天长》："怎能忘记旧日朋友 / 心中能不怀想，旧日朋友岂能相忘 / 友谊地久天长。"

"友谊万岁 / 朋友 / 友谊万岁，举杯痛饮 / 同声歌颂友谊地久天长……"现场观众跟着齐声高歌，歌声从每个人的心底迸发，饱含深情，充满朝气，带来无穷的力量和希望，排山倒海，让人热血澎湃，久久飘荡在花海之上……

第三十三章　而今迈步从头越

桃园的刺绣和农业又迎来了一批国际品牌的跨界合作，开始在国际舞台上大放异彩。曹工一班人分头带队到意大利、荷兰、法国等国家考察，回来后开始组织讨论制定桃园镇新一轮国际化的合作规划。

两天后，市委组织部部长刘权打电话给曹工，告诉他市委对他的最新任命——市发改委书记兼主任，通知他到市里报到，刘权说："王为民书记在市常委会上把你这几年发展桃园的情况向大家详细作了介绍，并且说像你这样有思路、有魄力的年轻干部就应该挑起更重的担子，到更广阔的领域发挥才干。所以，现在上级组织需要你到桃州发改委，为桃州的发展作出更大的贡献。你一定不要辜负王书记的期望啊！"

曹工说："感谢王书记、感谢刘部长，这次到国外考察，我深感咱们的农业和城镇要取得更大的发展必须联动更广阔的区域，形成更大的规模。我一定不辜负王书记和您给我的机会，我必将竭尽所能，和桃州人民一起共同创造桃州更美好的未来。"

第二天，王为民书记亲自送曹工到市发改委报到，刘权部长宣读了市委的任命决定。王书记说："今天，我把年轻的曹工带到影响全市发展改革的政策制定部门，就是希望用他在基层的创新和魄力，为桃州市的发展注入拓荒牛精神，桃州在我们眼里可能已经很好了，但是放到全省、全国看，我们还有很大差距，更不用说跟发达国家比。我希望曹工同志用拓荒牛的精神来改变我们的理念，打破禁锢我们发展的思想，将桃州的改革不断深入推进，促进全市快速实现城乡统筹发展，实现经济增长的高质量发展，带着桃州人民探寻共同富裕之路。你们在座的班子成员年纪都比曹工大，希望你们都要用积极的心态辅助曹工把发改委的工作做好，要记住，这里是发改委，不是障碍委。希望大家在曹工同志的带领下一起为桃州的发展做出更显著的成效！"

在桃州市发改委主任办公室的高楼上，曹工眺望窗外，车水马龙，茫茫人海，半个城区尽收眼底，耳畔王为民书记的嘱托，使他心中涌起一股豪情，不由得浮现李白别友人的一句诗"谢公终一起，相与济苍生"。十多年来风雨兼程，他以无悔青春践行了"造福一方"的诺言。而此刻，一个"人间随处有桃源"的答卷已向他展开，他又将如何做好答卷人？路在何方，路在脚下……

从桃园通往桃州市区的高速公路上，曹兵开着车疾驰而过，车上这小两口一路欢声笑语。王花说："我的三大目标，办刺绣合作社已实现了，办一个中华刺绣训练营也已启动，下面还有一项任务要完成。"

"花儿，咱们桃园已是锦绣世界了，难不成你要做敦煌飞天与外星球合作？"曹兵打趣道。

王花一脸认真说："前一阶段我随大哥他们在意大利考察，意大利的朋友们得知我是中国苏绣传人都很赞叹，他们还跟我讲起中国近代的'刺绣皇后'沈寿，1911年，沈寿绣成《意大利皇后爱丽娜像》作为国礼赠送给意大利，中国刺绣便轰动了整个意大利。意大利皇帝和皇后亲函清政府，颂扬中国苏绣艺术精湛，同时将这一幅作品在意大利都朗博览会展出，荣获了'世界至大荣誉最高级卓越奖'。作为苏绣传人，在意大利我感受到了极大的自豪和荣耀。"

王花说着，有些陶醉，却也有所忧虑，继续说道："苏绣已有四千年历史，但我们现在对传统刺绣的传承还很缺乏，许多手法已经失传。前一阶段，我专门学习了沈寿所著的《雪宧绣谱》，在这部中国第一部刺绣理论专著中，对绣具、绣事、针法、绣要、绣品等都有详细的介绍，具体阐述了苏绣十八种针法的运用，以及审势、配色、求光等刺绣要领。据《尚书》载，远在四千多年前的章服制度，就规定'衣画而裳绣'；至周代，有'绣缋共职'的记载；

湖北和湖南出土的战国、两汉的绣品，水平都已很高。所以，我从意大利回来后，就想办一个中华刺绣博物馆，把中国古代、近代、现代的刺绣产品都展示出来。意大利罗马文明举世瞩目，我们中华文化也是星河璀璨，需要我们去赓续，去影响世界。桃园镇对刺绣工艺的传承和品牌塑造如此重视，我作为传承人，就该做好整理、挖掘，弘扬优秀传统文化的事，这才对得起省里、市里和镇上给我的荣誉啊！"

听着王花忧心忡忡说着，曹兵没有再开涮，紧握方向盘开着车看着前方，像在思考，顿了顿，说："花儿，我支持你这么做。但我个人没有你这么高大上的目标，我这段时间就在想，在市场激烈竞争，从价格大战到市场垄断经营的环境下，如何稳定市场，真正保护老百姓的利益，所以，我也想办专门为农民供销的三件事：一是供销各种建材和制品，二是供销日用生活百货，三是供销大姐服装厂的服装和你们合作社的绣品。"

"那不是要退回计划经济吗？"王花不解问道。

曹兵边开车，边跟王花解释道："我说的供销方式与旧的供销社不同。在当时中国物资匮乏时期，实施计划经济，老供销社作为唯一的买卖商家，以维护国家按计划供应。而现在，物资充足了，市场放开了，又出现了蔬菜水果等农副产品，甚至粮食由个体和民营企业在收购，这样很容易出现抱团压价、亏农户的行为，一旦这些机构形成市场垄断行为，也会直接左右消费定价，影响百姓的生活。所以，重建一个与超市、便民服务店等众商家长期共存的供销模式，就是要保护农民和普通消费者的利益。你不觉得很重要吗？"

王花点点头："听你这么说觉得有道理。我看到有新闻报道，山区很多农户丰收了，可因为交通和物流不畅，好东西都烂在地里，如果照你说的供销模式，帮助农民销售，这种情况是不是就不会有了？"

"你说的也是目前市场供销存在的其中一个方面。毛主席曾说：合作社是农民的靠山，农民是合作社的主人，要买要卖都到合作社去。这句话实际道出了合理的市场买和卖。要保护农民利益，保障百姓生活，肯定要建立可控、高效、价稳的物资保障机制，要建立以农民为主体的集体所有制的合作经济组织。"

"那就干脆成立一个供销合作社吧！"王花一听拍手说。

　　"你还真说对了！今晚咱们跟大哥建议，由政府主导，成立由各镇政府控股、镇民入股的股份制的镇供销合作社，真正让老百姓得实惠，实现全社会共同富裕。"

　　这时车上蓝牙音乐一曲结束，新的一曲《明天会更好》歌声回荡：

　　　　轻轻敲醒沉睡的心灵慢慢张开你的眼睛

　　　　看看忙碌的世界是否依然孤独地转个不停

　　　　日出唤醒清晨大地光彩重生

　　　　让和风拂出的音响谱成生命的乐章

　　　　唱出你的热情伸出你双手让我拥抱着你的梦

　　　　让我拥有你真心的面孔

　　　　让我们的笑容充满着青春的骄傲

　　　　让我们期待明天会更好

　　　　明天会更好……

后 记

本人生于江苏盐城西郊的乡村，祖祖辈辈靠种田生活。我大学毕业后就远离家乡去了黑龙江，然后在北京工作，很少回乡。我看到家乡比过去强多了，但农村毕竟是农村，村镇建设还较落后，农业还是手工劳作多，离"三农"现代化还相差甚远。我退休后写了四部长篇建筑业产业小说《广厦万象》《叱咤龙城》《匠人天下》《逐梦精建》，但没有注重家乡的发展。

如今我已年迈体弱，更加挂念着家乡的一切变化，只能用文字感谢家乡的知识青年靠党和政府的政策，靠知识的力量改变所有落后，保护耕地，改良土壤，培育良种，发展大农业，发展机械化，发展刺绣等特色产业。同时抓好村镇建设，村镇工业和村镇文化教育，注重人才培育，努力实现农村农业农民的现代化！衷心祝愿当代知识青年从改革开放的成功走向新的家乡巨变的辉煌！

本书由我先写了二十四章，后在多位老乡同事的建议下，由住房和城乡建设部中国建筑工业出版社编审张礼庆老乡执笔修改充实成三十章。后经盐城老乡、南京大学校友、新华网客户端银河视务所工作室总编辑张书云对全书进行修改，增强情节，调整增至三十三章，最后由礼庆和我统一审定。由此，该书的作者为姚立发（我的曾用名）和张礼庆、张书云三位。

完稿后又多次进行删、增、改，反复调整改进。为读者负责，确保作品的质量。

姚 兵

2022 年 10 月 16 日

图书在版编目（CIP）数据

巨变 / 姚立发，张礼庆，张书云著 .—北京：作家出版社，2023.2
（"新时代山乡巨变创作计划"潜力文丛）
ISBN 978-7-5212-2206-7

Ⅰ.①巨… Ⅱ.①姚…②张…③张… Ⅲ.①长篇小说—中国—当
代 Ⅳ.① I247.5

中国版本图书馆 CIP 数据核字（2023）第 027696 号

巨变

作　　者：姚立发　张礼庆　张书云
封面插图：陆庆龙
责任编辑：张　平　单文怡
装帧设计：意匠文化·丁奔亮
出版发行：作家出版社有限公司
社　　址：北京农展馆南里 10 号　　　邮　　编：100125
电话传真：86-10-65067186（发行中心及邮购部）
　　　　　86-10-65004079（总编室）
E-mail:zuojia @ zuojia.net.cn
http://www.zuojiachubanshe.com
印　　刷：三河市北燕印装有限公司
成品尺寸：165×240
字　　数：350 千
印　　张：21.75
版　　次：2023 年 2 月第 1 版
印　　次：2023 年 2 月第 1 次印刷
ISBN　978-7-5212-2206-7
定　　价：68.00 元